王莽传

（中部）

愁云未央

简定宇 著

加拿大国际出版社

Canada International Press

书名：王莽传（第二部）——愁云未央
作者：简定宇
出版：加拿大国际出版社
印刷版书号 ISBN 978-1-990872-46-4

电子书号 ISBN 978-1-990872-47-1
总字数 239 千字，2023 年 7 月加拿大第一版

Title: Biography of Wang Mang (Second Part) Melancholy
Author: Jian, Dingyu
Publisher: Canadian International Press
Print ISBN 978-1-990872-46-4
 E-book ISBN 978-1-990872-47-1
The total number of words is 239,000 words
The first Canadian edition in July 2023

内容提要

全书共六十三章节，约上百万字的文字规模。是一部基于记载两汉递嬗时期的各种历史文献典籍为基础，加以现代诠释和艺术加工的历史小说。

本书是一部气势恢宏，描写细腻，展示文化，彰显人物，立意深远，思想深刻，情节紧凑，形式多元，颇具文学价值，带有娱乐性的华彩历史篇章。

为什么敢如此大言不惭呢？其主要原因有以下几方面：

本书取材于中国历史上既是独一无二，又具普遍性典型代表意义的东西汉交替，政权快速更迭时期。独一无二的是这一时期正值西方文明的基督教开始诞生，古印度文明的佛教经西域刚刚开始传入中国，而儒家思想在"罢黜百家，独尊儒术"和"天人合一"等思想的共同作用下向宗教化发展的历史时期。独一无二的是王莽被著名学者胡适先生称为"中国历史上的社会主义皇帝"。而具有典型代表意义的是这一时期的不平等现象极为严重："富者田连阡陌，贫者无立锥之地"，"贵族豪强"骄奢淫逸，而"贫下中农"纷纷变卖土地，依附于豪族，有的类似于西方庄园里的仆人，也有的类似于之后中国传统专制社会的长工；又由于各种天灾人祸使得流民四起，而不偷不抢走投无路的男女们沦为奴婢，买卖盛行。如官方禁止买卖，反而在公开的黑市上他们更是雪上加霜，境况如牲畜一般。

而据考证当时的技术包括（铸造，冶炼，量衡，数学，日历，耕作，水利等等）发展水平已经达到一个较高的水平，与中国鼎盛的唐宋时期水平相当。生产力经过较长一段时间的提升后，自汉武帝时期之后，便开始提升缓慢。本书从文学和艺术角度重点展现了"外儒内法"的传统中国封建政治和社会文化所带来的悲剧和讽刺。比照《教父》的艺术构思，着力刻画

　　了王莽这个人物性格是如何从注重修为的信奉儒家思想的士大夫在当时的政治文化侵淫下和矛盾冲突中逐步蜕变为沽名钓誉，虚伪做作，再到冷酷阴险，暴虐虚妄，最后迅速的走向灭亡的完整过程。是如何从儿女孝顺，夫妻和睦到家庭悲剧，儿女死的死，癫的癫，冷的冷最后到反目成仇，不共戴天的人伦悲剧。拷问了由儒家思想衍生而来，君主专制社会下的公义和私利，礼制和权术，情感和理智的相互矛盾和多元冲突。

　　本书对这一时期王莽改制做了较为全面的描写和分析。宗旨是为我们当代的社会主义改革开放事业导航护航，摇旗助威！通过对王莽时期从我们今天的价值观看来尚有一点进步意义的"均田地，禁止田地买卖，禁止奴婢买卖，货币改革，及官统商贾"等历史上真实改革的初衷和政策实施两个方面做了较前人更全面透彻的分析，得出一定的结论，作为了本书的立意和思想之一。

　　书中，王莽的失败，不再被简单的理解为是他个人的失败，而是被诠释成王莽政治集团无意识的试图走出中国历史"兴衰率"的第一周期的努力失败了。而这一课题仍然是我们整个民族今天所面临的课题！

作者简介

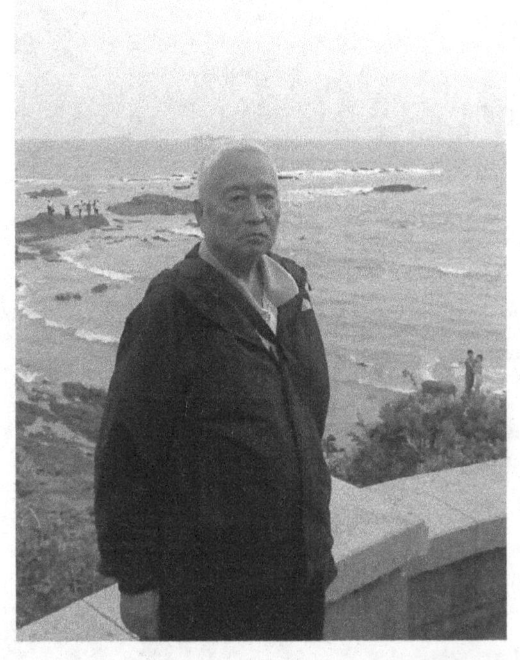

　　简定宇，字国襄，笔名郭襄，男，汉族，祖籍湖北天门，生于1937 年于汉口，退休前为长江文艺出版社编审，中国湖北省作家协会会员。

最初发表的小说《翅膀》见《吉林文艺》1977 年 11 月号)。1978 年短篇小说《一朵小白花》为"天安门事件"公开大声疾呼；1984 年发表的《你不再认识我》。1991 年出版长篇小说《鬼墙》。1997 年出版了《新编拍案惊奇》和《两汉递嬗》，并著有中短篇小说《振荡》、《轧道》、《玫瑰刺》二十余篇，此外还发表出版过电影文学剧本和长篇通俗小说。近年与人合译了杰克.伦敦的《野性的呼唤》。

目 录

二十五　翻手云白云幻彩云 覆手雨今雨嬗旧雨

说来奇怪，王莽上表拒封之后，连续一个多月阴风怒号，不见太阳，也不下一星半点雨雪。这种连阴不雨天气十分罕见，长安父老无不怪讶。王莽接受安汉公封号那天，太阳出来了，长安父老额手相庆。谁知到了午后，一道白色长虹穿日而过。

"白虹贯日啰！"全城议论纷纷。

民间一向把白虹贯日视为凶兆。相传战国时韩国丞相韩傀凶残专横，聂政为严仲子报仇，只身闯入相府，斩下韩傀首级。担心累及姐姐聂荣，抠掉眼珠，削下面皮，自刎身亡。他的尸体弃于菜市，悬赏千金辨认死者。聂荣认出弟弟，哭祭三日，死在弟弟身旁。这时，一道白虹横贯太阳，久久不散。白虹贯日也就成了"凶事"预兆。

王莽跌坐在座位上。孙复那滚落的眼球，涌血的眼睛又厉鬼般浮现在眼前。当年韩傀"位高权重"，"朝中第一人"；今日安汉公，更加"位高权重""朝中第一人"。当年聂政抠掉眼珠，孙复不也是抠掉眼珠吗？那“凶事”不是冲他还能冲谁呢？白虹贯日长达半个时辰，他嗒然若丧也长达半个时辰。

平晏慌了，"快请刘大人！"只有刘歆知天文，善禳祛，能解王莽心结。

"是。"蔺苞从山东剿匪回来后，从军中挑选了八名武士，号称"八骏"。除了护卫安汉公，还执行机要事务，他带领八骏去请，以示郑重。

不移时刘歆来到安汉公府。"兄长勿忧。白虹贯日，皆因天有忧结未解，民有怨望未平。而非不学无术之辈所妄臆将有凶事发生，更非预示山东的事。"王莽急切说："真是妄臆？"刘歆说："兄长不会不知先哲之言吧，天道无常。所谓'无常'，就是说白虹贯日发生了聂政刺韩傀的事，不见得再发生类似的事。如果每次都发生类似的事，天道岂不'有常'了？"王莽频频颔首，但还是放心不下，"毕竟是凶兆，可有禳祛之法？"

"有。兄长欲求禳祛，必先解除心结。兄长的心结，恕小弟妄度，在于孙复。"刘歆的话说进心里去了。王莽羞于承认，但也没勇气否认。刘歆耐心剖析，"孙立夫其人猾稽多智，兄长与他友善，小弟也与他友善。兄长敬重他，小弟也无意贬低他。但小弟必须说，孙立夫受黄老之学影响太深，不识时务，不知天命，血谏白鹿原，说轻点是自作自受，说重点是逆天行事。若非兄长回京护驾，哪有新君之立，白雉之出？”

“那……白虹贯日到底预示什么？”

“周公上忧其君，下忧其民，宵旰夜食，勤勉躬亲，天下臻于大治。”刘歆一手抚须，一手指天，“白虹贯日警示兄长，当务之急是解民困，平民怨，施惠于民，造福于众。天心即民心，天人同心。民之所喜，天之所悦；民之所怨，天之所忧。欲解天忧，先平民怨；人心喜悦，天心欣慰，祥瑞自然呈现了。”

王莽总觉得对孙复亏理亏心，这一剖析倒觉得顺天顺道了。气色和神情犹如变幻的光影，由恐惧的惶乱变为庄穆的坚毅。

“愚兄无德无能，难望周公项背，但不堕周公之志。”他抚须说，“别的不敢说，宵旰夜食，勤勉躬亲，愚兄还是做得到的。请贤弟速赐禳祛之法。”

刘歆告诉他禳祛之法：沐浴更衣，斋戒三天，独处暗室，面壁苦思解民困，平民怨“天人同喜”之策。若有所获，则可出室。精诚所致，皇天必佑。

朝会那天，王莽半夜起床。沐浴后穿上新制的安汉公朝服，跪在神龛下祝祷，跪到卯时，头遍鸡叫，驱车进宫。他双手合什目不斜视，心里默祷着"赐福黎元，佑我大汉"，直到起舞山呼还在默祷。而当百官回到班列，他依旧跪伏在地。

这时韶乐终止，大殿肃穆，所有的目光都聚焦在他身上。只听默祷的声音渐次放大，三声"赐福黎元，佑我大汉"之后，他如泣如诉，"前者白虹贯日，天有忧结未解，民有怨望未平。微臣身受皇恩忝居高位，夜不能寐，忧思如焚。如何解天之忧平民之怨，微臣上乞于天下求于地，斋戒三天，面壁禳祛。愿将所得奏与太皇太后陛下、皇上，望太皇太后陛下、皇上圣裁。"

"爱卿起来说话。"王政君说。

"谢太皇太后陛下。"王莽站起提出三大德政：施恩于贵，施恩于士，施恩于民。

施恩于贵：凡诸侯王的后人，高祖以来功臣嫡长子孙，分别封侯、赐爵、赏邑，嘉奖。让所有宗室子孙、功臣子孙，永记刘氏恩德，永保刘氏江山；

施恩于士，修建明堂、辟雍、灵台，筑学舍万间，广收士子，总揽人才，勤宣教化，广布礼仪，使大汉成文明之邦，礼仪之邦；

施恩于民，减轻赋税，抚恤鳏寡孤独，务使恩泽遍布四海，雨露霈及黎元。

王莽三大德政，在场的官员无不受惠。平定董贤作乱的有功者彭宣、刘歆、孙建、尚书令姚恂、沛郡太守石翔、执金吾任岑、中郎将孔永都封侯授爵。连想都不敢想什么功劳的鲍宣也受到了嘉奖。恩泽之政，无所不施，随着他的建言，大殿一片欢声。

轰！轰轰！天空突然响起春雷。连阴不雨的长安，降下了今年头一场春雨。

沙沙雨声，敲叩着未央宫大殿，敲叩着干渴的十里御苑，敲叩着在场的每个人震粟的心扉，大殿上一阵肃穆。王莽更是颤抖不已，大张着口，呆愣愣地竟然不知道说话了。还是王政君先开口，"好啊，安汉公面壁禳祛，感天动地啊。这场雨下得好，春雨贵于油哪。时风惠雨，国泰民安，安汉公的三大德政就是时风惠雨啊。我朝当兴，我朝当旺哪。"她着见刘衎双目圆睁，两唇紧抿，且敬且畏地感受天人感应的神秘。幼小的心灵似乎难于负载这过于庄穆的浓氛，蔼声发问，"皇帝，你说呢。"

刘衎两眼望着安汉公，冕冠垂旒，腰系紫绶，高靴阔袍，显得格外伟岸威严。心里悸动着太多的敬畏和惊愕，一下子喷吐出来，"啊，不可思议，真不可思议！人言动天，天应人言，真了不起，太了不起了！"

轰轰！春雷在天边滚动。它虽然不像霹雳那样震耳，却比霹雳震人心魄。

神秘煽惑神秘，热情推涌热情，王莽不但为众人热情感动，更为自己的热情感动。他的德政获得了上苍的嘉许，鼓之以雷霆，润之以春雨啊。他的心与天通，还有什么心结不可解心病不可除？孙复算什么？逆天行事的跳梁小丑而已。正义在我真理在我天心在我民意在我，他说得更加慷慨淋漓激宕动情了。

"年前臣奉旨巡抚山东，剿灭瞎老大刀疤六巨寇。但匪患依旧不息，生灵涂炭，臣痛楚至极。常常夜半惊心，感慨良深。孝武皇帝以降，山东盗匪蜂起。以孝武皇帝之武功，足以荡平四域，何惧几个蟊贼？钜料屡剿屡起，百年不靖。近日又有情报，匪患又有萌生。可见匪患之平不在武而在德，不在诛而在教。百姓贫困，官吏贪饕，德化不力，风俗寡薄，盗匪由此而生由此而盛。根除之道唯德政唯教化。法正则民安，吏廉则民富，衣食足而礼仪丰，礼仪丰而风俗淳，风俗淳自然就没有盗匪了。归根究底在臣子德行，靠诸公操守。"

也许被春雷震撼，也许被王莽的热情煽动，鲍宣大嗓门第一个响了：

"人而无德，其行必蹶；人而无文，其行不远。"他也是一个喜欢激动的人，嗓门本来就大，说着说着越来越大。什么叫声如宏钟？这会儿他的声音就叫声如宏钟：

"德行操守，我辈修身之要，立身之本。今者群臣幸得居尊官，食重禄，不思感恩报国，一心营私家谋奸利。以苟容曲从为贤，以拱默尸禄为智，不与恶人结怨以安其身，专务吹拍以固其荣。毫无恻隐细民之心，唯有媚上取容之意。闹得黎元食不裹腹，衣不蔽体，父子夫妇不能自保，境况令人酸鼻。若不刷新吏治，严明风纪，正德修身，不惟山东匪患不绝，国家糜烂之日也不远了。"

鲍宣响应，王莽更加振奋。他想进一步测试自己的感召力量，大声发问，"敢问各位大人：修明堂，建灵台，扩辟雍，筑学舍万间，还要封侯赐爵。一方面大兴土木，大加赏赐；一方面减轻赋税，抚恤鳏寡，钱从何出？粮从何来？"

全场顿时哑默。

王莽率先表态，"下官愿捐钱百万，献田三十顷，以助贫民。虽说杯水车薪，可表茹苦含辛之心，艰苦奋斗之志。"

话声一落，百官效仿。一个接一个捐钱捐田，一个比一个数目高，至到午时，还有一半官员没来得及表态。刘衍乐得直拍巴掌。何闳请祖孙二人用膳，王政君说："看皇帝乐的，等等吧。"她扬声说："众卿为君分忧，为民解困，皇帝乐得连饭也不吃了。"百官一齐跪下高呼，"太皇太后陛下圣明！皇上圣明！恭请太皇太后陛下、皇上用膳。"刘衍说："众卿平身。这才是万民之牧守，我朝之良臣，朕高兴呢。"百官又一阵欢呼，捐献更热烈了。

沙沙沙，春雨下个不停。

随着料峭寒风，朝廷的采风谒者从风雪泥泞的山东带回了王莽的传说和歌谣。乔装潜入匪巢哪，星夜走访野老哪，单骑喝退匪众哪，临阵谈笑却敌哪。有的传说把他说成白胡子老头，有如天降仙翁；有的传说把他说成白面青须，如同神策智者；有的传说又把他说成满面虬髯，俨然骁勇猛将。其中一则《骑人鱼夜袭瞎老大》，更把他说得神乎其神：

大司马王公侦悉瞎老大的老巢在漆山之上。漆山北山险峻，南山平缓，然而上山之路却在北山。南山虽然平缓，山下有一深潭，方圆十余里，深不见底，暗流汹涌，羽毛见水即沉，舟楫难渡。大司马王公扮成樵夫，在北山绕了三天三夜。上山只有一条路，立陡立岩，布满明桩暗哨，莫说是人，就是苍蝇也飞不上去。大司马王公溯小溪到达南山潭边，徘徊无计，望潭兴叹："想我受圣恩，衔圣命，山东剿匪，不意匪寇凭险据守。奈何，奈何！"

这时月华初上，碧天一色，一阵清风吹过，阴影中走出一位老者，黑须黑发黑巾黑衫，面如黑炭，眼如黑漆，朗声大笑，"大司马此言差矣。天地造化之功，天险为民所设，岂为民贼而设？民贼窃据天险，适为其墓耳。"大司马王公叩拜，"乞老丈赐教。"黑叟翁说："此潭水深千尺，舟楫不可济，唯德者渡之。"大司马王公说："晚辈一生修身养德，但不敢妄称有德。"黑叟翁说："《易》云：'谦谦君子'，德也，可渡之。"大司马王公说："不知如何得渡。"黑叟翁指着潭边巨石说："此石名为立德石，从此石跳进潭中，便可渡潭。"大司马王公说："晚辈不识水性。"黑叟翁转身就走，大司马王公叫喊，"老丈留步。"黑叟翁说："大司马不信老夫，多说无益。"

正说着，四公子王临和将军廉丹带着士卒沿小溪寻找大司马王公来了。廉丹性如烈火拔剑呵斥，"大胆奸贼，汝必瞎老大同党，在此散布妖言，蛊惑大司马跳潭！"大司马王公说：
"廉将军不得无礼，老丈必不欺我。"说着向巨石走去，四公
子王临叫喊，"父亲，不可！"大司马王公说："我既奉旨剿
匪，匪不能剿，有何面目见太皇太后陛下、皇上！潭不能渡，
一死而已。"廉丹追上来阻挡，大司马王公拔剑说："挡我者
死！"奋然跳进潭中。四公子王临大叫"父亲！"随之跳进潭
中。

　　潭上涟漪平复，再无父子踪影。廉丹心如刀割，去找黑叟
翁，黑叟翁倏忽不见，心中大疑，忽听潭中水响，却见大司马
王公和四公子王临骑人鱼浮出水面。大司马王公说："老丈乃
漆山神，遣人鱼助我灭贼，将军勿疑，速率士卒下潭。"廉丹
率百余士卒跳进潭中，杀上漆山，瞎老大尚在睡梦中。廉丹斩
下瞎老大首级，挑于枪下，所到之处，匪众跪降。只有十余悍
匪从北山逃往崤山……

　　这些传说，首先由采风谒者奏与太皇太后陛下和皇上。王
政君听了，笑笑也就罢了。刘衎却入了迷，想召王莽进宫亲口
讲给他听，问问人鱼啥样子，骑人鱼啥感觉。王莽对他一向毕
恭毕敬，极尽君臣之礼。但不知为什么，刘衎心里隐隐怵他惧

他忌惮他，想召他进宫又不敢召。恰好孔光带孔麟进宫来了，他牵着孔麟一溜烟跑进御书房。

这雨不落是不落，一落就没完，连阴天变或了连阴雨。天气死冷死冷的，御书房开阔轩朗，升着熊熊炉火，清鼻涕还是直流。刘衍擤了又擤，迫不及待把故事讲与他听，孔麟听得津津有味，清鼻涕流出来都忘记擤了。两个人关着门尖着嗓子抢看说话，你一言我一语在那里大声议论。

"孔麟，子不语怪、力、乱、神，作为先圣十五世孙，难道不知道？"二人说得兴起，没留意龚舍推门进来。龚舍年近七旬，白发如燔，但双眸如漆，熠熠生辉。他不便直斥皇上，就点孔麟名字。

孔麟慌忙跪下，"小子知错了。"

刘衍十分扫兴，当即诘问，"子不语怪力乱神，但怪力乱神，史不绝书。譬如《诗》曰：'天命玄鸟，降而生商。'请问师傅，作何解释？又譬如《史记》载高祖皇帝斩白蛇，赤帝子斩白帝子，请问师傅，又作何解释？"

"不错，史籍确有记载。"龚舍说："但这些记载大抵时代久远，荒诞不经，难以稽考。听听倒也无妨，若信以为真，必惑其智，乱其性，堕入迷途。"

刘衍哪能心服？"高祖斩白蛇，怎说荒诞不经？"小小年纪不时露出咄咄逼人的帝王口吻。

"高祖斩白蛇并无不经；赤帝子斩白帝子，就无可稽考了。"龚舍从容说教："子不语怪力乱神，'不语'，并不表明孔子否认怪力乱神，也不表明孔子不信怪力乱神，只是儒者存疑不语而已。为何'不语'？未经查实或无法查实而语之，谓之妄语，儒者不齿。"

儒家"存疑不语"的修养，远远超出孩童"信就是信，不信就是不信"理解范围，龚舍说："如果说高祖斩白蛇，老臣不敢断言其无；安汉公骑人鱼袭漆山，老臣敢断言其必无。"

"必无！师傅能断言？"

"必无。其一，漆山位于熊耳山，《山海经》载，漆山其上多漆，其下多稷，浮豪之水多美玉多人鱼。然而战报称，安汉公破袭瞎老大于渑池，渑池向无人鱼传说，唯漆山有。两地相隔数百里，莫非漆山搬到渑池去了？其二，瞎老大是死是活目前尚难确定。近日楚人盛传，瞎老大从渑池脱逃，占据桐柏山，重新啸聚山林，声势更盛于前。"桐柏山横跨楚郑，龚舍为楚人，想必无讹。

"这……瞎老大重新啸聚山林，廉丹斩瞎老大首级，挑于枪下……师傅的意思，全是编造？"

　　"是编造还是讹传很难说。民间传说口耳相传，不免有所增删，羼进神灵鬼怪，变得神乎其神。以至以讹传讹，张冠李戴，闹得面目全非，与事实相去很远。这类传说无关朝纲，无碍大局，听听也就罢了。不过有些不逞之徒极尽吹捧之能事，精心编造，以假乱真。为君者可就不可不察了。"

　　刘衍望着窗外的雨帘，一条一条从天而降，中间似乎断了，又好像没有断；灰濛濛的，又似清晰，又不清晰。远处的曲廊和枯柳平日清晰如画，这会儿模糊不清了。一腔热情全叫这冷雨寒风浇灭了。

　　王莽笃信鬼神，喜欢这类"德者神助"的传奇故事。在他儿时梦想中，一直幻想成为这类故事的主角。这个故事编得还真动听，听得他飘飘然很是受用。没两天，皇上与龚舍御书房对话传进了王府。什么？瞎老大重新啸聚山林！平晏也很惊诧，令蔺苞速去打听。果然山东来报：

　　"瞎老大重现山东，杀人放火，四处作恶。"

　　弄巧反拙啊，瞎老大没死，而且已经上达天聪！用不了几天朝野皆知，传奇英雄一下子变成了笑谈小丑，自己这张老脸往哪搁？这些日子他觉得自己仿佛生活在一张欺骗的大网中，常常闹不清自己是触网的猎物还是编网的大红蜘蛛。但他知道这张网终有一天戳破，无论触网的猎物或编网的大红蜘蛛都将被人辗死在脚下。

王莽又怕又气，"谎报军情，谎报战功，把小畜生叫来！"平晏连忙拦住，"主公息怒。这事与四公子无关。" 王莽叹气，"严尤廉丹误我！"平晏说："恐怕也怪不上严廉二位将军。"

瞎老大姓甚名谁，何方人氏，谁也说不清。据传这个人落草之前，打架打瞎了一只眼睛。因其武艺出众，凶猛过人，匪众尊为老大，成为雄据一方的匪首。独眼的匪徒甚多，有的瞎了左眼，有的瞎了右眼，也往往自称瞎老大。渑池一地，廉丹就曾先后斩杀了三个瞎老大。当时急于向朝廷报捷，来不及甄别是原版瞎老大还是盗版瞎老大。平晏鄙夷说：

"龚舍白首穷经，只知坐而论道，哪知匪情之诡谲。占据桐柏山的瞎老大，焉知就是从渑池逃逸的瞎老大？即便是从渑池逃逸的，焉知就是那个真正的瞎老大？貌似公允，闪烁其辞，误导皇上。"

王莽叹息，"唉，君子不迁怒，不贰过，罢了。"

平晏说："主公大德宽容，但不逞之徒不轨之志不可不防。"

王莽知道他指何武。龚胜龚舍是何武举荐入朝的。何武公孙禄解职入狱，与他并无干系，但二人由此怨恨他；龚胜龚舍与何武过从甚密。朝廷传为佳话，"何侯识二龚，二龚展长才。"事情就这样纠纠缠缠纠缠到了一起，而他不尴不尬纠缠进这纠纠缠缠中来了。

"他们散布流言蜚语，说得很难听。尤其公孙禄之子公孙钧公然散布咒骂主公的民谣，其中一首是'草里有条蟒，山上有把镰，镰不杀蟒蟒挥镰，山东父老泪涟涟。'"民谣利用谐音，蟒指王莽，镰指廉丹。

王莽动了气，"孺子安敢如此！"

平晏说："公孙钧还说要到山东收集主公毁村屠聚证据。兵凶战危，什么事不会发生？何况有人以一当十，以偏概全，肆意夸大诛戮，恶毒诋毁剿匪！"

听话听音，王莽心头猛震。这"以一当十"是"一"还是"十"且不论，至少"一"是存在的；这"以偏概全"是"偏"还是"全"且不论，至少"偏"是存在的，那么"一"是多少？"偏"是什么？看来事情并非平晏一再轻描淡写的"微不足道"，山东情势恐怕比想象的复杂得多。果然他暗示说：

"成大事者不拘小节，一将成功万骨枯啊。"

这是不是暗示他所成之"大事"乃是万千尸骨堆垒起来的？唉，千不该万不该，不该下令杀死三十二名护军。如果说他所成之"大事"不是万千尸骨堆垒起来的，至少也是百十尸骨堆垒起来的吧。现在的问题是除了这三十二名护军，除了盗匪，还杀了多少人？是不是真的万千尸骨？他想问又不敢问，想知道真相又害怕真相。那是生命那是鲜血那是罪孽哪！谁不知道掩耳盗铃可笑？而当但求心安的时候又常常情不自禁掩耳盗铃。他感到苦涩，跌坐在座位上，一种从未体味的苦涩。

山东的传说和民谣传遍了长安大街小巷，陆续传进王府女眷耳中。王嬿的说唱，激起女眷惊喜声浪，一拨又一拨，那兴高采烈情态，更胜王莽荣膺安汉公尊号，王嬿一蹦一跳，从前堂唱到后堂：

大司马 率貔貅 要剿灭刀疤六

刀疤六 大马猴 急传召众喽啰

众喽啰 听号令 持刀枪据险阻

据险阻抗天兵 遇王公 齐授首

　　她跑到书房把王临拽到后堂，母亲大嫂都在那里等着。这些神秘的英雄传奇，主角又是父亲和兄长，不说王嬿，就是母亲和大嫂，一颗心早就撩拨得火烧火燎了。王嬿一迭声问，"四哥，真的见到了漆山神，骑人鱼过潭？那人鱼啥样子？好看不好看，是不是美人鱼？"

　　王临早被告知，山东的事一个字也不得向外吐露，包括家里人。父亲也多次训斥，不准自吹自擂。他只好管住自己的嘴巴，冲众人笑笑。

　　王嬿搡着，"说嘛说嘛，四哥！"吕焉一旁叫，"四叔，你就说给大伙听听嘛。"王静烟对鬼神的事一向好奇，也跟着说："说说吧。"

　　作为传奇里头的人物，王临心里很得意。在家里，论德行，论才具，都不及大哥三哥；风光和疼爱也都叫他们占尽了，今日受到阖家青睐，叫他受宠若惊。他强烈希望它是真的；这种强烈希望也使他相信它就是真的。但理智告诉他鬼神之事不可咬实，只能含糊其词才能不被戳穿，永葆它的神秘，他笑了笑，莫测高深说："鬼神之事，信其有则有，信其无则无：信其有未必就有，信其无未必就无。这要看你信不信，信得诚不诚。这要问你自己，问四哥干什么？"

"小妹信。"王嬿忙说："父亲和四哥的事，小妹当然信哪。"王临说："这不得了。"王嬿还是将信将疑，"你是说漆山神，人鱼都是真的？那人鱼到底啥样子？"

"四哥也没看清。"虚事虚说，尽玩虚的，虚得叫人摸不到头恼，王临还没修炼到这种火候，被逼无奈只好含含糊糊说："四哥掉进水里，天又黑，潭又深，心里砰砰跳，又急又怕。眼看就要下沉的时候，只觉水里有个滑溜溜的东西顶了四哥一下；四哥露出水面，那东西就没了。一沉一浮的，一忽儿就上岸了。"

王莽从厢房走出来，重重咳了一声，"鬼神的事也是可以随便挂在嘴边说的！你不怕亵渎神灵，获罪于天！"

"是。"王临慌忙跪下，吓得大气都不敢出了。王嬿觉得奇怪，但见父亲眼睛发红了，一双大眼睛困惑地睃来睃去。

王莽瞪着王临，怒气直顶脑门：这个没用的东西腆着脸以"传奇英雄"自矜，怎么这般颟顸蒙昧！如果去山东的是三儿，自己怎会两眼一抹黑心里七上八下没有底？唉，三儿！严冬已经过去，春寒依旧料峭，山上的日子怎么过哟？他扫了吕焉一眼，当时唯独她阻拦三儿这桩婚事，真有先见之明哪。然而她哪里晓得仕途之险恶！哪里晓得他处境之艰困！进也不由他，退也不由他哪。望着堂前斜风细雨，心里暗暗叹息一声，一腔怒火顷刻间化成了满腹愁肠，怅怅走到前堂去。

前堂人声嘈杂，平晏甄丰甄邯孙建等人全在那里。不一会，刘歆也来了，"我探病回来，路过此地，进来瞧瞧。嗬，一个，两个，三个，四个……'八骏'全伙在此！"汉时达官贵人的乘舆，通常一车三马。中间驾辕的马叫辕马，两旁拉套的马叫骖马。刘、平、孙、二甄加上王舜王寻王邑八人常随王莽左右，时人称为"八骏"。他嗬嗬直笑，"月前凉州地震，各位感觉到了没有？"

凉州离长安千百里，众人摇摇头。刘歆说："敝友感觉到了，得了'杞病'。"

"杞病！"

"有杞忧岂无杞病？"

平晏笑了，"倒想听听如何治得杞病。"

刘歆说："敝友有二妻，美若天仙，敝友怜爱得不得了。凉州地震使他日夜忧愁天若倾塌，会不会轧到大妻；地若裂陷，会不会陷落小妻。放到厢房怕墙塌，放到耳房怕瓦坠，没处躲没处藏，卧床不起，求我药救。我说何不藏于我家。敝友问，天倾地裂，你家不倾不裂？我说你屋是瓦屋，我屋是金屋，金屋适足藏娇。天复地宁之后，完璧归还。敝友一跃而起，把我逐出门去。”

“完了？”孙建意犹未尽。

“完了。病治好了不完了，还要吃人家一顿棒子不成？”刘歆扬声，“各位有忧妻忧妾者，兄弟我金屋皆愿收藏，俟时完璧归还。”孙建说：“你有那么老实！”刘歆狡黠望着他：“一准完璧，无伤无损。”甄丰说：“璧可损，玉可损，妇人牝牡不可损。”言毕哄堂大笑。

王莽敬重刘歆，但心中难免鄙夷：“虽学富五车，博览广识，其才干绝对可以称得上一代鸿儒高士，但其人时常行为不矩，口无遮拦，哪里像个鸿儒高士的样子！”他却不知……

王莽重重咳了一声，刘歆好尴尬，笑声嘎然停止。王府不许言及淫秽，谁不知趣，必遭严辞斥责。

下雨天八人齐集，不用说皇上与龚舍御书房的对话，他们都听到了。今日前来无非讨个说法，统一口径。听了刘歆的笑话，不啻一剂定心丸。恰在这时，陈崇、张敞来访，刘歆为解脱尴尬，假意嗔怪，“大雨天，拖泥带水的，不怕把人家中堂踏得泥泥水水！”

陈崇素有急智，反诘说：“旧雨来得，新雨来不得？”

访者乐访，迎者乐迎，雨天依旧过往，表明交情深厚，所以人们把故旧好友称"旧雨"，新交好友称"新雨"。

"请，请。"王莽上前迎客，也假意嗔怪，"你撵愚兄客人，不怕愚兄撵你。"刘歆说："撵了不会再来？"王莽对陈张二人说，"瞅瞅，这个赖脸皮。"众人笑了。

众人走后，王莽在堂前发呆，平晏笑笑，"心神驰梦寐，主公神往山东了吧，何不旧地重游了结这桩心事？"

真是文过饰非的好手。他剿匪虽未前往山东，但曾经去过山东，"旧地重游"，说确切不确切，说不确切又不能不说确切。

王莽沉吟不语。他不想欺瞒天下，但为了天下又不得不欺瞒天下。当时不那么做，太皇太后陛下能安坐庙堂吗？大汉天下能有今日政局稳定朝野穆睦吗？然而欺瞒毕竟是欺瞒！这是他不能"心安"却又"理得"的心事。原以为天衣无缝，谁知山东连连出事，心事之上添心事啊。

平晏说："世上的事谁能做得尽善尽美？何况剿匪这类事。主公没有亲自去，出了些纰漏在所难免；主公就是亲自去了，能保证一点纰漏不出？其实纰漏是可以弥补的。仆已谋划就绪，主公何必忧愁呢？"

"可以弥补？"

　　"没听陈崇说新雨旧雨吗？实以填虚，新以补旧啊。"

　　王莽剿匪没去山东，但山东有王莽许多剿匪传说。如果他到山东走一遭，轰轰烈烈干一番事业，谁还会怀疑剿匪时他没到山东呢？种种传说也就坐实了。就像"新雨"可以取代"旧雨"一样，实能填虚。这种"以实填虚"，"以新补旧"之术，使得逝去的往事随着岁月的长河，永世淤积在岁月长河的泥沙中。

　　滴滴嗒嗒，就在这滴滴嗒嗒雨声中，树青了，草绿了，花红了，道路变成了泥浆。阴雨阻断不了造化之功，心中的阴霾岂能阻断建功之路？阴雨终有一天停止，太阳终有一天君临大地，泥泞的道路终有一天……

　　"乐土乐土，爰得我所。"王莽吟咏着，挥鞭东指，踏上了直下山东的征程。一个月前他上表请缨，决心根除匪患，把山东建成没有盗贼的人间乐土。他调集了三千兵马，带着王临重新上路了。这次出京比上次不同，刘衍率文武百宫到长亭送行，钲鼓之声响彻云天。

　　黄骠马又见到回心石了，大约也是旧雨吧，不再感到峥嵘。同样王莽也只是淡淡投去一瞥，勒紧缰绳从容从崖边通过。到达山东后，王莽令严尤统领二千兵马，直赴桐柏山清剿瞎老大，其余人马由平晏统领进驻焦城，把安汉公大司马行辕建在那里。自己却带领十余名护军扮成马贩子，走村串聚，微服私访。真像那些传说、民谣传唱的那样，申冤狱，解倒悬，访贫问苦，惩奸除恶，安汉公的大名一时间响遍大河两岸。六月初，王莽到达焦城行辕。当即邀集郡县贤达，商议治安之策。

呦呦鹿鸣食野之苹我有嘉宾鼓瑟吹笙

　　焦城县衙张灯结彩，吹奏迎宾曲。王莽刚刚开始致词，门外一片喧哗。王莽问，"何事喧闹？"平晏笑笑，"主公求贤，贤才来了。"宜阳三老许逵年近七旬，白发苍苍，拱手询问，"平少府何以知之？"平晏拱手，"前辈不信，何不派人出去看看。"一个掾吏出去观看，回来禀报：

　　"有蓝衫生歌于酒肆，适秃鹰飞至，蓝衫生弯弓搭箭仰面而射，秃鹰应弦坠地，扑翅窜逃，街上幼童欢踊奔去。"王莽淡淡一笑，"啊嗬嗬，能文能武，还真是个贤才呢，把他请进来吧。"

"是。"掾吏转身要走。王临望了平晏一眼，平晏似笑非笑咧咧嘴。王临上前，"晚生陪大人前去。"掾吏说："何劳四公子拖步，属下把他唤来便是。"王临看了看父亲，王莽挥手，"罢了。"王临退回原位。掾吏出去良久，灰头土脑回来禀报，"蓝衫生只顾饮酒放歌，不理属下传召。"

"嘀嘀，开罪贤才了。"王莽笑着。"他唱些什么？"掾吏说："蓝衫生所唱为《巢父吟》。"

家有陈粟，可酿美酒；头顶蓝天，可射飞禽。

新歌谱就，弄曲凤笙。清音朗月，以娱嘉宾。

"嘀嘀，予是俗了。"王莽晋升安汉公后称予，五指拢须仰面而笑，"予奏《鹿鸣》之章：'我有旨酒，以燕乐嘉宾之心。'他倒来个《巢父吟》：'清音朗月，以娱嘉宾。'多清高啊，嘿嘿。"许逯说："歌意清雅，必是贤才，掾吏请他不动，只怕非安汉公亲自出马不可了。"王莽微微一笑。 平晏说："请他不动，失礼者非我；鄙意安汉公今日不必去了。三日后，诸君再次至此博议，听听他再唱些什么。"许逯说："他还会来吗？"有人跟着犯疑，"是啊，还会来吗？"焦城县令卢青冷哼一声：

"权门叫卖，与引车卖浆者何异？拿拿捏捏自高身价，三日后必至。安汉公平少府识人，果然入木三分！"

三日后，众人又聚在县衙会议，掾吏报告，"蓝衫生又于酒肆放歌。"众皆惊讶。许逮说："卢大人料事如神，老朽佩服之至。"卢青说："非卢某料事如神，安汉公平大人料事于先。"

王莽问，"此生又歌些什么？"掾吏禀报："蓝衫生歌大禹《玉牒辞》：'祝融司方发其英，沐日浴月百宝生。'"王莽说："四儿代为父有请此生。"

王临应声出去，领了一个背负竹笈的儒生进来。许多人笑了，原来他们认识。卢青高吟，"山川钟灵秀，独秀崔望新。我道是谁，原来是桃丘名士崔发。"

"卢大人吟错了吧？"崔发不待行礼，抗声说："桃丘有桃林，确系灵秀之地。只是崔某不为造化所钟，而为灵秀所遗。当地有歌云：'山川钟灵秀，独遗崔望新。'"

崔发宽口阔鼻，面目黧黑，形容丑陋。他出口狂狷，众皆嫌弃。卢青把"独遗"改为"独秀"，冷嘲之意溢于言表。这个人不避讥诮，当众坦陈，倒也叫人意外。

王莽指着他的竹笈，"沐日浴月百宝生，予只求一宝，不知先生赐否。"崔发叩拜，"晚生有《农家图》一幅，望安汉公笑展。"说着，从竹笈中取一卷素帛卷轴，双手过头呈了上去。

"《农家图》？"王莽展开大吃一惊："予眼拙，这不是古之井田图吗？"

井田是殷周时期的土地制度，古"田"字为"囲"，就是井田最直观的图形。一个大方格中有九个小方格，划分方格的界线称"经界"，大方格面积为九百亩，小方格面积各为一百亩。周围八个小方格为八户人家的私田，中间小方格为公田，其中八十亩为田地，二十亩为各家庐舍。八户人家共同耕种公田，公事完毕之后，各自耕种私田。私田产出归自己；公田产出交官府。

"安汉公慧眼，正是井田图。安汉公再度巡抚山东，晚生妄度，意在根治山东。愚意以为，根治山东，重在治民。治民之要，重在治田。其次治水，再次才是治匪。"

王莽肃容拜请，"先生上坐。"

崔发雄视阔步，上前落座。视满座如无物，侃侃而言，"殷周实行井田，成就千年盛世。古籍多有记载，圣人多有赞颂。治国之道，'不患寡而患不均，不患贫而患不安'。井田正是安国之大略，均民之良方。一井之中，出入相友，守望相助，疾病相救，一起耕作，一同蚕桑，岁入均等，教化相同，和和睦睦，熙熙乐乐。”

王莽再拜，“先生雄才大略，奇胆伟识，不同凡响。恢复井田，人所未想，人所不敢想；人所未言，人所不敢言，先生提出来说出来，惊天地泣鬼神啊。兹事体大，容予三思。”

王莽与平晏商议了两天依然犹豫不决，“唉，氾胜之在这里就好了！”王临在一旁说：“不用氾世伯来，井田也当兴。”他从来是不敢在大人议事时插嘴的，王莽愕然瞪着他，正要训斥，王临说：“孩儿以为这是天意。”

“天意？”

“白雉之出，预示周公再世；父亲亲临山东，崔发献井田图；离此百里之遥为商邑。事有巧合，哪能事事凑巧？若非天意，岂能如此千巧百巧？”

商鞅原名公孙鞅，卫国人。因废井田有功，封于商，史称商鞅。商就是今时的商邑。井田由商鞅而废，由他父亲于商邑而复。父亲不是当代周公又是什么？“周公之时，井田大盛；周公再世，井田当复。”

几句话说到王莽心里去了，他重重哼了一声。平晏上前，“四公子所言极是，井田因商鞅而废，何不移驾商邑，共商复兴大计？”

旬日，王莽于商邑召集弘农、河南、河内三郡五十四县三百人会议。

许逮说："郁郁乎文哉，吾从周！井田乃圣人之制，老朽心向往之。然而自秦孝公十二年商鞅变法，开阡陌，废井田，迄今三百五十年。时移势异，重新恢复，恐非易事。"崔发当即反驳，"晚生生于山东，长于山东，别的地方不敢妄言，别的方略不敢妄议，井田可治山东，井田可行山东，晚生则敢斗胆断言。"王莽兴致盎然，"愿闻其详。"崔发说：

"如今山东村聚凋敝，十室九空，就弘农一郡而言，户不足五万二千，人口不足二十万；而在武帝元鼎四年(公元前112年)，户十一万八千九百一，人口四十七万五千九百五十四，流亡过半。"许逮说："人口流亡，水患是根本原因。"崔发抗声，"不，水患绝非根本原因。文景之时，黄河年年泛滥，仅高陵五谷丰登，全郡就家给人足，何曾有过背井离乡的事？"许逮反诘："先生是说匪患兵燹了？"崔发说："更不能这么说。真正原因在于官府盘剥，豪民侵凌。苛政猛于虎，民不聊生。"许逮说："那就应该着力整饬吏治，抑制豪民呀。"崔发说：

"吏治败坏，谁见整饬而后清？豪民猖獗，谁见抑制而后宁？"他环视良久，一遍又一遍，仿佛质问在座所有人：见过吗？谁见到了？他断然说："从古到今，未曾有过。"

大堂响起掌声。商邑县令汤盛说："井田为商鞅所废，本县愿为天下先，请从商邑复兴。"

"先生倡言，百僚应和，可见天下一理，万众一心。"王莽遏抑自己的激动，有意把声音压低，不时轻咳一下，调整自己的情绪。然而说了一气之后，情绪如黄河之水，突然奔放，声音大如宏钟，震人耳膜。

"商鞅倒行逆施，废除井田，从此礼崩乐坏，战乱不休。创立井田为先圣先贤之壮举，恢复井田靠今圣今贤之努力。这是一篇大文章，须得大手笔！务请在座今圣今贤群策群力，集思广益，做好这篇大文章。"

崔发抗声，"安汉公面前，谁敢称圣？放眼天下，弥足称今圣的，唯安汉公一人。"王莽忙说："予安敢谬称今圣？"崔发说："安汉公比肩周公，周公千古称圣，安汉公怎不能称圣？至于今贤嘛……"他突然打住，大有非我莫属之概。

卢青却说："当今贤者莫如氾胜之，安汉公何不请至山东共襄盛举呢。"

平晏说："崔先生所言甚是，安汉公当为今圣。愚意以为，在座诸公可称今贤。至于氾大人，贤名闻天下，自然是兴办井田少不了的人物。请崔先生速上《井田疏》，条陈复兴缘由，发往长安，征询氾大人高见，不知意下如何？"

好个投石问路！什么事经平晏运作，莫不由难变易，由易变佳。以崔发名义上疏，氾胜之读了，长安士大夫也就尽人皆知了。氾胜之如何反应？百官如何反应？朝野动向不也尽收眼底了？

儒者谁不对未来社会充满美妙憧憬？而这美妙憧憬又常常与古代盛世联系在一起。"郁郁乎文哉，吾从周！"孔子这声赞叹，数百年来在士大夫胸中震响。氾胜之读罢《井田疏》，只觉浮想联翩，热血翻涌。疏中雄辩的激惰，昂扬的气势，深深打动他的心，极想向人倾吐。天已经黑了，忍不住向彭宣府邸踱去。

月色朦胧，晚风拂面，初绿的柏林透着些许天光，依稀照出一弯小径。淡蓝色夜雾从地面从树桩袅起，在路边在草丛在脚下轻纱般飘动，飘向这边的树木，又绕了回来，飘向那边的树木。树木的背后，却是一片墨黑。他走到哪，夜雾跟到哪，天光照到哪，而墨黑又退到了眼前一棵树的背后。他感受到一种独步踏月的情趣，这种迹近孩童的感触，自己也觉得可笑，不觉笑出声来。

"夜步独乐，何如同乐？"说话的正是彭宣，他从树后墨黑中转出来。

"与友同乐，何如天下乐？"氾胜之应声。

二人进入彭府，彭宣读罢《井田疏》，"恢复井田？想人之不敢想，为人之不敢为。这个崔发还真是一个人才。"氾胜之说："大人之意，下官值得山东一行？"彭宣反问，"氾大人不也是这么想的吗？"

氾胜之缄默了。井田他无幸得见，三百五十年前废除了。但孟子描绘的井田图景，却是他神飞意往的精神乐园。既然可以恢复，干嘛不恢复？既然可以通过自己的双手恢复，干嘛不用自己的双手恢复？

彭宣见他兴奋的样子，自然也很兴奋。作为一个精通经史的重臣，兴奋之余又对崔发的《井田疏》疑虑重重。他以为兴废自有兴废之因，存亡自有存亡之理。上古时代的"大同世界"好不好？哪个儒者不响往？能恢复吗？不可能。唐虞时代"禅让制度"好不好？哪个儒者不响往？能恢复吗？不可能。井田能恢复吗？他想不出不能恢复的理由，却又怀疑可以恢复。"这是个大事，也是个新鲜事，不如把子都请过来，听听他的大实话，如何？"

片刻，鲍宣的大嗓门就在门口响了，"种田佬雅兴大发了？这么晚把我找来剪烛夜话？告诉你，我可不会种田。"彭宣默默把《井田疏》递给他，鲍宣看后也叹了口气，也是一副欲说还休的情态。

"安汉公周公之志，可钦可佩哟，可歌可泣哟。"彭宣含蓄说："不过……"他把余下的话化成了叹息。氾胜之鲍宣也都无言以对。不知从什么时候起，他们说到王莽的时候，心里总觉有话要说，可是到了嘴边又觉没什么可说；那就不说吧，心又有点不甘。

王莽曾是三人的朋友，随着王莽的飚升，他们之间的差距日益拉大，变得高不可攀了。孔子说，听其言，观其行，王莽之言堂堂正正，王莽之行正正堂堂。然而那高得不能再高的声望，大得不能再大的权势，对他们构成莫名的压力。声高盖主，权重压众，皆非社稷之福；但话又说回来，德比周公，忠比霍光，权力集于一身，荣耀加于一人，焉知不是社稷之福？想叫好叫不出声；想开骂骂不出口。时时令他们困扰莫名。

鲍宣打破沉默，"前些天，下官遇见了何武公孙禄，说到山东的事。二位猜他们说了些什么？下官敢说，二位绝对想象不到！"氾胜之说："不会吧。"鲍宣说："种田佬，你若想象得到，给你磕三个响头。"氾胜之说："别卖关子，径直说！"鲍宣说：

"他们说安汉公是杀人狂魔，杀使抗命，毁村屠聚！"

"怎么可能？"氾胜之说："安汉公其人确非我辈所能看透，不过，总不致于嗜血吧？"鲍宣说："种田佬，没想到吧？磕三个响头。"彭宣比较冷静，"先说说怎么回事吧。"鲍宣好一阵摇头：

"怎么回事？嗨，不可理喻！他们说山东有个鸡咯聚，聚里有个顽童只因说大司马是条火狐狸，安汉公就把全聚人杀了，还杀了朝廷派出的十几名大官，二位信吗？"

彭宣身为大司空，不知朝廷何时派出十几名大官，更不知何人被杀了，怎么可能呢？二人一阵苦笑。

"二位再猜猜他们要下官干什么？二位也想象不到。他们要下官奏明太皇太后陛下立案侦讯。"鲍宣啧啧有声："下官问，有证据吗？他们说，只要立案侦察，派人前往山东，证据肯定找得到。瞅瞅，说的什么话！莫非二人失意痴迷了？"

利令智昏者大有人在，失意痴迷者也大有人在。说何武公孙禄失意痴迷，似乎还不致于。

彭宣思忖说："何武公孙禄军中袍泽甚多，有人知道他们与安汉公不睦，投其所好，说些诋毁安汉公的话许是有的。只是说得这么离谱，叫人哭笑不得。"鲍宣说："大人之意？"彭宣说："姑妄听之吧。种田佬此去山东，不妨留意一下。心中有数，遇事不乱。"氾胜之应声，"大人说得是，下官记下了。"

　　氾胜之到达商邑后，王莽召集桐柏山周围郡县会议，严尤奉命与会，通报瞎老大近况。

　　瞎老大盘据在黑豹洞，现今不过三十余人。平日蛰伏洞中，遇见官兵，逃入深山密林躲藏。为此严尤制定了一套"封山计划"。官兵把守各个下山路口，把盗匪封锁在深山。但盗匪可以从山民手里获取粮食、盐巴。如果把山民迁下山，掐断盗匪一切物质供应，瞎老大可不攻自破了。为配合兴办井田，他又制定了一套"空山计划"。

　　"周朝一里为一井，八户共一井。桐柏山畈通常不足一里，山坪通常不足八户。若依周制建成井田，山区居民势必搬迁。迁至百里开外，与匪分离。匪离民，无衣无食无耳目无匪源；民离匪，无忧无惧无匪患无兵燹。"他对井田也很响往，热情洋溢说："井田复兴之日，就是瞎老大殄灭之时。"

"把山民搬迁下山？"汜胜之吃了一惊。郡守县令也都议论纷纷，搬迁住户，新建庐舍，开辟井田，工程何其浩繁，耗费何其钜大！别的不说，单说正"经界"，先把土地划成正正规规"囲"字形，总面积九百亩；小方格一百亩，丈量土地就十分烦难。众人这才感到井田复兴之不易了，怀疑之声四起。

"各位大人放心。"严尤说："桐柏山方圆数百里，山民不过千余户，迁移并不烦难，耗费也不钜大。小将敢向诸位放言，必可计日程功，克日完成。"

有人问："如果住户不愿搬迁呢？"

"汜国有人忧天倾，怎会不愿搬迁呢？"崔发扬声，"深山恶林之中，终年不见外人，即便没有匪患，毒蛇猛兽出没，岚烟瘴疠侵扰，衣食住行，诸多艰困，何如山下平阳之地？山民必欣从乐迁。"

有人哂笑，"人上一百，形形色色，啥样人没有？就是不肯搬迁，又当如何？"

"凡事都有个理在。"崔发似有雄辩癖，又摆出一幅雄辩架式，"譬如说杀人越货者，作奸犯科者，逃避官府追捕隐匿山林；再譬如说，贪图小利，早就与盗匪暗中勾结，甚至有些人本身就是盗匪，乔装农樵，以为坐探……"有人抗声，"先生是说，不愿搬迁者不是逃犯、盗匪，就是通匪、坐探，太武断了吧？孔子说，苛政猛于虎。难道就没有逃避苛政栖身山林的？再说弃家毁业，另建新居，免不了打碎坛坛罐罐，不肯撤迁，也是人情之常。"

"井田就为根除苛政。逃避苛政者，就该投奔井田，归附乐土。"怀疑情绪必须清除，畏难情绪必须打消，崔发觉得站在历史关口，伟大的历史使命必须旗帜鲜明："不错，举家搬迁，难免有些耗损。借口耗损，抗拒搬迁，绝非逃避苛政者。这些人是抵制井田新政，抵制根除匪患，说他们是逃犯、盗匪、通匪、坐探也不为过。"

氾胜之暗暗摇头，"借口耗损，抗拒搬迁，绝非逃避苛政者"，太武断了吧？不愿搬迁，就是"抵制井田新政，抵制根除匪患，说他们是逃犯、盗匪、通匪、坐探也不为过。"这不是构人于罪诬人于匪吗？读他的《井田疏》，觉得这个人才华横溢，谁知言辞武断，咄咄逼人。闻名不如见面，见面不如不见。有人不无讽刺说："如此说来，不愿搬迁者，可以逃犯、盗匪、通匪、坐探论处，抄没其家，锁拿下山了。"

"仁政未施，先施暴行。"许遫冷哼了一声。众人的目光一齐射向了他，全场一阵哑默，却见王莽离席，走到许遫面前躬身下拜，"许大人一言，可谓良师，可谓诤友，受予一拜。"许遨慌忙跪下，"安汉公何等之人，折杀老朽了。"王莽说："假仁之名，行暴之实，黄钟大吕啊，长鸣我心。"

王莽这一拜，拜掉了不少人的疑虑与困惑，博得一阵称颂："安汉公礼贤下士，天下皆知。今日亲见，令人动容啊。"

"敝县拥戴复兴井田。"宜阳县令司马宏第一个表态。

商邑县令汤盛说："井田为商鞅所废，应在商邑复兴！"

严尤的"獐头"红扑扑的，"虎目"炯炯有神："小将随安汉公前来剿匪。剿匪之策莫过于复兴井田。小将奉安汉公之命宣告：田地军队垦，庐舍军队建，牲畜军队送，铁犁军队造，粮食军队发。看上去朝廷军费大了点，但只要有利于剿匪安民，军费再大也是小；不利于剿匪安民，军费再小也是大。若养虎遗患，让瞎老大坐大，朝廷的军费将是今日的十倍百倍。恢复井田不但能够剿匪，而且可以安民富民。井田之复兴，乐土之建成，军费再大也是最小最小。"

"严将军所言，不无道理，不过，军费却是不可不计的。"平晏说。"建成人间乐土，不是一朝一夕之功。再说山东之大，安汉公尚未请旨，哪有那么大的人力物力财力？愚意先在商邑试办。如无不妥，请旨之后，在山东全境铺开。"

他把试办范围锁定在商邑，各郡县不强求，有些人的顾虑打消了。

"诸位放心了吧？"平晏笑声朗朗，"复兴井田，不能一蹴而就，嘿嘿。试办试办，试着办，办着试；可办则再试；不可办则变个法儿试，嘿嘿。试办试办，不是不办，也不是大办，嘿嘿。"

大堂响起一片赞许之声。

平晏说："路一步一步走，饭一口一口吃，三年而安，五年而治，十年大治，安汉公的目标就达到了。"

"嘿嘿。"王莽说："各郡各县眼红了吧？各位大人如觉可办，也可试办嘛。成功了是个经验，失败了是个教训，自觉自愿，量力而行，朝廷不敕令，不强求。"

一些心存观望的人不难看出，恢复井田一县一地试办并不难。耗力不大，耗费不多，即可声震朝野誉满域中，博得建造乐土美名。谁能坐失良机不求表现呢？纷纷站立表态："敝县择地试办，二年而安，四年而治，七年大治，实现安汉公乐土目标。"

"敝郡也将择地试办，一年而安，三年而治，五年大治，实现安汉公乐土目标。"

　　看得出来，这些人与平晏一样，用意不在井田，而在井田带来的名利效应。

　　热情催发热情，憧憬激励憧憬，众人终于提出了"一年而安，二年而治，三年大治"的目标。

　　"试办之策，实在高明。"氾胜之也受到了感染，神情激动，"安汉公恢复井田，老夫躬逢其时，岂可不躬亲其事？暴政所废，德政当兴，虽困难重重，老夫必勉力一试。千古兴废尽在我辈一试之中！不试怎知不行？不试死不甘心。"

　　王莽拱手，"氾公高义，我辈不及。商邑试办之事，全权托付氾公了。"氾胜之慨然答应，"下官乐于从命。"

　　王莽计划再次微服私访，听听老农老圃对复兴井田的意见，谁知四百里快马传来太皇太后陛下夙夜辛劳，病在床褥，急召王莽回京，王莽磕头如捣，"微臣久离京师，致使太皇太后陛下操劳过度，微臣不孝，微臣死罪！"

　　氾胜之把他搀起，"恢复井田，安汉公周公之志，亦老夫农夫之心。老夫无德无能，但有一把老骨头。哪里青山不埋人？就让它埋在桐柏山好了。"王莽感到不祥，"氾公！氾公！怎么这么说话！井田复兴之日，你我当共聚新井庐舍，把酒月下共话桑麻呢。"

安汉公大司马行辕仍留焦城，由王临坐镇，表明安汉公复兴井田的决心。氾胜之严尤把王莽平晏送出城外十里，挥泪告别。

桐柏山区通常十里八里才有三两户人家，甚至翻几座山越几道岭才能见到一户人家。他们住在山坪上，四周怪石峋嶙，古木森森，生活十分艰险。山民成份不同，其中确有不少避官、避仇、避祸逃亡的。但不论什么原因来此定居，无不经历十几年几十年甚至上百年披荆斩棘，开辟出一方热土。他们已经习惯这里的环境，对外界深具戒心，无论怎样劝说，也不肯割舍自己的家园。

严尤谨遵谕令，不动粗不相强。他派出千余官兵挨家挨户劝说，居然没有一户同意搬迁。氾胜之虽然熟悉农家，能与农夫农妇说上贴心话，奔走了十多天，只有两户答应下山。这两户人家还是因为与对面山岬的人有仇，担心报复才同意远遁他乡的。氾胜之这才觉得美好的憧憬并非每个人都憧憬；士大夫的憧憬并非农夫农妇的憧憬，恢复井田不像他想象的那么简单。

　　七月下旬，氾胜之一改常态，亲率二什官兵，每到一处山坪，严令立即搬迁，不肯搬迁者，全家老小净手出屋，锁拿下山。崔发向严尤告发，讥讽说："瞧，好个大农家！这才是'仁政未施，先施暴行'呢。"

　　严尤找到氾胜之，"氾公，安汉公曾有谕令……"

　　"安汉公谕令，全权托付老夫。这里的事，不用你干涉。"氾胜之铁青脸不理会。反而要他增派二什士兵，活像发疯似地双目圆睁，胡子直翘，喝令兵士跟随他从这个山坪爬到那个山坪。白天爬上山坪，白天敲门；半夜爬上山坪，半夜敲门，连鸡带狗强令搬迁。他不眠不休，五天五夜不停留，走不动了，令兵士做顶竹轿抬着他，一共走了十七个山岬，迁出了四十二户人家。

　　严尤十分惊诧，这位慈眉善目的干巴老头怎么了？四十二户人家呼天呛地哭爹叫娘下了山，住在山下帐棚里，几个火气大的后生破口大骂，誓言杀死这个老贼。一天傍晚，有个老者突然喝斥："都给俺闭嘴！氾大人是救俺们啊！"他告诉大伙，他闻到了林子里一股焦煳味：

　　"夜晚会有劈山裂石的炸雷暴雨。

　　后生不敢吭声了。可是到了夜晚，星光闪烁，雨星儿也没有。可不是吗？时令快到白露了，哪里会有暴雨？到了第二天后晌，天上的太阳还没落，倏然飞来一朵怪云，亮亮的，灰里带红，红里带灰，一团一团叠在一起，活像一堆烧烬未烬的火炭。片刻间越聚越多，遮住了太阳，遮住了蓝天，变得乌黑乌黑，一声霹雳，大雨倾盆而下，哗哗哗震天响。大雨下了两天一夜，山洪咆哮着汹涌着四处奔流，像一群疯狂的野兽在森林中在山峰上跌跃闯荡，推倒大树，掀倒巨石，随着洪水跌向山谷……

氾胜之呢？他和四什兵士困在山上没下来。

过了七天，山水略退，人们上山寻找。发现对面山上有烟冒出，然而两山之间水深百尺，水流湍急，无法过去。又过了五天，山洪退尽，人们才从山洞里找到氾胜之和兵士。里面还有三户人家，老老小小十五口，只是氾胜之病倒了。

四十二户人家回山去看，屋后山体滑坡，山坪上到处堆积石块，像屋子一般大小的巨石砸在他们屋里，房屋严严实实压在巨石下边。如果人在里头，一家老小就全压到下头了。倒是有两处山坪没有发生滑坡，但虎嗥声声，原来他们的家被猛虎占据了。除了这十七个山坪，还有四个山坪受灾，被泥石流埋在底下和被山洪冲走的共计三十二人，那是因为氾胜之来不及赶到。

氾胜之的名字很快传遍了桐柏山，搬迁加快了，井田一井一井在商邑兴建起来。严尤给他们牲畜、铁犁、粮种，在寒冬到来之前，人们住进新盖的庐舍，生活安定了下来。

整整一个冬季，瞎老大得不到供应，化雪之后他派出一名匪徒与官兵交涉，表示愿意自缚下山，但必须赦免其他兄弟；严尤答应了。过了三个月，他又派一名匪徒前来，指名道姓要严尤或氾胜之单身上山，当众设誓，他们才肯投降。严尤和氾胜之相伴上山，瞎老大匪众冻饿病死者六名，还剩二十六人全归降了。

元始二年(公元 2 年)八月，瞎老大自缚归降的消息，严尤用露版传报京师。露版是军队一种文告，写在木板上，目的是公布消息，四方速知。没几天，王莽令严尤亲自回朝报捷，严尤带领亲兵进京去了。

王莽在山东恢复井田，早已在朝野引起轰动。拥护者甚多，非议者也不少，一年多时间显现出了井田教化之威力，闻者无不惊异。这正是王莽企盼的，居然成了现实，使他激动不已，当天就带领严尤进宫报喜。

王莽奏报："瞎老大等二十六名匪徒自缚投降，此太皇太后陛下、皇上之洪福，井田德政之感召。如何发落，请太皇太后陛下、皇上定夺。"王政君大喜，"爱卿两度巡抚山东，终使盗匪降伏，黎庶安宁，朕心甚慰。致于二十六名降匪，爱卿全权处置。"王莽说："二十六名匪徒作恶多端，死有余辜。本当献俘阙下，枭首菜市。但念其感于井田德政，自缚归降，臣意免其一死。使其治井田，成为井田之民。不但彰显太皇太后陛下、皇上之隆恩大德，还可彰显井田教化之威力。"王政君调头问：

"皇帝以为如何？"

一年多时间，刘衎长高了。脸色更白了，身材更瘦了，下巴颜更尖了。也许是皇祖母的精心养育，也许是龚师傅的谆谆教导，比起寻常孩童懂事许多沉稳许多。"安汉公目光远大，用意深沉，臣孙十分赞许。"

王莽奏请，"御史氾胜之劳苦功高，应予嘉奖。"随后他把氾胜之如何在暴雨前一个山坪一个山坪强制山民下山的事迹，绘声绘色讲述了一番，刘衎听得极为神往，"氾胜之学究天人，摩顶踵足，真了不起！我朝有此大臣，实兆民之福，社稷之幸！"王政君说："氾胜之勤政爱民，当为百僚表率，爱卿可上表来，朕降旨封赏。"

王莽严尤谢恩告退，他把旨意用四百里驿马飞快传与汜胜之，令他们妥善安置瞎老大等人，务使改恶从善，成为顺良臣民，以为井田教化之范例。"汜公大功，予已上达天聪。朝廷将不吝封赏，勉之，再勉之。"

书简刚刚发出，平晏突然大叫，"坏了！"

王莽瞠目望着，"出了什么事？"平晏说："汜胜之接信后，必征询瞎老大意向，瞎老大必请求返乡……"

"鸡咯聚！"王莽垂下眼帘，心往下沉，左手捏紧胡须不动了。

鸡咯聚也像白鹿原一样是他永远无治愈的心病。鸡咯聚的秘密也许也像白鹿原的秘密一样仍旧存于人间，是他摆脱不了的噩梦。

平晏说："速传蔺苞！"王莽知道他要干什么，背过身去。片刻，蔺苞进入中堂，平晏说："带上八骏，速将书简追回！"蔺苞迟疑，"马已走远，恐怕追不上了。"平晏说："如果途中不能把书简截下，直奔焦城传主公口谕：瞎老大必须安置在商邑，不得由他自行挑选。违命者杀无赦。"他意识到指令不够明确，又强调了一句："无论是谁，包括汜胜之在内。"

包括氾胜之在内？蔺苞一怔，望了望王莽的背影，见他做了个习惯动作，把胡须一顿，慌忙应声，"末将听令。"

二十六　鸡咯聚黄叶悼白骨 回心石飞羽坠高贤

"叩见四公子，氾大人何在？"蔺苞带领八骏到达焦城安汉公行辕，急切叩问。王临告诉他，驿报已于两日前到达，氾胜之上商邑去了。桐柏山移民在商邑建井，瞎老大等人关押在那里。蔺苞不敢耽搁，挥鞭直奔商邑。汤盛说："氾大人昨日带瞎老大等人到宜阳去了。"

前天汤盛宣读赦令，朝廷赦免瞎老大等人死罪，让他们成为井田之民，瞎老大感动得向西跪下，磕头流血。二十六名降匪中，有六人是鸡咯聚与瞎老大一齐落草的人。这六人都很激动，一致要求返回鸡咯聚，改恶从善，赎罪桑梓。

鸡咯聚在伊水北岸，聚里的人姓韩。二百年前，秦始皇破韩之后，韩王十三子与众家臣逃到这里结庐而居。韩王祖上姓姬，十三王子名戈，为避秦祸，不敢取名字，是个无名聚。后来秦国灭亡，人们认祖归宗，取名姬戈聚。不久韩王信造反，高祖刘邦降旨缉杀韩王后人，这里又避汉祸了。人们再次隐姓埋名。聚里鸡鸣犬吠，久而久之叫鸡咯聚了。

瞎老大也姓韩，排行老四，在一次与南岸落雁咀械斗中，打瞎了右眼。这个人敢做敢当，聚里人服他，称他瞎老大，本

"

名倒没人叫了。落雁咀在鸡咯聚下游十三里，每年伊水春秋两汛，两聚村民修筑埝子保护家园。大水年份，鸡咯聚的村民想挖开落雁咀的埝子，把洪水引到南岸；同样，落雁咀的村民想挖开鸡咯聚的埝子，把洪水引到北岸。百余年来，两村多次械斗，死伤很多人；瞎老大的父亲就是在械斗中被落雁咀的人打死的。瞎老大骁勇非凡，在他瞎眼后第二年，怀着满腔仇恨，带着一群村民掘了落雁咀的埝子，趁洪水淹没落雁咀当儿，驾划子进入聚中杀死了二十口人。落雁咀告到宜阳县衙，县令派官兵前来捉拿凶手，瞎老大与十二名村民逃进牛头山落草为寇。

氾胜之与汤盛都觉得七人回乡建井合情合理，意义重大，王莽信上明令"妥善安置瞎老大等人"，汤盛说："氾大人，好事做到头吧，瞎老大交给大人了。"氾胜之没说什么，带着瞎老大径直到宜阳去了。

天已向晚，蔺苞和八骏驱驰了一天，人困马乏。他要汤盛备马，连夜赶到宜阳。汤盛问，"何事如此急迫？"蔺苞说："平公子所命，属下不敢疏忽。"汤盛见他不肯说，不再多问。

蔺苞和八骏饱饱吃了一顿上路了。天没亮，宜阳城门没开，蔺苞在城下喊门。门吏报告县令司马宏，司马宏亲自来到城头一看，慌忙令人打开城门。不待城门打开，蔺苞问，"请问司马大人：氾大人、瞎老大可在城中？"

司马宏城头抱拳，"回禀蔺都统：下官没见氾大人瞎老大进城。"司马宏请他入城，"蔺都尉请到衙中暂歇。也许氾大人途中耽搁了。说不定蔺都尉一觉醒来，氾大人就站在面前呢，嘿嘿。"

途中耽搁不是没有可能，不过大路一条，他们一路赶来，未见任何异常。瞎老大等人会不会回乡心切，直奔鸡咯聚了呢？

蔺苞拱手，"不劳司马大人了。如果氾大人瞎老人进城，司马大人一定将他们留下，不得出城。"说罢带领八骏飞驰而去。

宜阳到鸡咯聚只有一条人行小路，两边是野生古林，遮天蔽日，莽莽苍苍。路上葛藤纵横，坎坷不平，黑黝黝的，九人打着火把，向前疾驰。拂晓到达鸡咯聚。

天光黯淡，黑糊糊的夜色依旧笼罩大地，长满蒿草的的废墟上只有萧瑟秋风在枯柳衰草间发出簌簌声响。蔺苞命令八骏在残垣断壁搜查了一遍，不说没有人影，连猫狗也没有一只。如果不是村边的垂柳传出晨鸟啼鸣，简直就是一个死寂世界。但他总觉得有一双眼睛死盯住他，无论他走到哪里，无论转向哪个方向，那双眼睛不是盯着他的脊背就是盯着他的额头，甚至盯着他的眼睛，亮晶晶的，充满仇恨。

天色放亮了，一棵槐树的树瘤呲牙咧嘴显现出来。这棵槐树给他的印象太深刻了，蓦然重逢，耳边不禁响起一片凄厉哭喊声音，那个月黑风高的夜晚浮现到眼前……大火在聚里四处升起，墙倒了，壁塌了，屠杀开始了。他记得提刀追杀一个老丈，一刀戳进了老丈后背。老丈跪在地上，回头深深望了他一眼，抬手指着右前方一棵大树，口里不知喊了声什么，大约是恶咒吧，就扑倒地上。他向大树投去一瞥，树上有个大大的树瘤在火花中向他呲牙咧嘴，就像老丈痛苦扭曲的脸。他心头一震，愕然刹住脚。不一会村民开始往村外逃跑，他来不及思索，指挥护军把村民挡回来。村民开始反抗，男的女的拼上了命，房前屋后展开搏斗。他冲进战团左砍右杀，在他挥刀的时候，总感觉有双眼睛死死盯着他……

"没人！"八骏纷纷向他靠拢。也许真在途中出了意外？"走，回宜阳。"蔺苞挥鞭上马。他们在马背整整两天两夜，实在太困了。一上大路，九人打着瞌睡，信马由缰前行。

　　氾胜之与瞎老大一行向鸡咯聚疾奔，其中有个头戴白色方巾，身穿黑緞滚边白袍的年轻人，身上戴着热孝，一眼就能看出是位出身豪门的贵介公子。天还没亮，夜雾弥天，黯黑的小路在密林中蜿蜒，白的是水，黑的是土，走得都很快。急促的脚步声，惊醒两旁的宿禽，一群一群飞向天空。

　　路过一处水塘，小路甩了个大弯，隐隐听见树林右前方传来一阵马蹄声，贵介公子叫喊，"进树林，快！"氾胜之质问，"老夫官职在身，正大光明，为何钻树林不敢见人？"贵介公子说："晚生料定，此必蔺苞八骏，特来阻拦大人和瞎老大窥破屠聚秘密的。"瞎老大沉声说："氾大人，先听他的。"接着呲了呲牙，瞎眼猛劲抽搐几下，"小子，你敢说瞎话，我瞎老大虽说发誓不再作恶，也不会饶你！"那副凶神模样，好像要把人生吃下去似的。说罢，他第一个钻了进去，其余六人默默跟在后面，贵介公子说："请吧，氾大人。"氾胜之听马蹄声越来越近，也钻进了树林。

　　片刻九骑在晨光中出现了，打头的果然是蔺苞。路很窄狭，九骑排成一行，他们都坐在马上打瞌睡，头向前一点一点，身子左右摇晃。军马训练有素，前后距离均等，下蹄又轻又稳。蓦地，林中一只鸟怪叫一声，一群鸟卟卟飞起，蔺苞突然惊醒，"有人！"八骏身子一耸，拔出了刀。氾胜之以为被发现了，却见蔺苞四下打量了一下，鸟儿飞到枝头，路边恢复宁静，鞭子一摆，"精神点！"双腿猛夹，四蹄腾空跳起，烟尘突起，九骑飞驰过去了。

太阳升到野林上空，金色的朝阳穿透浓雾，小路亮堂起来。不一会，故乡的烟柳跳进眼帘，瞎老大等人加快脚步，大步流星走到村边，都被眼前的景象惊呆了。他们站了一会，一步一步踏进去，怯怯的，慢慢的，没有叫喊，没有哭泣，仿佛走在陌生的死亡的地域，深怕惊醒沉睡的亡灵。七人走到一片断垣前面，不约而同跪下了。

氾胜之看出这是聚里的祠堂，"不可思议！不可思议！伪为人！杀人狂！"他的眼睛都气红了。

一忽儿，断墙背后慢慢露出一个小脑袋，怯生生伸出来，又惊骇缩了回去。蓬乱的头发披散到两颊，脸儿又脏又黑，瘦得只剩下一双惊恐的大眼睛了。他看见氾胜之头戴进贤高冠，身穿锦缎官服，尖叫一声，"官兵！"撒开双脚转身飞跑。身影又瘦又小，是个孩童。上身裸着，只穿一条裤子，裤脚撕扯得一条一条的，露出一双瘦骨伶仃的小腿。

瞎老大一跃而起追上去，"站住，俺们不是官兵。"孩童哪里肯信，跑得飞快，穿过破门框，跳过断墙，窜到村边柳林。瞎老大追到柳林，孩童兔子似地钻进野树林子去了。瞎老大顿足叫喊，"娃儿，俺们不是官兵，真不是官兵啊，你出来，你出来呀。"他叫了好几遍，差不多要哭了。里头没有应声，只得转回来。

"用不着追，他会回来的。晚生如果没有猜错，他是鸡咯聚唯一存活的人。"贵介公子说："晚生估摸，这孩童一直守在这里，就是要把这里发生的事告诉过路人。当他确定我等并非官兵，弄清瞎老大等人的身份后，他会自动现身的。"

这个公子风度翩翩，操京师口音，他是公孙钧。

"都怨我！"瞎老大捶胸拍地，号啕大哭。其余六人也都跪下哭喊，他们直着嗓子号啕，比狼嗥还叫人毛骨悚然。

"诸位不可过于自责，依晚生愚见，这件事从头到尾透着古怪，好像不能全怨诸位，恐怕其中另有内情。"公孙钧说。

公孙钧是在瞎老大自缚投降的消息传到长安之后，满朝欢呼之时单身潜入山东的。他到焦城找卢青，卢青是他父亲的旧部。他不敢说明来意，推说观察山川地势，日后继承父志从军建功。第二天实地察看了鸡咯聚，目睹断壁残垣，决定把这一切告诉氾胜之。他守在安汉公行辕门口，一连二十多天没见氾胜之影儿。前天他看见蔺苞和八骏风尘仆仆，跨下的马冒着热气，觉得十分蹊跷，苦思良久，不得要领。嗷！嗷！远处传来杀猪声，心里一动：杀人灭口。昨天傍晚，他在宜阳城外草亭拦住了氾胜之等人：

"宜阳城门高又高，有祸之人莫进来。晚生在此等候多时，特意奉劝诸位还是不要进城为好。"

"你是何人？"氾胜之问。

"别问晚生何人。"公孙钧跪拜，"氾大人不认识晚生，晚生认识氾大人。晚生不但认识氾大人，还知氾大人与瞎老大等人大祸临头。"

"休得胡言乱语！"瞎老大说："我等刚获恩赦，那是太皇太后陛下，皇上亲口谕旨，有何大祸？"公孙钧冷笑，"哼哼，你可知你给贵乡里带来何等灾祸吗？全聚屠戮，鸡犬不留！"瞎老大独眼一瞪，"你说什么？"公孙钧说："瞎了狗眼，还聋了猪耳不成？"瞎老大一把拽住他的领口，气得发抖，"你！"公孙钧垂着双手翻着白眼，满脸不屑，"真是匪性不改，冥顽凶恶，死有余辜，那就进城送死去吧。"瞎老大警告，"小子，你还敢妖言惑众，老爷灭了你！"手腕一拧，提着他的领口，就像拎一只小鸡那样把他拎了起来。

"住手！"氾胜之喝止，"听他怎样说。"

公孙钧说："何须晚生说，到鸡咯聚看看不就有了？"

"鸡咯聚！"氾胜之记得鲍宣关于王莽毁村屠聚的传言，一直留意鸡咯聚。他亲自送瞎老大到鸡咯聚，就是想实地考察一番。如果属实，事态非常严重。不单他个人安危，而是整个朝廷！大汉社稷！试想满朝文武万千士子兆亿黎民把一个杀人狂魔奉为圣人，让他窃取权力，对他歌功颂德顶礼膜拜，整个儿叫他骗了，整个儿叫他耍了，整个儿被他玩弄在手掌之上！汉室前途，兆民福祉怎堪设想？

天色已晚，道路难行，公孙钧建议在草亭住一晚再走，他们住下了。

此刻，面对死寂的废墟，屠聚罪行赤裸裸呈现在眼前，氾胜之顿足，"这是为什么？到底为什么呀？"

公孙钧说："晚生得知鸡咯聚屠戮消息之后，与氾大人一样惊诧莫名。不但晚生惊诧莫名，家父与何世伯也百思不解。以王莽为人似非嗜杀之辈，也非杀人冒功之徒，何须冒天下之大不韪，毁村屠聚呢？但是，问题又来了，在这穷乡僻壤，斩尽杀绝，大有灭口之势，似乎要掩盖什么。晚生实在想不通，他到底要掩盖什么呢？"

"重大的秘密！不可告人的秘密！"氾胜之肯定说："说来惭愧，老夫只会种田，不谙阴谋者鬼蜮伎俩。"说着懊恼不已。

公孙钧说："那只好冒险等候了。"氾胜之问，"等什么？"公孙钧说："等那孩童现身。"氾胜之毫不迟疑，"等！再大的危险也等。"公孙钧说："但愿他在蔺苞和八骏到来前现身，晚了就误事了。唉，什么事都有定数，都是天意，古今多少阴谋，多少罪恶，多少秘密皆因不得其人，不得其时，掩盖在尘土和岁月之中！"氾胜之说："老夫倒有叫孩童现身之法。"

他叫瞎老大等人自报姓名，向聚里亲朋哭诉。如果那孩童是聚里人，听见他们哭诉就不难认定七人身份，现身相认。七人觉得有理，他们喊着族长、长老名字，哭声干涩，渐次喊到亲人，七人动情了，其中一个匪人哭喊：

"二哥，二嫂，你们在哪？在哪？俺的好哥哥好嫂子呃！俺真混！是俺害了你们，害了柱子、石头，害了全家人！壬午年发大水，几十口子人冲到落雁咀，狗操的落雁咀，不单不救俺聚的人，还拿竹篙把俺聚的人往外推，一下子死了二十三口，二十三口条人命哪！俺，俺头发都竖起来了！俺，俺没听二哥的话，跟着瞎老大到落雁咀杀人。二嫂跪在地上抱住俺的脚，哭着不让俺走。俺不听，一脚踹到二嫂心窝上，踹得二嫂闭过气去。俺跺跺脚走了，俺嚥不下这口气哪！俺真混，俺没良心，俺不是人，俺是畜牲……"

"你是……五……"孩童从右边一个墙角，斜刺跑来，离三十来步停下了。

"俺是秃老五，磨房家的秃老五呀！"那人揭开头上的包布，露出秃头。

孩童跑过来，眼睛怯生生一闪，"你是四……瞎老大……"瞎老大忙说："是是，我是，你，你……"

"四伯！俺是狗儿，七房的狗儿呀！"

"狗儿？小时候俺还抱过你呢，这么大了！"瞎老大离家已经六年了，那时狗儿才三岁呢。"你爹你娘呢？真的都死了？都死了？"

"死了！死了！全聚的人都死了！"狗儿哭了，"狗操的官兵把全聚的人都杀了，杀了……都怨俺，怨俺，只有俺活下来了……"

去年八月间，聚里来了官兵。官兵住在营帐里，其中有个营帐比别的营帐都大，说是大司马的营帐。四周有栅栏围着，不准闲人靠近，每日都有护军端水送饭。大司马是啥？聚里的人弄不清楚，但相信是最大最大的官儿。谁谁都想瞧瞧这个大官儿长个啥样，真邪门，谁谁都没见到。狗儿想，大活人一个，见见还不容易？他向伙伴夸下海口，偷进去看一把。

栅栏边上有棵大榆树，枝叶分披进到栅栏里面。他悄悄爬到树上守望，真邪门，一天没见人出来，二天没见人出来，心想再大再大的官儿也得拉屎撒尿啊。第三天夜里，他趁护军不注意，从树上跳下来，爬进了营帐。里面燃着巨烛，无数飞蛾围着烛光乱飞。营帐后边悬着一面大红幔帐，帐幔前面横着一张条案，条案上头陈放着一柄宝剑。哪有什么大司马？妈毯没有！

嗖！一团黑影在眼前窜过，临了钻进幔帐调头一瞬，他看出这黑影毛茸茸的，火红火红，是只大狐狸。他追到幔帐后面，狐狸没影儿了。

"大司马不是人，也不是马，是只火狐狸！"

大顺、二毛是他好朋友，虽然不知道"大司马"是什么，却也不信是只火狐狸。三人决定一起偷进去看个究竟。等了小半夜，营帐里真的妈毯没有，正准备回走，嗖！火狐狸在他们眼面前窜过。

大司马是只火狐狸坐实了。不信归不信，这话先在孩童中传，很快传到大人耳里。没几天京城来了十多个大官，一律骑着白马。

　　十多个大官！骑着白马！莫非杀使抗命也真有其事？"他们姓什么？叫什么？"氾胜之急切问。但他知道问也是白问，谁知狗儿说：

　　"他们衣裳可白可白了，亮得发光，帽子上插个狗尾巴。"

　　貂铛！他们跑来干什么？太皇太后陛下派出的监军也敢杀？

　　狗儿接着说，这些大官也要进帐见大司马，护军不让进去。听到大司马是只火狐狸的传言，这些大官找到他和大顺二毛问明情况，气得嗷嗷乱叫，亮出刀剑往营帐冲，里头果然妈毯没有。他们二话没说，跨上白马往聚外跑，官兵拦住他们。双方打起来，一个虬须将军大叫："格杀勿论！"十三个大官全被杀死了。

　　狗儿知道闯了祸，逃进聚外野林子不敢回家。

　　夜里屠杀开始了。官兵先是把大顺二毛抓起来，追查狗儿下落；狗儿父母不知狗儿跑到哪儿去了，官兵杀了狗儿全家，又杀狗儿亲戚；接看说大顺二毛窥探军事机密受了大人指使，杀了大顺二毛全家，又杀两家亲戚；最后说瞎老大是聚里人，瞎老大的喽啰也是聚里人，聚里人通匪……

　　瞎老大扑到地上。六人也跟着扑到地上呼天抢地哭号。

"各位不要哭了，哭沒用了了。"公孙钧说。"蔺苞和八骏今日不来，明日准来，必须尽快离开，找个落脚地方藏起来，想想往后怎么办。"

"不！"瞎老大有如狼嗥一声。"狗儿，你爹你娘埋在哪里，还有大爷、二爷、三爷、五爷、六爷他们都埋在哪里，俺要看看！"

村子西头和北头，家柳和野林之间挖了许多陷阱，聚上的人叫它落虎坑，用来御防野兽伤害人畜。除了氾胜之公孙钧腰佩长剑，瞎老大等人手无寸铁。废墟中他们找到了几把镬头在北头一处陷阱上刨起来。不一会，露出满满一坑白骨。肉身都已烂尽，有的衣服还零零碎碎留下一些布片子。只有"刚卯金刀"完好无损。刚卯金刀四周的红桃木上刻着名字、生辰。瞎老大等人不识字，递与氾胜之和公孙钧辨认。氾胜之唸道。"韩荣，韩春……"

有人叫道："这是邪货！幺姑娘！"

瞎老大等人都在白骨堆上扒拉，寻找刚卯金刀，想找出自己亲人的骸骨。公孙钧急着离开这危险地方，冷冷说："死者生遭屠戮之痛，死遭分骨之苦。瞎老大啊瞎老大，都是尔等作的孽，还嫌不够吗？"

瞎老大等人嗒然停手，跪在白骨堆旁。

秋风在野林上翻滚，无数黄叶随风扬起，在人们头顶旋转一会，无声飘落到白骨堆上。风儿阴冷阴冷，好像从很远很远的冰天吹来的，传说那里与冥界接壤；叶儿一片一片的，白霜初化，有的湿濡了一片，有的凝成水珠，就像刚刚哭过的面庞。它们是亡魂回归的表征。一片落叶代表一个亡魂，大约衔冤不散吧，淌着泪儿特来会晤久别的亲人。瞎老大等人又号哭起来。

"原来王莽……不在大司马营帐，不在鸡咯聚。"公孙钧说："他在哪儿呢？做什么去了？可以断定，敢冒天下大不韪者，干的也是冒天下大不韪的事。他去的地方极端隐密，做的事也极端隐密！"

一只苍鹰飞临白骨堆上空，张着硕大的双翅在人们头顶上盘旋，向白骨投下巨大阴影。一忽儿，披云裂雾，迎着金黄色阳光直上九霄；一忽儿，迅雷闪电般跃进村边的柳林。蓦地，一声凄厉尖唳划破长空，野林中啁啾的鸟儿吓得闭住了嘴巴。

"潜回长安去了。"氾胜之仰望苍鹰向野林深处飞去。回想当时朝廷情势，只差一两天就能拥立望乡侯刘信为帝，王莽突然返京，出现在庙堂之上。恍如神兵天降，政局急剧逆转。如果他不是早已潜回长安，怎能那么及时？

公孙钧说："这就对了。"

氾胜之思忖片刻，连连摇头说："不对呀，当时太皇太后陛下急诏王莽返京，王莽奉旨返京，名正言顺，用不着这么藏藏掖掖，更用不着杀使抗命毁村屠聚啊。再说，算算日子……不对。"

"如果……王莽一直潜在长安，没到山东……"公孙钧话声未落，只听有人大喝，"何方小贼，妄度安汉公仁人之心，你是活得不耐领了！"这时人们赫然发现蔺苞和八骏手持刀剑从三面包围过来。

氾胜之公孙钧都吃了一惊，来得这么快？蔺苞和八骏是从宜阳城外草亭折转回来的。草亭里散落了许多茅草，留下了夜宿痕迹，联想到林中怪鸟叫声，蔺苞断然决定再回鸡咯聚。他们人衔枚，马带嚼，潜入聚里，把众人包围起来。

蔺苞上前躬身，"拜见氾大人。小将奉令将瞎老大等人接回商邑，请大人随小将同回商邑。"氾胜之指着白骨堆，怒目质问，"这是怎么回事？"蔺苞抱拳，"启禀氾大人，此聚为匪类所屠。皆因瞎老大在群匪之中争山头称老大，树敌过多，匪类内哄，殃及乡里，致使发生屠聚惨祸。"

"胡说！"瞎老大暴喝。

蔺苞喝斥，"瞎老大，赦你不死，安汉公和朝廷待你恩重如山，还想抗拒安汉公和朝廷不成？你听仔细了！今日没你的事，将妖言惑众的小贼拿下，给你记上一功！"

狗儿突然叫起来："是他！就是他！就是这狗操的！杀了全聚的人！"

"操家伙！"瞎老大攥紧鑺头大喝一声。其余六人全都拿起鑺头，氾胜之公孙钧同时掣出长剑。

蔺苞抱拳，"氾大人，你这是干什么？以大人之贤明，莫非也要背叛朝廷对抗天兵，通匪作乱不成？"

"住口！"氾胜之喝骂，"你这恶贼，毁村屠聚，罪恶滔天，远胜匪类！"

蔺苞说："氾大人怎可听信胡言乱语？此聚为匪类所屠，宜阳县令司马宏有卷牒报与朝廷，存于尚书台。单凭黄口小儿之言，有失慎重吧。氾大人若不信，可到宜阳县衙辨明。若还不信，小将护送大人回长安，向太皇太后陛下、皇上辨明。"

氾胜之冷笑，"王莽满口仁义，属下也是张口忠信。口蜜腹剑，虚伪至极！哼，护送老夫回长安辨明，只怕是护送老夫项上人头到长安请功吧。"

"氾大人不信，小将也无话可说。"蔺苞调头，"照看好氾大人。"八骏齐声，"遵命。"蔺苞叫，"瞎老大，本座再说一遍，擒住小贼，记上一功；小贼跪下投降，可免一死；谁敢不听本座将命，负隅顽抗，格杀勿论！"

瞎老大突然大叫，"走，到林子里去！留得青山在，不怕没柴烧，林子是俺天下，与这帮狗操的官兵周旋到底！"

"不！"秃老五大叫。"世上还有俺活路吗？逃过今天，逃得过明天吗？全聚人都死了，俺还有脸面活在世上吗？今日与狗操的官兵拼了！死，死在乡亲一堆！杀一个，报一个仇！"

"报仇！"其余的人一齐大叫。

"好！好兄弟！"瞎老大说："狗儿，你还小，跟氾大人、公孙公子退到林子去，把聚上的事告诉天下人！氾大人，快走！"

氾胜之还在迟疑，公孙钧一把拽住狗儿，"走吧，氾大人。"说着往野林里钻，氾胜之只得跟在后头。林外杀声大起，不一会传来了惨叫声。狗儿恨恨詈骂，"狗操的官兵！"

村北的野林绵延百里，东达伊水，西连邙山。三人藏在一棵藤萝茂密的大树后面，倾听外边搏斗动静。瞎老大势如疯虎，喊声如雷，抡起镢头，虎虎生风。一声惨叫过后，又一声惨叫传来，只听瞎老大狂笑，"什么八骏，浪得虚名！"狗儿攥紧拳头，"俺四伯！杀，杀，杀死这帮狗操的！"

一阵急促马蹄声传来，蔺苞叫，"司马大人，来得正好！瞎老大匪性不改，突然反水，快快与我擒住，碎尸万断！"

司马宏曾是甄丰帐前护军，与廉丹交情很深，对其中内幕知之甚详。他见蔺苞马不停蹄直奔鸡咯聚，始而诧异；想到追瞎老大，明白怎么回事了。天亮之后，蔺苞还没回来，情知有异，带一佰官兵赶来了。他一声唿哨，官兵杀了过去。蔺苞说："八骏听命，随本座进林去逮妖言惑众的小贼，不要让他逃了！"

公孙钧发急，"快走，他们来了！"正要直起身，狗儿拽住他的衣服。公孙钧诧异间，狗儿把一块石头向右前方抛去，树上鸟儿惊叫飞起，有人叫喊："那边！"

狗儿小胳膊一甩，向东面走去。他常穿林子，知道哪儿可以通行。二人弯着腰跟在他后面。后方传来阵阵吆喝："小贼，出来！"

野生古林，人类只能在边缘活动。这里阳光还可以射进去。光线虽然黯淡，近前的景物肉眼大体能够看清。地面高高低低凸凹不平，上面积存厚厚的腐烂落叶，巨石倒木横躺竖卧，葛藤萝蔓遍地爬行。有的藤蔓爬到树干，又攀缠到另一棵树上，像网一样张挂在大树中间，行人无法穿过。再往里走，进入野林深处，黑黝黝不透光，且不说毒蛇猛兽随时可能发动致命袭击，一脚踏空还可能沉沦灭顶的泥淖。那里人迹罕至，属于妖魔鬼怪的领地。

搏击声吆喝声渐渐远去，伊水的涛声传进了耳中。

三人泅过伊水，狗儿说："进入狗操的落雁咀地界了，俺们得小心点，千万莫说是鸡咯聚的人。"

河边满目荻花，秋风萧瑟。上了垸子，不远处有几间茅庐，狗儿詈骂，"狗操的，把茅庐盖到俺鸡咯聚对岸了，欺俺鸡咯聚没人！"

公孙钧冻得牙齿打颤，脸上白惨惨地起了一层鸡皮疙瘩，他冷峻说："只怕是宜阳县建的'新井'吧。"

氾胜之扫了一眼，果然是八间。"走，看看去，烤烤衣服。"

公孙钧说："氾大人不去，晚生还要拽大人去呢，看看'新井'啥样子！"不知是冷笑这是冷颤，他哼了两声。

八间茅庐，形成一个村落。垸子下面就是农田，原先的阡陌犁掉了，开出了一条五尺宽的"经界"。田里的庄稼收割了，田野辽阔空旷。顺着经界，走近庐舍。庐舍都是新建的，一色泥墙草棚，规格划一，宅边，村边，路边都没植树。氾胜之在商邑建井时，移民安定下来先种桑树、梓树、桃树、李树、杏树、枇杷树，接着栽种杨树、柳树、楝树、槐树等宅边路边树。十年树木，表明移民移到新居后扎根新土，过日子奔前程的热火劲。而这里冷冷清清，好像浮萍流落到了这里，随时可能流落它乡。

两户人家正在吵架，一家门口一条汉子，指着对方跳起脚儿破口大骂。男人骂还不够，妇人不时窜出来帮腔骂几声，骂得都很难听。六七个孩童站在两户人家中间看光景，听见污秽字眼咧嘴嗤笑。他们刚进村，有人叫喊，"衙门来人了！"孩童们看见氾胜之身穿锦缎官服，一哄而散。两家人也都住了嘴，惊骇地望着他们。他们没有理会，径直走到村头一户人家要求拢把火，烤烤衣服。老丈看了他们一眼，默默让开门口，请他们进屋。

天井上拢了一堆火，氾胜之坐下来问，"老人家，从哪儿迁来的？"老丈反问，"老爷不是宜阳县衙的人？"氾胜之说："我等路过，有急事渡伊水，等半天不见渡船，只得泅水过来了。"老丈这才关切，"秋水凉，老爷没冻着吧？"他吩咐媳妇给客人煎开水。

老丈告诉他，他们是从落雁咀迁来的。吵架的两户人家，东家的老二是个泼皮，一惯拈花惹草；西家的小媳妇是个浪货，喜欢招蜂引蝶。小媳妇说老二调戏她，把她堵在屋里摸奶子。双方动了手，还动了刀子，两家男人都受了伤，只打了个平手。都觉不解气，这不，又打起口水仗来了。

氾胜之暗暗叹息，这哪里是什么"出入相友，守望相助，疾病相救"啊！看来并非把八户人迁到一起，把八百亩田地划归他们就万事大吉了。八户人要做到出入相友，守望相助，疾病相救，谈何容易！

"老爷，你瞅瞅，宜阳县干的啥事！俺庄户人家，哪儿不是种田？偏偏要俺迁到这里，建什么新井！俺在落雁咀有房子有地，房子是砖瓦房，地是肥土地，硬是要把俺房子扒掉，那是百年祖宅啊。不扒不行，说是行仁政，建新井；不扒就是反对仁政，敌视官府，就是刁民！豪民！不遵法度的乱民！"

氾胜之得天之助，把零散山民迁到平原建立新井，进展颇为顺利，以为恢复井田不但必要，而且可行；这才感到恢复井田谬误了。好好的村聚，好好的房屋，硬要折开，硬要扒掉，不光是劳民伤财，简直就是虐民害民！尤其三秦之地人烟稠密，村聚星罗棋布，一旦折起来，扒起来，不啻一次人间浩劫。仁政不仁，远胜暴政，而他却是这不仁的仁政参与者！公孙钧身子转暖了，脸颊红如桃花，瞅着氾胜之的脸不停哂笑。

　　“新井崔独秀叩见卢大人。”崔发扬声说。

　　卢青听他不避恶谑，口气不善，仰面大笑：“崔大人，‘独秀’恐怕要改回‘独遗’了，哈哈。崔大人没听过时新口号？‘新井誉域中，独遗崔望新。’”崔发也笑了：“卢大人妙人妙语！将‘独遗’改为‘独秀’，妙！又将‘独秀’改回‘独遗’，同样妙！是啊，新井美誉叫氾大人占尽了。崔某‘独遗’啊，哈哈。‘独遗’得心服口服，外带佩服。下官今日就是前来拜谒氾大人的。”卢青反问，“拜谒氾大人？氾大人回了行辕？下官有日子没到行辕拜会四公子了。崔大人如不嫌弃，下官愿随崔大人同去拜谒。”

　　崔发吟咏，“岂曰无衣，与子同袍；岂曰无衣，与子同泽，卢大人大喜啊。”他暗示“袍泽”二字。山东县令几乎都与朝中将军有袍泽之谊：司马宏与甄丰有袍泽之谊；卢青与公孙禄有袍泽之谊。袍泽各为其主，感其恩忠其事，矢志报效，不遗余力。

　　卢青说：“不知下官喜从何来？”崔发说：“祸福无门，自然是卢大人自己召来的。只要卢大人把氾大人公孙公子请出来，喜事即至。”卢青说：“崔大人不是馋下官吧？可惜氾大人不在衙中，还有公孙公子，下官也不曾见到，再大的喜事下官也只有临渊羡鱼了。"崔发沉下脸语含要挟，"喜者悲之根也，福者祸之基也，悲喜祸福须臾变化，全在一念之间，告辞。"

崔发走出衙门，有个青衫小吏迎上行礼："崔大人，蔺都尉行辕恭候。"崔发走进行辕，却见蔺苞跪在一个身著侯爵衮冕的人面前，王临恭敬地站在一旁："参见君侯，参见四公子。"

那人是王邑。蔺苞离开长安后，平晏放心不下，派王邑追来了。王邑素以铁面狠毒著称，平晏派他前来，其中意味不言而喻。

蔺苞请罪，"小将有辱使命，请君侯治罪。"王邑说："小侯行时，亲眼看见平少府向安汉公请罪。安汉公说，若论有罪，罪在予一人。小侯在一旁说，谁也不怨，只怨事情太过圆满了。"他见众人不解，得意笑了笑，"满必损，盈必亏，没有不出乱子的。出了乱子不要怕，它是前进中出现的乱子，胜利中出现的乱子，不要归咎哪个人，克服就是了。"

蔺苞噙着眼泪，"氾胜之三人逃跑，是小将无能。小将万死，难辞其咎！"

"蔺都统，不是小侯驳你，怎说氾大人逃跑了？"王邑一双阴凄凄眼睛精光一吐，瓮声瓮气说："氾大人是闻名天下的大农家，又是安汉公好友，逃跑什么呀？不妥嘛，是不是啊，蔺都统？只因公孙小贼胁迫，身不由己吧。对于氾大人，安汉公说了，爱护！爱护！还是爱护！"

"是。"蔺苞站起，低垂着头。

"蔺都统，垂头丧气干啥？不就是公孙小贼跑了吗？"王邑信心满满，"千里迢迢，公孙小贼妄图潜回长安，做梦去吧。"他冷哼一声，向崔发拱手：

"先生必有教小侯。"崔发口称不敢，神情却颇自负，"适才面见卢青，晚生好一阵敲山镇虎，定然吓得公孙小贼半死。"王邑说："先生料定公孙小贼就在卢青衙中？敢问先生后续之计？"崔发说："猛虎受惊，势必出洞逃窜，可聚而歼之。如不出洞，则不伤人。一日不出，一日不伤；一世不出，一世不伤，于我何患之有？倒是猛虎惊慌不可终日。他急我不急，他乱我不乱，不用多少时日，即可手到擒拿。"王邑说："先生好计，先生且退。"

崔发退出后。王邑冷笑，"手到擒拿！哼！卢青再颟顸，公孙小贼再愚蠢，也不会藏在卢青衙中束手待毙吧。退一步说，即便藏在卢青衙中，三人不动，派信使直赴长安，广布流言于街头，宣示谣啄于庙堂，又将奈何？哼，他急我不急，他乱我不乱，一派胡言！"

蔺苞、司马宏称颂，"君侯所见极是。"

王邑调头对王临，"这事有劳贤侄了。"

王临拱手，"小侄谨听六叔吩咐。"

卢青长子卢平，年龄与王临相仿。王临到了焦城后，卢平有心攀交，二人成了玩伴。如果公孙钧三人确在衙内，不难从他口中套出蛛丝马迹。

第二天，王临打听到卢家城外有处桃园，京城有位公子喜欢清静住在那里。桃园离城二十余里，每当桃花盛开或桃子收获，他家都到那儿住几天，平日空着没人住。王邑冷笑，"公孙小贼就在那儿。"

桃丘水蜜桃闻名天下，家家种桃，村村种桃。焦城离桃丘不远，像卢青这样的官员通常拥有田庄。田庄雄踞一方，收养宾客垦植山丘，形成大片桃林。

过了两天，王临邀卢平出城狩猎。时值深秋，马壮鹰健。二人带着随从出了南门。霜风凄紧，天清日明，田里的庄稼已经收割，袒露黄褐色泥土；野生古林横绝天际，树色有的变黄，有的变红，斑斑斓斓连接黛色远山。路边的潦水清澈如镜，映照蓝天古林，映照急驰而过的人马。人马冲进一条羊肠小路。卟，卟，树丛中野雉飞起，二人搭上箭，野雉落进密林草丛了。十多只猎犬欢快吠叫，冲进密林把野雉衔出来。过了一个水塘，树木逐渐稀疏，猎犬像离弦的箭窜上去。随从打马从两翼包抄，呼喝声大起。獐鹿、兔子、野雉天上地下树间草丛飞的飞窜的窜。

"中了！"卢平兴奋大叫。

只见一只麋鹿后腰中了一箭，身子侧倒在地，惊骇的眼睛向射杀它的人投去一瞥，迅疾拧起，死命向前窜去。"追！"卢平叫着，王临跟着追去。

王临带的随从，还有十几名护军，无一不是身手敏捷的高手。三名护军斜刺过去，挡住了麋鹿去路。也许麋鹿受伤不轻，奔跑不快，而当它扭头逃跑时，速度更加慢了下来。这时，十余只猎犬前后把它包围住了。麋鹿在疯狂吠叫的猎犬中惊恐打转。猎犬前后吠叫着，却不上前嘶咬。好几只狗调头望着围拢过来的人们，好像在催促：射呀！射呀！王临举起箭，瞟了卢平一眼；却见卢平正望着他。显然有意把这一箭让给他。王临迟疑了一下，射出了箭。麋鹿应弦倒下，随从一阵高呼："四公子好箭法！"

人们分散开去，骏马在树丛中穿行，呼喝声欢叫声远近传来。日头偏西，树木渐高渐密，分散的人马逐渐收拢。而当人们马头带着猎物会合，树木更密更高，前面只有一条小路可以通行。王临发现，他们一直朝南方奔驰，不知不觉马头指向正西。驰出这片古林，有条澄澈如镜的小河。河水很浅，河里的卵石清晰可见。顺水下行二三里，一片桃林出现眼前。

"啊，我家桃园到了！"卢平有些吃惊。

"走，上那打尖去！"王临马鞭一指。

桃林开阔，一直伸展到西边的小丘。花叶早已凋落，黑褐色枯枝伸向清秋高朗天空。秋风中瑟瑟摆动，好像无数伸向天庭乞求的小手。

众人驰向小丘，小丘下并排五间庐舍。两旁的庐舍瓮牖绳枢露天透风，屋里堆满桃核，遍地草屑灰尘；中间的庐舍却窗明几净，席榻整齐。舍中锅碗瓢盆，柴米油盐一应俱全，只是空无一人。

"这里有人住过。"王临随从说。

卢平没有作声，这才意识到王临狩猎的意图。好在卢平随从解释，这儿是桃子成熟时节，看桃人和摘桃人的临时住处。因为地处荒野，按照山林野地古老规矩，舍中备有粮食盐酱，以备过路人落脚充饥。但过路人不得将粮食带走。主人和路人各凭天良，若有人丧失天良，皇天不祐。

王邑说："啊，公孙小贼走了！"王临随从估计，公孙钧三人刚走，也就在最近一两天。司马宏恨恨说："就是'敲山镇虎'闹的，那个自作聪敏的家伙！"王邑调头，"又要有劳贤侄了。"王临慌忙站起，"六叔只管吩咐。"王邑说："速与蔺都统赴商邑，传安汉公大司马谕令：山东军马交蔺都统节制。"

这无异调动大军对氾胜之下追杀令。无论氾胜之名声有多大，定要捕杀于途中。王邑出手总是又阴又狠，"蔺都统，取得兵符后，速带兵马日夜兼程，把守各个路口。"

二人走后，王邑一刻也没停留，他把行辕移至弘农，守卫行辕的一千兵马分布在宜阳至弘农的各个路口。

三千兵马陆续撒在驿道上，过了一个多月不见三人踪影。天上飘着雪花，天气格外冷。王邑站在堂前，望着翻飞的雪花，喃喃自语："上哪去了呢？躲起来了？"

崔发早耐不住了，"君侯莫急，公孙钧三人躲就躲呗。只要不到长安，还是那句话……"王邑手一抬制止了他。这个人就爱老调重弹：什么虎不出洞不伤人哪；什么他急我不急哪；话说三遍狗也嫌。这个人志大才疏，说话看似有理，却无一句可行。

王临一直垂手待立，王邑望了他一眼，"贤侄以为如何？"

"小侄说不好。"王临一向恪守大人不问不开口，大人有问少出言。"小侄以为，公孙钧走的是小路。"

"弘农去长安，迢迢千里，自古只有一条驿道，哪有小路可走？"崔发说。

说真的，崔发说的正是他想的，可出自崔发之口，王邑大起反感，"崔大人怎知没小路？贤侄且畅其言。"

"是。汜大人是农家，长年走村串聚。小侄记得刘世叔曾经讲过汜大人一些佳话：汜大人一向大路不走走小路，客舍不住住农舍。他们不会想不到驿道已经布下天罗地网，三人还会往网里钻吗？"

"依贤侄之见……"王邑也是听过这些佳话的，一双阴凄凄眼睛大张，迅疾缩进浓眉下头，"弘农山势险峻，沟壑纵横，遍地野生古林，人迹罕至。一个外地人避开驿道，人生地不熟，前去长安，这路如何走！"王临说："小侄以为，有人会给他们引路。记得刘世叔说过，汜大人睡觉喜欢睡在田间地头，一宿一宿讲他的种田经。只要汜大人讲起他那套种田经，农夫农妇会当他是神明，就会为他引路。"

　　氾胜之三人离开卢家桃园后，牵着一头毛驴，在村聚中游走。地里庄稼收了，庄户人家最苦的莫过老鼠。氾胜之擅灭鼠，仅此一招，就叫老庄稼汉佩服得五体投地。他们头一天进去的小山村，只有十三户人家。氾胜之走近一户人家，鼻子紧了紧，说这家老鼠成精。不待人家首肯，自个拔了几把野蒿，屋里屋外熏上了。说也怪，野蒿一着，烟子一冒，老鼠就往外跑。跑着跑着，腿一瞪不动了。不到一个时辰熏死了一十一只老鼠。山村轰动了，都来求他灭鼠。夜里他教全村人一齐熏，熏死了一百三十四只老鼠；第二天，他在野蒿里又加了几种野草，全村又一熏，又熏死了七十六只老鼠。

　　十三家凑钱送去，他分文不取；送吃食过去，他一概不受；十三家的老汉不知如何酬谢才好。氾胜之说，他只要每家种一百个桃核，给他留个记念。没桃核的，他有，毛驴上驮着满满一大袋；谁家桃核多，可以卖给他，他给钱。不要还不成，也算留个记念。这还不算，他还教你怎样种，种在哪里。请他留个名，他不说，慈眉笑眼的要人家叫他灭鼠老叟，栽桃老叟。瞧瞧，天底下哪有这么好的人，不会是神仙吧？

　　他在村里住了三天，邻村就派人来请。一传十，十传百，山野虽然人烟稀少，很远的山村也有人来请他。就这样，三人一村又一村，辗转前行，王邑满心指望守株待兔，怎能摸到他们的身影？

王邑宣称郡中有"盗匪"流窜，下令各县县令、县丞、亭长、游檄带领官兵挨村挨聚搜查。他不能指氾胜之的名道公孙钧的姓，搜查了半个多月，一无所获。尽管好几个亭长游檄都知道有位外乡老叟在村聚灭鼠栽桃，人家讲德行做善事，斯斯文文的，谁能把这样的人与盗匪沾上边？王邑又急又气，不信氾胜之三人飞到天上去，只好把话说得明白些，告诉县令县丞亭长游檄，这伙流窜盗匪一行三人，一个五十多岁的老叟，一个十八九岁的士子，还有一个八九岁的孩童。不到三天，就有好几个亭长前来报告有个外乡老叟种种善事。这么好的人怎会是盗匪呢，不会搞错了吧？司马宏说：

"盗匪头上又没贴帖子，怎知他不是盗匪？那是收卖人心，知道吗？这样的盗匪，比杀人放火的盗匪还要坏上几分！"

亭长都不信。不信归不信，氾胜之的行踪到底叫王邑发现了。王邑亲率五百兵马，直扑乌龙潭。乌龙潭的人说，栽桃老叟三人去了野菜坪；王邑追到野菜坪，野菜坪的人说，栽桃老叟去了黑豹岭；王邑追到黑豹岭，失去了三人踪迹。黑豹岭的人说：三人进村后，灭完鼠，夜里就走了。毛驴也没要，还剩下半袋桃核。

王邑气得一双阴凄凄眼睛鼓凸出来，氾胜之三人无疑是听到官兵四下搜查才仓惶逃走的。能怨谁呢？这回可是他自己"敲山镇虎"。

氾胜之三人每次进村必先问路，如何外村有人来请他，他总要筮卜之后决定行止。理由是只有遵照神谕，灭鼠才灵验。筮卜的结果总是选择函谷关方向的村聚。他们的行程虽然逶迤，方向始终不变。

王邑自领一百人马直奔函谷关外百里一个山村恶虎沟，其余四百人则在恶虎沟四周村庄驻扎，张网以待。

起风了，过午时分蒸腾的山岚，仙女般扭动腰肢舒卷长袖。随着高天风疾，腰肢旋转加快，长袖甩到了天边，乘着呼呼寒风飞升到九霄去了。终年云遮雾障的群山揭去面纱，在寒天中露出峥嵘。天一断黑，千山万壑好像有无数发了疯的野兽突然蹿跳出来，呼啸着，咆哮着，摇撼着树木，摇撼着群山，远近传出大树折断，卧石滚动声音，轰轰隆隆震天响。

王邑王临等人住在一间民宅里，吓得不敢睡觉，火塘里的火浇灭了，也不敢掌灯，几个人蜷缩在墙角里。飞沙走石敲击屋顶敲击窗棂，一阵紧似一阵，房屋随时可能摧毁，砸到他们头顶。战战兢兢挨到天亮，风停了，山里飘起雪花，远山近岭渐次披上银装。

恶虎沟没人看见这三人；三天后各队陆续来报，也没看见这三人。王邑茫无头绪，氾胜之三人好像在山岭中蒸发了。在山区大雪封山，人们寸步难移。山民在大秋之后就开始积攒粮食柴草准备"猫冬"，大军怎么办？望着满天飞雪，王邑没了主意。崔发主张"守株待兔"。他的理由是大雪封山，官兵难行，公孙钧三人更难行；官兵寒冷，公孙钧三人更寒冷。他们总得进村聚落脚吧；就算他们不进村聚落脚，蛰伏在山洞里，总得吃饭吧；吃饭就得进村觅食，只要通令各村聚加强监视，他们能逃到天上去？

王邑调头望着王临，王临嗫嚅说："小侄愚见，崔先生所说守株待兔，这兔……如果早已远遁，守株何益？"王邑问，"贤侄怎知早已远遁？"王临说："小侄也不知，不过小侄觉得公孙钧三人似乎……已经离开。崔大人不是说公孙钧三人总得吃饭吗，这么多日子了，怎没听见三人进村觅食？这不正好说明三人已经不在这里了吗？"

全系猜测之词，且语无伦次。这个四侄老实倒老实，但凡事没主张，难怪不为二哥所喜。王邑阴凄凄眼睛缩进浓眉里，现出深刻皱纹。

"对了，对了，一语提醒梦中人！"司马宏大声说。王邑问，"司马大人说崔大人对了？"司马宏说："不，四公子对了！"王邑眉头一跳：四儿对了？司马宏指着漫天飞雪，"天寒地冻，河水结冰。平日不能行走的沼泽江湖，而今变成了通途。下官料定，公孙钧三人从冰上遁走了。"

山前有河，名叫漳河。溯漳河上行三十余里可达函湖。过了函湖，就到函谷关脚下了。

"下官愿领一百兵马前往函湖，打探公孙钧三人下落。"司马宏说。

"小侄愿随司马大人前往。"王临说。

二人沿漳河飞驰，一个多时辰到了函湖。函湖冰面开阔，马拉的，驴拉的，鹿拉的，狗拉的冰耙行走如飞，十分灵便。有人在冰上凿个窟窿，拿长笊篱在水中舀鱼。一笊篱下去准能舀上一两条鱼，从不落空。舀上的鱼甩到冰上，扭动着跳跃着，不一会伸直身子不动了。

氾胜之三人必是乘冰耙飞渡函湖的。他们一个一个询问湖上凿冰打渔人，果然前几天有人看见一个老叟一个孩童还有一个士子驾着冰耙向函谷关去了。前几天？有人说三天，有人说五天，还有人说半月，不管怎样说，三人早已抵达函谷关，却是无可怀疑了。

王临司马宏到达函谷关，已是半夜。朔风从雪岭从冰谷从高天的寒云顺着城墙吹来。那不是风，那是冰刀子雪片子拍打面颊，切割肌肤，使人整个儿浸溢在奇寒之中。城门迟迟不开，王临冷得发抖，只好下马在雪地跺着。两脚已经麻木，任他怎样跺也没知觉。大约过了半个时辰，城楼有人问，"下面是四公子和司马大人吗？"

这是蔺苞的声音，司马宏大声叫喊，"蔺都统快快开门，把人冻死了！"

进城后，王临冷得发抖。堂上升了好几个火盆，烟气腾腾，火星四溅，还是喊冷。直到炉火变红，吐出青色火焰，身上才有了暖和气。厨房烧来了热水，王临迫不及待一只脚插进水去，"哎呀！"他尖叫一声倒在地上，疼得打滚。

"坏了！"蔺苞大惊，"快请医官。"

手脚受了冻伤，民间通常用雪搓或用凉水浸泡受冻部位，等到发红发热为止。如果用火烤或用热水泡，受伤部位就会溃烂。

医官说："公子的脚冻的时间还不长，只冻了一层外皮。敷上药，不再受冻，开春就好了。如果再冻深一点，热水一泡，这只脚就保不住了。"

函谷关下有条小河，当地人叫涧水。附近农民就是利用这条通道，把函湖红鲤运进关中。

司马宏大惊，"如此说来，速调兵马追赶，耽误不得！"

天还没亮，三百兵马正待开拔，两名护军架着王临走出来。蔺苞抱拳，"四公子冻伤，不要送了。"王临行礼，"多谢蔺大哥关怀。小弟昨儿想了一夜，小弟只在雪天冻了两天，脚就得了冻疮；想那公孙钧三人老的老，小的小，在雪天里冻了少说也有七八天，他们能不受冻伤？别人不敢比，公孙钧从小娇生惯养远胜小弟，能受得了这雪天严寒？小弟料定，他不得冻疮也得受风寒。"蔺苞躬身，"多谢四公子提醒，小将留意就是了。"

三人拱手告别，三百铁骑向涧水驰去。沿路遇见许多冰耙，蔺苞司马宏一一询问，多有看见公孙钧三人的，气得二人切齿痛骂："好个老贼！"

他们到达青石峰下。青石峰西面百里，有大小二十二个村聚，蔺苞分兵搜寻。严令兵士进入村聚只说路过，不说搜查。声称有弟兄得了冻疮，请郎中疗治。然后小心翼翼从郎中口中打探公孙钧三人行踪。第二天，各什飞马来报，毫无展获。蔺苞百思不解，司马宏说："看来四公主所料不差，公孙钧三人确实有人受了冻伤。"蔺苞说："受了冻伤，怎能不从郎中获知？”司马宏说：“公孙钧三人不在西而在东。”蔺苞说：
“西上长安不在西，怎么可能？”司马宏笑了，“如果潜藏养
伤呢？”蔺苞大喜，“有理。”

当下移兵东面村聚，第三天有什长来报，氾胜之公孙钧均
已逮住。王临所料不差，公孙钧两脚冻伤，如不及时疗伤，不
惟两脚性命也可能不保，氾胜之只好觅地藏匿下来。那个孩童
却不知逃到哪里去了，他们怎么问，氾胜之就是不说。

蔺苞向西跪下，流着眼泪，“安汉公，氾胜之从末将手中
跑掉，总算叫末将逮住了。”

“圣旨到！”门外大声宣呼。叮当！护军打开铁锁，房门
推开了，一束阳光射了进去。王邑走进房门，“氾胜之接
旨。”

暗室中，氾胜之端坐在孤灯之下一动不动。

王邑呵斥，“氾胜之，藐视圣躬，该当何罪！”他把一卷
金黄卷轴伸到灯下晃了晃，氾胜之调头狐疑地看了一眼。王邑
冷笑，“小侯还敢假传圣旨不成？”氾胜之只好跪下：“臣氾
胜之接旨。”

　　暗室倒也宽敞，也还洁净，但窗户都用木板钉死，不透光亮。它原是弘农郡衙一间客房，改装成幽禁要人的囚室了。

　　王邑宣读，"咨尔氾胜之：摩顶跰足，不辞辛劳，大兴井田，勋劳卓著。施皇恩于辟野，布圣德于鄙氓，凶顽归顺向善，黎元膺教复礼，朕甚嘉许，特简大司农之职，为朕股肱。敬天之休，勿负朕意。"

　　"臣氾胜之领旨谢恩。"氾胜之叩拜。他抬起头，把卷轴接到手里展开一着，里头夹着一方素帛，却是王莽的书信。他掷到地上，王邑冷冷说："故人书信，何不看看。"氾胜之沉默有顷，"有什么话，叫他当面对老夫说好了。"王邑说："安汉公日理万机，一时抽不出时间，特致函聊表贺忱。情也殷殷，意也勤勤，氾大人掷而不顾，太伤故人之心了吧。"氾胜之说："伪人伪言，不看也罢。"蔺苞喝骂，"放肆，胆敢侮骂安汉公！"

　　"哈哈哈。"氾胜之站起仰面大笑，抬步向门口步去。

　　蔺苞抢步堵住门口："站住！"

　　"滚开！"氾胜之挥手一扒："本官新简大司农，你是何人，竟敢羁押本官！"蔺苞孔武有力，氾胜之哪能动他半分？崔发一旁冷诮，"真是官升脾气长啊，氾大人还没走马上任，脾气就这么大了？氾大人怎不寻思寻思，这大司农哪里来的！”氾胜之说："哪里来的？你倒说说。"崔发说："这不是明知故问吗？"氾胜之冷哼一声，"可不是的！圣旨写得清清楚楚：'施皇恩于辟野，布圣德于鄙氓，凶顽归顺向善，黎元膺教复礼'。哼，又不是假仁假义，欺君罔上骗来的。"蔺苞大怒，"氾胜之，你是不想活着出去了！"

"住口！"王邑喝止，"不准对氾大人无理。"

"滚开！"氾胜之再次挥手一扒，蔺苞这才让到一旁。

门外是庭院，两旁都是彩绘雕花的上房。已是早春二月天了，关在黑屋子快两个月了。天只有一方，但青天，白云，高飞的苍鹰，仍旧使人豁然开朗，氾胜之深深吸了口气。寒风凛冽，残雪遍地，但对一位长年奔走村聚的老农家，却能嗅出大地春回微动的阳气。他低头打量了一下，花畦底下砖面上的苔藓显露青绿，正是田野上耕牛哞哞，扬鞭奋蹄的时候，他的眼睛不禁湿润了。

"氾大人不想与小侯谈谈？"王邑一双阴凄凄眼睛深深埋进浓眉里，声音干涩，显然强压怒气。氾胜之却问，"公孙公子何在？请他出来与本官相见。"王邑说："公孙公子下榻对面客房，只因冻伤过重，两脚溃烂，不能下地行走。氾大人若要探视，请随小侯来。"

公孙钧住的客房倒是遍地阳光，窗明几净。公孙钧躺在床上，瘦得脱了形。冷丁一看，差点认不出了。见到氾胜之走进床边，眼泪冒出来。氾胜之握着他的手，"走，咱们回京去。"公孙钧说："晚生只怕回不去了。"氾胜之揭开被褥，奇臭扑鼻。脚面黑紫，肿得像发面馍馍，两腿流血流浓，溃烂到了膝盖。

"怎么烂成这样！"氾胜之惊呼。

他们是在黑豹岭得知官兵下乡搜捕的，半夜仓促逃到野林暂避。外面状况不明，只得沿着野林边缘行走。走了三天，走到漳河边，看见河水已经冻实，就停下来打造冰耙。又在野林中住了三天，公孙钧双脚长了冻疮。冰耙制成之后，溯河而上进入函湖。他们在寒冰上奔走整整两个昼夜，没喝一口热水，没吃一口热饭，公孙钧冻疮日重，不能行走，只得觅地养伤。氾胜之用草药替公孙钧擦洗伤口，短短三天便已结痂。只要再将息旬日，伤口可望愈合，谁知才过两天就被官兵擒住。好在他有预感，前两天把狗儿寄养到外村一户农家，这个可怜的孩童才没落进虎口。

"病来如山倒啊。"王邑叹息，"公孙公子请来之初，双脚都有冻疮，氾大人是知道的。小侯多方延医治疗，病情未见好转。小侯本想送公子回京，又恐途中照应不周，倘有不测，

人言可畏，小侯担待不起。这下好了，氾大人不日返京就大司
农之职，就托氾大人护送公子回京吧，不知二位意下如何？"

氾胜之望着公孙钧的泪眼，心如刀割，"老朽今日就动
身。"

王邑嘀嘀笑着，"公孙公子，小侯说氾大人是急性子，没
错吧？不知公子的家书修好没有？"

公孙钧早已泪流满面，听了他的话，把头偏了过去。

"嘿嘿。"只听崔发一声谄笑："修好了。"说着将一方
素帛呈了上去。

王邑展开一看，阴凄凄眼睛大放光华："公孙公子才情俊
彦，言及二公高义，感人至深啊。氾大人，不可不读。"

氾胜之接到手里，确是公孙钧手笔。"儿游山东，卧病馆
舍，幸遇氾公胜之东下，亲施汤石。又蒙收录，忝为书办。日
瞻风仪，幸何如之。"一阵云天雾地胡诌之后，更加云天雾地
说起氾胜之与王莽的功业来。

王公二巡，复兴井田，氾公奉召，共襄盛举。二公夙兴夜
寐，抵掌而谈。为求一言，话野老于田畴；为谋一策，访隐贤
于林泉。言出必果，始有渠魁之自缚；事事躬亲，方有新井之

建成。无王公，汜公不酬平生之志；无汜公，王公难建周公之功。王汜二公高山流水，虽管仲鲍叔再世，亦难望其项背也。

高山巍巍，儿不过一茎弱草。王公之于儿，高山庇焉，嘉树护焉，依

依临风，欣欣向荣；流水洋洋，儿不过一珠雨滴，汜公之于儿，流水拥焉，波浪举焉，晶晶而跃，融融而乐。得遇二公，儿一生于愿足矣。

儿随汜公奔走村聚，不慎脚患冻疮，行走不便。适汜公回京高就，儿随

西归，不日拜于膝下矣。

这哪里是什么家书，这是一封授杀人者以头颅的遗言，这是一封授杀人者杀死自己的合法证书！

"卑鄙！"汜胜之切齿唾骂。

"见死不救才卑鄙。"崔发冷诮，"公孙公子，现在只有汜大人才能救你，还不快求汜大人。"汜胜之说："人为刀俎，我为鱼肉，卑鄙阴毒未见如尔等者！"

骂也好，恨也好，王邑等人充耳不闻。汜胜之看了看公孙钧的双腿，长叹一声："拿笔来。"他在素帛上写了几味草

药，把笔掷到地上。崔发雀跃，"下官就说氾大人不会见死不救的。"

氾胜之把草药煮开后，为他清洗伤口。公孙钧两腿痛得颤抖却不出一声，只是眼泪哗哗往外流。氾胜之日夜护理，王邑等人也不来打扰。十来天功夫，公孙钧腿上的肿消了。

这天氾胜之正在清洗伤口，王邑走进病房，"氾大人，朝廷来人催大人即日赴任。"氾胜之说："公孙公子的伤不是还没好吗？"王邑说："等不及了。"氾胜之说："老夫带公孙公子一块走。"

王邑走后，氾胜之接着清洗伤口，公孙钧流泪说："晚生死期不远，大人不要管了。"氾胜之说："老夫的死期又何尝长远？"公孙钧说："大人还何必救治晚生？"氾胜之说："是人就得做人，人活一天就得尽人事一天。有病治病是尽人事。如果天命叫我明日死，今日我还做我的人。"

公孙钧啜泣，"那封信……"氾胜之截断他的话，"公子不必说了，老夫知道。"公孙钧说："他们利用晚生羁縻大人，晚生拖累了大人……"氾胜之说："公子不要这样说，是公子擦亮了老夫眼睛。老夫年近花甲，糊里糊涂不辨真伪，认贼为友。若非公子，老夫死都不知如何死的。孔子曰：朝闻道，夕死可也。老夫何憾之有？"

当天王邑要二人起程。二人坐在安车之上，山路崎岖，颠簸厉害。大约心知来日无多吧，二人一直望着窗外贪婪地观赏沿途景色。尤其是公孙钧，黑黑的长长的睫毛一眨也不眨，好像要把世间美景全都印记到年轻的清澈的眼底。正是草色遥看时节，商洛山丘遍地原始森林淡绿连天。清江大河蜿蜒于群峦叠嶂之下，沿路串联镜泊似的湖汊，汩汩滔滔引导他们的旅程。

不日他们到达华山脚下，百里沟横亘在面前。二人下了安车换乘马，公孙钧伏在马背上，氾胜之亲自替他牵马。无沟不成岭，有岭就有沟。这里峭壁突兀，幽壑深邃，地形十分险峻。其中一段叫神犁沟，据华山道士说，有位得道的神仙，见人行路艰难，驱策一匹青牛，一夜之间犁出一条长沟，便于世人行走。走出神犁沟，远远望见回心石了。

岭上道路狭窄，波浪起伏，时上时下，氾胜之牵马走着。艳阳当空，温煦明媚，一丝风也没有。马蹄缓缓踏在石路上，发出单调的哒哒声。氾胜之从一个长长的漫坡爬上去，只见一人跪在当道，走近一看，却是王莽。

氾胜之牵马侧身走过，身后传来哭叫声："胜之兄，你就不能体谅体谅下官的苦衷吗？你就不能站下来听听下官的解释吗？你我几十年交情，你就真的与下官无话可说了吗？"

氾胜之头也不回，从从容容一步一步往前走。片刻呼喝声在身后响起。王邑王临蔺苞崔发追上来，拦住他的马头。

氾胜之惨叫，"公孙公子，时辰到了。"公孙钧失声痛哭，氾胜之说："人生自古谁无死？哭，哭也没用啊。"

"谁说没用？只要哭软了氾大人的心，只要氾大人……"崔发说。

"让开！"氾胜之低喝，牵马向前走去。蔺苞纵身斜出，伸手夺过缰绳，氾胜之只得停下。他谁也不看，侧转身背手站定。深沟对面，峰峦叠翠。蒸郁不散的岚气沿山坡冉冉上升，汇聚在峰峦之上，变成茫茫白雾。一片云彩划过天空，遮住了太阳，茫茫白雾转瞬间化作滚滚乌云了。

岭上一阵死寂，东北方传来流水声音。是飞瀑？是流泉？还是湍急的大川？大约耐不住沉寂的压力吧？公孙钧又啜泣起来。这荒僻山岭，啜泣声再小，也异常刺耳。他意识到了，遏抑着，遏抑着，太多的悲哀与愤恨终于冲决理智的闸口，哇！哭声像洪水一样泻出。众人缄默着，东北方的流水也缄默了。没人劝解，只有嗡嗡回声。公孙钧心中渐次交替着原始的恐惧和无助的绝望，像一只受伤的狗有一声没一声哀嚎。哭声越来越软弱无力，不再含有震人心魄的意蕴，最后停止了。

"兵凶战危，杀戮的事是有的。下官管束不力，责任当在下官。"王莽依旧跪在地上，声音干涩，"下官没到山东，那是因为前有红阳侯貂铠，后有……唉！那是为了大汉社稷，胜之当知我心啊。"

氾胜之背着手一言不发。

"胜之，你我同心，共辅汉室，当可建功立业，垂诸青史。就算过去的种种都是下官的不是，往后凡有举措都与你商议，你我之间再也不会有什么误解了，好吗？胜之，你就不能原谅下官一回吗？"

氾胜之依旧一言不发。

山岭又归沉寂，过了许久，氾胜之发现前面的路已经让开。他从蔺苞手中接过缰绳从容跨步走去。马蹄缓缓抬起，慢慢落下，哒，哒，一步一步绕着回心石下方悬崖前行。"胜之！胜之啊！"王莽一声凄厉长呼，山鸣谷应，回声四起。回声中，悬崖边缘越走越窄，氾胜之提紧缰绳，贴着石棱走着，蓦然一支羽箭射到马眼上。大红马扬头一跳，公孙钧从马背滚进了深谷，氾胜之拽着缰绳，大红马一脚踏空，带着氾胜之坠落下去……

没有惊叫声，没有落地声，没有回声，也没有浩荡长风掠拂山林的声音……

二十七　太学生阙下齐请愿 鲍司隶当众受髡刑

氾胜之的遗体运回长安，太皇太后陛下、皇上降旨旌表，敕令王莽担任主祭。礼服早已穿好，乘舆早已备好，王莽还是站在堂前呆呆望着古槐。

深灰的阴云横绝天幕，晨风吹拂，天气阴沉得很。槐树是三公的象征，平日望着古槐，总是雄心勃发，遐想联翩。今天他的心却随着槐技瑟瑟乱颤。他笃信鬼神，实在没有勇气面对氾胜之的遗容。百丈崖惨剧发生的那一瞬间，他跪在地上，什么都没看见；而当抬起头来，已是人去崖空。然而耳边总响着羽箭破空声音，那么尖戾，那么清晰……

直到辰末巳初，平晏过来，"主公该动身了。"他才眉头一蹙，心下一沉，举步走到阶下，调头又望了古槐一眼，好像无限眷恋似的。

氾府院外跪满了庄稼人。他们来自三辅，来自山东，来自全国好多地方，短褐破衣，风尘仆仆，胡须挂着泪珠，走了很长很长的路。院中跪的是御史台大小官员，彭宣、鲍宣跪在前排。王莽举着朝廷旌表祭文，雄视阔步在人群中通过，他看见了崔发。是幻觉？花了眼？不，确确实实是崔发！这才想起，崔发已经擢升为御史，心里不禁一阵鹿跳。这会儿他最不想看见的就是这个人。邪门得很，崔发跪在人群中也没抬起头来，他却一眼在白花花丧服中看见了这个人。他相信，不，他看见，崔发那双鱼泡眼睛正在斜睨着他。他的步履骤然变得蹒跚迈不动了。

进入灵堂，他鼓起余勇快步上前高呼，"胜之，我来晚了！"突然一个趔趄就势栽倒在地。四周一阵惊叫，氾胜之的幼子慌忙把他搀起，扶着他走到灵前。这时他的眼泪不期然涌出来，越涌越凶，兀自一声裂帛也似的嘶叫，哭声号咷响起。氾胜之子女都知二人交谊深厚，日前还举荐乃父为大司农，合府上下同放悲声。

不一会，刘歆、甄丰、甄邯、孙建一齐上前相劝，他才站起宣读朝廷旌表祭文。 祭文历数氾胜之劝农教农，赈济救灾，兴办井田，爱民如子种种事迹，读得声泪俱下，哀婉动人。铿铿锵锵中，王莽的心情安定下来，等到读毕，他张开双臂，扬声哭喊：

"胜之！胜之！你我约定共聚新井庐舍，把酒月下共话桑麻，怎么就走了呢？走得这么急，这么突然！天折大柱，民伤慈亲，哀哉！哀哉！"

出了氾府，就像做完一桩极其难做极不愿做而又做得极其漂亮的事，长长舒了口气。晨风驱散了层层阴云，一束阳光从云隙中射出，天空亮堂多了。世上无难事啊，说得一点不错。只要肯做，没有事做不成！心虚什么？有什么值得心虚的？为了汉室江山，杀之可也，鬼神不会降罪。他登上乘舆，抬手前指："公孙府。"

蔺苞低声问，"合适吗？"

"公孙府。"

公孙府中，吊唁的宾客也不少。于萍哭得死去活来，公孙禄一滴泪也没有。一双眼睛发绿，不知像狐狸还是像豺狼，充满惊疑和敌意。

王莽长揖，"令郎雄姿英发，才志高达，不幸夭亡，老夫不胜感伤。"

公孙禄冷冷的，"犬子生为短命之人，死为暴毙之鬼，横祸夭亡，不淑不祥，怎能受得起安汉公吊唁？阴魂不远，也会吓得魂魄消散的。安汉公，请回吧。"

公孙禄也真做得出来，大庭广众公然下逐客令。王莽不动声色，心平气和，"公孙将军过虑了。令郎与老夫曾有数面之缘，言谈欢恰。可惜老夫才疏学浅，难为其师；年齿悬殊，难为其友。但忘年交情犹在，虽明冥两隔，当同声一哭。"公孙禄当下顶回去，"安汉公叫错了吧。这里没有将军，只有遇赦苟活的犯卒。"王莽说："公孙将军的遭遇老夫极其同情，但个中缘由，何必在令郎英灵面前说呢？"公孙禄毫不容情，吐出的每个字无不冷得冰人："人不亏心，无不可对人言，无不可对鬼神言，有何缘由不可在我儿灵前言？我儿阴魂不远。说不定显灵，揭穿奸伪情弊呢。"

王莽心里愠恼，以他安汉公之尊，无需吊唁一介布衣。只因一时兴起，结果自讨没趣。只得告辞，却听堂下一阵宣呼：

"大司空彭宣彭大人前来吊唁！"

"司隶校尉鲍宣鲍大人前来吊唁！"

"氾乡侯何武前来吊唁！"

王莽心头一动，三人尾随而至，不无因由吧。他无意流连，抬步就走，只听于萍一声尖叫，冲上前扑倒在地，挡住当道，伸出一只手向三人哭嚎，"儿啊，你死得好惨！好好的怎么从山下掉下去了呢，你是被奸贼害死的呀！各位大人哪，要为我儿伸冤哪！"

早不喊冤，晚不喊冤，偏偏彭宣鲍宣来了喊冤，无疑事先策划好的。他铁青着脸，倒要看看这帮宵小能把他怎样。只见何武抢步上前："夫人说的奸贼是谁呀？"来了！来了！哼，来吧。他以为于萍会直指自己，一丝冷笑掠过心头，却听于萍切齿说：

"崔发。"

"崔发！"何武看见彭宣鲍宣走近，"夫人有何证据，请对鲍大人说说吧。"

"崔发与我儿、氾大人同行，我儿、氾大人摔死了，只有他好好的，不是他是谁？"于萍说。

氾胜之公孙钧的遗体是由华阴县令运到长安的。华阴县令上表朝廷：崔发和二人同行，因马匹受惊，随马坠崖身亡。经现场勘查，确凿无讹，崔发已划押在案。

吊客听见叫喊，围了上来。人们不会看不出来，她叫着崔发名字，指控的却是王莽。

鲍宣忙说："夫人请节哀。崔发是新任御史，指控他杀害令郎，必须有充足证据。"于萍对他的大道理根本听不进去，形同癫狂，一口咬定，"是崔发！就是崔发！鲍大人，你别推，给我儿作主呀。"

鲍宣调头看了看王莽，又看了看彭宣，摊开双手，"安汉公，大司空，这叫下官……"彭宣也说："安汉公，你看这事……"王莽见二人都往他身上推，"夫人丧子之痛，悲伤过度，可以理解。鲍大人是司隶，该怎办就怎办。"不料于萍迅疾爬到他的脚下连连叩头，"安汉公，你不是说我儿与你有'忘年交情'吗？我儿被奸贼害死了，你要为我儿伸冤哪！"吊客中不少是公孙家亲戚，也都跪了下来：

"安汉公，要为公孙公子伸冤哪！"

王莽只好说："鲍大人，公孙夫人既然疑心公孙公子之死有冤情，你就按朝廷法度，给公孙夫人办理吧。"鲍宣说："安汉公钧谕，下官怎敢不听？只是查办御史，按律须请旨方可立案。"王莽本意推诿，鲍宣却巴结上来。王莽冷冷说："鲍大人去请旨吧。"鲍宣摊开双手："下官人微言轻，手中又无证据……"彭宣在一旁说："安汉公既下钧谕，不如与鲍大人一同请旨吧。"王莽说："不妥吧。"

"有何不妥？"于萍从怀中摸出帛书，当众一抖："安汉公，我儿手书说：'王公之于儿，高山庇焉，嘉树护焉。'而今高山耸峙，弱草何存？我儿惨死，单凭狗奸贼一人之言，贱婢不信，说死也不信啊。"

王莽默然。

彭宣说："百丈崖惨祸，死者不光公孙公子一人，还有氾大人。公孙公子一介布衣，他的暴亡，公孙夫人存有怀疑，公孙将军的亲友也存有怀疑；氾大人摩顶跸足，有口皆碑，他的惨死世人岂无怀疑？今日公孙夫人灵堂跪请，明日必传遍长安。下官以为应该请旨查办，以正视听。"王莽说："公孙公子、氾大人之死，下官也很悲恸，但应按法度办理。"鲍宣连连点头，"安汉公说的确是实情。安汉公与氾大人是多年好友，又与公孙公子有忘年交情，钧谕下官查办，可见安汉公不忘旧情啊。"他咬住"钧谕"不放，说得王莽不便拒绝。

公孙禄接到儿子手书后，夫妻俩疑心重重。这封信除了禀报"脚患冻疮"外，就是替王莽歌功颂德。儿子是怀着刻骨铭心的亲仇家恨，前往鸡咯聚调查王莽罪行的。怎么反而替王莽歌功颂德呢？即便王莽的"高义"感动了儿子，儿子也得先禀明鸡咯聚屠戮之有无呀。信中只字不提鸡咯聚，岂非咄咄怪事！信中有句话："得遇二公，儿一生于愿足矣。"小小年纪说出这样的话，使得于萍夜夜做噩梦。好几回梦见巨蟒追她，掉下悬崖吓醒了。得到儿子噩耗，他俩强烈感到阴谋气息。

上朝之日，百官言及氾胜之，君臣不胜唏嘘。刘衎说："氾卿兴办井田，朕心响往啊。直欲巡幸山东，不意氾卿暴毙，朕心好不悲哀。"王政君说："是啊，皇帝说了好几次，说得朕也动了心，真想和皇帝到山东瞧瞧。"

鲍宣出班奏请，"太皇太后陛下、皇上遽失贤臣，如折股肱。氾胜之公孙钧百丈崖坠崖，朝野震惊。公孙夫人疑有奸贼谋害，城中也有许多议论。氾胜之为人景仰，为平物议，以正视听，臣与安汉公请旨调查。"

王政君问，"安汉公，氾卿之死，其中还有疑窦不成？"王莽出班，"老臣不知。"王政君一怔："不知？既无疑窦，为何请旨调查？"王莽伏地，久久说不出话来。他是被人逼的，当廷否认不行，当廷承认也不行。

甄丰出班，"有人利用安汉公与氾大人的情谊，胁迫安汉公出面请旨，望太皇太后陛下、皇上明察。"

彭宣出班诘问，"安汉公钧旨鲍大人查办，怎说受人胁迫？"他用"钧旨"，企图刺激王政君。钧旨。圣旨都是"旨"。果然引起了王政君注意，"安汉公以为如何？"

灵堂胁迫，庙堂雄辩，王莽看出公孙禄与彭宣鲍宣结成了一伙。他们缠住自己，打着自己的名义，钳住自己的口，目的恰恰是打击自己。"氾大人、公孙公子之死，华阴县审结在案，本无疑窦。但因老臣与氾大人私谊甚笃，与公孙公子也有忘年交情，经不住公孙夫妇哭请，只好答应请旨查办。区区私情，罔顾法度，老臣惭愧。"

王政君说："公孙钧之死，朕也同情。但无论多么同情，也不可感情用事乱了法度。"王莽慌忙叩拜，"太皇太后陛下教诲的是。"

鲍宣抗声，"启奏太皇太后陛下、皇上，氾大人之死，确有许多费解之处，疑窦在公孙钧脚上冻伤上。"王政君说："冬天冻疮，寻常小事，有什么可疑的？"鲍宣说："太皇太后陛下圣明。但公孙钧的冻伤深入肌里，延及大腿，受此冻伤，只有两种可能。其一，多日受困于风寒之中；其二，多日受因于风寒之中。"王政君说："朕倒费解了，公孙钧脚上冻伤与氾卿之死有何干系？"鲍宣掏出帛书双手呈上，"启奏太皇太后陛下，大有干系。此乃公孙钧手书，称安汉公'高山'，称氾大人为'流水'公孙钧于山东得二公庇护，怎能多日受困于或受因于风寒之中？"

王政君读完帛书，"你说帛书费解？"

"太皇太后陛下圣明。帛书确系公孙钧手笔，是真；冻伤长在公孙钧脚上，也是真。费解的是，两真不能合成一真。帛书所言若真，公孙钧为何人所因或因何故所困风寒之中？被因被困之时，'高山'何在？'流水'何在？帛书所言若假，那么公孙钧为何说假？是否有人逼他说假？还有汜胜之已授大司农之职，位列九卿，回京沿途郡县以及驿站不派车马兵卒护送，只有崔发同行，汜胜之本人还要亲自执缰牵马，结果双双坠崖身亡，费解之处实在太多。"

刘衎两只眼睛发直了，王政君知道他已被鲍宣的话折服，"皇帝以为如何？"刘衎说："鲍大人所言，臣孙疑窦大开。皇祖母，是得调查啊。"王政君说："那就查查吧。"

相府两棵古槐，连枝共生，高过屋顶。古槐的叶子长得像羽翼，微风中一棚新绿跃跃欲飞。这里曾是准阴侯府，这两棵槐树据说是韩信亲手栽的。一共十五棵，二百年的风风雨雨，只剩下这两棵了。孔光珍爱无比，每天都要去看的。今天一早，孔麟叫太皇太后陛下召进宫陪皇上去了，晚上他得进宫去接。他知道太皇太后陛下有事问他。送走儿子后，他就一直站在树下。

鲍宣查案，真够绝的！不出旬日就有惊人发现：焦城县令卢青失踪了。现任县令孟宪说卢青调到弘农郡高就了；询问弘农郡守，弘农郡守说卢青没到府衙报到。大司徒管辖天下官员，鲍宣上表请旨调阅百官图籍。大司徒府存有全国官员图籍，记载各郡各县官员姓名、年龄、籍贯、出身、政绩、考评等等，卢青升迁必然记录在籍。

堂堂一县县令突然不知所终，岂非咄咄怪事？尽管他不清楚卢青失踪与氾胜之公孙钧之死有何干连，但他隐约感到与安汉公有干系。去年安汉公巡抚山东，捷报频传，流言也频传。什么谎报军情哪；毁村屠聚哪，他听在耳里疑在心上。这个鲍宣实在小觑不得，查出卢青离奇失踪，似乎查到了症结之所在。锋芒尽管还没崭露，但刀光的冷焰已使他料峭生寒了，朝廷将出现一场风暴。

阶上人影一晃，孔光知道谁来了。心里愠恼，"谁呀？"

"属下陈崇，叩见丞相。"

孔光仰望古槐："什么事？"陈崇没有作声，孔光背着手走进堂里，陈崇跟在身后，"属下这回倒想给那个不知天高地厚的狂徒一点颜色看。就是因为丞相凡事忠厚，成就了竖子之名，使得那个狂徒越发张狂，属下心有不忿。"

孔光知道他指鲍宣，哼！心有不忿，莫非阻挠鲍宣调阅百官图籍？掩盖一个县令的去向？掩盖得住吗？

陈崇是他的门生，跟随他二十有年。然而近年已经另攀高枝改换门庭。这番话已非为旧主着想，而在为新主效力。他懒得说破，挥挥手，"去吧。"

他知陈崇，陈崇何尝不知他？陈崇尽管没有说明所请，但他知道陈崇之所请。他斥退陈崇，就是表明不听所请；陈崇不走，就是坚持所请，"丞相，图籍是死的，人是活的。"

为了新主，不惮暗示旧主篡改图籍，将旧主置于不忠不敬的险地。人情之冷暖就到了这个程度，他无声挥挥手。

申时，孔光正要备车进宫，护军都统来报："陈司直叫司隶衙门扣下了。"孔光大惊，陈崇离去不过一两个时辰就被鲍宣扣下了？莫非陈崇涉及卢青失踪案？然而逮捕陈崇，也该知会相府一声啊。护军都统说："鲍司隶一向不把相府放在眼里，藐视丞相。"孔光手一扬，制止他的话，"持本相符令询问鲍司隶，陈司直所犯何罪，速去速回！"护军都统飞马去了。

大约过了一个多时辰，陈崇与护军都尉一同回来了。他怒容满面切齿痛骂，"鲍宣老儿，辱我太甚！"

原来陈崇的车走了中心驰道，被司隶衙门掾吏用铁钩钩住。驰道是皇上乘舆的专行道，未经特许，任何车辆不得行走，否则就是大不敬。陈崇谎称奉丞相钧旨办理要事，由于辕马受惊，误闯中心驰道；司隶衙门有意小题大作，寻衅折辱。双方争执起来，掾吏就把陈崇带进了司隶衙门。

鲍宣听完事情经过，本意息事宁人，"陈大人，贵舆在驰道中央三丈行走，辕马受惊也罢，误闯也罢，毕竟走了人臣不该走的驰道；本府掾吏拦车呵止，实为职司所在。君子闻过则喜，往后注意就是了。"他请陈崇驱车回去，陈崇却不肯罢休，非要掾吏赔礼道歉不可。鲍宣火了，"你当有恃无恐，本台就怕了你！今日你不低头认罪，本台就给你好看。"

他吩咐掾吏前去取证。陈崇从东市大街，经横门里社，直到西市大街都在驰道中心行走，长达三四里路。掾吏多次喝阻，一概置若罔闻。十余家店铺，数十名行人具名作证，陈崇仍不认错。这时相府护军都尉持令符到了，鲍宣只好将陈崇放了，却把车马扣下，声称进宫请旨定夺。

陈崇却说："鲍宣放言，丞相纵容下属僭越不敬，他要上表弹劾。"

乘舆行驶中心驰道，说大就大，说小就小，官府一向睁一只眼闭一只眼。如果遭到喝止，车主理当知趣点，离开中心三丈就是了。可陈崇与鲍宣针尖对麦芒。一个多事，一个寻事，都不是什么好东西。孔光心里愠恼，深深望了陈崇一眼，低喝一声"备车！"长袖一拂，走出门去。

宫中已经掌灯，孔麟和刘衍玩得兴起，哪里还记得回家？倒是王政君惦记上了。昨天她批阅鲍宣的奏章。事不大，一个县令失踪，但有些话搅得她心绪不宁。

"卢青其人或死或亡，于朝廷不过癣疥之疾，不足为虑；若与氾胜之公孙钧之死有涉，则事极重大，朝廷之患当在腹心矣。"

话说得闪闪烁烁，倒使她确信二者存有关连。凭直觉这些闪烁之词冲着王莽。王莽果真与氾胜之公孙钧之死有关连，那可真是"患在腹心"。她苦思良久茫无头绪，连夜诏见鲍宣，"二者倒底有何关连？"

鲍宣说目前尚无确凿证据，气得她把奏章掷到地下，"你既无证据，为何耸人听闻，将猜度之词奏上！"鲍宣跪在地上不出一言。她捶案痛斥，"你好大胆，藐视朕躬！君有问，臣无可不对君言。你为何只说半截话，有意让朕日夜猜度，不得安宁。是不是？"一时痰火上升，猛地咳嗽起来。

"臣死罪。"鲍宣连连叩头。他本想把毁村屠聚的传闻奏明：如果确有其事，可以断定氾胜之公孙钧是王莽杀的；如果并无其事，则可排除王莽与氾胜之公孙钧之死有任何干系。调

查这事不难，只要鸡咯聚实地考查一下就得了。然而这些不同
样是"猜度之词"，同样"耸人听闻"吗？他不得不把话咽进
去。"臣实在不敢妄言，容臣三个月，给陛下一个交待。"

"三个月！"

"那就容臣半年。"

越说越远了！这个鲍宣，她领教多次了。不要以为他语无
伦次，恰恰意味事态之严重。他不肯说出实情，那是他把她当
成王莽的姑母，而没把她当成君临天下的太皇太后陛下。等到
有一天证据拿到手，他就摆在君前，让王莽无法躲闪，也让她
无话可说。"鲍宣！"王政君还想说什么，爆发一阵咳嗽，气
得她捶着胸口厉喝一声，"滚！"

她喝了几口热茶把咳嗽压了压，稍许好了些。躺在床上，
翻来复去，一夜没睡安稳，天一亮就令人去接孔麟。希望孔光
能给她排解疑惑，等啊，等啊，一向礼仪周全的孔光怎么迟迟
不进宫谢恩？莫非出了事？听到孔光殿外候见，王政君忙说：
"快传。"

孔光快步进殿伏于地下。王政君说："丞相请起，今日不
讲那些礼数了，陪朕说会话。"孔光哪敢僭越，敬礼如仪。王
政君问，"丞相这么晚进宫，不会没有原因吧。"孔光慌忙跪

下，"太皇太后陛下圣明。"就把鲍宣逮人扣车的事说了一遍。

又是鲍宣！

"鲍宣目无尊长，折辱丞相，可恶！"孔光叹气，"臣老迈无能，连自己的部属都管束不好，怨不得旁人。"王政君说："丞相大度，这个鲍宣实在该惩诫一下。"孔光忙说不可，"惩诫清流，徒招物议，陛下烦心，老臣获垢，唉。"王政君冷哼一声，决心下了。然而如何惩诫鲍宣呢？下狱？罢官？降职？似乎都不妥当。王政君扬声，"传姚恂！"

尚书令姚恂奉诏进殿，思忖着说："鲍宣的掾吏当街拘人扣车，折辱丞相；敕令放还车马，将肇事掾吏当街杖责四十。微臣以为鲍宣受到应有惩戒了。"

"善。"王政君派一名貂铛带两名虎贲去拘捕掾吏，不到半个时辰貂铛回报：鲍宣声称未见圣谕，他只放还车马，不让拘人。王政君大怒，令何闳前去宣谕圣旨。何闳上前劝说，"陛下，天不早了，与丞相说会话，该歇息了。明天办也不迟，何苦闹得自己一夜又睡不沉实。"王政君尖声大叫，"不行！这个张狂的东西，生着法儿气朕，不能由着他的性子！"

何闳到达司隶衙门，鲍宣让掾吏进入一个房间，自己坐在门口，不准虎贲入内。何闳说："鲍大人，何苦违抗圣命，干冒雷霆之怒。"鲍宣说："下官忝为司隶，为朝廷执法，为庶民平冤，怎能让无罪之人在下官面前衔冤？除非罢了下官的职，下官管不着！"何闳说："太皇太后陛下正在气头上，鲍大人别固执己见了。"鲍宣说："司隶有法不依，必犯万民之怒。"

何闳只得回宫覆旨，王政君更怒，诏令中郎将孔永带羽林军前去拘捕，"鲍宣再敢抗旨，一并捕来，不得有误。"孔永到达司隶衙门，鲍宣仍旧坐在门口。孔永一声令下，把鲍宣和掾吏抓起来。

这时御史台有上百口人在一旁观看。暮宿的乌鸦一群一群惊起，咭咭乱叫着满天乱飞。

翌日，孔永把掾吏押到里社，当众施刑。里社广场人山人海，许多目击者叙说当时情景，人们都唾骂孔光陈崇，为鲍宣和掾吏不平。

辟雍响起急促钟声。博士弟子王咸手持黄幡，立于黄钟下高呼："欲救鲍大人者，请到钟下集合！"

千余士子响应，列队来到北宫门，拦住了孔光上朝的车驾。太学生遮盖道路，早朝的乘舆全都受阻。王咸和三个学友出面清出一条道路，让百官下车通过。衮衮诸公只得下车排成一列走进北宫门，太学生在两旁振臂高喊：

"释放鲍宣！惩办陈崇！弹劾孔光！"

王莽的车驾远远停下，径直向孔光车驾走去。他头戴高轩冠冕，身披玄锻朝服，腰结紫授，胸挂金印，身悬错金缕彩佩刀，太学生一下子认出他，欢呼之声四起：

"安汉公！"

他走进人群中，微笑着向左右拱手，太学生闪开一条道，他走到孔光车前扬声，"人非圣贤，孰能无过？我等臣下，终日孜孜砣砣，如《书》所云：'栗栗恐危，若将殒于深渊。'仍不免出错。诸君关心朝政，聚谏阙下，其心可嘉。下官闻过了，丞相闻过了，朝廷也闻过了。诸君请让路，放丞相通过。"

他走在车前，乘舆徐徐跟在后边。路让开了，"释放鲍宣！""惩办陈崇！""弹劾孔光！"的口号声此起彼伏。乘舆到达阙下，孔光走下车，口号声大起，又响又齐，其声如雷。王莽上前牵着他的手，并肩走进宫去。

王咸把一轴表章呈给门前守卫的五官中郎将王宇，吩咐太学生退到宫墙百步之外，就地坐下。长安市民万人，闻讯前来观看，北宫门阙下黑鸦鸦一片。

　　未央宫前殿上，彭宣等十余名御史正在上奏，他们拿出目击证人的证词，说明错不在掾吏而在陈崇："陈崇蓄意挑起事端，制造丞相与司隶不和，居心叵测，应与严惩。"

　　王政君阴沉着脸环视群臣默不作声。群臣又是一阵进谏，要求朝廷顺民意应民心，言辞无不激昂：

　　"掾吏秉公执法，鲍宣仗义护法，缧绁冤狱，笞刑闹市，实在不公。"

　　"陈崇乱法无过，掾吏护法遭刑；鲍子都挺身维护下属，不惜撄鳞犯颜，气贯长空，居然身陷牢狱，岂非颠倒是非混淆黑白！"

　　"此议不当！"王莽疾步出班，振衣下跪，"启奏太皇太后陛下、皇上，老臣以为鲍子都抗旨不遵，拒门缇骑，实非人臣之举。情虽可悯，礼法难容，薄施惩戒，并无不当。不可因人众而悖君臣之道，因众议有损君父之威。"

　　大殿一下子鸦雀无声。

　　他接着说："老臣以为陈崇肇事，迹近寻衅，确有挑拨丞相与司隶之嫌，其心可诛。而今触犯众怒，损毁朝廷声誉，应褫夺官职，下狱查办。掾吏有功无错，立即开释，朝廷应予抚慰，擢升为大夫。"

　　"准奏。"王政君脸色稍霁。

王莽再拜，"鲍子都有错，虽然情有可原，但终究是错。当此千百学子请愿之时，朝廷更应是非分明，赏罚分明，有错必须认错，有过必须受过，姑息不得，马虎不得。鉴于千百学子不明究里，鲍子都应到阙下当众认错。不如此不足以释众疑，不如此不足以立君威。老臣愚见，不知二圣意下如何？"王政君环视群臣，"众卿以为如何？"许多人表示赞同。

鲍宣不肯认错，"犯官有错，大司徒更有错：犯官下狱，丞相更应下狱；犯官阙下当众认错，大司徒更应阙下当众认错。"

太学生似乎与他遥相呼应："释放鲍宣！"

"我等要见鲍司隶！不见鲍司隶，不回辟雍！"

王政君拍案，"鲍宣，竟敢胁迫朕！"

孔光出班，老泪纵横，"老臣昏聩，管束不严于前，偏听失察于后，造成学子聚众请愿，致使天颜无光，朝廷失色，罪在老臣。老臣愿鋃铛入狱，以解怨望。"

"不可。丞相功过当由太皇太后陛下、皇上裁定，奖惩亦由太皇太后陛下、皇上钦断。太皇太后陛下、皇上听命于天，不可受制于人。一人不能，万人也不能。"王莽说："鲍宣办案如神，老臣身受其惠，一向心存感激。但事关太皇太后陛下、皇上尊严，老臣也不敢徇私枉法。老臣以为鲍宣如不认错，那就当众量刑公判，绝不姑息养奸，示弱退让。"

大司农刘歆出班。氾胜之暴毙，大司农一职由他接任，"安汉公所言极是，微臣愿劝说鲍宣至阙认错。"

王莽接着说："老臣愿至阙说服学子。"

"二卿去吧。"

王莽刘歆与鲍宣同至阙下。太学生一阵欢呼："安汉公！""鲍司隶！"王莽抬起双手，要众人噤声。他扬声提问，"请问诸君，谁是头领？请上前与老夫说话。"王咸走出，"晚生拜见安汉公。"王莽问，"学子就是与劣子并称'长安三杰'之王君卿？"王咸叩拜，"正是晚生。"王莽捋须微笑，"博士弟子，青年俊彦，学子既与劣子为兄弟，老夫就以子侄相待，不惮直言了。"王咸说："愿听安汉公教诲。"王莽说：

"君君臣臣，礼也；是是非非，理也。请问学子，礼大还是理大？"王咸说："礼大。"王莽说："鲍子都抗旨不遵，拒门缇骑，失人臣之道，是大不敬。朝廷偏听一面之词，错拘掾吏，不过一时失察。诸君只见是非，不辨君臣之礼，齐聚阙下，岂非因小而损大，伤本而维末？"王咸无言以对。王莽扬

声，"诸君以为老夫之言当否？"太学生七零八落回应，
"当。"王莽调头问：

"请问鲍大人，下官所言可入尊耳？"

"安汉公言之有理。"

王莽问，"鲍大人身为司隶，该当何罪？"鲍宣说："依律杖责下狱。"王莽问，"请问鲍大人，千百学子不平请愿，依律可否因此减免刑罚？"鲍宣说："不能。唯太皇太后陛下、皇上才能减免下官刑罚。"王莽叫喊：

"何公公，进宫请旨将鲍宣笞责下狱。"

片刻何闳回报，"太皇太后陛下、皇上姑念鲍司隶情有可原，不忍笞责下狱。敕令安汉公从轻发落，再拟刑罚。"王莽问，"鲍大人，当用何种刑罚？"鲍宣说："笞刑二十。"王莽再次叫喊：

"何公公，请旨判鲍宣笞刑二十。"

片刻何闳回报，"太皇太后陛下、皇上姑念鲍司隶办事勤勉，敕令再拟刑罚。"王莽又问，"请问鲍司隶，笞刑之下还有何种刑罚？"鲍宣说："髡刑。"王莽又叫喊：

"何公公，请旨鲍宣受髡刑。"

髡刑是刑罚中最轻的，剃掉犯人头发，以示惩戒。不一会何闳回报，"太皇太后陛下、皇上本意赦免，群臣进谏，以为薄加惩处，以儆效尤，所奏照准。"

鲍宣叩拜，"谢主隆恩。"

王莽一声厉喝："行刑！"

一个狱吏剃光了鲍宣头发，身体发肤出自父母，鲍宣忍不住涕泗横流。一个满脸虬须的壮汉突然秃了头，格别刺眼，学子无不悚然。

"鲍大人请。"王莽躬身往阙里让。

鲍宣苦笑，"刑余之人，焉敢僭越。"

王莽牵住他的手，鲍宣抽出手来，"安汉公请吧。"冷暖自知，彼此心里有数，王莽也不再让，转身走进宫去。

鲍宣走到殿前，有个中常侍叫道："鲍司隶，太皇太后陛下有旨，不必进殿面圣，回家思过去吧。"鲍宣旋即跪下："遵旨。"

不两天，有了卢青的消息，说他升调东海郡任都尉。其时卢青正查办一桩积案，微服私访，弘农郡守为他保密，诳称"不知所之"。鲍宣捡个棒槌当了真，奏报户青"失踪"，发出了"朝廷之患当在腹心"耸人听闻的危言。

鲍宣获悉公孙钧是因为调查鸡咯聚惨剧前往山东的。鸡咯聚惨剧是卢青报告的，公孙钧正是投奔卢青去的；卢青失踪，不正表露案情症结之所在？而今卢青又露了面，不是被降服就是被收买，查办氾胜之公孙钧之死，以他之力再无可为。阙下髡刑，就是当众给他的羞辱和警告。已矣哉！国无人莫我知兮，又何怀乎故都？不日他上表乞骨骸。太皇太后陛下以为"惹事精"，巴不得耳根清静，照奏恩准了。

月黑的夜晚，夫妇俩驾着鹿车离开了御史台。鲍宣是渤海东城人氏，当年桓少君嫁与他，夫妇俩就是驾着这辆鹿车回归故里的。丢官去职，有何颜面见家乡父走？行至上党，有故人家住长子，前往投奔。路径不熟，又已入夜，怎么也找不到长子这地方。前不着村，后不着店，问路的人都遇不上一个，二人只好驾车攒行。鲍宣摘下头巾，露出光头。桓少君啐了一声，"不认为耻，反以为荣！"鲍宣说："耻也不耻，荣也非荣，只是今日能派上用场。"桓少君说："有何用场？"鲍宣说："照亮啊。"桓少君笑啐："不识羞！"

"何人在此说笑？"

鲍宣看见树影下站着一位荷杖老人，心中大喜："刑条之人穷作乐。"老人古道热肠，说他们走过了头，情愿给他们带路。二人这才找到故人。故人说上党这地方宜田牧，很少豪强刁滑之人，劝他们留下来。鲍宣家贫，东城老家也没田宅，便在长子安了家。

二十八　老寿星圣诞梦兰花 十龄童合卺长秋宫

元始二年（公元 2 年），太皇太后陛下的圣寿在八月仲秋。古时君主的诞辰称圣节，与元正一样，是一年中最盛大的节日。这天，在京官秩四百石以上的官员都进宫朝贺。子夜刚过，车轮声，马蹄声，锣鼓声把沉睡的长安吵醒，全城燃起了灯笼。大户人家还在门前摆上香案，看见路过的官员，就点上香烛，拜托他们把自己的祝福带进宫去。秋月临空，澄澈如洗，地上灯火万家，仿佛天上的星星都垂落到地上来了。

朝贺的官员聚在北宫门外，人人面带庄容，目露喜色，翘首等待破晓钟声。不知谁家的雄鸡摁耐不住节日的兴奋一声高歌，当，当，当，舒缓辽阔的晨钟随之响起。钟声响了七十四下，乘着晨雾，驾着朝霞，宣示太皇太后陛下七十四岁圣诞。卯正，王政君带着刘衎驾幸德阳殿，接受百官贺拜。赐坐后，大司空彭宣亲自捧出肉羹，大司农刘歆亲自端出米饭，殿上奏"食举之乐"，刘衎代表太皇太后陛下降旨赐宴。百官起立举觞祝寿：

"太皇太后陛下万寿无疆！"

　　寿礼直到未时才散。毕竟上了年纪，退朝之后王政君歪在榻上小憩，谁知一觉睡到了申末。按照日程安排，申初于兰林殿设筵，款侍馆陶公主等几个年逾古稀的近亲。馆陶公主等人早已进宫，凤栖未醒，只好在兰林殿等着。

　　王政君说："唉，老了，老了，有慢各位久候了。"

　　馆陶公主说："瞧陛下说的！这是个好采头啊。陛下吃得好睡得香，我辈之幸，社稷之福。臣妹今年愿意等，明年还愿意等。臣妹不求别的，只求陛下长寿万万年！"

　　"你呀，什么事到了你嘴里都变甜了。睡觉睡过了头，也成了好兆头！还记得先帝的话吗？"王政君说的先帝是宣帝刘询。"大家伙知道先帝咋说的吗？"

　　"蜜蜂窝。"馆陶公主应着，咯咯笑了。这可不是一个雅致称号，众人不解地望着她。

　　王政君说："先帝说，人家嘴甜是涂了蜜，她的小嘴啊能酿蜜。那个甜啊，有长性儿，还有时鲜香味儿，简直叫人泡进蜜罐子里了。不过大家伙也得小心啊。"她卖个关子，得意地向众人映映眼，"谁要是惹了她呀，准把你蜇个半死。"说罢同样咯咯笑个不停。

　　有个老妪说："公主殿下嘴甜如蜜，说的可是实情。凤栖不醒，那是心宽体泰。举国圣寿之日，万众喜庆之时，老寿星与民同庆与臣同乐，尔后怡然退朝，恬然入梦，不是好兆头又是什么？"众人连连应和。

"真是好采头？大家伙同喜，同喜啊。朕也不求别的，只求咱姐妹年年能相见，岁岁得团圆。"

"谢陛下吉言。"众妪离席下拜。

兰林殿背靠翠屏山，枫林似火；西望沧池，白荻如雪。四周广植芝兰，香气馥郁，叫人不饮自醉了。王政君刚睡了一觉，精神头很好，仪态温蔼，谈锋健爽。她紧了紧鼻子，"好香！刚才朕做了个梦，梦见满殿都是兰花。白花花一片，像天上的云一样。朕坐在云上飘呀飘，不知几舒坦。"

"陛下，这可是个好梦，何不宣钦天监来破梦？"有个老妪说。

"算了，咱老姐妹说说算了。"王政君摆手，"召钦天监来，又得惊动朝廷，闹得沸反盈天，鸡犬不宁。"

馆陶公主说："陛下梦兰，只怕是想抱曾孙吧？"她又咯咯笑。

梦兰是个典故。春秋时郑文公有个侍妾叫燕姞，梦见天使给她一朵兰花，对她说："我是你的祖先，给你这朵兰花做儿子。"梦醒之后，恰巧遇到郑文公，把兰花给了郑文公。郑文公怦然心动，二人交媾，燕姞有了身孕，生下一子，是为郑穆公。

　　"朕也这么想过，只是皇帝还小。"王政君说。

　　"说小确实小了点，说不小也不小了。皇帝十五岁就该亲政，是该早做准备不是！"馆陶公主说。几个老妪好一阵应和，"是啊。"刘衎只有十二岁（虚岁），但汉代提倡早婚。朝廷明文规定：女子十五岁不结婚要增加赋税。男子虽无规定，但十三四岁结婚并不罕见。

　　兰林殿侍筵的老妪散席后，乘舆还没到家，梦兰的事就传进了平晏耳里。他走进书房，"主公，馆陶公主提议要给皇上选妃了！"王莽一怔，"皇帝年幼，这么早就选妃纳后了吗？"平晏哼哼一笑："这还不是馆陶公主希望在皇帝成人之前把她属意的大臣家女子给安排成皇后嘛。"王莽看了看平晏，眉头微微皱起，点了点头。

　　平晏突然作揖，笑着说："恭喜主公！"王莽连连摇头，一副无可奈何的样子，不明平晏何意。应和道："愚兄何喜之有？"平晏笑吟，"凤凰于飞，和鸣锵锵，皇上要纳后了。主公要当国丈了。"王莽沉吟片刻，冷笑道："嬿儿？你知道嬿儿今年才多大吗？”平晏说：“皇上今年十一，小姐也是十一，天作之合！”王莽心领神会，抚须不语，摆摆手说：“不可不可，嬿儿还是个孩子。再说予也无心攀附。”平晏又说："主公当然不是攀附，但这皇后之位可是非同小可，事关朝政之大局啊！”王莽思忖着："是啊，皇后之位事关外戚，皇嫡子，长子，将来的太子……哎，确实无比重要……”

平晏高吟："凤凰鸣矣，于彼高岗；梧桐生矣，于彼朝阳。主公功可不争，劳可不争，国丈不可不争。”转而又面露忿忿不平，"馆陶公主这个时候提选妃，她定是有意中人选想把主公之女排除在外啊。”然后低声说："只要小姐能进到宫里去日日陪皇帝一起玩耍，青梅竹马，两小无猜，只要不让其他女子靠近皇上，再加上太皇太后这层关系，主公可是占尽先机呐！”王莽一听，觉得有理，脸色顿时温和了下来。平晏接着轻声向王莽细细的说着，"明日一早主公上表，力举皇上纳后。让太皇太后陛下以为不谋而和。”王莽摇头，"这能瞒得了太皇太后陛下？”平晏说："主公勿疑。这类喜庆事儿，瞒得了也罢，瞒不了也罢，不过一笑。”只见王莽连连点头，两人直到书房里的烛光变得越来越昏暗才散去。

　　翌日王莽上表，"皇上即位二年，长秋宫未建，后宫空虚。成哀两朝之难，皆因后妃失德，二世无嗣。请太皇太后陛下召集经学之士制订聘娶之礼，为皇上选妃择后。"

　　王政君阅后，"朕昨午梦兰，卿今晨进表，巧了。"明显表露出疑窦。王莽说："成哀之难，国之所忧；继嗣之事，民之所望，此所谓人同此心，心同此理，人心不远啊。"正如平晏所料，王政君也不深究："依卿之意，如何为皇上选妃择后？"王莽说："皇后之位，母仪天下，所以必须具有太皇太后之风范，须出自圣人贤能以及世代公侯的名门之秀中采选适龄女子，由太皇太后来考察。"

　　王政君将王莽奏章朱批布达。朝野好一阵称颂，"太皇太后陛下圣寿梦兰，我主当婚啊。"不少大臣荐举礼学大师吴章制订聘娶之礼。吴章字子玉，临淄人氏。王政君责成宗正刘扬、中太仆何闳主持采选。这次选的是皇后，而非寻常秀女。一旦中选，女儿成为女中之凰，全家就是国戚了。初选之后，才貌双全者十二名，其中王氏女八名，王嬅是其中之一。吴章是出了名的儒士，王莽仰慕其学识，尊他做了王宇的师傅，因而吴章与王府渊源极深，但他也决不是趋炎附势之辈。

　　他制订的聘娶之礼，采纳了王莽的建议，规定在尧舜周公孔子以及世代公侯的后裔中采选，特别强调家庭的功德人望。

试问当今天下功德人望，哪有出于安汉公之右者？而且王嬚是舜帝之后，年龄与刘衎相当，只小几岁。这次纳后，对王嬚特别有利。

但排在第一名却是翟秀菊。这个翟秀菊，如同百花中的奇葩，沙砾中的美玉，人们一眼就能发现她。见识过眉如翠羽肌如白雪腰如束素齿如含贝的美女吗？见到翟秀菊就全都领略到了。瞧，她那深黑的眸子在长长睫毛下静静地略带羞怯望着一个地方，而当顾盼之时，哪怕惊鸿一瞥就粲烂生辉，娇媚毕现，其余十一个佳丽全都黯然失色了。

她是高陵侯翟宣的幼女，年方十一。性情文静和顺，庄敬稳重，知书达礼，能歌善舞，与汉宫历代贤后之仪容懿德，无不暗合。就像冷水浇进滚油，朝廷炸了锅。翟秀菊无可挑剔，攻讦的矛头一齐对准了她的祖父翟方进。

翟方进是成帝的丞相，上任的当年，黄河泛滥，淹没河东数郡；第二年，陇南地震，人畜伤亡惨重。古时天象异常，往往归咎皇帝。皇帝往往诿过丞相，以至敕令丞相以死谢罪。这样的敕令不便形诸文字，往往通过一套礼仪"暗示"。皇帝令八驷穿白裘乘白马送去御酒十石，骊牛一头，简策一封。简策写明天降灾害和丞相过失，八驷尚在半路，丞相就派人飞马向皇帝奏报"突然染病"；八驷进府，丞相家人奏报丞相"病重不治"；八骑刚刚回宫，丞相府的奏章也送达到陛前，奏报"丞相死亡"。

翟方进就这样死了。成帝令九卿给他送去高陵侯印绶、乘舆、棺木。装殓之日，成帝亲往吊唁，诏令百官给他送葬。

当年翟方进之死，王政君就觉儿子处置不当，时常内疚于心。儿子沉湎酒色，荒废政事，闹得天怒人怨。诿过于人必遭天谴，果然赵飞燕姊妹作乱，把有孕的嫔妃及宫女通通杀死，闹得儿子绝嗣。刘扬何闳力荐翟秀菊，尽管许多人攻讦，她仍不为所动。坚持让翟秀菊参加面选。

替皇上纳后最积极的是王莽；最热心的也是王莽。王舜王寻王邑都以为皇后之位非王嬿莫属；国舅之尊，王宇王临也都志在必得。谁知冒出这样一个女子使得王嬿黯然失色。王府上下急得团团转。王莽找来刘歆平晏商议。刘歆说："我考《周礼》，皇上可纳纳三夫人九嫔，天子拥十二嫔妃乃为正义（正确的礼制）。"平晏赞道："子骏大才啊！这样一来，嬿儿，孔相族人适龄女子和那翟氏女子均为一夫人，主公仍是国丈啊！"王莽听了也很高兴，道："甚好甚好！我等当匡扶正义，光大汉室子嗣！"当即，王莽差平晏去找甄丰，让甄丰去与孔光商议，好让王莽的上奏，在朝堂之上畅通无阻。

朝日，王莽上奏，"臣近日考证经书：依据《周礼》，皇上纳三夫人九嫔，正十二人之义。此十二人应在尧舜周公孔子以及世代公侯的后裔中适龄女子采选，以葆后妃之德，以广天家继嗣。我大汉则可长治久安，传之万世。"

王政君听了，心里一惊。这后宫的事她是看得多了，听得多了，她是最明白的。这一个皇后管理后宫，后宫都是处处诡谲，若是三个平起平坐的夫人，这后宫还不得终日不宁？说是广大皇帝子嗣，皇帝子嗣还不得更加朝不保夕啊！她冷哼了一声，问："这是哪来的礼？哪来的义啊？"

众朝臣能听出太皇太后的诘问之意，都不敢作声。王莽望了望孔光，希望他出面将《周礼》相关内容拿出来说说。而孔光没有行动，低着头沉默着。这时，吴章出班了，居然说他历时了三月，考证出了周公正是在成王十一岁为其纳后的，旁征博引，极其雄辩，举朝文武也为之震惊。他又说：皇上尚幼，不宜一次选十二名嫔妃，而应效仿周公，只为皇上纳一个皇后；待到皇上稍长，陆续选齐妃嫔，建三宫九院，以正《周礼》十二人之义。

吴章这么说，王政君当即表示赞许。接着就有其他大臣陆续出版附议表示赞同皇上尚小，应为皇上呐一个皇后。王莽也没办法，但心里十分的不悦。觉得这个吴章就是个书呆子，不足与之为谋。

散朝后，王政君召王莽到长信宫，对王莽语重心长的说："贤侄，朕知道你仁义贤德，尽心辅佐汉室。将来皇上亲政之后，你当与皇上外戚共同竭力为皇上分忧，为黎元操持啊！"

王莽跪在地上，毕恭毕敬的，听出了王政君的意思。毫不犹豫就答应了，向王政君承诺着，以表忠心。

翌日，王莽上奏："臣女姿质低下，不劳采选，自请退出。"众朝臣吃惊不小。王政君却大喜，环视群臣，"安汉公所奏，甚合朕意。安汉公之女贤良美貌，现已自动退出。王氏诸女皆朕本家，一并退出吧。"

王氏几个大臣一齐出班跪伏："臣女退出。"

王政君说："皇上纳后，本是朝廷喜事，可大臣争来争去的，要多烦有多烦。众卿有所不知啊，选后真难哪，难就难在孩子们都差不多，选这个不选那个，尤其选了王氏女，你再公，有人也会乱嚼舌头。亲此薄彼啊，一碗水端不平啊。这下好了，安汉公退出，朕的外家王氏女退出，不会有人乱嚼舌头了吧。"

"安汉公盛德，太皇太后陛下圣明。"群臣赞颂。

王政君说："十二名秀女，一下子去掉八名，还剩四个，明儿朕看一下定下来，也算了结一桩大事。"

王政君把馆陶公主、孔光请进宫替她拿主意。自从太学生阙下请愿之后，孔光就称病不朝。这回进宫，憔悴多了，苍老多了。行走蹒跚不说，跪在地上颤巍巍站不起来。王政君令宫女把他搀起，"丞相不适，本该在家静养，只是皇上纳后，事关社稷，只得勉为其难了。"孔光垂泪，"老臣身受圣眷，时蒙垂询，只因愚钝昏聩，多有不明，老臣愧疚无地，无颜进宫面圣……"

这显然在说鲍宣的事。事态的演变孔光和王政君都始料不及。王莽真有能耐，千百学子为鲍宣鸣不平，鲍宣反而受了髡刑。学子没说什么，鲍宣也没说什么，他去职离京，默默隐退，可作为当事人的孔光却不觉得好过。事情好像不该这样，事情恰恰就是这样；事情好像有点不对劲，事情又处处顺理成章。而今不平没人鸣不平了，唾骂没人唾骂了，孔光内心的煎迫却比过去强烈十分。

不一会儿，馆陶公主到了。

谁说花菁葵分不出妍丑？四个秀女一进殿，三人一齐盯住了翟秀菊。她是花菁葵，也是合苞的彩莲。她含苞未放，不但使人领略含苞的清纯，还使人感受盛开后的娇艳。

王政君点头，"唱支歌朕听听吧。"

翟秀菊纤手一抬，丝竹声动，朱唇吐出一串珠圆玉润的歌声：

秋风起兮白云飞，　草木黄落兮雁南归。

兰有秀兮菊有芳，怀佳人兮不能忘。

这是武帝刘彻的《秋风辞》。武帝刘彻设乐府，汉朝各代皇帝的诗作都谱上了曲，宫里宫外广为传唱。尤其刘彻本人的诗作，乐师更为精心，谱曲配器精益求精。翟秀菊唱这首歌，除了迎合宫中喜好，自有她的深意。果然孔光叩拜，"兰有秀兮菊有芳，陛下梦兰而得菊，恭喜陛下。"话声未落，驸马都尉刘垒一身戎装奔进殿来高呼："报！"

"何事惊慌？"王政君十分不悦。"大呼小叫的，好不晓事！"

刘垒下拜，"长安商贾力佚七百余人来到北宫门阙上书：选后不可排除安汉公之女。"

"谁排除安汉公之女了？难道他们不知是安汉公自请退出的吗？"王政君十分恼恼。她望了望孔光。孔光满面羞红；又看了看馆陶公主，馆陶公主却是一脸冷笑。她挥挥手："别理他们，你唱你的。"

翟秀菊唱道：

　鸿雁高飞，一举千里，羽翮已就，横绝四海。横绝四海，当可奈何？

这是高祖刘邦唱的一首楚歌。当年吕雉失宠，刘邦想废太子，改立宠姬戚夫人之子。却发现吕雉母子羽翼已经丰满，自己无能为力了。当时刘邦对戚夫人说："你为我楚舞，我为你楚歌。"歌数阕，戚夫人唏嘘流涕，废立之事从此作罢。王政君心头一震，小小孩童为何发出这等悲音？歌罢她扬起手，"谁叫你唱的？"翟秀菊跪伏在地不作声，馆陶公主说："臣妹叫她唱的。"

"你！"王政君惊疑望着她。兰有秀兮菊有芳，暗喻梦兰而得菊；这鸿雁高飞，羽翮已就，在影射谁呢？

馆陶公主却说："臣妹细品，此女嗓音宏如钟，细如丝，脆如金，沉如瓮，适于诉幽怨抒悲瀍，唱这支歌再合适不过了。谁知不入陛下之耳，臣妹擅作主张，陛下恕罪。"说着脸上皱纹似笑非笑抽搐了下，巍巍下拜。

这可真是越描越黑，越解释越叫人生疑。自古以来，当权者有条不变的铁则：权有多大，欲必倍之，疑又倍之。这很有害，也很可怕。先贤诫之又诫，圣哲诲之再诲，然而一朝权在手，上自皇帝下至胥吏概莫能外。只要疑窦在心中生起，就是想挥除，也挥之不去。像鸩酒一样，一旦喝了进去，就会深入肺腑，流布全身，直到死还残留在躯体上。

王莽回到府中。平晏问王莽："主公就这样轻易的退出了，难道不觉心有不甘吗？"王邑说："姑母就是妇人之见，这皇后的位置岂能拱手让人，她难道忘了……？"王莽打断他们，烦闷的说："就按太皇太后的旨意办吧。"平晏焦急，但欲言又止，他了解王莽的脾气。

没过几天，博士弟子王咸又带领一千余名太学生来到北宫门阙上书。他们与商贾力伕不同，上完书，还请求太皇太后陛下、皇帝陛下接见。请求接见不说，还向过往行人发表演说，公然要求太皇太后陛下收回成命。

"安汉公之女贤良美貌，为何不能采选？"

"内举不避亲，亲就不能当后妃？结亲最讲亲上加亲，天家就不讲了？"

驸马都尉刘垒风急火急飞报，气得王政君火烧火燎。皇帝选后，皇家的事，啥时候轮到布衣士子来管？王政君把刘歆等掌管辟雍的人召来申斥，断然宣称："不理！"

谁知第三天太学生又来了。他们与商贾力伕联合起来，声势更加浩大，居然坐在阙下不走了。一时间长安哗然，人们扶老携幼涌到北宫门阙。宫墙之下，人头攒动，把宫门围得水泄不通。

"报！信乡侯刘佟诣阙上书！"

人们掌声雷动，让出一条缝，刘佟峨冠博带在震耳欲聋的欢呼声中走进宫，跪在中黄门前面，要求直接把奏章呈到太皇太后陛下手中。

"报！左将军广阳侯甄邯诣阙上书！"

"报！右将军孙建诣阙上书！"

掌声中，一个又一个公卿大夫走进宫，跪到刘佟身旁。他们众口一词："安汉公圣德巍巍，盛勋隆隆，为何选妃立后，独独排除安汉公之女？天下焉能归心？愿得安汉公之女为天下母！"

王莽把府中长吏以下的官员全都派出去，分头劝说太学生回辟雍去，劝说公卿黎庶停止上书。他不劝还好，这一劝啊感动得人们哭着嚷着，上书者愈众。

王政君痰火上升，咳得很厉害，气得她一迭声高叫："传刘扬何闳！"刘扬何闳来了，她拍着御案，气急败坏破口大骂："尔等是猪！怎么弄成这样！"何闳连连叩头，"奴婢重貌不重德，奴婢死罪！"刘扬却伏地不作声。王政君一声厉喝，"刘扬，敢不认罪！"也许怒气迸发过猛，一阵呛咳，咳得弯下腰。宫女拥上去，有的端茶，有的捶背，刘扬依旧不出声。王政君更怒，"掌嘴，给朕掌嘴！"一个貂铛窜了上去，啪啪啪左右开弓，刘扬嘴上流出血来。"滚！滚出去！"何闳转身就跑，刘扬仍旧跪着不动。

"刘扬！"王政君扬起手，绵软无力垂下了，呼哧呼哧乱喘。一个宫女暗暗推了刘扬一下，"还不快走。"王政君说："让他跪着，他要气死朕。"声音骤然温和多了。

她呷了几口热茶，知道自己这番无名火发的不是地方，也知道他不是抗命，而是有话要说。"起来说话吧。"刘扬叩头谢恩，却没站起。王政君低声说："金盆香汤侍候。"

"微臣叩谢隆恩。"刘扬流出了眼泪，宫女给他揩去血，净完面，他起身说：

"安汉公有言：'太皇太后陛下、皇上听命于天，不可受制于人。一人不能，万人也不能。'言犹在耳，陛下岂可收回成命？即便收回成命，也要等事情平息之后。否则宁肯取消采选，也不能退让。反正皇上还小，等几年不迟。"

话说得决断，说到她心里去了。选谁为后在王政君心中既复杂需要反复权衡又简单得如同直抒胸臆。复杂的是皇后之位涉及到未来的政治格局，她听从了馆陶的意见，一定要为皇帝和刘氏宗庙着想。简单的是选个女子就是为了陪皇上，为皇室增广子嗣。从情感上讲，不选翟秀菊而选嬿儿也许还好些：嬿儿懂事听话，是个孝顺孩子，她很喜欢，由嬿儿入主后宫她更放心。

然而现在不同了，她感到了一种胁迫。在胁迫下收回成命，岂非张显老后临朝朝令夕改，示驽怯于天下？是的，宁肯不选，也不受制于人。

"为皇上纳后是安汉公的动议，女儿退出也是安汉公的主张。事由安汉公引起，该由安汉公平息。"刘扬说。

可不是吗？安汉公的事，安汉公引起！王莽的美德就是谦让，正是谦让成就了他的功业。说巧也真够巧的，凡是王莽事先谦让的，正是王莽事后得到的。谦受益，古有明训，应该并无蹊跷之处。然而……反过来，他想得到什么，就事先谦让什么。如果是这样，那就太可怕了。王政君又感到了一丝疑虑，吐了一个字：

"宣。"

王莽匆匆来了，只见王政君背身站着，慌忙伏地叩拜，王政君不理不睬也不转身。王莽跪候良久，鼻尖沁出汗珠，"陛下息怒。微臣纵死，也要把阙下的士民劝说回去。"

王政君依旧背身站着，王莽又跪了多时，默默退出去。来到中黄门，看见刘佟三十余人跪在那里，一言不发在他们对面跪下磕头如捣。众人大惊，慌忙叩头还礼。王莽磕头不停，刘佟等人慌忙上前去搀，哪里搀得动？见他额头沁血，齐声惊呼"安汉公！"，有人惊问，"安汉公缘何如此？折杀我等了。"

王莽声音宏大而略带沙哑，态度诚恳至极的说："士民们，请回吧。诸君的心意，予心领了。但你们再往前走，将陷予于不忠不孝之境地啊！请回吧"众人怔住了，不知如何是好。这时甄邯发急，对众人喊道："安汉公忠君孝君，仁义谦让才被迫于此，我等当为公鸣不平，申大义！"甄邯这么一呼，众人又纷纷响应，应者云集。有人想把王莽架起，王莽拼命挣扎着挣脱出来，他拉住甄邯压低声音正色对他说："别闹了！"甄邯这才明白：本来他是替岳父孔光修复一下关系，可千万别把安汉公王莽真的给得罪了啊。他连忙喊大家停手。王莽领着他们退出北宫门去，众人默默跟在后面。出了北宫门，王莽向他们深深作了一揖，"谢诸位士子，请回吧。"他们一字排开跪下叩头回礼，"晚生为公之高德所感！"阙下竟不约而同，异口同声。

甄邯站起，额上也流着血，扬起双手，"各位学子，安汉公之女贤良淑德，天下人愿奉她为天下母。然而选后是天家的事，我等不要给安汉公添乱了。诸位请回吧，爱戴安汉公的人，多多体谅安汉公的苦衷吧。下官相信，天家也会体谅天下心的。"

"天家体谅天下心，就该纳安汉公女为天下母。"太学生一阵呼喊后，才在甄邯的带领下散去。商贾力伕也跟着散去了。

翌日，西市有个商贾在街头设立香案，祈愿安汉公之女为天下母。消息传开，高官富贾竞相效仿，大街小巷设起香案，叩拜者遮盖道路，痛哭流涕，有人哭闭了气，集市停止买卖，车马难以通行。

过了三天王政君再次召见刘扬何闳，何闳说："民家娶妻，讲究德在色先；天家纳后，更应德在色先，奴婢重色不重德，以致今日之事。奴婢有罪，罪在不赦。"

刘扬默不作声。王政君问，"刘扬，怎不说话？"刘扬砰砰磕头，"燕雀不知鸿鹄之志，井蛙不见苍天之大，臣以小人之心度君子之腹，疑心安汉公另有情弊。臣有愧，愧赧无地。"王政君说："二卿之意，应纳安汉公之女了。"刘扬何闳叩拜，"天心即民心，陛下圣裁。"

　　王政君本觉得给皇帝选妃这事儿既复杂也不复杂，复杂的是她得为皇帝的未来筹谋，为刘氏宗庙社稷考虑，也得为王氏一族的长远考虑。王莽声望甚高，权势已经很大了，如再立王氏女为皇后，舆论难平还事小，会威胁到皇帝和刘氏社稷，王氏族人清誉也可能毁于一旦。故而她已示意不选王氏女，只选个贤臣家的聪慧漂亮女子，光耀刘氏子嗣，未来继承刘氏大统。翟秀菊也好，其他名门之秀也好，都好，这就不复杂了。王莽倒是懂事，立刻就宣布退出了。但没想到现在这一来二去的，她心里开始犯疑了：这侄儿王莽让她心里感到不踏实了，这最近发生的这些事，跟前的这些人难道是他在幕后策划指使？这个一直让他很放心，而又盛名德隆的侄儿岂不是表面一套背后一套？难道他其实是想以退为进？他究竟是个什么样的人？这一连串的疑问，使得王政君不得不把选后的事先暂且搁置了下来。

二十九　逼儿娶媳引进寇仇 迎驾皇帝迎来情思

　　阳春三月，新绿盖满南山，王安守制期满。百鸟在晨曦中啼啭的时候，他像平日一样起床了。两年来书剑相伴，雪雨风霜，唇上长出了毛茸茸短髭，身体更加健壮更加挺拔了。他舞了一阵剑，不时眺望山下，盼望馆陶公主派人上山接他。即便不是接他，也该来接灵牌。两年来，于家没往山上送一升米一袭衣。甚至由于他的存在，居然没一个人上山祭奠，连酒墓中的死者也连带受到冷落。日影西斜，不见于府的人，他知道不会来了，朝山下发出了一声长啸。

　　山下有长啸相应，那是四弟的啸声。显然，家里也估量馆陶公主不会去接，早早派人守在山下了。王临上山之后，吩咐护军把书简背下山，然后放火把茅庐点燃。辟辟剥剥火爆声中，熊熊大火冲天而起。王安在墓前祭奠了一阵，抱着灵牌下了山。

　　到达于府，太阳已经落山，红霞烧红了半边天。门子接过灵牌，说要进去通报，把他挡在门外。等了一个多时辰，里面才传出话来，公主殿下身体不适，不能见客，说罢把大门关上

140

了。按照礼仪，孝子守制回家，将灵牌安放在祖先牌位中后，举家一起祭拜。然后去除丧服，结束居丧生活。

王安躬身，"请转告岳祖母大人，孙婿王安要行孝子之礼，祭奠岳父大人亡灵。"门子进去禀报，过了半个时辰才出来，"王三公子，不必了，回家去吧。"王安双膝跪在门前。

王临心里不忿，"三哥，咱回家吧。"王安没有作声。王临说："山上喝了两三年西北风，下山还吃闭门羹，太不近人情了！"王安横了他一眼，王临心知错了，在他身边跪下。王安立眼叱斥，"你干什么？起来！"王临嗫嚅，"陪三哥……"王安说："这也能陪吗？"王临喏喏连声站起来。

儿子灵牌进府后，馆陶公主一阵心酸。儿子灵牌从荒山野林回到家里，连个迎灵的亲人也没有，只得自己把灵牌安放在神龛上。心想白发人送黑发人十分可悲了，白发人安放黑发人灵牌更可悲了，于家怎么败落到这般田地！她的手抖得很厉害，点燃香烛后，望着灵牌，悲恸在心中奔涌。她死死抿着嘴，没让一滴眼泪流出来。过了一会，公孙禄于萍来了，跪在地下，于萍哭成了泪人儿。她知道女儿不光哭兄弟，还哭自己的儿子。

笃！笃！龙头拐杖重重顿了两下。于萍觑了母亲一眼连忙收住泪。

听到王安在门外长跪不起，馆陶公主仰面长叹，"天哪，王家的人真狠！真狠！老子狠，儿子也狠，无人能及。"于萍嘶叫，"把他撵走！撵走！"公孙禄没动，她斥骂斥，"死人！还不动，你还是不是杀敌擒贼的将军！"

笃！龙头拐杖又顿了一下，制止了于萍骂声，"速报小姐。"

片刻后堂回话："让他跪，看他能跪多久，跪死这小贼！"

公主府王安跪门的事，引得许多闲人围观，很快传到了王寻王邑耳中，二人相继来到安汉公府。王邑阴凄凄眼睛埋在浓眉里，"小弟听说于姑娘摔得头骨破碎，半边头不长头发。既然馆陶公主坚拒，何不顺水推舟，了结这档子事。"王寻说："是啊，可太皇太后陛下、皇上赐婚……"王邑说："馆陶公主闭门不纳在先，责任在馆陶公主。"王寻说："是啊，可二哥德操，万民仰望，只怕有人说辜恩悔婚。"

众人望着王莽，王莽却不作声。

"三公子这桩婚姻，因当时需要而缔结，今日是不是不需要了？不能这样说啊。"平晏说："主公欲建周公之业，成就周公之志，不能取得馆陶公主合作，不能举朝熙睦，那是难以实现的。只是当时越姐代庖，没有征求三公子意愿，结果闹出了一些意想不到的事。这回可要看看三公子的意向，顺其自然吧。”

“唉。”王莽长叹一声，“红颜自有红颜祸，无盐自有无盐福，不管于家姑娘怎么样了，只要于家不悔婚，王家绝不悔婚。”

众人都无话了。

到了子夜时分，王安还跪着，馆陶公主仰面呼天：“王氏当兴，于氏当败！”于萍停息多时的哭声又响起来。馆陶公主挥挥手，“去告诉小姐。”不一会，后堂回话说：“祖母心疼小贼，就让他进来；祖母心疼孙女，就不让他进来。小贼进门之日，就是孙女绝命之时。”馆陶公主喟叹，“一对小冤家，如何得了啊！”

报事的半个时辰一报，王邑阴凄凄眼睛不停闪动：“半夜了！什么时候是个头？”

“快了，卯时二刻。”平晏说。

卯时二刻是太皇太后陛下、皇上起床时间，跪门的事已经传遍长安，定然会传进宫中。如果馆陶公主依旧闭门不纳，就必须担负拒婚的名声和责任。除非馆陶公主铁了心，干冒连逆上意风险，否则她必须作出让步。

喔喔喔，鸡叫了，于萍也叫起来，"小贼！小贼！"公孙禄默默望了馆陶公主一眼，馆陶公主无奈，只好颤巍巍亲自走进别院去劝。"雯儿，天快亮了，人言可畏，上意难违啊，先放那小子进来吧。"

里屋传出一阵呜呜哭声。

公主府侧门开了，一个老仆提着灯笼走了出来，"进来吧，你哪。"王安随着老仆进去，堂上冷冷清清，空无一人。王安说："请点燃香烛，小婿要祭奠岳父大人、岳家历代祖宗。"他不说还好，他这一说，老仆吹灭了灯笼，悄然无声消失在漆黑之中。

外头黑，还有几颗晨星；面头可就墨黑如磐了。王安又在神龛前跪下来。

天渐渐亮了，堂上还是黑沉沉的。有个声音在黑暗中传出："于府已经开门纳客，公子也进了于府，可以回去了。"王安听出是老仆的声音，"请转告岳祖母大人，孙婿要祭奠后回家，请岳祖母大人成全孙婿一片孝心。"

一群仆役蹑手蹑脚走上堂来，默默点燃了香烛。王安拜祭毕，大声说，"岳父大人在上，小婿有负雯妹，定当有报雯妹。岳父大人英灵不远，可证小婿今日之言。"言讫转身离去。

七天后，王莽夫妇带着王安到于府求亲，门前高唱："安汉公王公伉俪偕三公子到！"喊了半天，于府无一人出门迎接。成排的仆役冷眼旁观，王莽只好带着妻儿从侧门进去。馆陶公主见他们来了，坐着不动。王莽等人叩拜后，馆陶公主淡淡吐出两个字："请起。"

王莽说："犬子王安蒙太皇太后陛下、皇上赐婚，今守制期满，本月壬寅为大吉之日，望公主殿下恩允完婚。"

"壬寅？"馆陶公主眉毛一挑，张眼盘算。身边一个女婢俯身说："这个月二十八。"馆陶公主猛然击案，满脸愠怒，"什么？二十八！安汉公怎么独独挑这个日子？想我于府两代为相，功业千秋。老妪不祥，屡遭惨凶，落得老妪弱女，受人欺凌！送客！"

王莽不明究里，只得带妻儿离去。回家一打听，才知三月二十八日是于家先祖于公的忌日，只好带妻儿前去道歉。他不敢再选日子，拜托馆陶公主自己定。这倒好，不去问，没回音；若去问，没选好，拖来拖去就是一个多月。

王邑忿忿说："不是事啊，于家不怕养老姑娘，王家还要抱孙儿呢。"

汉朝规定女子十五岁出嫁，于雯眼看十八岁了，再不出嫁，只怕嫁不出去了。

王邑说："有什么费解的，哼，不可两存之仇。"王寻说："既是不可两存之仇，馆陶公主何不进宫把这门婚事推了？三儿耽搁不起，于姑娘更耽搁不起，她能耗得起吗？"王邑冷冷一哼："四哥这话就可错了，于姑娘是什么？破罐子破摔！咱三儿能跟她耗吗？"王莽重重叹了一声，这正是他最担心的。姑娘家毁了容有意报复，就这么耗着。让对方结婚不能结婚，退婚不能退婚，岂不耽搁了三儿一生？他望着平晏，平晏叹了口气：

"听听三公子的意愿吧。"

王莽让王静烟去问王安的真实意愿。王静烟听出王安有些言不由衷，回来告诉王莽说，如真能收回赐婚就收回吧。但她话说得不重。王莽硬着头皮，到长信宫面奏太皇太后把馆陶公主于家对婚事的态度告诉了王政君，请求恩赐解除婚约。王政君听罢，心想："事到如今，你还来请收回成命！安儿就是不喜欢这个媳妇，娶过门又何妨？你王莽必是个偏私不成器的东西。"面露不悦，斥责王莽道："是你王家不诚心，反说于家不想嫁吧？"王莽急忙辩解，跪伏于地，磕头如捣，以示忠直。王政君扶他起来，语重心长的说："巨君贤侄，你一向顾大局，识大体，别让朕为难……"

王莽垂头尚气的回来了，他没有召集平晏。

　　第二天，王莽在家中斥责自己："王家对不住于姑娘，对不住馆陶公主。于姑娘怨恨我儿，馆陶公主怨恨我儿，是予罪有应得。于姑娘一天不谅解安儿，安儿就等一天；于姑娘一生不谅解安儿，安儿定会等一生。"

　　平晏则大声称赞，"好！好！有其父必有其子！诚者，天之道也。唯诚能获人心，唯诚能泯恩仇。王于两家的仇怨，也只有三公子的诚心方能化解。"王邑瓮声瓮气，"只怕三儿头发都要白了。"平晏笑笑，"德者天佑，何需杞忧？"

　　王安一下子变了，放出话去："我王安与于姑娘蒙太皇太后陛下、皇上赐婚，前者有负天恩，有负于姑娘，往后再不做违旨抗婚之事，非于姑娘不娶。"

　　"可于姑娘……馆陶公主有意拖延……"有议论说："青春年华，耽误不得啊……"

　　平晏献策道："求求少夫人准成。""求大嫂？"王安说。"妇人最解妇人心，妇人的勾当只有妇人做得。少夫人冰雪聪敏，不找她找谁？"平晏又笑了。

　　王安进入后堂往吕焉面前一跪，"大嫂帮我。"吕焉吓了一跳，躲闪开去，"三叔，这是干什么？"王安又说："大嫂帮我。"吕焉看了看母亲，王静烟说："三儿信你，你就帮帮他吧。"吕焉说："三叔，这可是你一生大事，你想好了。"

王安苦着脸，豪气的说："小弟早就想好了，在山上就想好了……"吕焉不明就里，定定望着他："那大嫂就试试吧。"

过了几天，公主府一阵传呼："安汉公大司马王公伉俪偕大公子五官中郎将王将军伉俪及王三公子到！"

王莽夫妇进堂叩拜后，双双立起，王宇吕焉王安仍匍匐在地。吕焉说："公主殿下，贱婢求见雯妹，望公主殿下恩准。"馆陶公主冷冷说："小女尚在病中，恐怕病气感染少夫人。"吕焉说："贱婢今日随翁婆前来，特来给雯妹治病。"馆陶公主说："小女的病太医束手，医官无策，少夫人的心意老妪心领了。"吕焉说："贱婢自有灵丹妙药。"她从袖中抽出一条竹简呈了上去。馆陶公主一看，上面只有两个字：

"髻弁。"

她定睛望了吕焉一眼，调头把竹简递给婢女，"禀报小姐，王府少夫人来了。"婢女去了一会回禀，"小姐有请少夫人。"

吕焉随婢女进到后堂，从西厢耳门出去，经过花厅，有道月亮门，外面是座别院。门口站着两个婢女，屈身行了个礼，在前面引路。时值仲夏，树木繁茂。一棚紫薇开得正旺，翠绿的小叶迎着太阳，筛出的细碎光斑都带着沁人的清香。雕花回廊彩绘优雅漆光耀眼，婢女推开一扇门，掀开门帘，小声说：

"里头黑，少夫人请随奴婢来。"

吕焉进门之后，婢女随手带上了门，房里黑黝黝的，过了很久才看清门窗都用毡毯挡着。屋里的摆设黑糊糊一片，看得不大清晰，淡淡的甜香告诉她这是闺阁的外间。临窗有琴台，东墙有衣柜，中间摆放着条案。条案设计精巧，如同七巧板，视其来客多少，随时分合，或长或方，颇为别致。

婢女又推开一扇门，"少夫人请进。"

吕焉走进去，里头更黑。室外天气燠热，屋里捂得严严实实，不但不觉得热躁，反倒感到阴森。有个沙哑声音传来，"少夫人的髻弁，请赐一见。"声音陌生，重浊难听。吕焉心头一紧，忍不住问，"是雯妹吗？"那沙哑声音说：

"正是不死贱婢于雯。"

弁是帽子，武冠为皮弁，文冠为爵弁。髻弁，顾名思义是头发编成的帽子。

吕焉凝定沙哑声音，发现黑暗中有个更黑更浓影子。心里一阵发毛，鬼魂大约就是这个样子吧？它潜藏在黑暗中与黑暗融为一体，只有偶然机缘在漆黑中看到它的影子。她从怀中掏出一个丝囊举步向前。

"少夫人止步。"沙哑的声音说："接过少夫人丝囊。"

黑暗中又显现一条黑影，从她手中把丝囊接过去，原来房中还有一个婢女。沙哑声音说："请少夫人外间略坐。"吕焉说："雯妹，老姐儿替你梳妆吧。"沙哑声音说："不敢劳驾少夫人，少时请教。"

吕焉退了出来，外间点燃了灯。但见南墙悬的是南越国孔雀毯，东墙立的是高勾丽国贵妃柜，香炉没燃，里头放的却是月氏国龙涎香。玉盘上立着霸王爵，墙角挂着虞姬剑，琴台横陈卫子夫的琴，一旁斜欹班婕妤的笙。婢女请她坐下，端出四盘鲜果：一盘燕山雪梨，一盘嵩山红枣，一盘西湖密桃，一盘滇池稜角。她随手剥了颗稜角放进口里，色鲜汁饱，清香犹存。四盘鲜果，不产一地，不产一时，若非水下深窖不能保存得这般良好。仲夏时节能够拿出这些鲜果，除了皇宫，大概只有馆陶公主家了。

婢女一福，"小姐有请少夫人。"

吕焉走进暖阁，里面也点燃了灯。梳妆台上趴着一个娇弱少女，身披藕荷色长纱，瘦削的双肩微微颤栗。吕焉走过去轻抚她的双肩，"雯妹抬起头来。"于雯声细如蚁，"贱婢不敢抬头。"声音依旧沙哑，楚楚可怜，令人倍觉凄惋。吕焉说："别怕，让老姐儿看看，没事儿。"

铜镜现出一张苍白的脸，一双剪水明眸更黑更深。昔日刁蛮神情，变得悽楚怜人，只是高耸的云鬟，直压到眉毛上面，显得有些异样。吕嫣心下一沉，只听说于雯左面颅骨破碎，半边头寸发不生，没料想疤痕延及额头。于雯大约从镜中看到她疑虑重重的难色，慌忙趴到梳妆台上。

"莫着急，啊，老姐儿会帮你的。"她抬手拿两根手指在自己额头比量了一下，"有了！加条抹额，岂不成了？"她吩咐婢女拿出素帛和笔墨，随手在素帛上画。"雯妹，你看看，一条二龙戏珠，一条双凤朝阳，哪条合适？"

于雯微微抬头，吕嫣把图案推到她眼前，"这二龙戏珠，中间一颗明珠，一边一条箔金长龙；这双凤朝阳，中间一块红宝石，两旁是七彩翠羽凤凰。你看哪条合适？"这实际上是在询问她疤痕的部位及大小：如果疤痕靠近眉心，则用二龙戏珠，因为龙头可大可小；如果离眉心较远，则用双凤朝阳，因为凤身肥大，凤尾还可张开。

于雯点了点双凤朝阳。

"部位？尺寸？"

于雯提起笔，在素帛上勾勒出两只凤凰。真是丹青妙手，片刻间两只凤凰跃然帛上。它们大小相等，部位对称。尖尖的凤啄托着一轮红日，长长的凤尾凌空高挑，又生动又质拙。

　　"画得真好！红日大了一点……"她在镜中观察于雯的反应，只见她眼睛眨了一下，急急垂下了眼帘。这自然表明疤痕有那么大，她说："如果用翡翠衬着红日，象征景云……"于雯抬起眼略略思忖，"贱婢听少夫人的。"吕焉接着说："凤啄用象牙，凤眼用珍珠……"她指着一只凤爪："这用玳瑁，你看如何？"于雯又趴到台上："少夫人作主好了。"

　　"老姐儿就不客气了。"吕焉吩咐婢女，把图案交给馆陶公主即刻派人赶制。"雯妹，别着急，依老姐儿看，事情不甚大……"她看见于雯双肩抽搐，不禁大惊："雯妹怎么了？你怎么了？"

　　于雯双肩不停抽搐，显然她把无限的悲苦憋在胸里。吕焉说："雯妹，要哭就哭出来吧。"她抽搐得更加厉害，遏抑着，死命遏抑着，显然她不想在外人面前哭出声来。吕焉张惶了一阵，"熄灯，把灯都熄掉！"

　　里屋重归黑暗，吕焉上前抚着她的肩，于雯转身扑到她怀里，哇地一声哭了。吕焉搂住她，陪她啜泣。

　　馆陶公主正与王莽夫妇闲话，话不多，很平淡，敬礼如仪；王莽夫妇不断寻找话题，使谈话得以继续，免得出现冷场尴尬。婢女上前把图案呈上，只见馆陶公主眉毛上挑，双目顿时放亮，温言说："二位稍候，老妪去去就来。"王莽夫妇暗暗舒了口气。

馆陶公主仔细询问了别院情景，派人飞马进宫，请永巷织造房赶制。回头刚刚落座，又一婢女跑来禀报，"少夫人禀告安汉公及夫人，她要陪伴小姐，时间会很晚，都不用等她了。"馆陶公主说："少夫人秀外慧中，贤淑多智。劳烦她枯坐寒舍，老妪不胜感激。"王莽忙说："公主殿下错爱，是她的福份，也是愚夫妇的荣宠。"相互又客套了几句，王莽夫妇及王宇王安起身告辞。

酉时，抹额飞马送进公主府，小僮一路飞跑送到闺阁。婢女交给吕焉，吕焉吩咐掌灯。灯光亮时，于雯背过身去。吕焉看了抹额一眼："雯妹，你梳妆吧。"说着退出去。

片刻，婢女来请："有请少夫人。"吕焉走进去，只见一个颀长窈窕背影挽着高高的云髻，立在梳妆台前。她缓缓转过身来，吕焉不觉眼前一亮。璀璨的红宝石在翠绿的翡翠中熠熠闪光，两只五彩缤纷的凤凰栩栩如生，皎明玉润的额头在金玉翠羽后边优雅崭露出来。

"好，好。"她转圈看了一遍，"又是一个俏佳人！"

"少夫人别这么说。"

"是个俏佳人呀。嘻，我家三叔……"

"住口！"于雯疾骤背过身去，发出一声沙哑的吼声："我是厉鬼，一个没死的厉鬼！"她发狂地抓起髻弁抹额摔到地上。

吕焉一抖张大眼睛，"你，这是怎么了？"

于雯站在髻弁上猛踹，"我是厉鬼！厉鬼！你走，走！"

吕焉吓得直往后退。她出嫁前，曾应邀在上林苑参观猛兽，听见过虎吼熊嗥，这喑哑叱咤是母豹的哀鸣，她记得清清楚楚。

不日，安汉公奉旨为三子完婚。宾客都早已散尽，王安才回到洞房。红烛下，于雯蒙着盖头坐在榻上，王安久久不愿过去，终于下定决心鼓足勇气去揭盖头，一柄匕首顶住他的胸膛。王安的手微微颤了一下，手缩了回来。于雯另一只手猛地扯下盖头，凤冠之下一双眸子凶光奕奕直视他。

"雯妹，你别这样。"王安很冷静，低声说。

"小贼，你怕了？你求饶！"于雯嘶哑声音充满轻蔑与仇恨，轻蔑与仇恨又使得嘶哑的声音更加刺耳刺心。"怕死就跪下乞命！"

王安默不作声，无可奈何的低头，轻声说："我怕了，求饶了，你别这样。"

"休想！"于雯切齿，"跪下受死！"

王安跪下，无声的反抗着。人一跪下，身子就离开了匕首，再要扎可就难了。于雯的匕首猛地向他刺去，王安身手敏捷，头一偏，右手握住她的手腕。她收臂急挣，铁钳似地哪能挣得脱？连匕首都无力地掉在地上。于雯泪如泉涌，霍然站起，飞起一脚，把他踢倒在地。王安任其蹂躏，丝毫不还手。蓦地她咯咯一阵怪笑，发狂地摘掉凤冠，拽掉髻弁，扔掉抹额，露出头顶伤疤。伤疤一片摞一片，疙疙瘩瘩，还有几个肉瘤："小贼！我是厉鬼，厉鬼！"

王安看着眼前这个面目狰狞的女人，回想起她从前刁蛮但俊俏的样子，心中不免感伤，不禁潸然："不，你是我妻。"王安避免看她，去拾起匕首，放在案上。

于雯看着这个让她又爱又恨的男人，无可奈何的样子，猛地又慌乱抓起盖头，捂在自己头上，哭着哑声叫嚷，"熄灯，熄灯！"说完扒在床上哭了起来。

王安吹灭了红烛，安慰着说："雯妹，你花容月貌略加修饰，貌美如初，清丽庄肃，更胜于前……"

这不安慰则已，一安慰她反倒哭得更放纵了："啊啊……住口！你骗我，啊啊……"

王安急忙凑过去，轻轻的抚着她："你我既已成亲，我会爱惜保护你。你也是因为我才变成这样，我很愧疚。可你杀了我也回不去了。我死不足惜，而今后谁来照顾你……"

于雯还是哭，但说："我杀了你，我就自杀！"

王安试着去抱一抱她，柔声说："好了，别杀杀杀了。我们都活着不是更好吗？我们还要生娃，享天伦之乐呢……"于雯哭声平复了许多，仍嘶声叫着："走开，你走开！"但并未有任何动作。王安把她抱进怀里，她扭身一拳向他头顶击去，他不回不避，只是抱紧她。夏夜晚衣服单薄，王安那一股雄性伟力伴着体温传导到她身上，演变成令她眩晕的诱惑。她的意志模糊了，浑身颤抖，渐渐酥软了。她又抽抽嗒嗒哭起来，这是放弃矜持告别贞操的处女眼泪。这眼泪与其说悲伤，勿宁说快乐；与其说快乐，勿宁说中和着爱悦与憎恨女人味十足的顺从。而王安只是抱住她，在她肩背上抚摸，不知是怜爱，是感伤，还是无奈……

房内的声响渐渐停息了。窗外有人守着，这不是听墙根，而是担心出事。王莽夫妇还有吕焉都在堂上候着。夜深了，很长很久时间没动静，他们才舒了口气。

156

春宵苦短，花烛夜嫌长。新妇前半夜要侍奉宾客，后半夜要侍奉丈夫，天一亮要侍奉公婆。但这一夜一切都从简了。于雯在王安的怀中酣然入睡了，王安才是一夜没合眼，天快要亮时睡去了。雄鸡高唱的时候，于雯坐到梳妆台前，她不是化妆，而是脱掉嫁女，摘掉鬓弁，解散鬓发，露出疤痕。听见王安均匀的鼻息，她又小声哭了。王安很警觉，一点儿动静就醒了，忙把嫁女披到她身上："早上天寒，别着凉了。"大约在镜中映现出他那俊秀的面容，她耸掉嫁衣，趴在台上抽泣。

"雯妹，又怎么了？"王安问了好几遍，于雯就是不睬。

天渐渐亮了，窗户纸都已透白，王安说："别哭了，得去给父亲母亲请安了。"按礼仪，新郎新娘三朝给公婆奉茶。

"不，休想！"于雯扬起头断然说。

王安劝说，"礼不可废，别任性了。"于雯冷冷说："礼不当礼，不如无礼。"王安眉头拧起，"这是什么话？"于雯往门外一指："问你父亲去！"

"你！"王安脸色顿时变了，她对他怎样都可以，但不能容忍对父亲不敬，"你，放肆！"王安怒不可遏攥紧了拳头。于雯站了起来，把匕首往他面前一搁，"你打呀，杀呀，休我呀，休呀！"

门外传来侄女王昉的声音："恭喜三叔三婶。"随后是吕焉的笑声："三叔三婶大喜，日头晒屁股了，还没起来？嘻嘻。"王安于雯都没作声，她等了一会关切说："三叔，雯妹不是着了凉吧？大喜日子着凉，这怎好！该不是要请医官吧？"房里还是没有回音，过了一阵子，她只好自说自话："嗨，大喜日子请医官。昉儿，快去禀报爷爷奶奶。"

王安怒容满面开门走出来，她轻轻嘘了一下，不容他张嘴，抢先扬声，"三叔莫急，啊。人吃五谷杂粮，谁还不闹病？何况三婶金枝玉叶，身子骨弱。"王安气得直抖，她上前捏着他的胳膊，"千万莫急，啊。"

一会儿王昉跑回来了，"奶奶来了！"吕焉搡了一下，"三叔，还不跪下！"王安吱扭了一下，她沉声低喝，"跪下！"

王静烟匆匆走来，看见王安跪在新房门口。"你怎么了？"王安抬起头，眼睛噙着泪，"孩儿不孝……"吕焉在一旁说："三婶病了，不能给二老奉茶，三叔急成这样。"王静烟也知怎么回事了，心头不快，"我家忠孝传家，要说朝你父亲说去。"王安起身要走，吕焉一把拽住他："惊动父亲不大好吧？还是母亲说去，三婶还病在房里呢。"王静烟哼了一声悻悻走回去。

　　王莽发赤的眼睛顿时红了，一手握紧了胡须，两眼望着天。父不父，子不子，不是娶了媳妇，而是引进寇仇。他猛地转身跨出卧房，王静烟当他去训斥儿子，慌忙追出来，"老爷，不可啊。"却见王莽跪在神龛下面深深垂下头。

　　桂子飘香时节，公主府酿造桂花酒。于府的桂花酒享誉京师，数十年来，长安达官贵人文人骚客都以一饮为荣，一醉为幸。早年间每当桂花盛开，太爷于定国、老爷于永就在府中酿起桂花酒，一直酿到桂花凋落，前后三十五天。直到于恬亡故，府上才不酿了。百十名婢女在后园摇撼桂树，摇落满地桂花，金灿灿一片。馥郁的花香就叫人熏熏欲醉，更不用说拿这些桂花投进酒漕蒸发出浓烈香味了。

　　这天，公主府张灯结彩，弥漫花香酒香。出嫁女子满百日，女家行"反马"礼。依《周礼》，女子出嫁，由女家驾车送至男家，驾车的马留在男家马厩里。女子在夫家，如果不受丈夫喜欢，可在三个月内遗弃，弃妇乘原马回娘家。如果夫妇相安，三个月后，男家就把马退还给女家，表示男家接受了新妇。

　　"反马"时，新郎陪新娘回娘家，馆陶公主把于雯拉进房里，看见她脸上有了红晕，眼中荡漾春意，心中又惊又疑，"听说你不给公婆奉茶……"

"哼！"于雯轻蔑说："奉茶给他喝！"

三朝奉茶是新婚礼仪。像王莽那样讲究礼仪的人，怎能忍受新妇的不敬？

于雯咯咯笑起来，笑得馆陶公主心惊肉跳。真个是大姑娘变成了大老娘们？胆大了，气粗了，那个大咧咧劲儿，连容颜的伤损也不忌讳了？瞧她说的："谁个不怕吓死，孙女就吓死谁。"

她头朝不奉茶，吕焉谎称"病了"。到了三朝，王静烟只好前来"探病"，于雯摘掉髻弁，去掉抹额，在房里尖声大叫，"我是厉鬼，厉鬼！"王静烟吓得直往后退，"不不，你是王家媳妇。"

"那，安儿呢？"馆陶公主心儿悬到了嗓子眼。

于雯轻俏说："不知道。"

"不知道？"馆陶公主一生什么阵仗没经历过？她的心就像她的脸儿一样，又老又硬，全是折儿。可就是当祖母的那个角落又柔又软脆弱得很经不起惊吓。孙女的话，叫她呆愣了一整天。

于雯真的不知道。花烛夜里她准备与他同归于尽，不知怎地顺从了。事后脑子一片混乱，什么都记不清楚了。只觉浑身瘫软，好像睡在云彩里，飘飘悠悠进入了似醒非醒的梦境。天亮时醒了，看见他光裸身子，脸红了，红得灼人，红得像针刺，那不是新婚少女的害臊，而是发自心底的羞愧。她瞥见桌上的匕首，脑子也曾电光火石一闪，可就是没有冲动去拿。想起父亲的死，想起自己毁容，还有钩哥的坠崖……她披衣下床，愧疚得要死，呜呜哭了……

一天，她骂他，"尽说好听的，口蜜腹剑，谁知你安的什么心！"他说："我能安什么心？"她说："有其父必有其子！卖好市义，包藏祸心！"他说："你骂我可以，不准骂父亲！"她说："骂了怎样？"

他脸胀得通红，手气得发抖，双目圆睁，突然冒出这样一句：

"仲尼不可毁也。"

孔子字仲尼。儿子崇敬父亲原也寻常，他居然把他父亲比作孔子，像崇敬孔子一样崇敬父亲。虽属遁辞，但出自肺腑，还是叫她震撼。

"哼！你知道汜大人怎样死的？还有钩哥，还有鸡咯聚。"

"这是诬蔑，无耻的诬蔑！"他的声音好大好激动，过了好一阵子才平静下来，径直质问，"你有证据吗？"她反问，"你有证据吗？"他冷冷一笑，曼声哦吟道：

　　"他人之贤者，丘陵也，犹可逾也；仲尼日月也，无得而逾焉。人虽欲自绝，其何伤于日月乎？"

　　嗬！他父亲像日月！谁攻讦他父亲就像攻讦日月：无伤乎日月，徒然自绝于天下。这哪里是遁辞，那么理直气壮，她还能说什么呢？

　　"我知道于府对父亲有成见，公孙府对父亲有怀疑。我相信成见会因时光而改变，怀疑会因事实而消除。你我既是夫妻，我只求你一点，不要在我面前对父亲不敬，好吗？"她转过身去，他又说："我不是口蜜腹剑，不是！"她冷笑，"你别忘了，你那样骂我羞辱我，现在又满口是蜜……"他说："不，过去是我荒唐，辜负了你，伤害了你，'过则不惮改'，难道不应该？"她无话可说，他抚着她的肩，"相信我，我是真心诚意改，从里往外改。"

　　他崇敬他父亲，单单是一己之父子私情？其间是不是包含某种公义？要知道天下都崇敬他父亲啊！只有钧哥姑父姑母他们攻讦他父亲，不幸得很，她很信他们的话。谁是谁非，谁真谁伪，这会儿她也说不清楚了。也许当时蛰居黑屋的时候，对他对他父亲充满怨毒。钧哥姑父姑母的话早已深入她的骨髓。

　　她说不清楚，真的说不清楚。

　　翌日，馆陶公主带了十坛桂花酒，驱车进宫。"哎哟，皇妹，今年怎么记起朕来了？"王政君带着刘衎降阶出迎。和煦的朝阳从金灿灿的飞檐照射到她的白发，照亮她满面温馨笑容。馆陶公主不待下拜，眼泪流了出来。王政君大惊，"你怎么了？"

　　馆陶公主泪如泉涌盈盈下拜，"谢太皇太后陛下、皇上赐的好姻缘，雯儿找了个好郎君。"王政君说："哎呀，把朕吓了一跳，还当出了什么事呢。"馆陶公主说："太皇太后陛下圣明。近年臣妹家中屡遭闵凶，不瞒二圣说，雯儿出嫁，臣妹就怕又闹出什么祸事。从雯儿出门那一刻起，臣妹就心惊肉跳。直到昨日行完'反马'礼，臣妹的心才放进心窝子里。"

　　王政君是知道于雯毁容的，自然知道她担心什么，口里却轻轻俏俏，"你呀，老糊涂了不是，人家小夫妻恩恩爱爱，你操哪份心？"馆陶公主说："哎呀，臣妹真是老糊涂了。不怕二圣笑话，昨日早上，这对小冤家回家，心里那个悲啊那个喜啊那个疼啊，臣妹大哭了一场。今日进宫谢恩，见到二圣，就像见到久别重逢的亲人，实在不能自制，有失宫仪，还要请太皇太后陛下、皇上恕罪。"

　　三人在桂月轩坐定，楼下一片桂林。金色的阳光透过浓密的叶片照着金色的桂子，连香味也是金色的。袅娜的白烟从林中升起，若隐若现地飘浮轩外，那馥郁的厚重的气味，仿佛伸手可以触摸。王政君令人打开一坛桂花酒，"皇帝，尝尝鲜，这可是长安城有名的于府桂花酒啊。"刘衎饮了一樽，连声叫好。这酒又甜又香又滑入醇，喝了进去，余味绵长。他一连饮了三樽，王政君说："皇帝，有了。"刘衎涎着脸，"臣孙还饮一樽，就当向于雯贺喜，好吗？皇祖母。"

　　馆陶公主问，"皇上也知雯儿的事？"刘衎点头，"不知于雯头上的伤痕怎样了？"馆陶公主说："谢皇上关怀，臣妾特为孙婿孙女请旨进宫谢恩，望太皇太后陛下、皇上恩准。"刘衎说："朕正有此意。皇祖母时常念叨他们，何不召进宫聚聚。"

　　当下，四名貂铛直赴安汉公府接王安于雯进宫，他们俩带着王嬿一起进宫来了。于雯挽着高高云鬟，秋水也似的双眸之下浮现两朵红晕；额头翱翔的凤凰托起一颗宝石，如同一轮朝阳光华四熠，把整个面庞照亮了。哪里有伤痕？哪里毁了容？王政君还担心刘衎会受到惊吓，看到王安英姿翩翩站在她身边，简直就是天上掉下来的一对璧人。不说刘衎，就是她自己眼睛都发直了。

　　二人叩拜后，王嬿给太皇太后和皇上请安。刘衎看着王嬿，戏谑着说，"瞧你，进宫来可是想找朕来玩耍的吧？"王嬿答："才不想你呢。臣是想念皇姑祖母了！"刘衎正要反诘，又说不出口，只好望着王政君告状说："皇祖母，她敢不尊敬臣孙！"王安连忙拉王嬿，让她跪下。正要向刘衎请罪，王政君笑了，安慰刘衎说："嬿儿可想皇孙了。她当着你面羞于开口呐。"众人不禁都开怀笑了起来。

　　刘衎望着于雯，好奇得很，嘴唇嚅动了几回，看样子想问个究竟；王嬿竟拽了拽他，王政君看在眼里，怕皇帝孩童心性恼了于雯，"嬿儿，你与雯儿到大长秋去玩吧。省得她在这儿拘拘束束的。"

　　"遵旨。"王嬿跪下，"臣妾告退。"自从王莽回京以后，王嬿就经常来长秋宫看望王政君，因而她熟着呢。馆陶公主知道王政君支走雯儿的用意，不待动问，就把吕焉设计的髻弁抹额说了出来，王政君说："难怪一点也看不出来呢。"刘衎激赏，"靓妆刻饰，巧夺天工！"馆陶公主叹息，"雯儿这模样，妆饰毕竟是妆饰，诸多不便。王家除了公公婆婆，还有兄弟妯娌，人多嘴杂，臣妹时刻都悬着一颗心哪。深怕哪一天不小心，当众败露，伤了她的心。唉，小冤家的心可是比天还高啊。"

"这倒是的。"哪个女人不把容颜看得比性命还珍贵，王政君点点头。

馆陶公主说："好在安儿心肠好，真是不幸中之大幸。"王安叩拜，"太皇太后陛下、皇上赐婚，臣不敢有负雯妹，更不敢有负皇恩。"王政君称赞，"三儿是个识大体的孩子。"馆陶公主忙说："这是王家家教渊源，也是陛下管束有方。"王政君夸张叫着，"皇妹，今天不是有求于朕吧？一股劲儿灌米汤。"

馆陶公主当即跪下，"陛下圣明，臣妹正有求陛下。"王政君调头，"皇帝，你瞅瞅，你这皇姑奶奶呀，只要给她一点儿好脸子，她准冲你伸手，可了不得。"馆陶公主说：

"臣妹想送给安儿雯儿一处宅邸，就是皇兄赐给臣妹的白玉堂，让他们搬出另住。"

王政君说："好啊，你的东西你送谁，求朕干什么呀。"馆陶公主说："臣妹怕送不出去。"王政君诧异，"送不出去？"王安离席下拜，"岳祖母赏赐，微臣不敢不受。不过父母健在，长兄尚未独立门户，微臣怎可搬出另住？"

王政君恍然大悟，"你是要朕降旨安汉公分家？这事只怕不好办。"馆陶公主说："瞧太皇太后陛下说的，嘿嘿。赐世子五官中郎将袭爵，令其开府建牙。"王政君说："你要朕赐

166

王宇宅第？"馆陶公主说："太皇太后陛下不是早就赐了吗？"王政君一怔："早就赐了？"刘衍说："皇祖母是说早赐给安汉公了。"王政君曾将萧何宅第赐与王莽，王莽不受；如果让王宇承袭新都侯爵位，自然也要承袭新都侯宅第；王莽就得迁往萧何宅第了；王安于雯可以顺理成章搬出另住。

"王宇宿卫宫禁，勤劳皇室，袭爵袭第不为过份。尤其那个焉儿呀，那个贤惠，真是没得说的。"王政君思忖说。

"太皇太后陛下恩准了？请降旨吧。"馆陶公主催促。

"哎呀，女生外向，一点儿也不错！"王政君夸张地说："嫁到于家，向着于府说话；如今孙女嫁到王家，又向着王家说话了。"

馆陶公主说："太皇太后陛下不也一样吗？"

各人有各人的心结，王政君的心结是"信用外家"，"倚重外家"。与此相反，"管束外家"，"心向刘家"就成了她最高的精神褒奖。馆陶公主平日开口就说奉承话，但很少拿这样的话奉承她。

一大片白云在天空滑过，阳光从它橙黄色边缘射进殿中，照得两个老妪的眼神特别明亮。啊咯咯，她俩同时笑起来。

　　第二年初夏，安汉公迁进萧相国甲第。太皇太后王政君携皇上刘衎驾幸安汉公新第庆贺，刘衎找到王嬚一同驾幸新都侯府，王宇夫妇到门前跪接。"二位爱卿请起。"当吕焉抬起头来，刘衎的心颤了一下，两只眼睛直勾勾移不开了。

　　美丽女子对多情公子的火热目光习以为常，不惊不喜；贤淑女子对青春俊彦的倾慕流盼雍容端正，不迎不拒；美丽而贤淑的女子对纯情少年的深情凝眸温柔敦厚，报以亲和暖人的微笑。吕焉从这位少年天子清澈眸子里看出倾心和依恋，有一种比三叔更令她感动的情愫。

　　刘衎上前把她搀起，一只手竟然舍不得离开她的手臂。这大约就是一见如故吧，吕焉粲然一笑，伸出左手牵着王嬚，俨如一位主母受到子女簇拥。刘衎的身材长得与她眉毛一般齐了，但肩臂瘦削，身材单薄，还是一个孩童。她右臂挽着一个，左手牵着一个，泰然自若，毫无臣下那种惊宠，也不觉得僭越；反倒是刘衎王嬚仿佛受到长辈宠爱，全心身亢奋。他俩不时蹦跶着抢着说话。吕焉左右流眄嗔责，"皇上来了，也不知安份。"

　　满院的菊花开得旺盛，花朵特别小，密密麻麻，从绿叶中伸出头来，几乎盖住绿叶。黄橙橙的，鲜灵，柔和，看得人眼睛很舒服。不知是菊花，还是哪里传来的幽香，淡淡的，若有若无飘荡在空中。有点像兰草，那是他熟悉的，类似皇祖母寝宫中的气味，这使刘衍有种宾至如归的亲切。

三人并排走着，倒是王宇躬着腰尾随在后面。

新都侯府经过修缮，王嬿左右张望，兴致勃勃，"大嫂，焕然一新，比原先清爽多了雅致多了。"王家一向节俭，王莽搬走后又没添置新家俱，自然显得有些空阔。刘衍在一旁赞美，"华而不奢，俭而不萧，如入芝兰之室，如登大雅之堂。"吕焉夸张叫起来，"哟，皇上打趣臣妾呢。"

吕焉服侍刘衍后堂落座："皇上稍坐片刻，待臣妾下厨做几样小菜给皇上吃。"王嬿高兴说："好啊好啊，大嫂做的菜可好吃可好吃了。"

不到半个时辰，饭菜上席，二人吃得高兴，王嬿说："大嫂做的菜真好吃。"刘衍说："是啊，还是家里的菜好吃。"王宇双目一凝，皇上居然把这儿当成家了。刘衍也意识不妥，嘿嘿笑着，"嬿儿说大嫂菜好吃，朕是听说她家里一口凉水也甜啊！"王嬿说："皇上宫里的菜不好吃吗？"刘衍说："寡淡无味，哪有你那么福气！"王嬿说："什么呀，皇上是想家想妈妈了吧！"

吕焉见刘衍面颊一红，不知是嬿儿言中叫他发窘，还是嬿儿顶嘴叫他发窘，咯咯一笑，"嬿儿天真无邪，有理无理三分嗲，请皇上莫往心里去。"说着忙给刘衍敬菜，"陛下吃菜，吃菜。觉得臣妾做的菜好吃，陛下就多吃一点。"

饭后两个孩童围着吕焉你一言我一语，谈兴不衰。

少女沉睡的情欲何时苏醒？大约谁也说不清楚。下午王嬿正在新都侯府说笑，突然觉得小腹攥筋，下面滑出水来。粘粘的，凉凉的，怪不好受，脸一下白了。吕焉问，"你怎么了？"她说不上来，"我……我……"吕焉扶她进房，刘衍跟在后头问："嬿儿她？"吕焉没理他，关上了房门，刘衍没趣离开了。她扑到吕焉怀里哭了。吕焉替她换了内裤，把女儿家的事讲与她听，说得她的脸火烧似红了。

刘衍在堂上枯坐了很久，才见王嬿脸儿红扑扑低着头走出来，"你，怎么了？"吕焉眼儿一闪抢白，"男孩儿家，不该问的别问。"刘衍会意里头包含他所不知的神秘，翻着眼睛，搜肚索肠，无意间碰见了王嬿投来的目光。他的眸子刚刚反应过来，王嬿的脸腾地绯红，眼睛躲闪开去。他也吓了一跳，慌忙收回目光，脸也腾地红了。

两个人的眼睛捉迷藏似地你躲我闪，几个轮下来却彼此寻觅追逐上了。这一切起始于王嬿一个微笑。在这个晴朗的下午，后园芍药花开了，他们跑去看。粉红，紫红，桃红的花朵开满花坛，其中一朵白花亭亭玉立，艳冠群芳。

吕焉说："嬿儿，认得这朵花吗？" 王嬿懵然摇摇头。

"嬿儿忘了？"吕焉告诉她还是她搬家之前亲手栽的。

"啊！"王嬿发出一声惊叫，与吕焉叽叽喳喳说起来。刘衍在一旁偷觑她的面颊，她蓦然调头，正遇见他的眼睛。她的笑容像花一样展开，最后凝成一个醉人的笑靥。吕焉牵着他的手："皇上，嬿儿栽的这朵花，算得上群花之后吧？"

王嬿的脸一下子红了，吕焉绽开笑靥，"玉女红颜，是不是比花还好看？皇上你瞧，嬿儿的脸一下子红了，这白花怎么也变不红，是不是呀？"

吕焉不时握住他的手，偶尔把手搭在他肩头，那温暖柔软的感觉使这位少年天子浮躁的至尊心态变得安祥恬静，却叫他心中悸动，看见王嬿的脸更红了，觉得特别特别好看。天上的彩霞没她好看，地上的鲜花也没她好看。不知怎么回事，总叫他有意无意去碰王嬿的手。初潮后的少女的感觉特别敏锐，一些单纯接触往往使她汗毛悚动。一双又圆又黑的眸子深深凝睇，期待更热烈的接触。等到吕焉下厨去烧菜，两人又溜进后园，借着树木遮蔽拥抱到一起，嘴对嘴吻住了。云在旋，树在转，他们喘不过气来；嘴唇刚刚分开，又急急胶合到了一起……

天黑了刘衎还不想走，貂铛与嬷嬷催了好几遍，二人才依依不舍分别。临行的时候，刘衎说："主雅客来勤，朕往后少不了来。"王宇慌忙下拜，"恭候皇上再次临幸，这是微臣夫妇最大的荣宠。"

三十　惊黑熊魂断上林苑 思慈母锥臂通幽洞

　　皎洁的明月还悬挂在东边的天野，淡蓝色的晨雾披着初露的曙色，如袖如带袅绕着上林苑枯黄草木，挥洒着泪水般露珠。这时一队人马进入苑内，悄无声息分散开去，消失在黎明时分的茂密丛林。宿鸟从睡梦中惊醒，啼叫着飞向天空；树木不安地左右摇曳，满树叶片吓得缩瑟颤抖。那些枯老的黄叶经不住折腾，无奈地离开故枝，一片一片跌落下来。雾渐渐白了，渐渐重了，从天空降到树梢，又从树梢降到半腰。上林苑的亭台楼观一半沉在雾中，一半伸向空中，宛若遗世横空的仙阁琼楼。

　　太阳升起的时候，远处号角吹响，马蹄声疾风暴雨般响起，五官中郎将王宇带领三千羽林军急驰而来。他们金盔金甲手持长戟腰悬羽箭，屏息站在驰道两边。凛冽的大地再次归于沉寂，寒霜如雪，枯林似铁。已正，鼓乐大作，旌旗蔽空，数百乘华丽乘舆地动山摇开进密林深处，一年一度的皇家秋狩开始了。

　　乘舆在上兰楼观停下。上兰楼观座落在山岗之上，地势高朗，四面山坡平缓向下。地面长满荒草，波浪般延伸到天边的树林。王政君王嬿与馆陶公主等贵妇人下车，拾级而上。王宇令旗一挥，四周树林旌旗挥舞，潜伏在草木中的士兵一齐跃出，爆发一阵欢呼：

"太皇太后陛下万岁！皇上万岁！"

号角响起，呼喝之声大作。獐鹿麂狍从林中逃出，在荒草里乱窜。只见刘衎身披大红龙袍，脚跨火龙神驹，手持碧玉雕弓从林中飞驰而出。左右两名年轻校尉，一个银盔银甲，手使银枪，骑匹白马；一个铁盔铁甲，手使铁矛，骑匹黑马。三骑并出，十分显眼。

往年刘衎乘战车狩猎，射杀车前奔逃的野兽。战军两旁是百里挑一的武士，身前还有御者，安全得很。今年他坚称是"大人"了，一定要骑马追逐野兽。

"皇帝是大人了。"出宫时，王政君定睛看着刘衎，刘衎挺了挺单薄的胸脯还真像"大人"似的；王政君双目一凝，刘衎脸红到脖子上去了。王政君的微笑凝固了，知道怎么回事了，"皇帝是该驰骋猎场了。"

鼓角轰鸣，呼喝声四处响起，三只麋鹿从树林窜出来。刘衎张弓射去，一箭躬中跑在中间的幼鹿。顿时猎场爆发欢呼："吾皇万岁！万万岁！"

　　刘衎飞马过去，幼鹿挣扎站起，又倒到地上。银盔校尉说：“陛下，快补上一箭。”刘衎又一箭射去，幼鹿蹬蹬后褪不动了。他回马驰向上兰，把幼鹿掷到楼现下面，跳下马大声祝福，“臣孙献麋鹿为皇祖母祝寿，祝皇祖母万寿无疆！”王政君大悦，“累了吧？上来歇会吧。”刘衎说：“臣孙不累，臣孙还要献更多猎物孝敬皇祖母。”说着纵马离去。看见火龙神驹在波浪起伏的原野驰骋，王政君不禁赞叹，“皇帝是大人了。”

　　王嬿坐在她身边，脸颊倏然一红，吕焉抿嘴一笑，在她耳边悄声说：“皇上成大人了，是吗？”王嬿脸颊发烧，深情地凝视远方飞腾的骏马。

　　欢呼声不时响起，报导皇上又射杀了猎物。一头野猪窜了出来，冲着刘衎嗷嗷吼叫，“陛下小心！”两个校尉一齐惊呼。刘衎显得异常沉着，举弓射了出去。嗖！嗖！两个校尉也同时射出翎箭。不知谁的箭射中了野猪，野猪嚎叫一声扭头飞跑。

　　“追！”刘衎一马当先追上去。

　　埋伏在树林草丛的士兵呼喝阻截，野猪刚把头探进树林，被士兵哄出来，只有一条路让它奔逃。野猪顺着一条车道逃到上兰岗前。王政君兴奋得站起来大叫，"皇帝射死它！"楼观上女眷也一齐大叫，"射死它！射死它！"

刘衎一箭射出，射中了野猪右腿，欢呼声四起，"吾皇万岁！"野猪侧歪了一下，奋力跃上一条长满荆棘葛藤的小路。刘衎大喝一声，"畜牲哪里逃！"直冲上去。刚刚冲上小路，黑色荆棘猛然分披，一头黑熊跃出来，凶猛扑向刘衎。王政君看得真切，火龙驹前蹄跷起，"啊！"刘衎一声尖叫从马上坠下来。黑熊窜跳过去，低下头伸出舌头去舔，刘衎叫了一声"妈呀"，昏过去了。

"皇上！"楼观上的人全都立起。就在这一瞬间，铁盔校尉飞马冲来，长矛扎进了黑熊颈子，黑熊的头猛然一低，笨重的头颅压着长矛，把铁盔校尉拽下马来。铁盔校尉不敢松手，摔在地上仍然死死顶住长矛；这时银盔校尉赶上来，长枪直刺过去，插进了黑熊左颊，黑熊偏转头想逃，后面的兵士一拥而上，刀剑齐出，黑熊轰然倒在地上。

"快救皇帝。"王政君沉声说。

王宇带领随行的太医飞马跑过去，一乘御辇把刘衎抬到岗下，只听刘衎发出一声声尖叫："妈妈！妈妈！我要妈妈！"

"回宫。"王政君阴沉着脸走下楼观。

　　三千羽林军偃旗息鼓回到城中，红日西沉，天边一片血色。

　　刘衎高烧昏迷两天两夜了。不时啼哭叫喊，发出妈呀妈呀呻唤。孩童谁不啼哭时喊妈，急难时唤天？这一声又一声清晰的呓语，是不是意味生命处于垂危？王政君望着他那死灰色尖瘦的脸，眼泪流个不停。

　　栖凤阁外灯光如昼，十步一个宫娥，屏息而立，直达太皇太后陛下寝宫。中黄门楼观里安汉公王莽、大司徒孔光、大司空彭宣及一干大臣在那里守着。每隔一个更次，就传来太皇太后陛下和三公的问候：

　　"皇帝好点吗？"

　　阁里孤灯一盏，冯昭仪也坐在灯前，泪眼眇眇回答外头的问讯。

　　冥冥中真有报应不成？皇姑祖母一口咬定这是黑熊报昔日之仇来了。当年汉元帝刘奭在上林苑兽圈观看熊虎搏斗。一头黑熊与一只猛虎酣斗许久，两个畜牲咬得满身是血。黑熊扬起巴掌，吓得猛虎向后一缩。谁知黑熊不乘胜追击猛虎，却调头冲向看台直扑汉元帝，陪同观看的嫔妃吓得四散奔跳，唯有冯昭仪挺身而出挡住了黑熊，就在黑熊愣忡间，卫士赶到看台刺死了黑熊。

冯昭仪是皇上的亲祖母，那只熊也是一只黑熊！

"我要妈妈！"刘衎醒了，四下张望，狂躁哭喊："妈妈呢？妈妈呢？"

众人面面相觑，慌乱却无主意。这时馆陶公主大声向王政君请求道："眼下恳请太皇太后急命人去请皇帝母亲进宫作伴吧。"只见王政君哭丧着脸，但沉默不语，似乎在犹豫着什么。刘衎微微的将头挪动了一下，惨白的脸上一双水灵的眼睛在努力的睁着，巴望的目光投向了王政君。让王政君看得真是心都要碎了。

馆陶公主似乎是要豁出去了，顾不上君臣之礼，大声哭诉着对左右呵斥道："皇帝大碍，去让皇帝母亲来看皇帝一眼吧…"一边说一边独自啜泣起来。

王政君眉头紧锁，对身边的太监使了个眼色。公公迟疑了一下，便又急匆匆下去了。不久回来向王政君低声奏报了几句。只见王政君紧锁的眉头打开了，吩咐道："还不速速传进宫来！"说完，赶忙转回快步走到刘衎身前，对刘衎说是皇帝母亲之前受了风寒，不宜进宫，现在已快马加鞭赶来。顷刻，只见王莽的媳妇，王宇之妻吕焉急匆匆碎步上殿来到皇帝榻前，真乃及时雨！刘衎见到吕焉就安静多了，哭闹了一阵，在吕焉的哄抱下沉沉的睡去。吕焉毕恭毕敬的伺候在卧榻前，刘衎再次一醒来就抓着吕焉的手，不吵也不闹。吕焉劝他吃点粥，刘衎吃了一点。太医跑来号脉，脉象还很浮滑，没那么凶险了。

王莽和王宇都一夜未眠，听说吕焉稳住了皇帝的病情，都露出了欣慰的笑容，父子俩都似乎感觉自己立下一功似的。王宇进而对王莽进言到："父亲，我们王氏一族受汉室重恩，如今皇室血脉珍贵，皇上又对咱们姑奶奶和父亲您倚重有加；又加上对内人吕焉及小妹亲昵不已，我们何不将真正的皇帝的母亲接来宫中照顾皇帝呢？"

王莽听着微微点了点头，也许他自己都并没有察觉到。他瞪了一眼一脸赤诚的王宇，深深的吸了一口气，似乎准备长叹一口气，但又很快紧闭着双唇，平缓的从鼻中呼着那口气，沉默着。

王宇沉不住气，又向王莽谏言道："父亲，您不是常常教诲我们，君子当忠君报国，而且父亲您又是君子楷模。孩儿我从来都是以您为行为榜样。如今皇帝思母心切成疾，为人臣者为君分忧当责无旁贷！我真的不明白这有什么好犹疑的？更何况..."王莽却是显得有些恼怒，不耐烦的回应道："更何况什么？此事还需从长计议。"王宇答道："更何况让吕焉充当皇帝母亲，早晚会被皇帝所知道的，早晚会被天下人议论的啊，不是长久之计啊..."王莽听到这里，好像显露出焦虑了，脸上开始拧巴起来，圆睁怒目，沉声呵斥道："不必多言，容我再想想，你回屋歇息去吧。"说完径自回屋去了。

王政君在长乐宫听说皇帝病情稳定下来，心里安定了一些。她思索着昨晚发生的一幕，便宣让馆陶公主觐见。馆陶公主一进来，行过礼后就又哭泣起来。王政君直勾勾的盯着馆陶公主，也苦着脸漫不经心的说道："哎，哀家老了，竟不记得皇帝贵庚了。皇帝今年几岁了？""十三了"，馆陶公主答道。王政君连忙喃喃的说道："喔喔，是啊，皇帝都十三岁了，快要亲政了。这么大了怎么突然思念起他母亲来了。唉！"馆陶公主望了一眼王政君，谨慎起来，应道："是啊，皇帝来宫里也有几年了吧。与太皇太后您一直情同手足。平日里可真是活泼懂事。还是受到惊吓了吧。毕竟还是个孩子呢。"两人沉默了一会儿，王政君又问："你可知他母亲的近况啊？"馆陶不紧不慢的答道："老妪不知啊，没有任何联系。"王政君追问道："若是接他母亲来宫里，按礼该如何安排啊？”馆陶又不紧不慢的答道："太皇太后所虑即是。皇帝即将亲政，我们也可各享清福了。太皇太后自然永远是这后宫之主，皇帝母亲来长安按礼可安排一帝妃宫殿给她即可，能让她照顾好皇帝即可。”王政君若有所思，没有回应。馆陶接着说："皇帝就如同咱们的心头肉，咱们不都是盼着皇帝能顺利早日执掌大统嘛，老妪是担心若是等到皇帝亲政之后，再按照祖宗祖制礼法，届时再迎皇帝母亲回来，恐怕会亏欠了皇帝。再说，皇帝从小聪明伶俐，您还指望着他光大我汉室社稷，而今唯恐他抑郁成疾啊！”王政君点着头，赞许着馆陶，但笑容凝固在脸上，渐渐的又回复到了阴沉。

送走了馆陶。王政君感到有些低落。自己与孙子再亲，毕竟还是永远比不上孩子与母亲的亲。自己付出的爱会被她人取代吗？皇帝一旦亲政，皇帝的亲生母亲会变成另一个冯昭仪整天处心积虑与自己过不去吗?还有皇帝的外戚重新掌权了之后，自己和王氏宗族的地位还能像现在这样稳固吗？可是另一方面，毕竟纸包不住火，皇帝需要他母亲。要是皇帝有个三长两短，自己怎么对得起先帝？先帝的子嗣后继无人了啊！

整整一天，王政君本来心里惦记着皇帝，想尽早去探视来着，但被困扰着煎熬着，左右为难着。直到傍晚时分，她的内心开始坚定起来。急召王莽觐见。

王莽行完大礼，王政君急忙亲自将其扶起，并吩咐左右退下。王莽知道王政君是有大事要与之商议，轻声问道："太皇太后陛下可是为皇上龙体安康所烦恼？"王政君答道："正是。皇帝思念其母至此，抑郁成疾，卿有何对策？"

王莽问道："皇帝的生母卫姬现在中山，是不是应接其进宫，照料皇上。以解目前燃眉之危呢？"

王政君冷冷的说："接进宫来容易，只怕是请神容易送神难吧。"

王莽连忙点头，不敢再答话。王政君继续训斥道："难道你忘了吗？当初傅氏丁氏朝中作乱，王氏家族都险些败在她们手上。难道你忘了当年立下的铁券丹书？没想到你竟如此糊涂！"

铁券丹书是当年立平帝刘衍时，依照王政君的旨意，由王莽和孔光共同出面立下的礼制，并规定皇帝长大成人亲政之前，不准卫后及卫氏卫宝卫玄等入宫，藏于刘氏宗庙。他们的依据是依据大宗继承人的礼制：即刘欣过继给了刘骜，理应把刘骜当作父亲，把王政君当作祖母。但刘欣不顾大宗继承人应有的大义，依旧把丁姬、傅昭仪当成母亲、亲祖母，冷落压制理当奉为祖母后王政君；同样，刘衍过继给了刘骜，不再是卫姬的儿子。应尊王政君为亲太皇太后。

　　想到这里，王莽连忙叩头。连声："臣糊涂臣糊涂。请太皇太后陛下定夺。"

　　王政君又问王莽："你可知晓卫姬的族人近况？"

　　王莽慌忙答道："臣不甚知晓。但只听闻其家族日益壮大，且有姊女嫁予宗亲王族。"

　　王政君沉思了一会了，一字一顿的，狠狠的说道："铁券丹书不可废。制不可逾！卫姬进宫，其族人必生祸患，当尽早予以铲除。你明白吗？"

　　王莽大惊，跪望着王政君，说："这可如何是好？皇帝要是知道了怪罪下来，那可是满门抄斩弥天大罪啊！太皇太后陛下，还请三思啊。"

　　王政君脸上露出不悦，他没想到一向孝顺顺从的王莽敢违抗她。而在这左右为难的时刻，她这应该是唯一的办法了。而她最倚重的王莽却不听她的话了吗？王政君斥责道："难道你就不怕朕怪罪于你了吗？""难道你有更好的法子了吗？"

　　王莽答不上来，只是感到这不是要把自己置于万劫不复之地吗？王莽感到他虽然可以理解王政君的考虑，但要以莫须有的罪名杀那么多无辜的人，这是他从来未曾想过的。然而他又赞同王政君的判断。将来卫姬的族人一旦成了外戚将很可能会惑乱朝纲。王莽鼓足勇气向王政君奏道："臣恐难以一时间收集到卫氏一族所犯罪证，其牵涉面之大恐怕会乱朝纲。请陛下容臣详查之后，再将情况禀报陛下。”

王政君盯着王莽，心中不禁发笑：“原来这侄儿在官场斗了这么多年，竟还是个书呆子！”再想想王莽的好名声，她也只好暂且作罢。语重心长的柔声说道：“莽儿，你孝顺仁德，可不要妇人之仁啊。你记住，礼不可废，制不可越！现在还不可让卫姬进宫，不可再重蹈覆辙了。”

王莽连声称是，退了出去。

王政君心中挂念刘衎，急忙起驾前来探视。“太皇太后陛下驾到！”传呼声传进阁中，刘衎张惶四顾，看见吕焉要上前跪接，死死抓住她的手，“不不，别走别……朕是大人了，我不让老妪进来……”吕焉慌忙捂住他的嘴，谁知刘衎猛地推开她的手，指着门口狂叫：“别进来，朕……我不要，不要！”

王政君愣在门口柔声问，“皇帝你怎么了？”

“啊！”刘衎一声尖叫，眼睛向上一翻，就像看见黑熊吐出的舌头又昏迷过去。季林带太医会诊，询问病情怎么突然恶化了？王嬿正要开口说话，吕焉横了她一眼，慌忙把话嚥了回去。太医轮流切脉，一人说的一样，议论了半天，最后确定旧病犯了。

　　鸡叫头遍的时候，刘衎醒了，哭喊着妈妈。王政君只好派出快马又把吕焉接来。刘衎见到吕焉，抓住她的手安静下来。王政君很纳闷，"焉儿，皇帝怎么见到你就安静呢？"

　　吕焉回，"贱婢不知。贱婢也怪纳闷的。"

　　王政君感慨，"人哪，最讲投缘。"心忖着：这是怎么回事？大约孩童大了，不喜欢与老妪打粘粘了？

　　天亮之后刘衎病情稳定多了。吕焉回到家里，琢磨来琢磨去觉得还是告诉丈夫为好，"皇上不是旧病犯了。他的病一半吓的，一半想娘了。"还把皇上不想让太皇太后近前看望的一幕说给了王宇。

　　王宇吃了一惊。他在宫中任职，深受皇姑祖母信用，时常服侍左右，对皇姑祖母的心思多少知道一点。皇姑祖母喜欢皇上，就是因为皇上从不思念生母，而把她当成唯一亲人。不意皇上在病中流露出强烈思母情怀，一旦被皇姑祖母获知，那还了得！

　　王宇知道这事的深浅，沉吟良久，"急难时喊天，疼痛时叫妈，人之常情，你不会弄错吧？"吕焉说："妾身不会弄错。皇上好像还把妾身当娘了。”王宇更加吃惊，惊骇得声音都变了，焦急异常：“这……该如何是好？这事谁也不能说！”吕焉嗔怪道：“这事儿是我们俩不说就能瞒得住皇上，堵得住大臣们嘴的吗？”，“皇帝也不小了，也快要亲政了。将来能不责罪、怀恨臣妾，就是福气了。”，“何不早日接其母亲进宫来陪伴皇帝？”

王宇打断了吕焉，让她不要再说。吕焉了解王宇，知道他有难处，也了解王宇十分遵循父亲王莽的教诲和意志。可是她心中纳闷：“公公虽然脾气有些暴躁，但一向秉持忠孝廉俭的家风。这迎皇帝母亲进宫这样一件彰显忠君爱国，成人之美的事情，公公会反对吗？”她压低声音试探着问王宇：“父亲不许吗？”

王宇看了一眼吕焉，明白吕焉和他想到一块儿去了，低声答道：“你我都知道父亲的为人。恐怕不是他。”说完停住了。吕焉眨了眨眼睛，思索片刻又问：“是太皇太后？”王宇没有回答，只是劝吕焉说：“你不必操心了，这不是妇人能明白的事情。”没想到吕焉立刻回道：“妇人才最了解妇人心思呢。太皇太后喜爱皇帝，希望皇帝一直在自己身边。如果皇帝母亲进宫，很有可能就和自己疏远了。这心思我懂。可是现在皇上想念母亲都生病了，唯有皇帝母亲进宫陪伴皇帝，方可解危。只要能与皇帝母亲事先讲明事礼，她不会不明事理的吧？到时不就皆大欢喜了吗？"

王宇思索着，微微点了点头。突然想到了吕焉的哥哥吕宽。

而今的新都侯府不同往时的新都侯府。安汉公世子名头就够响亮的了，加以皇上频频临幸，王宇迅疾飚升为朝廷新贵。王宇有乃父恭谦之美，却无乃父那些繁文缛节。朝廷新进、王孙贵胄趋之若骛，新都侯府成了年轻权贵聚会中心。王宇请吴章吕宽暗中替他参赞机要。

"皇上把小妹当娘？"吕宽也很吃惊："不会吧？莫非皇上喜欢上小妹了……"王宇说："舅兄想到哪儿去了？蒲柳之姿，人老珠黄……"吕宽搔头说："不不！孩童恋母，少年喜欢年纪比他大得多的妇人并不罕见。怪不得皇上时不时临幸侯府，天子之心难测啊！"

吴章摇摇头。吕焉尊礼守德，谁见谁亲。他家居晏乐，子孙成群，每到王府总有宾至如归感觉，就是因为吕焉的殷勤和亲切。"少夫人天姿国色，素有贤名，依老夫之见，少夫人是不是长相像卫后，或者像喂皇上奶的嬷嬷……"

王宇心里一动。话锋一转："你是说这卫后与吕焉年龄相貌相仿？不知她是怎样一个人啊？倘若进宫之后，不会不懂得须遵从太皇太后这宫里的规矩吧？吕宽和吴章相互对视了一下，沉默了半晌。吕宽说道："王兄所虑即是。这宫中自太皇太后主政以来，才太平安稳了许多。可那卫后是怎样之人，相貌是否又与小妹相仿我们却一无所知啊。"王宇忧心忡忡，"兹事体大，得禀报父亲。"吕宽说："不妥。眼下还是不要惊动安汉公为好。你身为将军，袭爵袭第，已非少时，岂可被误以为无定见？宜尽早了解打探一番为好。愚兄愿亲往中山走一趟吧，看看卫后……"

王宇心中大喜。吴章也说："不论少夫人是否与卫后有无相像之处，皇上思母是事实。隔绝母子，非忠非孝，非德非礼！"吴章忿忿说："令尊尊礼守德，忠君孝长，他也一定不愿违背皇帝的意愿，看到皇帝母子隔绝。更何况皇帝即将亲政，如今之上策就是在皇帝亲政之前，规劝卫后，以防后乱。届时方可废除铁券丹书，"

迎立刘衍的时候，规定刘衍的生母卫后不得进宫，刘衍的舅舅卫宝卫玄不得进京，著之于铁券丹书，存之于高祖太庙，成为一条至高无尚的金科玉律。

王宇回忆当年铁券丹书出笼经过，"老后幼君，而非嫡亲，如不迎合圣意，皇位难以确定。家严与孔相制订铁券丹书，情非得已啊。"

吕宽冷诮，"老后永远是老后，幼君不会永远是幼君。老者越活越老，幼者渐长渐壮，愚人皆知的事，不知那些聪明人怎样想的。"

宫中有许多'话都说不出口'的规矩，譬如把男人阉了服役；譬如剥光宫女衣服用毛毡裹着抬到皇帝榻上让皇帝发泄，又裹着抬出去。这个受幸宫女从此一生一世不得出宫了。如果不是老死，就是秘密处死，等等等等，多如牛毛。吕宽接着说：

"那些聪明人难道看不见这些'话都说不出口'的规矩之所以变成亘古不移的铁则，是因为维护了皇帝利益，对皇帝有利？如果对皇帝不利试试？宫中所有条规，朝廷所有律令，哪一条是限制皇帝自由，约束皇帝行为的？荒淫不受约束，奢靡不受约束，诛杀不受约束，独独约束皇帝恪守孝道，岂非荒谬透顶？"

"那是家严一片善心哪。"王宇还想辩解，"本可效孝武皇帝钩弋故事，杀母以立储，家严不忍诛杀啊。"吴章冷笑，

"杀母立储！唯孝武皇帝做得，谁人做得？善心？从何说起！"王宇问道："为什么？"

"因为孝武皇帝是孝武皇帝。"吴章断然说。

汉武帝一者为君，一者为父。君主杀妃，一件稀松平常的事，杀得对杀得不对都不会引起朝野动荡；另外，父亲杀母，该杀不该杀，儿子再怨恨，日后也不敢弑父。何况汉武帝是在临终时杀钩弋的，儿子长大想弑父也弑不成了。换了别人成吗？幼君一旦长大亲政，手握生杀大权，他要杀谁就杀谁，想杀谁就杀谁。你今日杀了他母亲，他年幼没有作为；长大后会怎样？谁杀了他母亲他就会杀谁。到那时他不想杀都不成，那是不子！不孝！不道！如果杀母的人死了，还有子孙，他会杀杀母者子孙。不说廊下之臣，就是当今太皇太后陛下也难逃报复。即便死了，他也可能把她从坟墓拉出来轧骨扬灰。试问杀母立储，除了孝武皇帝，别人做得吗？

吕宽冷笑，"令尊功高德劭，也许不会身受其害，子孙就难说了。短视啊，只求眼前荣华，不计日后灾祸，没有不身败名裂祸及子孙的。盛极而衰啊！"吴章说："亡羊补牢，时犹未晚。为今之计，只有劝说令尊趁皇上生病，派人前往中山迎卫后入宫，让皇上母子团圆。一者张显孝道，再者消弭怨恨。"

“家严……”王宇十分为难。父亲的脾气他知道，岂是他能说动的？

吴章说：“君侯勿忧，安汉公忠心为国，不过一时受孔相之惑。这位孔相啊，实在愧为圣人之后。为求一己之私不惜连礼悖教，难怪鲍子都斥为乡愿呢。”

“是啊，乡愿之于孔相，可谓画皮画骨，入木三分啊。”吕宽觉得把责任推给孔光倒也不失一策，“先别急，还是待愚兄到了中山探探卫氏口风之后，再作定夺吧。”

半夜里狂风怒号，雪铺天盖地往下落。它不是鹅毛似的一片一片往下飘，而是霰雪，仿佛天上开了口子往下倾倒雪粒。呐喊着，咆哮着，气势汹汹，怒气冲冲，倾倒得天昏地暗风云变色鬼哭狼嚎，似乎要彻底掩埋这屋这树这人世。

“备酒，备酒！”于雯喜滋滋分派仆役，“摆宴听涛轩。”

于雯不酗酒，但继承了乃祖乃父豪量。意兴风发起来，喝上二三斗稀松平常。王安指着窗外，“风大雪疾，一丈开外不辨人物，到听涛轩做什么？想喝就在房里小酌好了。”于雯说：“飘风不终朝，骤雨不终日，下得猛，停得快，盛极而衰，午时准停。”王安说："嗬，能掐会算呢。"于雯冷笑一声，"两代相爷之后，哪有不知天文不晓地理的？你当我是牵裙牵带的暴发户啊。"话里话外又夹枪带棒了，王安不想口角，"好好，午时雪停了，我陪你喝个痛快；午时雪没停，恕不奉陪。"

雪没到午时就停了，还出了太阳。明粲粲的，心胸格外开朗。王安也很高兴："上听涛轩！"

听涛轩在小丘之上，面对渭水，视野开阔。大雪填平了沟壑，盖住了芦苇，白茫茫一望无际。十分壮丽，十分撼人心魄。唯有渭河还没有完全封冻，蜷缩成一弯小溪，无声穿过雪原，闪着细碎粼光流向天边。轩外柏树上一只画眉鸟哨得好欢，一声接一声啼啭，大约也忘情在大雪初霁的景致中了。

鎏金暗花白玉樽是西域贡品，专供冬天饮热酒使用。它由整块白玉镂空而成，表面略无瑕疵，盛上酒后显出一朵花来。且随酒色变化，白酒则如雪莲，红酒则如海棠，真是巧夺天工。把在手里温润沁心；喝进肚里一条热线直穿小腹甜饧周身。饮酒一斗过后，于雯两颊红得发亮，新都侯府一名老家人上楼，"大爷大少奶请三爷三少奶过府赏雪。"

　　"扫兴！"于雯沉下脸，"没见正在饮酒赏雪吗？回去多谢大爷大少奶，改日过府给大爷大少奶请安。"家人不敢多言，只好回走。

　　"慢着。"于雯又叫住他，"请了四爷没有？"家人说："没请四爷，大爷还特别吩咐请到三少奶，请三少奶开恩。"于雯冷冷说："这酒不好喝啊，日后丢了小命也不知怎么丢的，去吧。"家人转身走了。

　　王安不悦说，"不去便罢了，拉拉杂杂说些不相干的，什么意思嘛，大哥大嫂也开罪了你不成？"于雯好一阵冷笑，"哼哼，他们哪里是请我，是请铁券丹书！"王安一怔，"什么铁券丹书？"于雯冷诮，"哼，安汉公三公子连铁券丹书也不知道！不是装的吧。"王安眉头紧蹙，"装什么装？"于雯说："皇上病了想母亲，成天哭喊，该知道吧？"

　　这倒是知道的。虽然贵为天子，毕竟还是孩童，长年不能同母亲在一起，思念母亲还不敢表露，长期压抑胸臆，积郁或疾。许多人忿忿不平，天下人母子团圆，唯独皇上母子不能团圆，什么事啊？

　　"告诉你吧，你父亲做的好事！"于雯奚若，咯咯发笑，"满口仁义道德，做的却是连逆孝慈背离人伦的勾当。王氏灭门之日不远了！"

“你！”王安瞠目望着她。覆巢之下岂有完卵？王氏灭门你又何存？幸灾乐祸干什么！

“时日何丧？予与汝偕亡。”于雯除去抹额，摘掉髻弁，露出伤损的头额，声如母豹嗥鸣，满怀愤恨唱起来。

这是一支古老民歌，据说夏桀自称红太阳，百姓唱道：“当头那个红太阳啊，你何时灭亡？我愿与你一同死去。”歌声充满无奈和愤恨。表达出人们只要能让当权者毁灭，即便与他一同毁灭也心甘情愿。她尖声说：

“你大哥设法挽救，把你拉进去，求助于我。不说我无能为力，我祖母也无能为力。哼哼，他想挽狂澜于既倒，异想天开！”

听她这么说，王氏确有灭门危险。见她双肩抽搐，这又怎么了？天上的风云也没她变幻快！是害怕 “偕亡”命运？还是后悔刚才过于寡情？又是哪一齣？

她摆摆手，“我把事情都对你说了，你要去你就去吧。”说罢抱着头往楼下跑。王安上前揽住她的腰，于雯身子一拧：“去去，假惺惺。”他揽得更紧了：“雯妹，我本不想去，真的，是真的。听你一说倒想去了，你若不高兴，我也不去了。”

“谁要你不去了？”她捂着脸顺着回廊跑了。

　　街上都在扫雪，每家的大门都叫雪埋了一半，不铲不能出门。罕见的大雪，十年难得一遇，大人小孩都出来了，铲雪的铲雪，打雪仗的打雪仗，滚的滚，爬的爬，满街都是欢乐喧闹声。每家门前开出一条路与驰道相连，长长的驰道变成白雪的巷道了。王安纵马疾驰，不时有雪团飞到身上。他也不恼，只是威吓的扬起鞭，引逗那些顽皮的孩童咯咯直笑。

　　到了新都侯府，王宇引他到后院得月亭，吕焉正弯着腰在那儿忙活。亭外安了好几个炉子，她用雪水煮茶，乌梅煮酒，茶香酒香在凛冽的雪地飘荡，闻一下就使人神情旷达，身心都暖和起来了。她直起腰，"三叔来了，雯妹怎没来？你大哥今日可是特意请她哟。"

　　他咧嘴苦笑了一下。

　　"不来就不来，咱兄弟痛痛快快喝几斗。"王宇在一旁说。

　　亭边一棵老梅树开了花，不知是顶着雪开放的，还是雪停了开放的。地面积雪二三尺，铁褐色的老干好像从白雪中挺出来。梅树枝干上长了许多树瘤，不知是风霜还是雨雪使树干向东或者向南扭曲那么一二尺，第二年或者第三年就在相反的方向生发出新枝。年年岁岁的扭曲，岁岁年年的生发，梅树变得盘曲多姿了。大约每一次扭曲都记录一次风雪磨难吧，每一次生发都宣示一次生命奋起。梅树就这样盘盘曲曲迎风傲雪，盘盘曲曲向上生长，盘盘曲曲走着它多舛的历程。这次罕见的大雪是不是意味一次新的磨难？或者预示一次新的奋起？瞧它树枝上满盖着雪，花儿都从雪里露出头来。花瓣像玉雕似的，白里带黄，黄里带绿，还挂着零星的雪。傲岸，它站尽了傲岸；鲜妍，它站尽了鲜妍。

吕焉指着老梅，"三叔，今日哪儿都不准去，好生在这呆着，兄弟俩赏雪看梅喝梅子酒。"

春夏之交，梅子刚刚长成，大嫂用青梅煮酒；梅子成熟后，大嫂用乌梅煮酒。王安喝起来大嫂的梅子酒可比于府的桂花酒好喝多了。只因王莽不爱饮酒，他们兄弟也没酒名，王府的梅子酒不为人知罢了。

几樽酒进肚，王宇果然说起铁券丹书，王安说："小弟已经知道了。"

吕宽到达中山面见卫后，吕焉果然与她有几分相像。他说起皇上坠马，皇上梦呓，听着听着，卫后泣不成声。吕宽劝她以探病为由，上表与皇上相见……吕宽刚从中山回京，卫后的表章在吕宽前一天送进宫里，于雯就知道了，消息真灵通。

　　“没有馆陶公主不知的事。”吕焉在一边说。于府两代为相，门生故吏遍天下，什么事能瞒过她的耳目？

　　“这……”馆陶公主既能获知，父亲焉能不知？馆陶公主将如何反应？父亲又将如何反应？王宇不禁双眉紧蹙一脸忧色了。

　　“大哥不必担忧，铁券丹书于情于理都应废除，更不用说王氏子孙日后必受其害了。”王安慨然，“大哥居官，不便干预朝廷大政，小弟去向父亲说。”

　　王宇说：“你愿出面实在太好了，如果雯妹也肯出面就更好了。愚兄思来想去，唯有你去对父亲说，说不定父亲会听。而雯妹……又能与太皇太后陛下说上话。这可是王氏之幸，你我兄弟之幸啊。”王安旋即起身，“小弟这就去。”吕焉说：“急什么呀，才饮几樽酒。”王安说：“赶回家去吃晚饭，好久没陪父亲母亲吃饭了。”

　　吕焉不再挽留，王安到达家里，正在传膳。桌上没有酒，菜还是老样子豆腐汤，萝卜丁，荤菜就是大嫂制作的醢。王莽见他回家，笑声不断。吃完饭，把他叫进书房，“从你大哥那来的？”

　　王安知道瞒不住，一五一十说了。王莽抚着浓须，神情安祥，“当年迫不得已，不得不为啊。”王安说：“隔绝母子，背离孝慈也能做得？"王莽说："凡事要分清大义和小节，只要是为了大汉社稷，为了太皇太后陛下，有些小节不必那么讲究。"王安说："背离孝慈也是小节？"王莽说："秋毫为大，泰山为小，看你怎么说怎么比了。"

在他的记忆里，父亲从来没有这么平和温霭，这么剀切入理。王安不能不信服，只是担心，"皇上渐长，必怨父亲，必有害王氏。"

"只要出自公心，何必患得患失畏首畏尾？"王莽坦然，"我不负人，人何负我？我不负天，天必佑之。你呀少操心不相干的事。君子所患者，唯德之不修。"他挥挥手，"你好容易回回家，去陪你母亲说会话吧。"

回到后堂，母亲和四弟都在那儿等着。"你父亲没训你吧？"王静烟关切地问。他笑了笑，王静烟埋怨，"嗨，你怎不回家呢？又不是十里八村，个什月也看不到一面！"大约想到了于雯吧，她恨恨连声，突然流出了眼泪，"就怨你父亲，都怨你父亲，什么事都公！公！公！"王临在一旁劝，"三哥不是好好的吗？你哪，见不到流泪，见到了也流泪。"王静烟抹着眼泪，"好，好，好就好。"其实见到儿子真不知说什么才好。

月余，吕宽从中山回到了长安。告知王宇和吴章说他认为卫后是一个十分明白事理的人，亲口表示她绝不会学丁氏，傅氏之辈违逆太皇太后，表示只要能让她和皇帝母子二人相聚，愿一切都遵照太皇太后的旨意，绝无二心。吕宽还带来了一封卫后写给皇帝的亲笔信。信上仅仅表达了思念之情，并安慰皇帝之意。王宇接过软锦，看后觉得果然与吕宽所说不差。但他考虑要不要交给王莽，由父亲定夺。吴章阻止道：“安汉公定不会交给皇上，而可能去交给太皇太后，至于太皇太后会怎么处理，就不得而知了。说不定还会责罪一番……”王宇也觉得有理，与吴章商议道：“是不是请卫后主动上书为好？”吴章，吕宽应允。给皇帝的软锦书信，王宇留了下来。

太阳高高升起，碧空如洗。冬日的太阳没有多大热力，但照在雪地上，使得天地格外亮堂。吕嫣带着一坛梅子酒到长秋宫探病。随行的王嬿高兴得不得了，“皇上，皇上！大嫂酿的梅子酒可好喝可好喝了！”

刘衎脸色苍白歪在榻上，一双细长的眼睛深情望着吕嫣，神情立刻爽朗多了。吕嫣含笑说，“看来皇上大好了。”刘衎说：“说也怪，见到卿家，朕的病就好了。”吕嫣说：“臣妾又不是灵丹妙药。”她目光一瞬，“不过，臣妾可有灵丹妙药能治陛下的病。"刘衎大喜，"真的？"吕焉要他伸出胳膊切脉，刘衎说："你还会切脉？"吕焉咯咯一笑，"不会。做做样子罢了！"

刘衎伸出胳膊，吕焉使劲在他胳膊上捏了一下，刘衎诧异抬眼一看，一双严肃的眼睛逼视着他，只听她说："皇上别出声，屏住气。"她右手切脉，左手按在他的手掌上。"陛下，合上手掌，慢慢的，慢慢的。"刘衎觉得手心有方软帛，更加诧异。立即想到必有蹊跷，紧紧攥住了它。吕焉问，"皇上，气血是不是畅通些了？"刘衎点头，"嗯，嗯，畅通些了……"

吕焉闲话一阵子，跪下道安，"臣妾贡奉的梅子酒，虽说是家酿浊酒，比不上宫里甘醪膏饧，喝起来倒也香醇爽口，陛下不妨与皇后小酌几樽试试。陛下如觉尚可，给臣妾降旨，改日再送些进宫来。"说罢退出宫去。

吕焉避着王嬿，悄悄把软帛传递给他。他也支开王嬿，展开了软帛。软帛

首列书八字："哀哀父母，生我劬劳。"

刘衎的心猛烈跳动起来，它是母亲手书。这八个字出自诗经《蓼莪》，是

他在中山常常吟唱的诗。八个字什么也没说，却胜过千言万语。刘衎能够体会母亲那颗思念的心。眼睛一下湿润了。对于母亲为何一直不能进宫，他一直只是隐约觉得与皇祖母和王莽有关，但具体因为什么他不太明白。现在王莽之媳传来母亲手书，母亲又能选这位王氏之媳为鸿雁使者，刘衎顿时觉得希望就在眼前，留着眼泪的笑了起来。一下来了精神。

他想起吕焉临别时说的话，吩咐快快煮酒。不一会，他与王嬂对饮起来。酒还没进口就连声叫好，"好香！"喝了几口，更是赞不绝口，连饮数樽。王嬂说："此酒不可多饮。大嫂常说，小饮爽口爽心，多饮伤肝伤身。"

一坛酒必须饮完，方可降旨吕焉送酒进宫，他叫貂铛宫女都来尝，貂铛宫女受此荣宠，交口颂赞，说得刘衎开怀大笑，"朕他年若如孝文皇帝大治天下，若如孝武皇帝大胜匈奴，必大酺三日，与天下共享此酒。"

吕焉接旨后，当下送十坛酒进宫，又把一方软帛塞进他手中。软帛上有一行蝇头小字："臣明午御书房面奏。"字迹很陌生，不知什么人写的。

翌日，刘衎驾临御书房，王宇银盔银甲，手仗银剑在门口守卫。刘衎心里一动走上前去，"近读《鸿雁》之章：知子于征，劬劳于野。将军‘劬劳于宫’呢。”王宇说：“末将安敢称‘劬劳’！诗云：‘哀哀父母，生我劬劳。’”

是他！刘衎轻声说：“将军请起，进屋说话。”

皇上尚在病中，龚舍不曾进宫，二人讲话倒也方便。王宇把吕宽潜入中山见到卫后的经过奏告，“卫后凤体安康，陛下勿念。”

“谢王将军。”刘衎犹豫片刻，“将军所为可是安汉公之意？”

王宇不敢迟疑，也不敢直接回答，“王氏上下对陛下忠心耿耿，思陛下之所思，急陛下之所急。”

“谢安汉公。”刘衎以手加额。

不日，卫后的上书辗转到了王莽手中。书中先是谢恩；接着陈述丁姬、傅昭仪的罪恶，表白自己不会与她们一样；她的目的仅仅在于与平帝见面。王莽似乎也料到迟早会收到此上书，只是没想到会这么快。而且上书内容已说明卫后深知王莽和王政君的顾虑，并试图努力消除该顾虑。王莽知道此事不适宜在廷议上提出来，左思右想还是命人备车进宫觐见太皇太后。

王政君让王莽将书信念给她听。听完就问王莽，"卫姬兄弟卫宝，卫玄及其族人，你可查得怎么样了？"王莽再次惊惧，慌忙答道："还在调查中，如发现其行为不端，当第一时间向太皇太后陛下禀告。"王政君示意道："要快，行为不端者必劣迹斑斑，毋须收集到其所有的罪行。"王莽心中一沉，一下子感觉自己身上的压力倍增。口中连连称是。问："是否庭议此书？"王政君答："议也无妨。"王莽请安之后退了出去。

王莽回到安汉公府，召集平宴和甄丰前来商议对策。平宴献策认为应派人监视卫宝卫玄等卫氏，以防止其有僭越武逆之心。甄丰建议王莽尽量拖延，等皇帝将来自己决定。毕竟皇帝是年轻的皇帝，太皇太后终将还政于皇帝，即使是将来卫氏外戚重掌大权，也没有办法撼动安汉公和众位大臣的团结一致。王莽让二人分头行动去了。

街上的雪还没化尽，铁券丹书的事就开始在长安城街头巷尾议论着，传播开来。辟雍学子慷慨激昂质问五经博士：我朝孝治天下，为何隔绝皇上母子？悖逆之极！荒谬之极！吴章面对汹汹学子拍案而起："非礼也，我必矫之！"

铁卷丹书，惟皇作极，我朝伊始，后世之则，何等堂皇！这些日子有人吹阴风点邪火，朝臣议论纷纷。这会儿吴章公然跳出来，当廷抨击了。

待到朝日，太皇太后称刘衎龙体欠安而其独自临朝。吴章出班上奏，"皇上有疾，卫后上书，慈母之心包容广宇，千里感应，惊天地泣鬼神啊。"他张开双臂大声疾呼："母之思子，人之天性；母子相聚，人伦之常。我朝曾有孔相所拟约法，悖离孝道，亘古未有，天心不喜啊！券虽铁铸，非德毁之可也；书虽丹朱，非孝涂之可也。望太皇太后陛下顺应天心体察人情，圣衷慎裁。"

吴章官不过大夫，廊下忝居末位，很少说三道四。但因他是安汉公世子的师傅，人们才另眼相看。居然撄鳞犯颜，慷慨陈辞，不但文武百官，就连早有准备的王政君也很吃惊。其中有些话很是耐人寻味，谁不知铁券丹书是王莽孔光的共同主张，为何单说孔光所拟？是不是要为王莽开脱干系？王政君满腹狐疑。

人们屏息肃立，眼角余辉望着孔光，孔光不作声；随后就望王莽，王莽也不作声。当今天下谁不以王莽马首是瞻？王莽的缄默能不令人寻味？

其实王莽孔光的缄默，一是吃惊，二是"说不出口"。许多"话都说不出口"的条规只有执行的份儿，没有对错之分。它们从没面临公然挑战，一旦面临挑战，当事人都不知该怎样对应。大殿一阵沉默。沉默给人重压，沉默也给人勇气，吕宽出班奏言：

"皇上染疾，卫后上书，骨肉之情，孝慈相应！微臣以为不但不能视为背誓毁约，而应视为我朝之祥瑞，实社稷之福，太皇太后陛下之福啊。"他环视两旁，雄辩滔滔："皇上冲龄登基，要随太皇太后陛下习礼仪习典章习治国之术，必须心无旁骛，不可干扰，故有铁券丹书之立，立得好立得有理！今皇上及冠，学有所成，迎母进宫，叙人伦尽孝道适逢其时。现在到了废除铁券丹书的时候了。废得适时，废得有理，废得天与人归。"

明明是他劝说卫后上书，硬说母子天性感应；明明废立不可调和，硬说立得有理废得适时。王政君眉头早已立起来，谁还敢伸头招打？怔忡间一个年轻英俊的官员出班朗声吟唱：

"时不与兮岁不留，一叶落兮天下秋。"这个官员乃大司农刘歆之三子刘棻。他特别喜欢卖弄词藻故作高深，常常闹得不知所云。他说："《淮南子》说：'时，难得而易失也。'然而越国大夫范蠡有言：'时过于期，否终则泰。'请问各位大人：何谓时？何谓非时？再请问'过于期'好，不过期好？时运变幻，天命无常。时与非时岂我辈所能妄议？铁券丹书今日废？明日废？何时废？上有太皇太后陛下、皇上之圣明，下有安汉公之贤能，何劳我辈操心？我辈唯命是从就是了。"这番话说它顺应废除之论也可，不是吗？话里说"铁券丹书今日废？明日废？何时废？"不是立足于"废"吗？说它批驳废除之论也可，不是吗？话里说"时与非时，岂我辈所能妄议？"谁也不知它的真意。没真意就是真意，哗众取宠是也，两面讨好是也。临了他问，"不知吕大人以为然否？"

吕宽连忙说："刘大人所言极是。"

"刘大人之言，甚合我辈之意。"一个满身戎装的武官和一个身材魁梧的文官联袂出班，"我辈后生小子唯太皇太后陛下、皇上之命是从，唯安汉公之命是从。太皇太后陛下、皇上说废，咱就废，安汉公说不废，咱就不废。总之一句话：太皇太后陛下、皇上叫咱向东，咱不走西；安汉公叫咱打狗，咱不撵鸡……"话没说完，有人忍俊不住笑起来。

武官乃王邑之弟王奇，官任北军校尉；文官乃甄丰之子甄寻，官任京兆尹。二人粗通文墨，词穷之际市井俚语都搬上庙堂。他俩的俚语倒真适"时"，大殿气氛为之一弛，许多人松了口气。

二人极其乖觉，知道废立之论不可能两面光，言废言立都有可能引来杀身之祸。于是王奇当廷奏报：近日大雪造或雪灾，北军将士如何不惧风寒不辞劳苦从倒塌的民房救出了多少老弱多少妇孺；甄寻则奏报京兆衙门如何安置如何赈济受灾贫民，长安城无一倒毙无一饿殍。接着二人好一阵颂扬："皇恩荡荡，天下无冻馁之人；王道坦坦，世间无不平之事。"

甄寻王奇刘棻是朝中后起之秀，三人游则同辇，饮则同席，人称"长安三公子"。他们这一搅和，大臣纷纷出班奏事，廷议转到别的话题去了。

一叶落兮天下秋，何况落叶纷纷？吕宽是王莽的亲戚，他的应和，不啻王莽本人表态。刘棻三人模棱之态可掬，是不是表明他们之间某种默契？王政君心头有些不悦，双眉紧蹙，不时向王莽投去愤怒目光。王莽眼观鼻，鼻观心，犹如木雕泥塑，站着一动也不动。哼，葫芦里卖的什么药？她又投去一瞥。

不过吃惊归吃惊，生气归生气。她还是不慌不忙的夸奖了卫姬两句，说她上书言辞恳切，贤良淑德，申明大义。给予表彰，即日下诏："中山孝王后深分明为人后之义，条陈故定陶傅太后丁姬悖天逆理，上僭号位，不畏天命，侮圣人，坏乱法度，居非其制，称非其号，是以皇天震怒，火烧其殿。六年之间，大命不遂，祸殃仍重，竟令孝哀帝受其余灾。大失天心，天命暴崩。又令共王祭祀绝废，精魂无所归。朕惟孝王后深说经义，明镜圣法，惧古人之祸败，近事之咎殃。畏天命，奉圣言，是乃久保一国，长获天禄，而令孝王永享无疆之祀。福祥之大者也，朕甚嘉之。"

散朝后王政君的心蜷成一团："衎儿是我的，谁也休想与我分享，更别说从朕膝下抢走......"御辇直奔长秋宫，天上飞着轻雪，刘衎在门外跪迎。王政君走下御辇，"皇帝下床了？快起来，快起来。"刘衎说："臣孙正想着皇祖母，皇祖母来了，臣孙心里一喜就下床了。"王政君埋怨，"皇帝的病还没好，怎么还出来！"她握住刘衎的手，"小手冰冷的！"刘衎说："皇祖母的手也冰冷的，快请进屋。"

二人搀扶她到暖阁坐下。皇上清瘦了许多，下巴更尖了，眼睛更大了。清凌凌的，仿佛一眼就可窥透他那一片心一份情，暖气融融，心气也融融了。

刘衎说："皇祖母，臣孙这些日子病了，沒唱《九如》之歌为皇祖母祈福。有一天做梦急得臣孙直哭。哭着哭着，突然听见传来《九如》之歌，臣孙以为是天上传下来的，心里一喜就醒了，原来是嬿儿替臣孙唱《九如》之歌呢。"

208

王政君张手揽住他俩，"难为你俩了。"刘衎说："臣孙没用，害得皇祖母操心。唱《九如》之歌一千遍一万遍，也不能报皇祖母恩情之万一。"王嬿说："是啊，皇上总对臣妾说，皇姑祖母的恩情天高地厚，天天要为为她老人家祈福。饭可以不吃，觉可以不睡，《九如》之歌不可不唱。"王政君把二人搂得更紧，人老了图希什么？孙儿孙媳承欢膝下，才是老来之福。她觉得她更离不开他们了，不，他们是她的！就像这大长秋这未央宫这眼前的一切的一切，不，还有大长秋未央宫外头大汉万里江山都是她的！卫后，休想从她手中夺走他们------夺走她手中拥有的这一切。

刘衎左臂上有三个伤疤，那是母亲亲手拿锥子锥的。四年前车骑将军王舜一行迎驾使臣到达中山，长信宫一个嬷嬷终日把他带在身边，不让他他与母亲接触。一天他到后园玩，看见母亲在假山后头召手，他一阵疯跑甩开嬷嬷扑进母亲怀里。假山有个洞，名件通幽洞，母亲把他拽进洞里。嬷嬷在外头喊，母亲掩住他的口，不准他出声。洞里很黑很黑，嬷嬷喊声远了，母亲说：

"听好了，你要进宫当皇帝了，记住三件事。第一，你是孝元皇帝的孙子，高祖皇帝的后裔，处处要为汉室着想；第二，天天唱《九如》之歌，天天为太皇太后陛下祈福；第三，进宫后不准提中山，不准提娘亲。"

"为什么？"

"不准问为什么，你只要记下，长大之后自会明白。古人'锥刺股'，为的发愤读书；今日娘要'锥刺臂'，为的你永志不忘。"

母亲叫他伸出左臂，他不敢不伸；母亲拿块手帕塞住他的口，一锥锥下去，疼得钻心，他喊叫，叫不出声，泪水涌出来。"忍住，不准叫！不谁哭！"母亲低喝，一连在他臂上锥了三下。

"疼！疼！孩儿记下了。"

"就是叫你疼，你才不会忘记。不准哭不准叫，你才刻骨铭心。记住进宫以后也要这样，有泪往肚里流，有话往心里藏。"

"这皇帝孩儿不做了，不成吗？"

"不成。皇家的事与普通人家不同，弄得不好要杀头的。不迎你进宫，你想做皇帝要杀头；迎你进宫，你不想做皇帝也要杀头。不单杀你的头，还要杀娘亲的头，明白吗？"

他不明白，母亲不准他问。母亲的话很重很重，声音却很轻很轻。他从来没见到母亲这样严厉过，有一种无法抗拒的力量……

那天，他在母亲身上闻到一种香味。不是花草的香味，不是肚子饿的时候馋人的饭香肉香，也不是宫中的龙诞香麝香檀香……他以前没有留意母亲身上有这样好闻的香味，以后留意了，再也没在母亲身上闻到，前不久却在吕焉身上闻到了。他定睛看吕焉，发觉她的眼眉还有嘴角有点像娘亲，越看越像，看得他心里好酸好疼。

母亲的话，他记得清清楚楚，一字不落。当初还不明白，进宫之后渐渐明白了。还明白母亲为什么要刺他的臂，为什么那样严厉。其实这些道理无须长大，孩童也是可以明白的。当然不是一般孩童，只有进宫当皇帝的孩童才能明白。现在他一门心思就是长大，长大，快快长大！

夜很静，外头还在落雪。他知道，唯有雪才落地无声。他还知道，唯有落地无声的雪才下得长下得大下得天下寒澈。

卫后领旨获赏之后，满心欢喜。急切盼望着进宫母子相见的日子。可是左等右等，一个多月过去了，一点动静都没有。于是命族人书信吕宽。吕宽找到王宇商议。王宇教卫后再次上书，明确表达希望进宫的意思。上书通过王宇亲手呈到了王莽手里。但王莽这次却十分恼火。质问王宇是否与卫后有任何联系。王宇没有正面回答，跪下向王莽诚恳的说："父亲教诲我王氏一门忠君报国，孩儿时刻牢记在心。父亲所虑，孩儿已妥善处置……"王莽更加生气，将上书书简摔得四分五裂，大声斥责："无知妄言！你可知你在逼迫为难为父吗？"说完令王宇独自去反省，不听其任何劝告。

王宇苦闷，召来吴章和吕宽喝酒解闷。吴章叹道："安汉公是不能直谏的，还得另想他法。"只见吕宽望着吴章，不住的点头。

皇上病情好转的消息传到中黄门，三公弹冠相庆。王政君敕令三人慈恩殿陛见，三人进殿后，只见王政君佩戴玺绶威严坐在御案前，猛地将卫后奏章掷于地上，尖声申斥，"贱婢胆大包天，公然毁誓负约，一帮臣工遥相呼应吠叫庙堂，成何体统！给朕严加查办！"

孔光心焦如焚气得发抖，王莽怎可不顾事实，把责任推给他？上次太学生羞辱了一回，这次又要遭太学生羞辱不成？"陛下！"他跪伏在地，满腹委曲要倾吐，满肚话语要诉说，却化成嘤嘤啜泣，"老臣谋国无能，虑事不周，老臣有罪，请乞骸骨……"真相他不能说；道理他不能说，说出来就是祸。为君主讳，为权臣讳，唯有把责任往身上揽。

王莽伏地，"陛下，罪在老臣，不在丞相。"他也啜泣。

二人揽过，王政君更怒，岂不表明铁券丹书错了？他们都可迎卫后入宫，唯独她不能。卫后入宫她就必须退位；卫后拥子入怀她就膝下空虚。那时候，铁券丹书就成了她的罪证！二人只顾自己，怎不替她想想？她不禁握住玺印，和氏璧真不愧旷世珍宝，冬暖夏凉。无论什么时候把玩，它都温润可人。绝不能让它舍她而去，绝不！

"现在是揽过的时候吗？哼，朕倒要问问安汉公何以安汉？"

"臣死罪。"王莽叩拜，"铁券丹书本臣所拟，臣不敢背。不过皇上重病，生母求见，于情于理也不便断然相拒。臣之进退，实在狼狈。"

铁券丹书乃平晏之策，以平晏之明，不会看不到皇上会长大这个简单得不能再简单的道理。卫后入宫可以说是迟早的事，他们之所以千方百计让王嬿去选皇后，就是预防今日之变。可以预见的未来，卫宝卫玄入朝，势单力薄，不足与王氏抗衡；即便太皇太后百年，只要王嬺执掌大长秋，卫后也不可能独领后宫，王氏的权势不会衰落。

王政君听出他有废除之意，怒火更炽，"孔相以为如何？"

孔光深埋着头默不作声。王莽总是让他当众受过，背后赔礼。就铁券丹书而言，存有存的风险，废有废的风险，说存得罪安汉公；说废得罪太皇太后陛下，说什么好呢？还是什么都不说的好。

"当初你俩怎样说的？"王政君拍着御案勃然大怒，"铁券丹书，藏之宗庙，何等神圣！岂可说立就立，说废就废，朝廷威信何在？"

彭宣冷眼旁观，立也由你王莽，废也由你王莽，没这么便宜吧。他当然知道铁券丹书迟早会废，问题是何时废何人废。而今皇上尚幼王氏坐大，如果这时由王莽主导废除，不会对王氏造成多大伤损；一旦皇上羽翼丰满，情况可能大不一样。那时王氏必遭重挫，朝廷也许可能一举摆脱外戚专权。他冷峻说：

"不光朝廷威信，只怕还要让太皇太后陛下背上骂名吧？凡我臣子，于心何忍！"

正像外界对他误解那样，以为吴章受他指使，太皇太后陛下也会对他产生误解。矫枉必须过正，不过正不能矫枉，王莽说："臣请将吴章等人交廷尉问罪。"

"合适吗？"彭宣冷冷诘问。

"有何不合适？吴章等人损害朝廷威信……"王莽正要反诘，王政君打断他，"你是要朕背上千古骂名？"

王莽又怒又窘，脸胀得通红。当年铁券丹书之立，正是面对彭宣等人的挑战而采用的权宜之策；而今彭宣倒成为忠诚维护者了，岂非别有用心？

"必须无损朝廷威望，必须无损朕的声誉，把这帮狂妄之徒压下去！"王政君击案，"谁也不准碰铁券丹书！不准！"

维护声誉有维护声誉之法，镇压狂徒有镇压狂徒之法，如鱼与熊掌，二者不可得兼，王莽孔光都拿不出办法。

彭宣说："吴章吕宽以及刘棻王奇甄寻等人一唱一和，来势汹汹，似有朋党之嫌，朝廷不可掉以轻心，应该仔细查查。若为朋党，则以朋党论处。"

朋党！王政君尖利瞥了王莽一眼。彭宣这一着真够毒的。吴章吕宽刘棻王奇甄寻都是王莽党羽，把他们打成"朋党"，以"朋党"论罪，株连者何止五人五家！顾不了许多了，唯用重典方能这股歪风杀下去。她觉得这是摆脱当下困境的良策：

"彭卿以为有朋党之嫌，朕也以为有朋党之嫌，降旨王邑一查到底！无论查到谁头上，决不容情。"鲍宣去职之后，王邑任命为廷尉，负责查处大案要案。她伸出一个指头，点着三人："今日朕把话说明白了，只要朕活一天，铁券丹书就不准废！妄言废者严惩；阴谋废者杀无赦！"

王莽气鼓鼓回到家里拍案大骂："该死腐儒，该死！"

平晏笑笑，"吴大夫不但不该死，最好长命百岁，好为主公见证呀。天下谁不知吴章是主公敬重之人？吴章廷上一闹，天下皆知铁券丹书乃孔光订立，天下皆知铁券丹书为主公废除，日后对主公有百利而无一害。"

王莽抚须沉吟，气度冲和了，"嗨，太皇太后陛下这回对愚兄的气可大了。"平晏说："能不大吗？吴章吕宽只替主公着想，替世子着想，独独不为太皇太后陛下着想。"王莽直摇头："还要以朋党论处呢。"

"哈哈哈。"平晏大笑不已。令王邑查处王莽，岂非滑天下之大稽？他笑声一落，高声吟诵：

"日落西山兮，夜幕将垂，风烛残命兮，朝不虑夕。"

王莽王邑谁都明白他在说谁，这等大不敬之言，都像没听见似的。王莽安祥地捋着他的胡须，王邑阴凄凄眼睛深深埋进浓眉中去了。

"仁者求名，智者务实；仁者虑后，智者谋今。"平晏莫测高深，"其实没有实哪有名？没有今哪有后？主公要名实俱求，今后俱求，又仁又智！"

王莽五指扰须，自觉豪情万丈，试看今天之中国，舍我其谁！忍不住挺了挺胸脯。

王莽召王宇王安回家。古时女子都会制醢，吕焉更是一把好手。醢是一种肉酱。这种酱用豆类制成，加上牛肉羊肉或猪肉，最好是麇肉鹿肉，还要渗上少许鱼肉，坛中密封百日即可制成。每年秋风一起，吕焉就开始制醢。她不像别的妇人大批量制作，制一回吃到来年清明。而是每三天制一回，每回三五坛，百日准时启封。坛坛不生霉，香气四溢，叫人馋涎欲滴。

王莽特别喜欢吃她做的醢，拌上辣椒油，吃得他鼻尖冒汗，多添了一碗饭。撂下碗把三个儿子叫进书房，"铁券丹书的事，外头都在谈论，想必尔等都知道了。"说着眼睛盯着王宇，"外头无论怎样说，你尔不准渗乎。宇儿，你已开府建牙，享君侯之尊宿卫宫禁，更不可渗乎，知道吗？"

王宇正要申辩，"孩儿……"

"不理解是不是？不论你理解不理解，不准渗乎就是不准渗乎。"王莽惯有的严肃又挂在脸上，抬手封住他的嘴，"还有，你府上高朋满座，坐议终日，太过张扬。从你府上传出去的，不是你说的也是你说的。为臣子的时时要记住谨言慎行，千万不可玩忽。"

王宇瞥了王安一眼埋下了头，王安说："事关社稷，事关父亲，事关王氏，事关……"

王莽又抬手打断，"无论事关什么，首先事关太皇太后陛下，知道吗？"他环视三个儿子，他想告诉他们，他有他的考虑，他有他的部署，不容他们干扰，但这些话似乎不可以对儿子说。"太皇太后陛下是大汉之君主，还是王氏姑母姑祖母姑太祖母，无论于公于私，凡我王氏都应唯太皇太后陛下之命是从。太皇太后陛下说废，我王氏就废，太皇太后陛下说不废，我王氏就不废。即便斧钺加身，灭门灭族，我王氏也不废！如无孝道，岂有忠心？凡我王氏矢志不二。去吧！"

三人退出去。

新都侯府灯火辉煌，人声鼎沸。王宇阴沉着脸走进来拱手，"诸位，凡我友者不得在此议议废除之事。太皇太后陛下为我君主，我唯太皇太后陛下之命是从。此家父之志，亦小侯之志。"

全场愣住了。

"诸位，诸位！"吕宽抬手拍着，"新都侯之言，醍醐灌顶啊。官卑人微，群议终日于事何补？当此'朋党'罪网大张之际，何苦给人口实？"

许多人忿忿不平，声音最响亮的数刘棻，"朋党？哼哼，何谓朋党？孔子曰：'有朋自远方来，不亦说乎？'朋者友也，友者朋也，何言党乎？"甄寻大声说："若说党，我等是……酒党！"刘棻叫好，"酒者酒也，党者党也，酒党者饮者众喝得多之谓也，其奈我何？"

齐声叫好，满堂发出快活笑声。

子夜众人散去，吕宽说："就这么罢手不成？"他实在不甘心。

吴章说："杀身灭门之事，焉能罢手？"

吕宽叹息，"安汉公到底是该忠于太皇太后，还是忠于皇帝，这恐怕得把孔老夫子从地下请出来问一问才清楚啊。"

吴章说："安汉公权宜于前，短视于后，安享眼下尊荣，不思隐患远忧。我等当设法啊，设法啊，必须设法使其改弦更张。为了王氏，为了世子，也为了安汉公啊。"他一连说了三个设法，神情凝重极了。

王宇又长长叹了口气。

三十一　除夕夜公府惊血光　渭水滨白龙显神通

　　除夕夜晚，寒风凛冽，可是呜呜的风声远没爆竹声大，刺骨的寒气更没喜气旺。每家门口挂着灯笼点着香案，爆竹声中，那颤抖的微光，那袅动的青烟，仿佛神灵舒卷长袖在半空翩翩跹跹。子时过后，爆竹声渐渐停息，全家人围着火塘守岁，连跑出跑进的孩童也回到屋里依偎在母亲身旁，睁大眼睛等候新岁的日出。大街上路断人绝，显爵高官门前警卫关上大门围炉饮酒。不料安汉公门口犬声大作，门子打开侧门一看，嘶声大叫：

　　"血！天降鲜血！"

　　王莽夫妇围塘闲话，王临在一边伺候。长子开府建牙，三子成家另住，女儿入宫陪伴皇上，绕膝欢笑沉寂了，但子女奔赴的前程十分远大，做父母的只有欣慰的份，眼下的冷清变成恬适的清福了。

　　"什么？天降鲜血！"王莽霍然站起，声音都嘶哑，"予……予……"

　　他两腿打抖，王临搀着他到了门口，血还没凝固，血腥气很浓。他仰天一看，没有星星没有月亮，乌漆墨黑一片。蓦地氾胜之带领一群人黑鸦鸦从浓黑天幕显现，大踏步向他涌来，越走越近，那须眉那颧骨那炯炯眼神纤毫毕现。他的头嗡地一声震响，眼前一黯，双膝不由自主跪倒在地，死命磕头，"予有罪，有罪啊。"

有个警卫说，听见狗叫，他跑出门看见西墙根有个黑影一闪不见了。王临说："父亲，这是奸人恶意……"王莽厉喝："跪下！跪下！为父获罪于天，你还敢咒骂苍天！"他浑身发抖，牙齿打着颤，指着夜空结结巴巴，"你你……那……不不是……氾……"

王临不知他说什么，"您看花眼了，什么也没有。真的，什么也没有。"门子上前搀他："老爷，什么也没有。"王莽再一看，可不，黑咕隆咚，哪有什么人影！有个警卫请示，"门上的血……"王临说："擦掉！"

"放肆！"王莽停住步，但愿不是天降鲜血，却又怕是天降鲜血。他又急又怕，不知说什么好，"你！好大的胆，为父面前竟敢自作主张……"王临期期艾艾，"孩儿以为，即便……即便……天明之后，惊世骇俗，传布长安，不说父亲清誉受损，还会惑乱朝纲。"王莽顿足，"那也不能随便擦拭，得请神君！神君！"

　　说话间，一位神君不请自来。只见他身披蓑衣，左手持法杖，右手持火把。将一道符点燃，燃烧着的符飞向血迹斑斑的门庭。他口中念念有词，最后自言自语的说道："人伦纲常，天道神意，忤逆不道，血光之灾……"念着念着，朝黑暗中走去，一会儿消失在了黑暗里。

　　王莽更是惊惧不已，他一下明白了那位神君所说的意思。疑惑了一会儿，让王临再去寻那位神君。王临追了出去，那神君已不知所踪。王临只好去把王寻王邑平晏请来。可他们都不信鬼神降血，更信人世鬼蜮伎俩。看完现场，三人猜测更像仇家所为。往别人门上泼血，民间时有发生。诅咒人家或者警告人家遭血光之灾。是谁这么痛恨安汉公，除夕夜跑来泼血？安汉公的政敌固然不少，但干出这类恶少勾当，三人议论到天亮也想不出一个来。但一致不同意再去请神君，吩咐擦掉血迹，暗中侦察。

　　门上的血擦洗净了。不知是风寒还是惊吓，王莽魔魔怔怔，鸡叫头遍的时候发起高烧，病倒在了床上。不多时辰，只见王莽猛地坐起，额头满头大汗，更衣坐车进宫觐见王政君去了。给姑母太皇太后请安之后，王莽向王政君禀明了事情经过。将神君说的话复述了一遍。恳请王政君降旨宣卫姬进宫，先让皇上母子团聚，享人伦之乐。至于卫氏族人，王莽表示他已做安排，不足为患。

可王政君听完，神情冷淡，显露出半信半疑的样子。让王莽先回去养病。等王莽一走，王政君召来近身貂裆，低声吩咐了几句。

初二早上，渭河边发现一具尸体。尸体已经冻硬，破布烂衫是个乞丐。京城首善之区，喜庆之期，有人冻馁而毙不是一桩小事。里正不敢怠慢，急忙报与京兆衙门。这辰光不说京兆尹甄寻找不到，就是掌管刑名的掾吏也找不到。看门的老衙役吩咐把尸体放进停尸房，打发里正走了。

初八衙门视事，甄寻听说河边饿殍，眼睛都惊直了。而今二圣临朝，安汉公辅政，治下居然出现饿殍，而且在天易节人增岁之时！这是极大极大的凶兆，也是极重极重的失职，要是安汉公知道了，那还了得！

这世上他最敬的人是安汉公！

这世上他最怕的人是安汉公！

初三早上，他曾随父亲去王府拜岁。安汉公病了，连早已传为佳话四素一荤的大司马"初八夜春宴"也取消了。安汉公

224

病得蹊跷，病得凶猛。父亲探手去摸，热得烫手。外头有传闻说安汉公门口除夕夜 "热血天降"，热腾腾的血光四射，天下要有血光之灾了。这不是糟践安汉公吗？是真是假，王府讳莫如深，连他父亲也没打听出来。这饿殍大约死在除夕夜，是不是应验"血光之灾"的第一例？

"带本府去看看。"甄寻起了警省，随衙役来到停尸房。打开大门闻到一股酒味。他紧紧鼻子望了掾吏一眼，"哪来的酒味！"

停尸房很冷，但比外头暖和得多。冰冻的尸体开始溶化，沾在衣服上的酒水慢慢挥发。衣服湿漉漉的，酒味还挺浓呢。

"谢天谢地，不是饿殍！"甄寻如释重负咧嘴笑了，"嘿嘿，还是个酒鬼呢！"他令掾吏仔细验尸，以备安汉公查询。

尸体浑身没有伤痕，只在后脑发现小块淤血，显然遭人重击致死。杀人者很有经验，击在要害上，一击致死，没流一滴血。但死者手上身上鞋上都有血迹，这些血又从何而来？甄寻突发奇想，不是说安汉公门口"热血天降"吗，血从天降实在太玄了，该不是这人泼的吧？泼血的时候血溅到了身上？

上苍总把幸运赐给幸运儿。他就是幸运儿，理当获得幸运儿享有的幸运。他觉得幸运又朝他招手了，就把王奇刘菜找来商议，王奇证实，"除夕夜安汉公门上确实泼满血，安汉公当晚就病了，家兄深夜紧急应召，一宿未归。"刘菜击掌，"嘿！真有其事呀。我辈出头之日到了！安汉公门上的血，指定是这人泼的。"真是英雄所见略同，甄寻装作不屑，"你就信得这样足！"刘菜冷哼一声，"不妨令掾吏去验死者身上的血，如果所料不错，一定不是人血。"

不一会：掾吏来报：死者身上不是人血，是狗血。

"神了！"王奇大声赞扬，"刘三跟他老父一样，未卜先知呢。"刘菜很得意，"雕虫小技，何足道哉。"接着慢条斯理提问，"二位想想，死者没流血，身上的血哪来的？"甄寻抢白说，"哪来的？知道还问你！"王奇说："别卖关子了。你就说说为啥不是人血吧。"刘菜说："很简单。死者身上的血不外两种：一是人血，一是兽血。如果是人血，死者没流血，血只能是别人的。谁的？凶手的吗？如果是凶手的，由此可以推断，死者与凶手有过搏斗，死者重伤凶手，沾上凶手的血。但是死者身上并无伤痕，致死原因是后脑遭到致命一击，力道又准又狠，由此推断，死者死于凶手偷袭。这就排除了对搏的可能，也就排除了重伤凶手的可能，这个推断推翻前一个推断。也就是说，死者身上沾上的不是凶手的血，不是人血，只能是别的什么血了。"甄寻喝采，"有理！有理！这么说，咱兄弟崭露头角的时候真的到了！"刘菜说："三人同心，十有九九。"

甄寻卯足精神，把捕快衙役全都派出去。不出三天查出了死者的身份。死者叫乔三，无家无业，栖身在西街里社，是个又赖又鄙的泼皮，还是个羊癫疯，动不动倒在地上装死。有个与他同钻茅草窝的老乞儿说，除夕夜他俩早早睡下了。外头爆竹喧天，哪里睡得着？后来消停了，突然听见一声马嘶，心想除夕夜哪来飞车跑马的？必是出了什么事，二人跑到门口去看，看见一辆乘舆疾驰而过。乔三鼻子特灵，连连惊呼，"血，血，好浓的血腥！"莫非除夕杀人跑得飞快？他出门追车去了，再也没有回来。

甄寻开庭审讯，"乔三喝了酒没有？"老乞儿说："要饭的勾当，肚子都填不饱，哪来酒喝？"甄寻喝斥，"大胆刁民！乔三身上浸满酒渍，还说没喝酒！"老乞儿连连磕头，"青天大老爷，小人不敢浑说呀。乔三出去后，是不是遇到好心人讨到酒喝了，小人就不知了。"甄寻翻了阵眼珠，"乔三何时出门的？"

"丑时。"

丑时？安汉公门上的血是子时三刻发现的。当时犬吠大作，警卫看见一个人影。乔三丑时出门，显然与甄寻的设想不对头。"大胆刁民，竟敢包庇乔三，不对本府吐实！"甄寻扬起镇堂木猛拍下去，啪！"本府断定，乔三必在丑时之前出去的。"老乞儿说："也许在子末吧。"甄寻说："不对，还在前。"老乞儿说："还在前？那就在子正。"甄寻断然说："还在前！"老乞儿说："小民只知爆竹停了好一阵子了，再在前，满街的爆竹味没散，再灵的鼻子也闻不出别的气味。"

甄寻眨巴眨巴眼睛，向刘棻望了一眼。刘棻叫他打住，老乞儿带下堂去了。

即便老乞儿记忆有差，乔三出去的时间也不会超过子初。子初之前满街的孩童在门口放爆竹，怎么可能端着一盆血招摇过市？即便他敢端着血招摇过市，血从何来？把安汉公大门泼满血，这得杀几条狗呀？一个乞丐有这么多狗吗？

乘舆倒是一条线索。

老乞儿说，那车是官家乘舆，徽号没看清楚，规格身份大约是四百石以上的官儿。车从南驰来，向西驰去。安汉公的新第位于皇宫附近，正在南面；里社向西是御史台，乘舆主人应该是个御史。

看来泼血的人不是乔三，而是乘舆的主人-------御史。可不是吗，西街里社一个臭泼皮怎能与安汉公搭上边？干嘛往安汉公门上泼血呀？杀死这个臭泼皮的凶手，才是真正泼血人。这一发现三颗沮丧的心又兴奋了。

可是御史台二百多户，四百石以上的官员就有几十人。三人聚在一起从彭宣分析起，分析来分析去，分析了好几天，越分析越糊涂。这几十号人，说像都他娘的像；说不像都他娘的不像，不说坐实到一个人头上，就是挑出十名二十名嫌疑犯也无从下手。他们撒开大网，暗中调查除夕夜谁乘车出过门。调查了几天，碰到的全是嘲笑：

"一年到头没撞到鬼，赶到除夕夜跑出去撞鬼！"

疑团，一个接一个疑团，构成弥天漫地的疑云。无人不可疑，无处不可疑，可就捉不到摸不着。看来"出头之日"的希望渺茫，三人的心渐渐冷了。

不知哪儿传来一个信儿，南山现了血光。据说山上有个红孩儿冲石头一指，石头上就现出八个字："骨肉分离，血光冲天"。那字白天像血，晚上像火，真真亮亮的，山下都看得见。红孩儿只系一个红兜肚，光头光脚光屁股，在雪上蹦来蹦去，可可爱可可爱了。很多人都想上山去看，只因大雪封山未能成行，眼巴巴盼着冰消雪化呢。

　　"红孩儿！"传言进了皇宫，王政君心头震颤。再加安汉公门上的血，莫非真是鬼神显灵？对于鬼神显灵，王政君与常人一样：事不关情她很信很信；事若关情心里免不了犯疑。一会儿信，一会儿疑，心里七上八下，就把孔光刘歆召来询问。

　　"子不语力、神、乱、怪。"孔光说完不作声了。这是典型的儒家弟子对待鬼神的态度，所谓"存疑不论"。"不语"不表明否定或者不信，而是不评说不臧否不触及，"不语"就是不语。

　　刘歆却费踌躇了。"子不语力神乱怪"本是儒家对怪异现象所持的怀疑精神。但是自从董仲舒以来，儒学与"天人合一"合流，摈弃了儒家怀疑精神。刘歆同样信奉"天人合一"，但他具有一些科学思想，对于怪异现象若非亲眼所见，通常保持审慎怀疑。"日前臣在大庭广众每每听到有人亲眼见到红孩儿，应者甚众。臣数次放言：愿与诸君同赴南山，共睹精灵显圣如何？再无一人敢应。由此看来，传言恐属无稽。"

　　王政君说："朕不要'恐属'，朕要确断。"刘歆说："臣不敢妄断。"王政君说："那好，凡大庭广众妄言红孩儿者，报上名来，朕要看看都是些什么人。"

　　刘歆万万没有想到太皇太后陛下要他告发传言者，再想想那些传言此事的人，不少都是与王莽与自己政见主张相同的人，立刻有了警觉，担心事态演变不可控。但他又不敢违抗太皇太后，只得报出几个无足轻重的名字。

王政君听了也分不清其中的关联，只好又发问，"安汉公门前的血，二卿认为是怎么回事？" 刘歆听出了王政君的疑心，谨慎的答道："安汉公未向臣提及此事，臣有所不知。" 孔光也谨慎的回道："臣听闻议论说安汉公门上的血一则可能神灵显灵，二则可能人为示意。"王政君冷笑着，心想："刘歆一向言之凿凿，但这次却装作不知，莫能两可，岂不是更可疑吗？而孔相是话中有话。"冷笑一声："哼，怪事都来了！先有安汉公门前鲜血，再有南山红孩儿显灵，其间关联不是显而易见吗？要害就在'骨肉分离'四个字上。"

孔光刘歆同声说："陛下圣明。"

王政君似乎心意已决，故意问，"有抓到什么奸人吗？"刘歆回答，"没有。"王政君突然发怒，"为何抓不到？"刘歆答不出，孔光不答。王政君心里已经有了一串名字，再加上刘歆刚才报出的一串名字："不就是这些人干的吗？即便不是他们亲手干的，也与他们有关。一个一个审查，还怕抓不到吗？"王政君思忖道。

王政君切齿，"为废铁券丹书，门上泼血也不查，丧心病狂啊！"

　　太皇太后陛下的话，刘歆始料不及，吓得他哆哆嗦嗦跑到王府报讯。王莽喝完药，正在发汗，听了刘歆的话，把汗吓了回去，浑身发起冷来。刚刚退的烧又烧了，头疼欲裂，忍不住大声呻唤。全家慌了神，王宇王安都跑回家探视。

　　三兄弟聚在堂上，王安忿忿说："想不到误解这么深，既然如此不如顺水推舟把事挑明。该废的终归要废，迟废不如早废，趁皇上没有亲政就废。"

　　王宇说："太皇太后陛下是王氏姑祖母，可小妹也与皇上青梅竹马，立为皇后将指日可待，也是王氏的亲骨肉啊。"他的话说得委婉，言下之意舍弃太皇太后陛下，站在未来的皇后一边，也就是皇上一边。

　　"大哥说得不错。"王临也说："近日小弟常听平大人唱《残阳歌》：日落西山兮，夜幕将垂。风烛残命兮，朝不虑夕。大有深意啊。"

　　王宇王安瞠目看着他。这歌平晏唱就大逆不道了，王临更唱不得。太皇太后陛下毕竟是他姑祖母，说她老，咒她死，不是太薄情寡义了？

　　王莽榻前白天由吕焉照料，夜晚由王安看护。冬日阴沉，吕焉一来，两手忙个不停。这儿擦擦，那儿扫扫；东面挂一条驱邪的红绢，西方悬一面避祟的铜镜；几上插一枝户外的红

232

梅，窗前放一盆温室的香草。多余的器物一律搬走，病房变得宽敞了，亮堂了，富于生气了。王莽高烧不退，不时处于昏睡之中，但她身上淡淡的兰香，能穿透昏迷，驱散噩梦，飘进他的心脾。"焉儿，是你吗？"他醒了。

"是，父亲。您好点吗？"他嘴唇发干，无意舔了几下，她问，"要喝茶吗？"他摇摇头："口里发苦，茶水寡淡寡淡没味儿。要是有……"她说："青梅汤！"

青梅汤用青梅加蜂蜜煎成。酸甜可口，清香扑鼻，有清热去火，开胃化食之功能，每到夏天王莽早晚饮用，与嫩莲、鲜藕，合称他的"夏日三友"。

"唉。"他闭上眼睛，"大冬天的！"她说："媳妇早做好了，给您盛去。"他张开眼睛，"早做好了，真的？"她说："嬿儿送来的。父亲染病，嬿儿急得不得了。只因皇上病没好，她离不开。知道父亲最喜欢'三友'，从宫里窖中送了些来。"王莽眼睛放光，"还是嬿儿细心体贴啊。"

王静烟端着青梅汤进房来了，亲自拿羹匙喂送。喝了一口，王莽说："怎么这个味！"青梅汤冰凉冰凉，王静烟担心大冷天喝凉的添病，放在灶上温了，温热的青梅汤味道自然变了。王莽说："不是凉的就不是青梅汤，算了。"王静烟与吕焉对视了一会，"是妾身的主意，那就拿凉的试试吧。"

　　吕焉端来凉青梅汤："母亲，媳妇喂吧。"王静烟起身让开，吕焉一勺一勺喂，满满一大碗全喝了下去。王莽满意说："这凉物就得凉吃。"王静烟在一旁称赞，"这家里就数焉儿心细，知道你喜欢这些凉物，特意进宫冲嬷儿要的。"王莽不禁望了吕焉一眼，吕焉慌忙埋下头退出去。他的精神好了许多，和王静烟闲话了好一阵，合上眼睛昏睡过去。

　　半夜他醒了，床边坐着王安。"听大嫂说，白天您喝了一大碗青梅汤。后来太医来了，太医说父亲的病是外寒内焦，喝点清热的凉物不碍事，只是别喝多了。大冷天喝一肚子凉水，没病也坐病。"

　　"那就再来一碗。"喝完之后，健朗多了，"外头有些什么事？"王安说："您安心养病，外头的事等病好了再说。"他闭了一会眼睛，"说给为父听听，要不把平世叔唤来。"王安只好说："还不是什么'门上泼血也不查，丧心病狂'什么的！"蓦地，王莽的头像蒸笼似的冒气，脸上额上完是汗，王安替他擦干净，换上干爽的衣裳。他合上眼睛眯了一会，"把平世叔唤来。"王安说："父亲！"王莽厉声，"去！"

　　平晏把外面的局势详详尽尽说了一遍，王莽心里叫苦迭迭，觉得自己去禀告太皇太后太冒失了。对太皇太后的直率忠诚招来的却是猜忌。此事已非同小可，宜早日息事宁人为好。

　　王莽故意问平晏道："倘若并非神灵显灵，乃人为示意，是何居心啊？"平晏答："八成可能。依仆研判，恐怕是为了劝公废黜铁券丹书。"王莽点头，却说："这愚兄倒想不通了，我也一直不忍心看到皇帝母子隔绝，违背人伦，为何不登门来说，而假借神灵，又偏偏往门上泼血？现在又害得太皇太后陛下都对我产生误会了，这该如何是好？"平晏最明白王莽的心思，虽然他并不知道这事情确切是谁干的，但他猜测事情可能与王家有关。急忙回答道："这说明示意之人不便露面或当面来说无济于事。"说完顿了顿，看着王莽。王莽在思索着。平晏接着说："但此人很可能是主公的朋友，而非仇人。因而越查将越对主公不利，无法弥合太皇太后对主公的猜疑啊！"王莽和他想到一起去了，连连点头。通常王莽都会像道德审判一样，骂那人这事为下作之人下作之事一番，但这次王莽没有更多言语。只是与平晏布置着如何尽早息事宁人。

　　临了，平晏说："铁券丹书之事，主公不为则对皇上不忠，亲为则对太皇太后不忠。因而不可不为，也不可亲为。"这话一下子说到王莽心窝子里去了。王莽面临的两难就是这平晏最懂了，而且平晏还总能为他出谋划策，排忧解难。王莽很诚恳的问道；"那愚兄该如何是好？"

平晏幽幽的说道："听闻太学生早就酝酿阙下请愿了，有人听说与安汉公有关，内部发生了分歧，如果……"他轻声笑了。

笑声中未尽的话并不明显，但王莽在朝多年，立刻听明白了：如果放出话去，铁券丹书全是孔光一人主意，太学生就会聚于阙下。朝野舆论如果急剧震荡，太皇太后陛下就难以龙庭安坐了。

王莽陪着也笑了起来。平晏笑得轻松，"嘿嘿。主公已经大好了。"王莽面露喜悦，"好得正是时候不是吗？"平晏又意味深长的说，"嗯嗯，正是时候，恰恰又不是时候。"

"正是时候"是说招致太皇太后误会兹事体大，他得全副精神面对；"恰恰又不是时候"暗示他可以继续躺着报病。表面与自己撇清关系，而退居暗处观测风云变幻，掌控局势发展。

平晏告辞，王莽唤来王安，轻松的赞道："青梅汤好奇效！再去弄一碗来。"王安给他端了一碗，摸着好凉好凉，王莽大口大口喝进去。连声称赞："雪地饮冰，冰口冰心；围炉饮冰，清口清心。"

翌日，王莽连夜书写的上表就呈到了王政君手中。称自己生病发烧一时糊涂，竟误信奸人设计，不该将未经查实的事情禀告太皇太后。好在得太皇太后悉心教诲后，臣莽能申明大义，定将遵照太皇太后旨意安排。如此云云。安汉公养病在家，探视者络绎不绝。探视达官贵人先得掂量掂量进得去进不去，还得掂量掂量何时去恰当。探视通常按尊卑亲疏顺序进行，但位尊者未必沾亲，沾亲者未必位尊，尊卑亲疏还得全面权衡一番，不可抢先也不可滞后。抢先谓不识相，滞后谓意不诚，只有拿捏得不早不晚才算得体。这天大约是官秩四百石以上，还沾点亲带点故的官员探视日子，甄寻王奇刘棻三人同乘前往王府。

驰道上车水马龙，乘舆一辆接着一辆，都是去王府探视的。贵胄公子喜欢"狗马奇物"，出行时随车带着狗。长长的车队车轮声马嘶声犬吠声合鸣，形成漫天繁响。这会儿，远处传来一阵密集的犬吠声，甄寻随车的狗嗖地窜出去，越过十好几乘车，跟在一辆宝蓝色华盖的乘舆后面大叫。

"有名堂！"三人抻长了脖子。

乘舆一辆一辆在王府门前广场停下，二十多条狗一齐围上去，朝着那辆蓝盖车狂吠不已。啪，啪，蓝盖车车夫鞭儿甩得震天响，驱赶群犬。群犬并不害怕，鞭影扫来退几步，随后又窜回来。气得车夫越骂越粗野："车里又没人肏你娘，叫，叫你娘个毬！"有个车夫打趣，"正肏它妹子呢。"逗得近旁的车夫爆出快活的笑声，一齐挥鞭帮他撵狗。啪啪啪！漫天都是鞭影，群狗才吓得直往后退。这时乘舆主人走下车，他是吕宽。

甄寻笑嘻嘻探出头正要打趣，刘棻一把把他拽进车厢。

群犬四下飞窜过去，吕宽一边挥手喝狗，一边快步往大门走。群犬围着他吠了一路，见他进了门，又回头围着他的乘舆吠叫。

刘棻说："蹊跷！群犬吠车必有古怪。"王奇拍脑门，"狗血！"贵胄公子好的是声色犬马，玩的是声色犬马，炫耀的也是声色犬马，自然对声色犬马的特性有所了解。这么多狗围着狂吠，大约只有同类的血才能激起这般兴奋和忿恨吧？

那个乔三身上也是狗血。

"回去，把长白龙牵来！"刘棻突然说。

长安三公子养的狗无一不奇，奇中之奇数王奇的长白龙。它是一只长毛狗，一身白毛，有百里寻物之能。王奇牵着长白龙到京兆衙门嗅了嗅乔三尸体，又带它到西街里社嗅了嗅乔三的住地。到了王府停车场，长毛龙突然兴奋，虎虎低吼着向吕宽乘舆狂躁窜跳。

　　"有门儿！"三人兴奋得欢呼。

　　王奇在它头上抚摸了好一阵，又脸贴脸亲热了一会，长白龙安静下来，趴到地上摇尾巴。这时王奇解开绳套把它放开。长白龙懒洋洋站起，舔了舔嘴唇，原地转了个圈。前走几步，后退几步，这儿嗅嗅，那儿闻闻，迟疑了好一阵子，耸身向西跑去。它越跑越快，三人飞马跟着，频频大叫："有门，有门儿！"

　　长白龙跑到渭河边，汪汪汪，尾巴摆个不停，鼻孔贴地搜索着。少顷它在河边找到了两枚带血的五铢钱。一枚卡在石头缝里，一枚滚进草棵中，正在乔三横尸的地方。

　　三人得意洋洋来到安汉公府，王宇三兄弟迎到堂上，王奇说："贤侄速带我等到二哥房中，十三叔要为二哥治病。"王奇在王莽从兄弟中排行十三。

　　治病？三人声色犬马能治什么病！王邑阴凄凄眼睛一瞪，"老十三，不准胡闹。"刘棻说："廷尉大人，安汉公面前，世侄有几个胆，敢胡闹吗？世侄敢夸海口，言到病除。"

　　王宇只得把三人引进病房，甄寻跪在榻前，"启禀安汉公，世侄已经查明，府上除夕门上的血非天所降，而是人为……"只见王莽翻了下眼睛，额头沁出汗来。王宇一旁说："家父正在病中，不可言及烦心的事，甄世兄且请退下。"王莽不悦地嗯了一声，王奇上前，"二哥，小弟知道谁干的。你若不信，小弟给你找出证据来。"

"你能找出证据？老十三，这可不是闹着玩。你若乱来，二哥不轻饶。"

三人出了病房，王奇抱着长白尨说了好一阵话，长白尨好像能听懂他的话似的，汪汪应着。王奇放下它，它一路嗅着，上了御史台。张望了片刻直奔吕府。门子挡都挡不住，它冲进中堂朝着库房吠叫。

御史台官员的宅邸由朝廷统一修建，具有统一规格。中堂修有库房，后堂修有廪房。汉时通用五铢钱，官宦人家家累钜万，必须有专门地方堆放，库房是堆放钱币的地方；汉时以禄米为官秩，御史官秩最小的是二百石，也必须有专门地方堆放，廪房是堆放米粮的地方。

几个家人操起棍棒哄狗，长白尨一边后退，一边虎虎怒吼。

片刻，蔺苞戴级带领八骏赶到，请吕宽出来讲话。家人说主人不在家，蔺苞戴级吩咐家人打开库门。长白尨窜跃进去，朝着一个木箱吠叫。木箱装满钱，箱底有血迹，上层几枚钱也有血迹……

"该死！"泼血者竟然是吕宽。

王莽背着手望着古槐枝干上的残雪。外头括着风，呜呜的，阳光却很好。四周屋檐上站着许多小鸟，羽毛叫风吹得翻起来了，舍不得飞走，大约也眷恋这新春明丽阳光吧。昨天他发了一身汗，夜晚睡得踏实，身子骨清爽多了。局势突然发生变化，不能继续躺在床上了，今日一早下了床。

堂上没人讲话，各自沉浸在思绪中。吕宽逃跑了，内情不清楚。是他杀死乞丐乔三？往大门泼血？为什么呀？王莽唾骂，"荒唐！泼血，杀人，吕宽是不是疯了？想要以铁券丹书加害于我王家吗？就因为他主张废除铁券丹书？"

平晏会意，断然决然的说道"主公言之有理。吕宽泼血，杀人，应该是他个人疯癫行为所致，与铁券丹书必定没有丝毫干系。"他把重音放在"必定"二字上，说得很肯定。

二人的话，王邑怎么也想不通。事情不是明摆着吗？皇上渐长渐大，废除铁券丹书刻不容缓。最好通过王氏之手废除，不致给王氏子孙留下隐患。吕宽泼血，造出南山红孩儿谣言，都在警示安汉公"骨肉分离，血光冲天"。动机极其明确，用心不谓不苦。

　　王莽一边咒骂着吕宽，一边对众人说："家丑不可外扬。吕宽到底是媳妇的娘家人。好在他想要示意什么不重要，谁不知道他平日里行为不端，游手好闲的。没有人相信他便是了。"平晏应和，"是啊，就是啊。"众人也跟着应和起来："家事，家事，早就过去了……"

　　风大了，阳光也好像在风中闪烁。屋檐上的鸟儿，一只飞走了，又有一只飞走了。

　　"他能逃到哪里去呢？这个自命不凡的……"也许想到了吕焉，想到子夜梦魂的兰香，想到清口清心的青梅汤，王莽未尽的话化成一声沉重的叹息，默默的做着最坏的打算。

　　"逃不到哪里去。"王邑瓮声瓮气应声。

　　"不管是死是活，尽快把他找回来！"王莽又气又恨，低声命令王邑。

　　"死了是最好的结局。要越快越好。"平晏补充道："而且不要声张，是家事。"平晏已经把话说白了。王莽也没有出面喝阻。

　　这无异宣判吕宽死刑。王邑一怔：二人起了杀心！啊！他明白了。吕宽行迹败露，如果与铁券丹书联系在一起，很可能会把王宇牵连进去。把泼血与铁卷丹书切割，是希望息事宁人，把吕宽的意图与王家在铁卷丹书这件事情的主张进行切割。

屋檐上的鸟儿终于耐不住寒风，纷纷飞走了。一只鸟儿飞到槐树高枝上避风，又跳到斜出的枝条上，还没站稳，又跳到另一枝条上，最后纵身飞向了天际，脚爪趴掉一片片积雪，纷纷扬扬散落到地面。王莽望着这些散落在阳光中的晶莹雪花，刹那间消逝在阴影中了。

廷尉府一名掾吏上堂报告："启禀廷尉大人，御史大夫彭宣彭大人到衙署宣旨，请大人回衙接旨。"

"宣旨！彭宣宣什么旨？"王邑望了王莽一眼。王莽哼了一声，"审理吕宽一案。"下颏微微翘了翘，"去吧。"王邑随掾吏匆匆去了。

"这么快！"太皇太后陛下把吕宽一案交彭宣主持。表面上是对王邑不信任，其实是对王莽不信任。

"彭大人是丞相的人。望丞相此刻不要落井下石啊。"平晏说得同样平淡。目前能够出面劝说太皇太后陛下的，唯有孔光了。

没见到旨意，他们都已预知它的内容。王莽怅惘良久，"予有负孔相，必有报孔相。孔相一向德高望重，与予虽然政见时有分歧，但孔相应当不是加害之人。"平晏应声，"如孔相能助大事化小，小事化无，方可平息此事。"王莽五指插须，轻轻捋了起来。过了很久，"这个吕宽得想法子找到他，不能让他落到人家手里。"平晏说："主公所虑极是。仆命蔺苞八骏迅速搜捕，活要见人，死要见尸。"他把尸字咬得很重。

王莽眉尖微颤，猛地将胡须一顿。

风更大了。风前的烛光不能长久，风前的阳光能长久吗？片刻间，呼啸的狂风吹走了满天阳光。天空涌动着棉团似的云层，迅疾覆盖了整个天宇。堂前这方天地也阴暗下来。唉，天地中最强大的力量是什么？大概就是风吧。太阳不能改变什么，月亮也不能改变什么，唯有风起云涌，晴空才会骤降雨雪，雨雪才会突起月轮。

后半夜下雪了，风鼓动着雪，雪搅动着风，风雪弥漫黑暗，黑暗乘载风雪，夜更长，天更黑……

天刚放亮，啪！啪！御史台半空响起急速鞭响，一辆飞驰的乘舆驰到廷尉衙前，把一个人掀下车，马不停蹄飞驰过去，消失在风雪迷蒙中了。

衙役跑去一看，这人在雪上滚成一个大雪团，只露出两个出气的鼻孔。扒开雪却是搜捕多日毫无踪迹的吕宽！吕宽喝得烂醉如泥，满身酒气，嘴里不断嘟哝："喝喝，下官没醉，要

244

把下官送与安汉公？别，别逗了。要与下官打雪仗？打就打，谁怕谁呀？回去再饮三百樽……”直到衙役把他摁在雪里，反剪双手。他的酒才醒了：“尔……尔等……”

王邑派出快马报与安汉公，王莽双目一凝：“楼获。”

“不错，楼获。”平晏说。唯有楼获藏匿的人官府找不到；唯有楼获才肯把安汉公要的人交给官府；唯有楼获把人交出来不邀功请赏；而吕宽与楼获有旧。

“倒是条汉子。”王莽素来不喜江湖豪侠，对楼获另眼相看了。

廷尉大堂上，王邑阴凄凄的眼睛在浓眉下炯炯发光，“舅侄一向可好？”吕宽垂头，“惭愧，惭愧。”王邑见他一口酒气，咧嘴笑了笑：“年轻人哪，饮酒使性，居然被人送进廷尉府，你说荒唐不荒唐！”吕宽见他不接触正题，知他在等安汉公指令，头垂得更低，“惭愧，惭愧。”

不移时，蔺苞步入大堂传来了安汉公手谕：“所犯杀人之罪应速审速决！”王邑阴凄凄眼睛冷光疾射，当即沉下脸，镇堂木一拍，“吕宽，除夕夜你在渭河边杀死乔三，从实招来！”

吕宽本以为他最多就是犯大逆不道之罪，就是个往安汉公府门泼血的事情，想不到现在以杀人罪问他罪。他不相信安汉公会要直取他的性命。他觉得自己被冤枉了。他脊背陡起寒噤，跪倒在地，"六叔，小侄冤枉啊！小侄有罪，但罪不至死啊！"王邑冷冷说："人命关天，王法不容，你的所作所为，本尉已掌握来龙去脉，但本尉又岂是徇私枉法之人！"

"可除夕夜小侄没杀人啊！"吕宽叫嚷。

镇堂木猛劲一拍，"吕宽，证据俱在，休得抵赖，只要你承认杀人事实，一来可免受皮肉受苦，而来本尉方可为你求情，三来才能保全吕氏清誉，你明白吗？"吕宽惊魂未定，答道："小侄明白，小侄明白，可我没有做的事情教我如何承认啊？"

王邑不等他再说下去，大喝一声"大刑侍候！"王邑一心速审速决，不想与他多费唇舌。他相信只要一用刑，想要让吕宽认什么罪，他就会认什么罪。

"六叔！你不可严刑逼供，屈打成招啊！不看舍妹的面子，也要看安汉公世子面子哪。"

王邑听他抬出宇儿，更觉此人不可留，"鞭笞三十！"

"慢！小侄知道六叔办案不念亲情，可也不能草菅人命呀。"吕宽霍地从地上站起来，胸脯一挺，　"不错，血是小侄泼的，但除夕夜小侄没杀人！小侄子正泼血，安汉公门卫可以作证；丑初回家，全家老小都可作证。"他把泼血经过说了一通，"子正到丑初，小侄纵然生出翅膀，也不可能跑到渭河边去杀人呀。"

王邑不听他多言，三十鞭刑下去，吕宽昏死了过去。他命人将吕宽押下去，准备继续用刑。他又派出几个亲信衙役到吕府就地询问其家人，希望能从其家人口中得到供述，那样都不需要吕宽亲口认罪了。

过了一个多时辰，亲信衙役回报吕宽的父母妻儿和一群仆人众口一词证明吕宽丑初之后再没出门。

王邑意识到吕宽很可能真的没杀人，现在只能趁其神志不清之时，屈打成招了。这时宫中的公公传来太皇太后圣谕："不可私自对吕宽用刑，案交由彭宣和高公公于廷尉府共同审理。"

王邑感觉事态不妙。禀告安汉公之后，让蔺苞去押解吕宽去安汉公府问话。吕宽情知有变，伏地叩头，"安汉公明察啊，小侄府门拨血，出于一片忠心啊。"

王邑催促着，"交安汉公审理你去吧。"蔺苞上前，"请吧，跟下官走吧。"吕宽充满不祥预感，拖延着说"小侄怎敢不服六叔审理？小侄做了对不住安汉公的事，怎好意思见他老人家？"王邑冷笑，"你总算还有良心，那就老老实实把自己做的事，向蔺都统和八骏交待吧。"

"不不。"恐惧突然攫住了吕宽的心。八骏干了些什么勾当他不大清楚。但隐隐约约从妹夫口中得知八骏专为安汉公执行秘密使命。把他交给蔺苞会不会是要秘密结果他？他叫起来，"六叔，小侄愿招！"

"本尉另有公事。"王邑哂笑，"蔺都统，押走吧。"

刚到门口，一辆乘舆急驰而至。雪已盈尺，马累得直吐白沫。车上走下一个人，吕宽大叫，"彭大人救我！"彭宣老眼昏花，密密麻麻的雪花晃得人影模糊，但他与吕宽素有来往，声音却是熟悉的，他扬声问，"吕大人吗？"

"正是罪官。"

"回去，回去。"彭宣高扬着手，"下官奉旨审理，还有些事要向吕大人讨教。待下官问明之后，再交安汉公处置不迟。"

蔺苞不便强行带人，只得拱手告辞。回到府中，王莽跺脚，"该死！真该死！晚了一步！"他恶狠狠的沙哑而低沉的声音，连蔺苞和八骏都打寒噤，远比室外铺天盖地的冰雪冷多了。

三十二　廷尉衙一夕多惊变 渭河滨二犬尽逞威

　　申时刚过雪小了，天很阴沉，好像黑了。廷尉衙堂上坐着彭宣，王邑，还有宫中的貂裆何公公。王邑令点燃庭燎，熊熊火炬把廷尉大堂照得通明。升堂后彭宣走下堂去，解开了吕宽身上的绳索，躬身一拜，"乔三非大人所杀，吕大人且请安坐。"

　　话音一出，满座俱惊，王邑阴凄凄眼睛鼓凸出来。

　　吕宽伏地叩头，"谢大人为罪官辨明不白之冤。"

　　彭宣拱手，"有一事不明，尚要请教。"吕宽洞悉彭宣与王莽之间的关系，王邑欲其死，彭宣就有可能欲其生，心里升起一线希望，连忙叩头，"罪官知无不言。"

　　彭宣抚须，"请问吕大人，元正夜晚大人可曾赏了乔三酒食，又给他万钱？"吕宽说："正是。"彭宣又问，"那乔三可是猛进酒食之后，突然倒地身亡？"吕宽连连说："正是正是，彭大人神目如电。"彭宣又问，"那乔三死前，可有异相？"吕宽说："似无异相。"彭宣捋须一笑，"吕大人不必张惶，仔细想想，那乔三口中可曾流出涎水？"吕宽忙说："是是，那人口吐白沫，流着流着死了。"彭宣颔首，"这就对了。"王邑冷冷说："天地间哪有无原无故倒地身亡之理？"彭宣笑笑：

"那乔三羊癫疯犯了。"

王邑连连冷笑，"彭大人医术高超，从死人尸体上能看出羊癫疯，下官倒要请教。"

"下官不通医术，只是粗通刑律，王大人谬赞了。"彭宣轻声吐了一个字，"传。"

衙役把一个老乞丐带上堂来。这老乞丐与乔三同钻草堆过夜，证实乔三患有羊癫疯。王邑大惭，"事后之言，岂可为凭？"彭宣又轻声吐了一个字："传。"衙役把京兆尹衙门的掾吏带上堂来。京兆尹衙门的掾吏把当日审讯老乞丐的记录呈上，彭宣递给王邑，"王大人请过目，不是事后之言吧？"王邑哑口无言。

"原来这人患有羊癫疯，怪不得呢。"吕宽说："当时罪官吓得半死，慌忙逃离现场。"彭宣问，"那乔三可是突然遇到了什么烦心事，急得痰火上涌，迷失心窍，致使羊癫疯发作？请吕大人从实道来。"

吕宽见他确无加罪之心，就从泼血说起，合盘托出了乔三死亡经过。

　　除夕夜里，他早早潜藏在安汉公府附近，子正过后，爆竹声停息，门口无人，他把一盆狗肉泼到安汉公门上。谁知犬声大吠，惊动了警卫。幸亏地形熟，动作快，趁着夜色逃掉了，回家与家人一起饮酒到天明。

　　初一下晚，大约酉时吧，门口刚刚点燃灯笼。他外出拜岁回来，灯影晃出一个人朝他拱手，"吕大人，小人给你拜岁了。"他见那人衣衫褴褛，像个乞丐，扔了两个钱。那人说："元正吉日，小人要讨一口酒喝。"他挥挥手抬脚就走，那人横身挡住，"吕大人不赏酒，赏一碗狗血喝吧。"

　　狗血！他愣了一下，那人涎着脸，"反正吕大人泼也是泼。"吕宽挥手，"去去！"那人笑着，"舍不得是不是？嘻嘻，往安汉公门上泼舍得……"他吓得一震，"噤声！"

　　那人要酒要菜还要一万钱。汉时有特置木箱，一箱装一万钱，那人要他把钱送到渭水桥下。他只能照办，那人一边饮酒，一边摆弄钱，说着疯话，得意以极。乘舆驰到渭河桥下。这里本是乞丐窝儿，有的是旮旮旯旯藏匿钱财。可是大雪覆盖，如果把哪个旮旯的雪扒掉，岂非"此地无银三百两"？难逃别的乞儿眼睛。那人下车四下看了看，这儿不安全，那儿不安全，哪儿都不安全。又是搔头又是跺脚，急得团团转，卟咚一声倒到地上，哼都没哼一声死了……

彭宣颔首，"啊，原来钱财有命得，没命守，一时财迷心窍，犯病了。"

王邑阴凄凄眼睛一闪一闪。二人一唱一和，不是有意开脱罪责吗？这彭宣到底想怎样？"彭大人以羊癫疯作为致死之因。羊癫疯倒地是常事，三天两头倒一回，怎么独独这回一倒不起了？太牵强了，叫人无法接受。"彭宣微微一笑，"事有一万，难免万一。嗬嗬。王大人不信？今日天黑透了，明日下官现场审理如何？"王邑暗诮，"这又何必呢。只要证据确凿，而非一唱一和，何需画蛇添足？"彭宣淡淡一笑，"现场审理，厘清案情，解除疑虑，怎说画蛇添足？"说罢发出令牌，令掾吏看好乔三尸体，派官兵守护现场。末了当堂宣布，"吕大人先到'请室'暂住，明日现场审理后再行发落。"

雪还在下，稀稀落落。入夜天格外冷。这无风的凝固的寒冷，老辈人说话：嘎巴嘎巴冷。中堂加了两个火盆，光冒烟，不红火。嗬！人怕冷火也怕冷；人趋炎附势火也趋炎附势：暖和的时候它特来劲；天一冷它就蔫了。冻得堂上人坐不住，跺着脚四下走动。

　　太皇太后宫中的何公公现场审案！更何况当初彭宣是反对制订铁券丹书的，难道这个一向自诩刚正的人曲意迎合太皇太后陛下，借铁券丹书向他射出冷箭？王莽坐在府中得报，心中感到越来越惴惴不安。想到需要孔相出面才好。

　　这时王邑急匆匆的来到安汉公府，看见王莽和平晏在书房，猛地跺脚，口中气急败坏的嚷嚷着："这个吕宽该死，真该死。好好的，弄出这么多事来！一向眼高于项，自作聪明……"平晏也恨恨的应和了一句："自作聪明的人最不安分，最不可靠。"然后急忙问王邑："吕宽可有招供府门泼血之事可有他人参与没有？"王邑答："彭宣未曾审问此事。吕宽也未主动招供此事。"王莽面露惊讶之色。平晏想了想说："看来彭宣还未向主公发难，不过……"王邑焦急的问："不过什么？"平晏望着王莽说："待到明天，应当是早晚的事。"王莽沉思了一会了，叹道："彭宣会把今日情形禀告孔相，而何公公必已回报太皇太后审讯情况。"王邑轻轻的问："派蔺苞八骏……？"平晏连忙补充道："还须不留痕迹，也切不可引火上身。"王邑一脸迷惑。王莽发话了："如果吕宽不见了，会不会是绿林汉子将其劫走并藏了起来啊？"王邑和平晏都心领神会。平晏将王邑送了出去，压低声音对王邑说："主公宅心仁厚。但此事关系世子安危。死人比活人可靠，是吧？"王邑点点头，出府去了。

　　夜已深沉，天地一片漆黑，只有灯火照射的空间，才能看见星星点点的雪花在降落。一袭黑衣人裹着头巾，蒙着面潜入了廷尉衙。蔺苞也带人，还带来了酒菜来到了请室门前，说是要来查看慰劳士卒。小卒们前呼后拥的将酒菜抬了进去。请室内响起一片片欢腾之声，不出半个时辰，请室内渐渐安静了下来。蔺苞早已带着人守在了廷尉衙门口。那一袭黑衣人穿过请室，只见一个个把守的士卒们已经东倒西歪，有的鼾声雷动了。一袭黑衣人直奔吕宽牢房，见到一人平躺睡着，急忙打开牢房。那人被惊醒，惊恐的问道："来者何人？"一个领头的黑衣人答道："吕宽，我们是来救你出去的。"那人又问："是谁派你们来的？不然我哪里也不去？"黑衣人犹豫了一下，说："我们奉蔺大人之命，你明白了吗？"说着冲进牢房，抓起躺着的人就要往外走。谁知那人突然一跃而起，顺势将黑衣人的手臂别住，往地上压去。那人大声冷笑了起来，大喝一声，"给我拿下！"顿时四周火把亮了起来，一队精兵从请室外冲了进来，几个人从其他牢房来冲了出来将这几个黑衣人围住。

黑衣人岂是束手就擒之辈，一时间与官兵们打成了一团。蔺苞在衙门外听到里面的打斗声，知道出事了，赶忙带人冲了进来。一看才发现牢房里的那人竟不是吕宽，看身手应是宫内精锐侍卫。其他黑衣人身手都还不错，倒能应付官兵的围攻，眼看就要脱身。带头的黑衣人倒是被侍卫擒住，一时无法挣脱。

那侍卫见到蔺苞冲了进来，一面对身边人说："你们快回去禀告蔺苞蔺大人前来擒贼了，速请援兵。"一面对蔺苞喊道："蔺大人来得正好！快捉拿朝廷钦犯！"蔺苞回头对自己手下人使了个眼色，就率先冲进阵中，一群人胡乱砍杀了一通，倒是官兵们都退后了几步，那群黑衣人顺势跑了出去，一下就消失在黑暗之中。侍卫手中擒拿的那个黑衣人咽喉处已中飞刀，断气而亡。

那侍卫见蔺苞来者不善，一边冷笑着，一边对蔺苞喝到："请蔺大人速速让开，本将还要去缉拿贼人。"说完就率众往外冲去。蔺苞想要阻拦他们，但又意识到他们很可能是宫中侍卫，不敢下狠手。拦住那侍卫问："你们是什么人？吕宽到哪里去了？你们休想走！"那侍卫不答。与打了起来。几个回合下来，不分上下。

这时，彭宣带着人马进了廷尉衙。双方才停了下来。彭宣看见蔺苞，似问非问道，"蔺大人这么晚了，到廷尉衙来是有何公务吗？"蔺苞迟疑半响，正要回答巡查犒劳之时，彭宣又道："太皇太后已派人接管此案，我和廷尉大人均不必再插手，请你去禀告廷尉大人一声吧。"

蔺苞应声退下，急忙赶去报告王邑，然后同王邑再去找到平晏。已是子夜十分，平晏已经睡下，急忙穿衣起床。三人匆匆来到安汉公府，王莽还没有睡，在书房中焦急的等消息，见三人深夜同时到来，心头已感情况不妙。听完蔺苞将情况说了一遍，顿时大惊失色。王邑跺着脚，焦急的骂道："定是彭宣这老儿在设计陷害大哥，该死！"平晏对王莽说："主公，彭宣虽然与主公多有政见不合，但单凭他之力，还不足为患。"他又问蔺苞，"蔺苞，你可看清在牢房中与你交手的是何人？"蔺苞答道："应当是宫内御前侍卫！"平晏叹道："想必太皇太后已派人将吕宽秘密带走了，吕宽此等不可靠之人，此刻估计什么都招了。面对太皇太后，主公还是早做准备吧。"王莽表情严肃，思索着默不作声。王邑打破了沉默："就算查到宇儿身上，世子在大哥家里做了什么事也是家事吧，用得着朝廷管吗？"王莽听着也觉得怒火中烧，两眼圆睁，强压着怒气一字一句的说道："太皇太后要查的人是我！"说完，给三人拜谢，送出门去。

夜漏声声，天刚破晓。翌日清晨，王宇和吕焉已被王莽招至府中，王宇跪在堂前独自思过。这时一队中尉护簇着何公公来到府门前。何公公通报是奉太皇太后旨意带吕焉和吴章回去调查。王宇闻声吼道："有什么事就冲我来，为何要难为吕焉。她已怀有孩儿的身孕，绝不可受刑！"王安连忙拉住王宇。王莽大怒，当着何公公的面踢了王宇一脚，怒吼道："你这个不孝之子！难道你妻室一门犯罪，你能够为他们脱罪而败坏我王家的名誉吗？再说了，吕焉现在还是我王家的媳妇，在事情还没查清楚前，有谁敢屈打成招？谁会给她用刑？"话虽是对着王宇说的，但周围的人无不震慑。何公公吓得退了两步，连忙躬身拜道："请安汉公宽心，卑职一定竭力关照吕氏，既然她已有孕在身，绝不会伤及子嗣。"王莽回过身来，向何公公作揖，义正言辞的说道："有劳何公公，请务必秉公办理。我王莽一家对太皇太后对皇上忠心耿耿，赤诚可鉴。任何误解都将大白于天下的。"何公公连声称"一定，一定，是，是……"

吕焉很从容，柔情的看了一眼王宇，主动走向何公公，说："走吧。"王宇悲痛万分。王莽低下头，闭上了双眼，然后点了点头。王静烟喊住吕焉，"你先回去收拾一下，换身衣服吧。"王莽心知无用，但也没有喝阻，示意王安护卫着母亲去安排一下。

吕焉被押往掖庭狱。这掖庭狱是宫内的秘密监狱。一些个得罪人，或是犯了错的宫女，貂裆甚至是妃子就以各种罪名关在这里，最后无声无息的死在了这里。

何公公带领着一帮貂裆将吕焉押到堂上，他甚至王莽位高权重，位上三公，不敢得罪了吕焉，对吕焉很是客气，请吕焉入座，开始问话。

吕焉低声而温婉的说道："都是婢女一时糊涂。上次进宫看到皇上病得可怜，担心皇上龙体安康，就将皇上的病情告诉了兄长。他请人算过卦，说安汉公和夫君一家可能会遭人非议，于社稷于安汉公大不利。因而婢女想到要将卦像警示给安汉公。一时心切，未曾多虑想到用动物血来警示血光之灾。"说着开始啜泣起来，"本以为最多会触犯王氏家法，受家法惩戒，没想到……"何公公也听出吕焉一方面是想避重就轻，一方面是想说：此事可当家事处理。何公公一边安慰着吕焉，一边继续问道："夫人是何时进宫面见皇上的？"吕焉就将皇上犯病，她奉命进宫照料了一次皇上的事情简单叙述了一下，只字未提后一次传帛书的事情。何公公仍然笑眯眯的听着，像是例

258

行公事般的又问吕焉可否知晓"红孩儿"的传闻。吕焉答：

"完全不知"。何公公表现得很恭敬的差人送吕焉回囚室，并

吩咐人打扫整理一番，让吕焉好生休息。

何公公来到长秋宫，向王政君来报告情况："吕宽已经招

供吴章和吕焉参与了此事。而吕焉承认是她面见皇帝之后，一

时糊涂所为。"说完，微微的抬头注视着王政君，想观察下太

皇太后对此事的处理态度。

王政君心中狐疑不定：这吴章是王宇的老师，吕宽是王宇

的舅兄，他们给王莽府门上泼血，再加上传得沸沸扬扬的"红

孩儿"，接着王莽到她这里来奏请废除铁券丹书。这一切似乎

发生得太蹊跷。现在吕焉出来顶罪，世上哪有那么简单的事？

依王政君在宫中几十年的经历，她见识了太多的阴谋残酷，和

宫中的风诡云谲。

王政君思索了一会儿，不动声色的问何公公道："就这么

多吗？"何公公嗯啊了一会儿，不知如何回答是好，谄笑着反

问王政君："陛下还想知道哪些，臣这就去办。"王政君故作

愠怒道："这吕焉都跟皇帝说过些什么？她难道胆敢如此大

胆？此事必定非吕氏指使，去给朕查清楚。"

何公公连忙应声"是！"，但又犹豫不决的问："陛下认

为是何人指使啊？"何公公明白只要王政君说是谁，他就一定

要把那人给查出来。王政君语气很坚定的说道："朕也想知道是何人指使，但可以确定无疑的是，一定不是吕焉自主所为！"

何公公退下后，唤来掖庭丞韩回，韩回冷面铁心杀人不眨眼，宫女貂铛没有不怕他的。韩回倒是对何公公毕恭毕敬的。毕竟这掖庭狱比廷尉衙的监狱还是有些许不同的。这里是个不需要证据，没处说理，说有罪就有罪，要定什么罪就能定出什么罪名的秘狱。全凭这宫中的主人的旨意。而何公公现在是太皇太后身边的红人。何公公对韩回说："这吕焉的案子就交由韩大人来审吧。"韩回问："何大人希望下官怎么审？"何公公说："一定要让她开口招出实情，受何人幕后指使。"他看了一眼韩回，接着说："这吕焉是何人你可知晓？"韩回谨慎的回答，"知晓"。"知晓就好。吕氏怀有身孕，因而不可用刑。否则等这案子结束了，安汉公万一追究起来，我可保不了韩大人。"韩回一脸苦笑，说道："吕氏贵为安汉公长子媳，谁不知道除了太皇太后和皇上，安汉公的威望权势是无人能比的。太皇太后和何公公您若是日后不保下官，下官有多大胆也不敢得罪安汉公的。下官恐难向大人复命啊。"何公公知道韩回是个周全缜密之人，这话是来探他的底来了。就故作不快，不怒而威的说："太皇太后让你我查，你就可放心的查。虽不可对吕氏用刑，掖庭里的手段还是可以用的。虽不可对吕氏用刑，吴章和吕宽不是在你手中的吗？太皇太后要的答案，可以从他二人嘴里撬出来。其他的你知道该怎么办了吧？"韩回阴森的面孔舒展了一下，嘿嘿一笑，躬身告退。

掖庭的暴室里，陈列着各种刑具。奄奄一息的吕宽被拖进暴室，又是一顿鞭打，被打得皮开肉绽，吕宽昏死了过去。冷水浇醒，已是说不出话来。吕宽被架着出去后，吴章被押了进来，已是面容憔悴，身上处处青一块紫一块。韩回喝问道："吴章，你趁早如实供来，免得受辱。"吴章答："本官从未犯罪，士可杀不可辱。你们杀了老夫吧。"韩回冷笑："你未犯罪？吕宽都已经老老实实招了，是你谋划的整个阴谋。你不是意图诅咒皇上会遭血光之灾吗？"吴章愤怒的挣扎着，无奈被锁链栓住，怒道："血口喷人！吕宽不会这样说老夫的，一定是你们严刑迫害想加害老夫，来吧，来取我性命吧。"韩回冷冷的笑着，说："吴章，我也不想难为你，我也知道你不过是被他人出卖了。你若不信我的话，我倒是可以让吕宽来与你当面对质。但若你告诉我整件事情与铁券丹书与皇帝母亲的来龙去脉，我可以保你尊严，并禀明实情，以洗刷你所受的不明不白之冤。怎么样？"吴章闭目，不答，似在犹疑，似在思索，似在抗拒。

一会儿，韩回又正声说："吴章，我敬重你身为人臣一向光明磊落，敢做敢当。我来问你，你如实回答就好。否则我也只好把你留在这里受委屈了。"吴章被他一激，有些不耐烦的答道："你问吧。"

"往安汉公府门泼血是何意啊？"

吴章答："老臣观天象察觉有血光之灾，因而以此来提示安汉公。"

"噢？安汉公门下贤能者众，难道安汉公会不知道天象昭示血光之灾？"

吴章答："他不曾知晓。"

"他确实不知晓吗？你敢肯定吗？"

吴章答："他确实不知晓。"

韩回紧接着问："他若不知晓，这样的事为何安汉公最信任的长子王宇不去禀告他父亲，而你要以狗血示警呢？"

吴章答："世子王宇已然告诫过安汉公了。安汉公无动于衷才出此下策的。"

韩回心中暗喜，追问道："那这么说王宇是知道整件事情的咯？"

吴章没有回答。

　　韩回如获至宝，义正言辞的厉声喝道："吴章，整件事情是你与王宇阴谋意图废除铁券丹书而故弄玄虚，诅咒君上，诓骗王公。对吗？"

　　吴章没想到韩回如此偷换概念，引申其意。愤怒的回应道："王宇与我从未诅咒君上，不曾诓骗安汉公。吕宽冒死劝谏，当是家事，当是义举！"

　　韩回咬住不放，还想再确认一下，故意问道："王宇怎敢如此大胆，诅咒皇上，他想废黜铁券丹书是何缘故啊？"

　　吴章知道韩回将府门泼血说成是诅咒君上之罪，但他也不能承认府门泼血是诅咒安汉公。急忙澄清道："王宇将军对皇上忠心耿耿，怎会诅咒君上。至于铁券丹书自有天意安排。岂是王将军所想的！"

　　韩回已基本确定此事与王宇有关，料想吕焉也一定是在保护王宇。他只不过是在套吴章的话，看除了王宇，是否还与王莽或其他人有干系。

　　韩回又露出了他阴森冷酷的笑容，对左右喝道："来人呀，给我用刑！直到他招出王宇是如何让他阴谋假借天意，谋求废除铁券丹书的。让他在供状上画押。"韩回心想：来到这的犯人承认不承认招与不招还不都一个样？他哪有冤枉人？他可是明察秋毫的判官啊！想着想着他得意洋洋的走出了暴室，朝吕焉的囚房走去。

韩回召集了他的几个亲信喽啰，低声吩咐了一番，自己便消失在那冰冷的暗夜里。

几个喽啰将吕焉架起扶出囚室，吕焉被惊醒，一路惊叫着。他们来到一间宽敞的屋内，屋内倒是暖和，近处有几张桌子，远处还有可供衙役休息睡觉的通铺。两个小貂裆满脸堆笑的迎吕焉坐在一把考究的大椅子上，她的身体和脚被栓在椅子后面的柱子上。其中一个貂裆说："夫人莫怕。我们是奉命来问你话的。"说着端来茶水。吕焉感到惴惴不安，心想："为何不在白天堂上问，而要在夜里在这里问？一定来者不善。"转而故作镇定的说："我已经向何公公都如实说了。是我一时糊涂，让家兄往岳父大人府门上泼了血，是希望安汉公能凡事逢凶化吉。即便不妥，也应受家法处置。"一个貂裆记录着，另一个笑着又问："是你相公王宇让你这么做的吗？"吕焉心中惊讶，明白他们的用意了。她十分斩钉截铁的回答："不是。"那貂裆又问："府门泼血可是意指如若不废铁券丹书将会有血光之灾？"吕焉暗暗吃惊，感到这次他们一定是要给自己加罪名了，但她也并不清楚铁券丹书的来龙去脉，故而轻蔑的回答道："莫名其妙，毫无此事！"那貂裆也不急不恼，翻来覆去的问吕焉这两个问题。再不就是劝吕焉道："夫人还是如实招了吧，好早些回去休息。"一个时辰过去，吕焉也不再理他们，沉默的坐在那里。又一个时辰过去，吕焉觉得困了，眼皮开始打架，两个衙役拿来几个小罐，打开泼到吕焉脸上身上，只见十来只蝎子，蜈蚣等开始在吕焉脸上身上爬动起来。吕焉顿时被惊醒，吓得站了起来，哭喊着。貂裆急忙让衙役把毒虫抓走，又请吕焉坐下。"夫人，惊吓过度小心动了胎气啊。"吕焉怒道："你们若伤了我腹中的孩子，它可是安汉公的嫡孙，你们承担得起吗？"那貂裆不答。又继续重复问那两个问题。不知过了多长时间，天已大亮。衙役送来食物，倒还丰盛。但吕焉不吃，开始绝食起来。吕焉虽然也心疼自己腹中的胎儿，但她明白这审问她的人也更是忌惮安汉公的。

到了傍晚时分，专门送来了粥，汤等流食，两个衙役强行给吕焉灌了下去。吕焉感到困了，刚要靠着柱子睡着就会把打醒，掐醒或吓醒。貂裆和衙役们轮休着去休息，轮流着看着她，反复的盘问着她，反复的袭扰着她……也不知道过了多久，吕焉已是神志恍惚，周围总有个声音在耳边，不时会有板子，棍子朝她的头打来，面前人影模糊，摇她，喊她，摆弄她，她都不知道该如何回应。

　　七天七夜过去。韩回将吕焉和吴章的签字画押的供状交到
了何公公手中。

三十三　临始耕权奸辜旧恩 应垂询老晦露机锋

　　何闳来见王政君。听罢何闳奏报，王政君简直不相信自己的耳朵，"什么，皇帝与中山贱人书信往来，与王宇合谋逼宫！"她不相信刘衎会这样待她，"衎儿怎会这样做呢？小孩童家，不会，不会吧，传秋璧、冬雁！"秋璧、冬雁是她安置在长秋宫的两个亲信。

　　"皇帝天天唱《九如之歌》？"

　　"是。"

　　"是吗？"王政君倏忽厉喝，"大胆贱婢还敢骗朕，拖到掖庭交韩回审问！"

　　宫女貂锴谁人不知韩回冷面铁心杀人不眨眼，没有不怕的。呼啸的皮鞭揭开两个宫女细皮嫩肉，二人血泪的供词更剜着王政君那颗垂老的心。这才如梦初醒。刘衎心里只有母亲，对她不唯没有丝毫感激之心，梦呓中还不时叫她老妪……

　　老年性的多疑与老年性的轻信不可救药的集于老人一身，她多次试探多方监视，结果却叫一个九岁孩童蒙了，一蒙就是四五年。她每天都生活在心造的幻象里，这会儿才坠落尘寰。她想哭没有眼泪，老年多泪，往往悲恸时刻恰恰没有眼泪；她想叫没有气力，最高权力的最高愤怒靠的不是喊叫。大概就是因为心灵缺乏泪水浇灌吧？她恶怒填膺，疾忿盈目，"起驾大长秋！"

雪昨夜停了，白茫茫满眼冰雪。什么琼楼玉宇，不过是天死了地灭了宫殿盖上了尸布！她坐在乘舆里，车厢升着火，可她好像坐在冰窖里一般。不知寒气是从车外透进来的，还是从骨头缝里冒出来的；也不知是冻的还是气的，两手不停哆嗦。到了长秋宫，不准宫女传呼，急冲冲闯了进去。

跨进栖凤阁，刘衎正和王嬺说着话儿，见到她不声不响闯进来，急忙跪倒在地。王政君不容二人开口，"皇帝是在唱《九如》之歌吧？"刘衎不知如何回答，只嗫嚅着垂下头。王嬺见王政君威严的样子，也跪在地上不敢抬头。

"贱婢！"王政君一声厉喝，"皇帝每天就这样唱《九如》之歌吗？从实招来！"

王嬺生来就没人这样骂她，居然出自慈祥的皇姑祖母之口，不啻晴天霹雳。吓得她浑身哆嗦，眼泪涌了出来，"皇上每天都……都唱……"

"掌嘴！贱婢还敢瞒朕，你当朕是聋子瞎子！哼，人小鬼大，竟与兄长勾结，在宫中网罗亲信，手段真高呢。"

王嬺打着自己的嘴巴，不知她在说什么。

自从平晏任少府，他就在长信宫安置耳目。王嬿进宫陪皇帝后，平晏探知王政君安置在长秋宫的耳目，授意王宇暗中收买。秋璧、冬雁接受王政君授命之初，两个孩童除了玩耍、吵架、赌气、不说话，确实没什么可报的，而刘衍也确实每日唱《九如》之歌，只是坠马之后没唱了。王政君没有想到，两个宫女暗中改换了门庭，接受了新的授命，还当刘衍王嬿二人天真无邪，对她孝敬有加呢。

刘衍叩头，"皇祖母，饶了嬿儿吧。是臣孙不孝，近日忘了唱《九如》之歌。"

王政君切齿，心里恨极了："哼，《九如》之歌！只怕是九死之咒吧！"，"你哪天不盼朕早死，让中山那个贱婢入主后宫！人小鬼大，韬光养晦，包藏祸心！养你就像养毒蛇，长大了头一个要吃的就是朕！"她一怒之下真想命人把刘衍拖到渐台看管！渐台在沧池之中，四面临水，只有船舫相通，平日没有人住，十分冷清。但她毕竟在宫中这么多年，还是把这股怒火压住了。

王政君下令将王嬿拖到渐台看管。王嬿被这无妄之灾吓坏了，哭喊着，"皇姑祖母，不要啊。外孙女和皇上知错了，再也不敢了，饶了嬿儿这次吧。"王政君紧咬着牙，不答话。把头扭在一边，盯着刘衍对他说："今天咱们祖孙俩儿好好说会儿话。"刘衍本要为王嬿求情，听王政君这话，也沉默无言了。

等王嬿被拖出宫去，老年性愤怒与老年性残忍鼓荡她那衰老的心。如果说前一刻，前一个时辰，她认定刘衍是她的，属于她，只属于她，坚持铁券丹书出自亲情，至少部分出自亲情；这一刻，这一时辰，亲情荡然无存，刘衍在她眼中已不再是个孩子，而是一个对手，一个稚嫩的对手。她开始可怜自己起来："王宇给刘衍和卫后通书信，王嬿又进宫围绕着刘衍，这岂不是想绕开自己让刘衍将来封王嬿为皇后？再把铁券丹书废除，把卫后接入宫，她所面对的将是敌对的母子同盟。不说朝中没有她的地位，宫中也将没有她的地位！"如果老年性愤怒与老年性残忍出自亲情，那颗衰老的心会自然软化；一旦出于利害考量，那颗衰老的心会变得更硬。变得像铁，那是一把钝刀；变得像冰，那是一柄棱剑。

王政君强装着笑容，柔声对刘衍说："衍儿，你知道吗？这次你病得紧，把朕急得啊，"她故意顿了顿，做出掩面而泣的样子。刘衍很懂事，连忙上前安慰王政君："皇祖母莫担忧，皇孙现在不好好的嘛"王政君接着说："朕就差人去请你母亲……"

"什么？"刘衍惊讶得张着嘴，诧异的望着王政君。

王政君接着说："不知何故，她上表说她一时无法进宫来。"

刘衎疑惑的望着王政君，不太相信的问着："母亲怎么会无法进宫来？"

王政君看得出刘衎思念母亲心切，心中暗哼了一声，这宫中就是个谎言编织的世界！故作伤感的说："皇帝有所不知，当初安汉公与孔光二人立下过铁券丹书。朕虽辅皇帝你主政，但毕竟是后宫之人，这朝政的事情也不可独断专行。你懂吗？"

刘衎觉得她说得有理，但又感觉不能理解。但连忙回答："臣孙能懂。皇祖母倚重人臣。"

王政君接着讲："朕只好让你母亲中山卫姬先给你写封信，以安慰皇帝龙体，振奋精神。"

刘衎惊讶得叫了起来："皇祖母，是您让母亲给我写信的呀？"

王政君笑着答："是啊，皇帝你可曾见到？"

刘衎还有些犹豫，他并没有察觉王政君是在诈他，但他自进宫以来，处处小心谨慎，从不敢直抒胸臆。搪塞的问道："谁送来的信？"

王政君板起脸说："朕让王宇给你送来的锦帛啊。皇帝你不知晓吗？"刘衎在诘问之下，连忙回答："臣孙知晓。臣孙见过。"王政君顺势说道，"皇帝拿给朕来看看。"刘衎面露难色。那锦书他一直藏在身边，他不时会拿出来看看，但不知道是换衣服还是忘在什么地方了，最近找不到了。王政君刻意责备的问："怎么了？是不愿拿给朕看吗？"刘衎只得跪倒在地，哭腔着说："臣孙不会。只是那锦书确是不见了。"他害怕王政君不相信，眼泪在眼眶中打着转，很诚恳的望着王政君。

王政君却笑了，将刘衎揽入怀里，安慰着刘衎，慈祥的对刘衎说："皇帝莫忧，你将母亲的话记在心里不就好了吗？你可曾记得你母亲的话？"

刘衎的眼睛湿润了，他的防备的心灵快要被融化了。哭着说："记得。母亲说哀哀父母，生我劬劳……"说完大声的啜泣起来。

王政君心中得意，她觉得她已经把情况核实了。她觉得自己一直被蒙在鼓里，现在她要开始反击了。王政君忽然推开刘衎，很惊讶的问他："不止这些，还有呢？你就记得这两句吗？"刘衎很无辜的看着王政君，答道："母亲的书信里只有这两句话啊。臣孙绝不会记错。"王政君一面安慰着刘衎，

“皇帝一向聪慧。”一面狠狠的骂道："这个王宇，怎敢如此大胆，竟做些欺君犯上之事！"

刘衎糊涂了，他本来一直巴望着王宇还有安汉公能助他把母亲接进宫来与他团聚。没想到王政君今天告诉他的已开始颠覆他的认知。他惊讶的问王政君："皇祖母是说母亲给我的书信上还有其他内容吗？"王政君也故作惊讶的答："是啊。你母亲有一份秘奏。已呈给朕看过，上面说皇帝你再过两年就要亲政，在亲政前不要太挂念母亲，要你勤学苦练，强健身体。要你事事请示朕相信朕，朕会全心全意辅佐你教你。要等你亲政之后方可废铁券丹书，接你母后回宫中。否则如你整日吵着要你母亲来宫中，将会给你母后一族带来血光之灾！"

刘衎长长的"啊——？"了一声。叫道："我未曾看到过！王宇为何不把这封信交予臣孙？"

王政君赞道："皇帝问得好。朕也被蒙在鼓里了。朕派人去请你母后，得到的回复是说你母后一时不能进宫。你母后亲笔写了书信和秘奏来，却又在当中截了去。还不是有人从中作梗啊！"

刘衎一下子意识到他误信王宇了。这从中做梗的人应当就是王宇，应该还有安汉公王莽。一团怒火在刘衎心中熊熊燃烧起来。王政君又看了看身边的刘衎，安慰着道："皇帝不要着急，有朕在。一定查个水落石出，给皇帝一个交代。不过皇帝千万记住不可声张，否则你母后可能会有危险。"刘衍热泪盈眶，扑到王政君怀里哭着说道："皇祖母，我一直错怪你了。我错了。我一定谨遵皇祖母的话。"

王政君又得意的笑着起驾回宫。

御道上雪消除了，路面黑白斑驳。满目枯枝秃干，僵直插在雪堆中，毫无生气。王政君一路上都在心里琢磨着，得意的心情又变得堵得慌。那王莽可是她一手提拔，王氏这一辈也就是王莽德隆名望，可以成器，可以依靠，况且安阳敬侯王音之子王舜，成都侯王商之子王邑也都和王莽穿一条裤子。如果要除掉了王莽和其嫡长子王宇，自己在宫中又可以信赖谁依靠谁？可如果留着王莽，又该如何处置王宇？如果王宇所为是王莽的意思，那德名退逊的王莽岂不是真实面目狰狞？那留着他们岂不成祸患？王政君琢磨着渐渐明晰起来。

凤辇一回到长信宫，王政君便令传旨缉拿王宇。王宇也被押往宫内的掖庭狱。王静烟伤心欲绝，哭泣不已。王莽发愁，急忙召集王舜，王邑，刘歆，平晏这四个他最亲信的人商议对策。人都到齐了，王舜王邑都为王宇忿忿不平，埋怨姑母王政

274

君小题大作，安慰着王莽。平晏随声附和着。刘歆抚着须，默不作声。王莽见他不说话，刻意询问他的意见。刘歆因"红孩儿"的传言被王政君召见过，他已判断太皇太后是在怀疑王莽王宇。他凝重的说："皇上尚未亲政，太皇太后又久居深宫，易受意图复杂的道听途说所迷惑而疑虑。按我估计，太皇太后是在误会安汉公啊！"王莽和平晏连连点头。王舜问："如今之计，该怎么做才能消除这误会？"王邑嚷着："一定是宫里的貂裆，之前二哥削了他们，他们就跑到太皇太后那里嚼舌头，中伤二哥。定要清君侧……"王莽点了点头但向他做了个手势，让他先打住，让刘歆接着说下去。刘歆对着接着说："以愚之见，当求情和请罪。"王莽思考着他的话。平晏疑惑的问："子骏的意思是让孔相出面，群臣在朝上为王宇求情吗？"刘歆答："不可。太皇太后疑心重。只好请太保（王舜）大人设法了。不过倒是可以在朝堂上奏请由廷尉衙来审理王宇。"王舜向王莽作了揖，立刻答应："公之事就是我之事。宇儿就如同我的儿子。"王莽连忙上前挽住他说道："要有劳兄长了。还得请上能与姑母说得上话的故人啊。"王莽决议按刘歆说的去做，托刘歆去找甄丰甄邯兄弟斡旋启奏之事。甄邯是孔光的女婿，而甄丰位列三公，学识渊博。一些需要与孔相商议的政事就是通过他二人主机断。

　　但王莽心里也一点底也没有。众人告辞散去，唯独平晏留了下来。二人重回书房。平晏低声说："不管是差人求情还是主公亲自请罪，太皇太后若是能领主公这份情是再好不过了。但倘若太皇太后不念旧情，一意孤行要责罪主公和世子，该如何是好？"王莽答不上来，忧心忡忡的看了看平晏。平晏问的正是王莽所想的。平晏试探着说："世子虽行为有冒失，但世子所作所为并无罪过啊！"王莽听着也感到懊恼：自己当初如果支持长子，或至少与他进行一番商议，也不至于惹出现在的大麻烦。王莽胸闷的很，胸中有一窝无可奈何而又不忘不灭的火在烧着。谁不知道皇帝不久将要亲政，皇帝要她母亲谁能拦得住？铁券丹书只是权宜之计，早晚得废。自己一直唯姑母命是从，但既不忍滥杀无辜，又担心遭皇帝记恨，才一拖再拖。现在拖成这个局面。他为自己的无辜无能无为感到窝囊。

　　平晏看得出王莽有些焦急的样子。急忙压低声音说："主公，仆决不是想责备主公。而是想提醒主公一方面求情请罪，另一方面还是早作打算得好啊。"王莽急问："如何打算？"平晏看着王莽，确信王莽也和他想到一块儿去了，幽幽的说："廷尉大人说得没错，'清——君——侧——'"他刻意说得很轻，把每个字拉长了说。王莽闭目倾听思考着。平晏补充道："此君非彼君，皇上而非太皇太后。"王莽睁开眼，向平晏投去认同的目光，默默点了点头，表示心领神会。

平晏之谋王莽以前倒是从来没有想过。以他的声望，以他在朝中的权势，以他王氏在宫中的地位，根本不需要有这样的念头。而今他感到暗箭向他射过来了，屎盆子朝他头上扣过来了，泰山以势不可挡之势向他压了过来，他绝不能再次无动于衷，绝不能坐以待毙。各军中都有他的人，凭他的声望，凭与他关系密切和追随于他的人的势力，要剥夺王政君的权力不是件难事。况且姑母乃一介女流，不宜干政，天下人也都会赞同。本来他以姑母为君，既忠又孝，想尽人臣之本分，行周公之德治。没想到姑母使其屠戮皇亲不说，现在要威胁到他的儿子还有他自己了，自己还能以她为仁君为慈母吗？

想着想着，王莽也笃定了主意。在书房里渐渐睡去。

王宇被囚在黑暗的掖庭狱室里。王宇习过武艺，虽然被栓住了手和脚，但一般的衙役还是无法近他身。他一双因充血而赤红的怒目具有威慑力。韩回是不敢露面的。何闳只好亲自前来问话。王宇义正言辞，毫不掩饰。将他因皇帝急病，派吕宽前往中山与卫姬联络，到他把卫姬锦书交予皇上，到狗血门是为了劝谏他父亲都将责任揽到了自己身上。何闳连声赞道："将军忠勇，将军忠勇。"王宇让何闳给回禀太皇太后一声，他恳请面见太皇太后。何闳回禀王政君之后，王政君不见。何闳再次来到王宇面前，王宇疑惑不解，但还是决定让何闳转达他的谏言。何闳给他备好笔墨，王宇写道："臣自幼受家父教诲忠君报国。因皇帝思母成疾，受太皇太后圣恩，感念姑祖母难过伤悲，故决意尽臣之所能，为君分忧。臣以为铁券丹书之成命，可以因时而变也。"他始终不能理解为何他父亲那么无动于衷。他早就想当面请求王政君了。

没想到王政君看到王宇这封信，冷冷哼了一声："好大的胆！"接着吩咐何闳让王宇招出背后指使之人。还轻声的吩咐何闳了一番。

何闳再次来到王宇面前，拿出了一副事先已经写好的供状，劝王宇签字画押。供状直指他欺君犯上，私自偷换卫氏书信，阻挠皇帝母子团聚，阴谋诅咒皇帝等罪名。还让王宇招供幕后指使之人就是王莽。

王宇愤怒无比，惊讶到不敢相信自己的眼睛。恶狠狠的盯着何闳，大声质问："这是谁的意图？你若敢害我，我做鬼也不会放过你，我的兄弟叔父们必取你性命，并拿你九族来祭我！"何闳害怕，哆嗦着身子，跪在王宇面前，战战兢兢的哭诉道："将军误会了。卑职从不擅作主张，卑职怎么敢违逆太皇太后的旨意啊？""这么说是太皇太后的旨意咯？"王宇仍不敢相信他们王家的大靠山竟要如此诬陷加害于他！

何闳也不敢逼他，退了出去。灼烧着的王宇慢慢冷却了下来，心中一阵悲凉。自己到底做错了什么？不。还是这世界本来就是如此阴险狡诈！而自己的错就是从来都不曾认清这个世道。他想到了一句话：君要臣死，臣不得不死。他感到了一个臣子的悲凉境遇：不过是君主身边的畜生，可以无缘无故的得宠，也可以莫名惊诧的落难，连命都不是自己的。他心中暗暗咒骂着王政君"昏聩老妪！"他想到了他父亲。在他死之前他还想见他父亲一面以提醒他父亲。

朝日，太皇太后携皇帝临朝了。王莽称病不出。皇帝病后首次临朝。王政君正想当着群臣的面显示一下皇帝的旨意就是她的旨意，她的旨意就是皇帝的旨意。

甄丰带头出班，奏请王宇案交由廷尉衙，由彭宣主审。紧接着众多大臣附议。王政君故意问刘衎："皇帝你看呢？"

刘衎一听王宇心里就有气，问百官："王宇现在何处审讯？"

无人回答。大殿一片冷寂。王政君对刘衎说："朕为防干扰，关他在宫内掖庭狱中。"

刘衎立刻说："朕也认为在掖庭审理甚妥。"

王政君趁势下令道："皇帝与朕所虑一致。此事不必再议！"

散朝以后，凤辇走到半路，得报广施君王君弟携王舜求探视王政君。原来王舜请来了与王政君有旧的广施君王君弟。王君弟是王政君的亲妹妹，是她父亲王禁的小女儿，而王禁是王舜的伯父。王政君让他们先候着，等她把刘衎安顿好，回到长信宫已是傍晚时分，才宣王君弟王舜觐见。君臣叩拜，寒暄客套之后，王政君请她二人一同用膳。席间王君弟王舜刚要把话题转向王宇，王政君就板起脸来道："今日不许提这个欺君犯上的不肖子。"王君弟愣在那里，王舜跪倒在地，磕头求情。王政君怒道："你哪里知道他到底做了什么？"王舜正要问，王政君生气的拂袖而去。王舜无奈，只得与王君弟跪安。

甄丰和王舜先后来到安汉公府，将白天情形说与王莽听。王莽默默听完，没有说什么，亲自将他们一一送出府去。

早春二月，咋暖还寒。王宇已被关押有几日了。这天晌午十分，王政君刚和刘衎分别，凤辇还没回到长信宫。貂铛来报：“安汉公自缚全家于中黄门请罪。”她冷哼一声没有发话。宣孔光彭宣在慈恩殿外候驾。

跨进慈恩殿，王政君吆喝，“传王莽！”她中气十足，胸中的闷气晦气怒气戾气一起喷发出来。

王莽身披短褐破衣，脚穿草鞋，反剪双手踏雪走进慈恩殿。“臣王莽死罪！死罪！”说着跪倒在地磕头如捣。王政君沉着脸不理他，王莽说：“臣子王宇大逆不道，密谋废除铁券丹书。臣教子无方，罪该万死。”

“你就说说如何处置吧。”王政君冷冷说。

“一切听从太皇太后处置发落。”王莽答。

“朕知道了。你今日来请罪还有何事要向朕说吗？”王政君问。

王莽叩头，“臣姑息纵容，管教不力，致使王宇犯罪。臣请旨缉拿其朋党和其他涉案嫌犯。”

王政君一听王莽这话，胸中的气确也消了不少。故意问道：“偶？你是说王宇还有朋党？还有其他案犯？其他案犯是些什么人啊？”

王莽看到孔光和彭宣在场，不便直说。故而答道："臣仍在调查。"

王政君气不打一处出，心忖："你王莽想糊弄朕吗？正是因为你不听朕的话，才有你长子的今天！"

王政君又重重的冷哼了一声，冷冷的说："那你岂非信口胡言？等你查到其他案犯再来请罪吧。"

王莽无奈，情急之下说："臣查到卫后以及卫宝卫玄全家谋划此阴谋，致使王宇受其利用。"

王莽的态度十分诚恳。王政君觉得王莽是来向他表忠心来了。

孔光和彭宣一听王莽要牵连卫后及卫氏一族。大惊失色，两人面面相觑。一直以来，孔光对王莽是既尊重又忌惮。王莽在许多朝政议题上与孔光意见一致，故而他们常常通过甄丰甄邯暗中二人联手，上下其手无往而不利。也有一些议题意见不太一致的，但矛盾分歧并不严重，凡事也还能达成折中。孔光忌惮的是王莽权力地位越来越大，声望越来越高，其势力的人也越来越专横跋扈。在刘氏的王公贵胄中，关于王莽的越来越多的传言不断传了出来。而且，孔光彭宣也感到他们总是被推出去当恶人。现在听王莽这样讲，心中更是不寒而栗。

王政君暗自得意。接着问："还有吗？"

王莽想了想，慌忙回答道："还有吴章，吕宽及其朋党！"

"嗯。朕要你把他们都给朕抓来。朕倒要会会他们。"王政君很满意，对王莽说，"你先退下吧。"

王莽伏在地上哭泣不起。

王政君问："还有何事？"

王莽再次磕头如捣，哭诉着说："臣深知王宇咎由自取，罪不可赦。请陛下念其涉世不深，无知犯错，念其忠勇护驾的份上，饶其不死吧。"说着抬头望着王政君，再恳求道："恳请陛下开恩留其性命。"说罢又是一阵磕头。

王政君看他这副模样，也动了恻隐之心，真有些于心不忍。可是转念一想，王宇像是个直性子，断然是不能留了。要不是王莽今天表现得如此的诚恳，她已在着手连同王莽一同除掉了。

于是王政君将球踢给了孔光。故意问："孔相，你告诉朕，犯欺君犯上罪者按律当如何治罪呀？"

孔光本想也为王宇求个情的。毕竟彭宣是主张废除铁券丹书的。而当年虽说是王莽与自己共同的名义立下的铁券丹书，但实际上自己也觉得早就到了该废则废的时候了。然而刚才听了王莽准备牵连卫氏一族，还要查朋党惹是非，目的是想为王宇减轻罪责。心中深感厌恶。他哪里知道王莽也是迫不得已的啊。

孔光谨慎稳妥，善于见风使舵，请彭宣将律法背诵给王政君。"按罪当斩！"彭宣刚直，径直回禀了去。

王政君又问："可否赦免？"

彭宣答："欺君之罪，罪无可赦！"彭宣也心惊，但律法上就是这样明明白白的写着的。而王政君心里也是明镜的。

王莽听了心里痛恨的要死。怎么你也不问问宇儿到底做了什么就是欺君犯上之罪？有什么罪是君王不能赦免的？这分明是要置我儿于死地！仇恨的种子已开始深埋在心中：好哇，孔光，彭宣你们二人，尤其是彭宣，你们不仅不帮忙求情，还要落尽下石帮腔置我儿于死地！

王莽跪着低头不语。这时王政君走下来，扶起王莽，幽幽的说："朕现在代行一国之君。而国有国法，朕必须要维护国家法度啊。请安汉公放心，朕将厚葬王宇，追封于他，保留住他的名节。"

王莽悲痛万分。没想到他亲自请罪却断送了儿子的性命。他内心愤怒不已，他不明白为何王政君非杀王宇不可。自己为了儿子已经把良知，把灵魂都献给了太皇太后，然而还是换不回儿子的性命。他垂着头，泄了气般的蹒跚着走回中黄门去。

见到夫人王静烟也是身披陋衣，跪在寒风之中，正冻得瑟瑟发抖，看到王莽回来，好像看到了希望。等王莽走近了，又开始痛苦的号哭起来。众人将王莽王静烟搀扶着回到府中。

每年春耕开犁，皇帝都要率先垂范，带领文武百官耕种"籍田"。籍田多达千顷，秋后的收成算作皇帝力耕所得，用作祭祀宗庙。开犁时间多在正月，故称"正月始耕"。殷商以降，历代帝王都很重视这个仪式。刘衎年龄虽小，每年都由他主持。春天原野上，成千的人成千头牛成千副犁一起耕作，"千耦其耘"，使他感到壮观和激动。

始耕的日子由钦天监测定。今岁伊始，风雪不断，直到中旬，一连两个晴天，钦天监才把始耕日子确定下来。驱车来到安汉公府面禀王莽："下官测定，今后三天多云有时晴，适于始耕。开春风大雪多，正月再无好天气了。"

王莽对于来访官员总是亲自接待，敬礼有加。自从宫中请罪归来，心情郁闷，无意多谈，要他知会孔光彭宣，钦天监告辞去了。

堂前古槐枯枝伸向阴云横空的天宇，云影中一轮缺角的月亮露出头来。这是新岁头一回月出。风雪递替，酿雪的云层来回依依，不舍离去，夜空黑的多白的少。月光昏微，仿佛投射不到地面，堂前残雪堆积在古槐根部，足有半人多高，树上树下黑糊糊不见些许亮色。

不移时，王莽的所有亲信都齐聚于此。有王舜，王邑，刘歆，平晏，孙建，蔺苞等。

王莽抬头望月，抚须嗟叹，"二圣反目，朝廷动荡。二者不可兼得，该如何选择是好啊？"王邑心中气苦，"须奏明太皇太后陛下，恭请皇上出宫开犁。朝廷典章制度，岂可荒废？"

王邑所言"奏明"，不啻当廷揭发皇上遭到软禁；所言"恭请"，不啻吁请解除皇上软禁，直接向太皇太后陛下施压。王莽心领神会，回头看了看平晏，平晏说："不难选择。虽二圣皆为圣，但皇帝乃大统。太皇太后乃王氏女。女子干政是为不祥！大公子忠于皇上是为忠君报国，亲我者亲之，伤我者伤之。唯皇上才能救大公子，唯主公才能保皇上。不能再犹豫，是时候了。"众人纷纷点头，低声表示："不能再犹豫，是时候了！"

说完众人步入书房，点灯密议起来。

子夜时分，众人方才散去。王莽背着手走下堂去步入院中。心忖：是时候了？昔日的太皇太后陛下也曾对他恩重如山，他要踏上背离之路了。这将是一条怎样的路啊？啊，月亮钻进云层中去了，一片横跨南北的乌云悬在头顶，那稀薄灰白色地方大约是月亮所在吧？天寒月黑之路啊。古槐下阴影浓重，他绕树三匝，默默吟咏：

"耿耿不寐，如有隐忧。"

翌晨，王莽与孔光彭宣二人按照定例前往光华殿向皇上奏报始耕日期，尽管孔光彭宣也都知皇上遭到软禁，他们还是在殿中等候皇上驾临。等了一个多时辰，太皇太后陛下传旨慈恩殿陛见：

"皇帝去秋坠马，一直龙体不适。今春天气反常，冷热不时，皇帝染上风寒，正卧床疗治，不宜出宫。"

王莽奏言："正月始耕，万众瞩目。皇上坠马已逾百日，一直没有上朝，春耕开犁又不亲临，势必引起朝野惊疑，请以'不豫之制'将皇上病情昭告天下。"不豫之制是皇帝染病时宫中一套典章制度，而当皇帝病情严重，规定将病情昭告天下。王政君不动声色的驳斥道，"皇帝小恙，何须忧扰天下不宁！”王莽说：“皇上天下之君，天下之父，多日卧病不出，恐小病也讹传为大病，天下悬心啊。”

历代君王虽说对正月始耕都很重视，但总不免有些大事小情不能亲临，自然也有一套说辞安抚民心。王政君抢白叹道，“哎，卿有所不知，朕得报今春长安爆发天花？莫说皇帝染疾在床，就是没病没灾也不宜出宫。”说着望了孔光一眼，“你家麟儿，丞相让他随使出去乱跑吗？”

“是。今春天花实在邪乎，孩童不宜乱跑。”

王政君两眼一瞪，“王莽，朕倒要问问，你强要皇帝‘出宫’，到底想干什么？”

话说到这份上就差挑明了，王莽不再多言与孔光彭宣退了下去。

谁知第二天，甄丰甄邯等九卿联袂进宫叩问皇上病情。午后又有一百多名官员进宫叩问……

“逼朕？哼！”王政君感到有一股力量似在与她较劲，断定一定是王莽在推动这一切，“百官要见皇上，这是意欲何为啊？”以她多年在宫中的政治敏感，这宫中和庙堂里的事情没有什么会是无缘无故的。而她又能怎么办？皇帝年幼无力。文武百官之中除了王莽又没有真正与她同心同德之人。而现在王莽也不可不防了。思来想去，当即宣馆陶公主和彭宣先后进宫来。

钦天监的天气预报没错，三天后不光下了雪，还有雨。春天的泥泞，冬天的冰雪，这雨加雪一下，把冬天与春天，冰雪与泥泞全搅合到了一起，下得广袤大地又稜又滑，又泥又泞。没到掌灯时候，长安城就关门闭户，路断人稀。

一连几天，没人得以见到皇上。王莽内心十分焦急，儿子被关在掖庭越久，随时可能不明不白的死去；女儿被王政君囚在渐台，毫无音讯；皇帝被王政君软禁，不让任何人觐见。而他们一干人的计划很直截了当：那就是面见皇帝，与皇帝通气之后，只要皇帝默许，他将即刻带兵发动宫廷政变，废除王政君的一切权力，拥立皇帝即日亲政。然而第一步都没能迈出去呢。府中堂寒气逼人。王莽平晏围着火塘焦急的等待着都不言语，枯坐干等的滋味真不好受，王莽发赤的眼睛焦灼地在阴影中熠熠闪烁。这时，平晏轻声说："这样等下去，恐生变故将越发凶险啊！"王莽也很着急，如果换了别的事情，他通常会商议琢磨一番，而此时此刻，他明白这谋逆之事是不能反复商议的。

王莽问："中山卫后可有准确消息？"

平晏答："请主公放心，卫后及卫氏一族已在我们护卫之下。绝对可靠。"

王莽当机立断："事不宜迟。唯今之计，也只好冒险了！"

平晏答："风险应该不大。皇帝思母成疾是千真万确的。太皇太后不许也是确实的。主公起义兵保卫皇上，皇上一定是高兴的。除非……"

"除非什么"王莽问。

"除非皇帝不在了。不过即使皇帝被害了，主公正好是兴师问罪。"

王莽点点头，说："所以要快！"他们想了很多，但想不出有什么大的不测。王莽于是做了起事决定。

翌日入夜，又下起雨雪来，飞雪挟着夜雨敲叩着宫门。宫中的守卫刚刚完成了换防。一队从北军中精心挑选出来的精兵，穿戴着宫中羽林武士的铠甲，在王邑，蔺苞的亲率之下，护送着王莽的车御进宫直奔未央宫而去。城门守军竟无一查问阻挠。

在回廊外，马车卫队停下，王莽从马车上下来，身着朝服，头戴礼帽，显得雍容华贵。在两名武士贴身护卫之下，大步走了进去。其他武士列队守在未央宫门前。王莽来到皇帝寝宫门前，向守卫武士出示了一令牌，十分严肃的命其进去通报就说安汉公奉皇帝密旨前来有要事觐见皇上。王莽本想准备一封手书，但思来想去还是作罢了。羽林武士见这架势非同小可，看王莽并无强闯之意，故而不敢怠慢，就进去报告去了。

大约过了一刻钟，正当王莽等得焦躁不安，准备带领军士强行闯宫之时，一个貂裆出来传话，宣安汉公觐见，到殿前说话。

王莽独自走入宫中。跪在殿前等待皇帝出来接见他。

没想到出来的不仅有皇帝，还有太皇太后！王莽的心怦怦直跳，难道事情败露了吗？或是王政君也恰巧在未央宫而没待在长信宫？但不管是怎么回事，事已至此。大不了拼得鱼死网破，大不了是一死！王莽豁出去了，他的心也坚定起来。

王政君倒是显得神闲气定，与她平日里的威严骄横大有不同。明知故问似的问王莽："安汉公深夜陛见，有何要事啊？"

王莽不答她的话，直直的望着刘衎，大声诚恳的对他说："启禀皇上，卫后已在臣的护卫之下，即日便可启程进宫与皇上相聚。"

没想到刘衍听了不知所措，怯生生的望着王政君，没做任何反应。王政君立即厉声斥责："王莽你好大的胆，竟敢挟持卫后威胁皇帝？"

王莽感到莫名其妙。原来那日王莽到慈恩殿向王政君请罪时，王政君刻意安排孔光和彭宣在场，等王莽一走，王政君就让他二人按她的意图起草了一封奏折，把王莽打算牵连卫后及卫氏族人的事都照实记录了下来。王政君本是准备日后对付王莽用的，她前几日就将那奏折交给了刘衍。刘衍看了伤心气愤不已，越发相信王莽王宇父子才是阻挠他和母亲相见的障碍，越发相信王政君的话，便不再吵着要见母亲了。

王莽哪知道背后发生了这么多事，也未曾想到王政君是如此的精于此道。她那阴毒的道行与她在宫里的年头一样的深。

王莽继续对着刘衍说："臣不曾威胁皇上，臣是要接卫后进宫啊！"

王政君也盯着刘衍，摇着头，示意让刘衍不要相信王莽。

刘衍对王莽说："安汉公先把母亲放了吧。朕现在不思念母亲了，只要和皇祖母在一起。"

王莽心头发凉，惊讶得说不出话来。正在这时，王政君突然发难："王莽，你是朕的侄儿，朕一直护着你，可你也不能欺瞒天下吧！"

王莽不知道她所指何物，一听这话心中怒火中烧，姑母已全然不顾亲情，血口喷人！

王政君示意貂裆将几卷竹简抱到王莽面前，随后就宣孔光，彭宣，鲍宣等进宫到殿外候命。

王莽打开一卷竹简来看，上面刻写的是关于氾胜之在山东试行井田制，发现百姓对井田制褒贬不一，他认为难以举国推行。然而崔发等人不听，报喜不报忧，故意隐瞒井田制的弊端。氾胜之还担心自己会遭到暗算，特意将其实践得来的发现写成文章一篇，作为其《农书》的第二十四章。

王莽是积极主张返回古时的井田制的，但这并不是他自己想出来的主意。而是由于汉朝自董仲舒以来，就有许多儒士名臣抨击阡陌田宅制。王莽和刘歆都受董仲舒影响很深，记得董仲舒说过：

"古者税民不过什一，其求易共；使民不过三日，其力易足。民财内足以养老尽孝，外足以事上共税，下足以蓄妻子极爱，故民说从上。至秦则不然，用商鞅之法，改帝王之制，除井田，民得卖买，富者田连阡陌，贫者无立锥之地。又颛川泽之利，管山林之饶，荒淫越制，逾侈以相高；邑有人君之尊，里有公侯之富，小民安得不困？又加月为更卒，已，复为正，一岁屯戍，一岁力役，三十倍于古；田租口赋，盐铁之利，二十倍于古。或耕豪民之田，见税什五。故贫民常衣牛马之衣，而食犬彘之食。"

　　而当朝的土地兼并，依附豪强，贫民沦为奴婢，奴婢买卖的情况是越演越烈，已经是让名田制，按爵位受田宅的制度，相形见绌了。

　　第二卷竹简应该是氾胜之写的《农书》第二十四章。里面记述了井田制的利弊因地而异，因人而异。鸡咯聚一地是源于山区贫瘠梯田换成平地富饶井田，因而人人得利，人人高兴。而已成阡陌之田，难于改成井田。水利沟渠改造耗费过大，而且改造后总产量还往往会降低。他观察认为那些田多者往往比田少者更会种田，能出更高产量，故而朝廷贵族能够得更多税赋。再有田多的人都反对井田，不愿意与那些不会种地的人一同种自己的田，更不愿意把自己的田分出去，因为只要田多，即使税赋重一点也能交得起；一旦田少了，就有可能交不起税赋了，还不如把田卖给豪民，给豪民种田。田少的人也有一部分反对井田，他们不愿意种更多的田。只有无田和遭灾的流民是乐意的。

　　王莽看得真切，这些都是他之前所不知道的，但是他并不以为然。王莽心中是敬重氾胜之的，但是他认为氾胜之只是一个有农艺的能人，他并不能理解他们这些鸿儒们向往井田制的

294

一个很重要的原因正是井田制可以限制税赋，税多税少不是一定的，要看领地封国的子民们是否积极为君上种公田。井田制废除田地买卖可以安民啊！

第三卷书简直指王莽指使王邑蔺苞杀害氾胜之。指氾胜之坠崖不是意外，而是蓄意谋杀。控诉王莽沽名钓誉，骗取爵位；欺上瞒下，山东剿匪却故意驻军不往；垄断朝政，排挤宗亲；隔绝皇帝母子，控诉王莽是大奸大伪之徒。

王莽看了气得直发抖。这些指控一部分是事实，而绝大多数只是臆断。他虽然对氾胜之感到恼火，但并没有下令杀氾胜之。山东剿匪却驻军山谷之中，还不是为了回宫护驾吗？并无欺瞒之意。铁券丹书是遵照王政君的旨意，而说他垄断朝政，排挤宗亲定是他的政敌在给他身上泼脏水！人在河边走哪有不湿鞋啊！

这时貂裆来报，众位大人已到殿外等候。王政君故意让貂裆将竹简拿到刘衎面前。刘衎说："皇祖母您忘啦？臣孙已看过了。"王政君很满意，笑着对刘衎说："皇帝真乖。你把这些竹简放到御览房去，就去睡吧。有些书简是值得反复读的。"

"臣孙遵命！臣孙告退。"说完，在一个貂裆的搀扶下向御览房走去，一个貂裆抱着书简亦步亦趋的跟着。

王莽还跪在地上，他知道自己今天彻底的败了。如果继续发动兵变，皇帝会放过他吗？若是皇帝要拿下他，他不仅名节尽毁，恐怕还要牵连全家人，和多年至交。他还从来没想过连皇帝一起反了。终究一死罢了。

他想着想着不仅哈哈大笑起来，对王政君说："姑母啊，你竟如此处心积虑的要置我于死地。我本是对你忠心耿耿，到头来却是如此下场。哈哈哈"

王政君知道，自己今天也是自保不易。王莽的声望太高，权力太大，党羽众多。这宫中的安全防卫，尽在王莽和其党羽的掌握之中。若自己对王莽硬碰硬，自己的安危也没法保全。更何况如若不是王宇这件事情触怒了她，让她起了疑心，他这个侄儿对自己确也是得力的。她要与王莽做最后的交易。

"莽儿，如果我所料不错，你的军士已在殿外等候你一声令下就会冲进来了吧？"

王莽以为自己人之将死，因而其言也善，慷慨的说："与他们无关。臣以死来谢罪。只恳请姑母在我死后放过无辜之人。"

王政君舒了一口气，竟走下宝座到王莽面前，逼迫道："你今日之所作所为，可知道有多少人将受你牵连？你以死谢

罪，真是伟大啊，可你已经害了你的家族，朋友，军士，这是
朕说赦免就能赦免得了的吗？"

王莽伤感，沉默不语。

王政君见时机已到，故作伤感的说；"朕要保全你们，只
有当今天的事情没有发生过。"王莽抬起头，没想到王政君开
恩了。为了他的家人和他身后的人，王莽诚心诚意的感激王政
君。他的眼睛也湿润了。王政君扶起王莽，说："你还是我的
莽儿，你还是做你的安汉公，辅佐姑母和汉室。好吗？"王莽
梗咽着，"臣——遵旨——谢恩！"王政君又叹了口气，语重
心长的说："宇儿他犯了罪，王子犯法都与庶民同罪。你素能
大义灭亲。望你顾全大局啊。"王莽一想到自己最爱护器重的
王宇，就痛苦起来，但还是点点头，以示答应。

王政君最后命令王莽："你就按照你谢罪之言去办吧。"
说完，唤来何闳，让其备酖酒，让王莽亲自送王宇上路。

王莽终于从未央宫走了出来，其他侯在宫外的官员们又被
王政君差遣回去了。整整一个多时辰过去了，外面的王邑和蔺
苞等得焦急，见王莽进去一直没出来，见到孔光彭宣等进宫预

感不妙。但又不敢贸然行动。王邑一见到王莽就焦急的问："怎么样？奔长信宫去吗？"王莽神情木讷，有些呆呆的垂着头低声说："你们先出宫散了吧，回头细说。"王邑蔺苞惊讶不已，但不便多问。立刻列队出宫去了。

王莽跟随着何闳，穿过永巷，一进入掖庭，就看见韩回头顶出血高悬在梁上。显然不是自杀而是他杀；大庭上留有打斗痕迹，地上还有一滩鲜血，显然不是偷袭而是对搏击杀。死的时间不久，应当就在今夜；看他的死状，可以感受到强烈的扬威示众感。一声声低沉的咆哮声在空阔黯淡的掖庭回荡着。何闳吓得直哆嗦，王莽顾不上害怕。他估计这一切是蔺苞派人所为。衙役带他们来到王宇囚室。原来那咆哮声是王宇发出的。他知道父亲派人来救他了。他仍为太皇太后冤枉他而耿耿于怀。

王宇看到父亲王莽，喜出望外。高兴的隔着牢房问："父亲，这么晚了，你怎么来了？"

王莽不答："沉重的说，宇儿，你走近些，让为父好好看看你。"

王宇急忙依靠着牢笼，将手伸出来。王莽抓住他的手，怜爱的看着王宇清秀俊朗的面容上平添了些憔悴和忧伤。

　　王宇透过火光看到何闳在一边，还提着一个装酒饭的提篮。而他父亲脸上表情凝重。一种不祥之感油然而生。

　　王宇急忙低声对父亲说："父亲要当心太皇太后，她竟诬陷于我！"

　　王莽呆呆的问："你怎知？"王宇说："她诬我私自偷换卫氏书信，阻挠皇帝母子团聚。孩儿不曾做过。"

　　王莽听得心像被刀割了一般，似乎一下子明白了王政君都做了些什么，但他欲哭无泪。赤红的眼睛死盯着何闳，用闷雷般沙哑而又隐忍的声音问何闳："可有此事？"

　　何闳不敢怠慢，急忙跪拜。轻声答道："确有此事。"

　　王宇又说："她还要逼我供认是父亲指使我所为。"

　　王莽再转向何闳："可有此事？"

　　何闳点点头："确有此事。"他从提篮中拿出酖酒，补充说道："太皇太后还说只要将军指认指使之人，便可免一死。"

　　王宇听完，一阵冷笑。王莽悲痛万分，似有五雷轰顶，痛苦的看着儿子宇儿。他感觉自己被王政君玩弄于鼓掌之中，感到自己的失败就是因为自己还不曾想使用诬陷和谎言来达到目的。而儿子被蒙冤被牺牲，是自己还没有看破这宫中的诡谲啊！

王宇明白父亲和何闳一同来送酖酒，已明白父亲的处境。他对何闳说，来你走近来，我来告诉你。等何闳近前，王宇一把抢过酒壶，一饮而尽。王莽来不及阻拦。王宇随后对王莽说："父亲保重，孩儿不孝，请受孩儿一拜！"王莽流着泪，看着王宇，说不出话来。王宇毒发，一字一句的对何闳说："早——听——父亲——话，就——不会——违逆——太——皇——太——后——"说完倒地身亡。

何闳连忙跪倒在王莽面前，"下官一定如实禀告太皇太后。安汉公对太皇太后千真万确是忠心耿耿。其他的事都会烂在肚子里。"王莽本对宫中的貂裆一向蔑视。但今日这教训，直教他洗心革面。他忍着悲痛，麻木的扶起何闳，意味深长的说："谢大人。今后大人的事就是我的事。"他们俩谁都怕对方到太皇太后那里去乱嚼舌头，而他们俩又都明白太皇太后还得依靠他们俩，谁也别想动谁。

三十四　灭亲情狠心酖长媳 嬾皇后美梦成噩梦

王莽浑浑噩噩的往宫外走去。雨下得更大了。轰！雷声近了，暴跳了几天的狂风打着尖厉哨儿，得意洋洋幸灾乐祸的在天空呼啸着。丑夜时分，好不容易刚回到府中，他站在中堂屋檐下似乎不再有风，雨水顺着屋檐往下滴，滴到了他的脸上，寒意流入了他的心里，再从他心里一滴一滴往下流，让他的魂灵冷酷个透彻。

这时圣旨伴着王宇的尸首就到了。王莽踉跄着出来接旨。圣旨轻描淡写的称王宇执迷一时，不慎犯罪；而其父王莽秉公正义，大义灭亲。太皇太后抚恤褒奖之，并允许厚葬王宇。

"为什么？为什么一定要杀大哥？"王安不知原委，跳到王莽面前质问。王莽见他扭歪的脸燃烧疯狂的怒火，心里伤痛，不知如何回答，也不想作任何问答。只听于雯尖声喝叫，"今日杀你大哥，明日就轮到你！"王安气愤，但也不许于雯对父亲如此不敬，急忙去阻止。他推着于雯向里屋离去。于雯一边嚷着一边拔剑出鞘，"看我不敢杀这奸贼！不就是死吗？杀了这奸贼，也算为汉室尽了忠……"

王莽默默退到自己的卧房，身后一片哭声。

王安先把尸体送到祖茔停放，飞马回到家里在王莽床前跪下，"父亲，真的是你杀了大哥？是你吗？"他的声音又大又急，像天边的雷霆一样滚过每个人的心。

王莽发赤的眼睛红得像燃烧的火炭，久久没有言语。王邑这时已闻讯赶来，站在了一旁。急忙拉着王安来到堂屋，小声说："别责怪你父亲了。他必是奉太皇太后陛下谕旨。不得已……"王安仍不能理解，叩拜，"请六叔请出谕旨。"王邑说："口谕怎能请出？"王安再拜，"不是侄儿不信六叔，侄儿要听父亲亲口说。"王邑说："这是朝廷机要，贤侄不要问了。"王安分外强硬，"不。事关孩儿生死，孩儿今日一定要问个明白。"

生死？又像雷霆一样滚过每个人的心。

"真奉太皇太后陛下谕旨，孩儿回头就杀了那贱人；不是太皇太后陛下谕旨，孩儿今日就死在堂上。"说着两行眼泪流出来。今天他要向父亲倾吐：为何在南山甘受风寒？为何在公主府门甘受屈辱？为何在家中甘受讥讽？这一切不都是为了父亲吗？为了父亲的事业！为了父亲的声誉！为了父亲的公义！

天边雷声隆隆，王邑也不敢再开口了。

"莫非……那贱人说的……都是真的？真的？"王安跪行到王莽面前，拉住他的衣角。王莽顿开衣角，转身走开，不意王静烟从后堂迎面扑来，"宇儿……宇儿……真的？真的？"王莽见她颤颤巍巍，上前扶住。王安叫喊，"父亲杀了大哥！是父亲杀的，父亲杀的！"王静烟迟疑摇着头，"老爷……这不是……不是真的……"

"孩儿没脸活在世上，孩儿不想活了。"王安又跪行到王莽面前拔出长剑，"父亲，孩儿愿陪大哥同赴黄泉……"王莽又愧又急，"畜生！不要吓了你母亲。"他搀着王静烟准备走开，王静烟却张大眼睛抬手指着他，"你杀了宇儿……你！把贱妾也杀了吧，杀——了——吧。啊——啊——"她哭着瘫倒在地上。

"畜生！"王莽猛地跺脚，"看你把母亲气的！"

王安把长剑往颈上一横，只见王静烟卟咚一声仰面倒在地上。王安丢掉剑扑到她身上，"母亲，你醒醒，孩儿不孝，孩儿不孝啊。"他哭着，搡着，王静烟慢慢睁开眼睛，"你要死，先杀了我吧。你二哥死了，你大哥又死了，你要咱全家都死绝哇。你，你……"王安叫嚷，"孩儿不敢了，再也不敢了。"他扶起母亲，回后堂去了。

王莽背过身去，发赤的眼睛流出泪来，然而泪水浇不熄燃烧的火炭。泪光中放射的光芒充满怨毒，仿佛要焚毁生命，灭绝万物。悲痛与仇恨交织，他的心在怒火中煎熬。他的手习惯的把住胡须，五指急促揉搓。

王邑说："二哥节哀，三儿少不更事，不要和他一般见识。"平晏也到了，还来不及问到底发生了什么，也安慰着说："是啊，三公子手足情深，情有可原啊。主公大义灭亲，正气贯日月。百官震慄，万民敬仰，三公子日后会理解主公义举的。"

王莽的手指渐渐放慢了，松开了。再深的城府岂能掩盖冲天的火焰？只有大海般的涵养才能潜藏鱼龙变幻。此时此刻他岂能意气用事？他闭目定了定神，抬抬手转过身来，已似气定神闲，平静如初了。

雷声滚过天空，天空更加阴沉。王安安顿好母亲，和于雯一道各自飞马赶回廷尉衙请室，这时吕焉已经移至请室听候发落。王安见到吕焉，二人失声痛哭，于雯劝了又劝，"别哭了，都别哭了！我也要哭了。"说着号啕大哭。王安哭自己幻灭，吕焉哭丈夫的死，兄长吕宽凶多吉少，于雯哭她的夫妻生活。她的夫妻生活用同床异梦形容最恰当不过了。大约从今天开始吧，她俩也许可以"同梦"了，只是这共同的梦是多么可怕的梦哟。三人哭各不同，但有一点相同，那就是他们可悲的命运。

王安最先止住哀，"雯妹，大嫂不能多哭。你看你，还惹大嫂哭。"一下子于雯温柔了许多，"是。"抬眼去看吕焉，见她满脸泪水，眼睑发青，连睫毛也都粘到了一起。心里更加酸楚，禁不住张开双手紧紧搂住吕焉哭得更凶。哭了好一阵子才说："都是小妹不好，你就别哭了呀。"

请室很黑，只有榴开见子灯还亮着。风在门外怒吼，灯光不停颤栗。也许悲伤欲绝的号哭惊动了上苍吧，轰！一声炸雷之后，暴雨倾盆而至，哗哗哗横扫大地。天交未正，只听门外狱卒一阵惊呼：

"龙摆尾！"

"五官中郎将升天了！"

王安听见外头呼喊大哥，奔出门去。狱卒惊恐万状，三三两两聚在一起，翘望着东边的天野。多日铁板一块的乌云有了层次，淡黑的天幕中有一片浓黑的漏斗云，如同龙尾直垂地面。随着狂风，随着暴雨，随着雷鸣，漏斗云屈伸着摆动着尾巴，向前飞速移动。大树拔倒了，房盖揭开了，茅草飞得满天。

二月龙抬头，没看龙摆尾。苍天震怒酖杀无辜？王安扑地仰面大叫：“大哥！”

王宇下葬之日，新都侯府和安汉公府都降下了牙旗，撤去了门口大红灯笼，全府一片哭声。王莽一反低调作风，刻意风光大葬。翌日，王政君居然出宫亲自来到安汉公府上吊唁王宇。众人叩拜。王政君先是当着众人面大赞王莽大孝大义，值得给王家加封爵位。之后将王莽叫到身边，示意王莽，命其铲除党羽，除根务尽。王莽心里很清楚：这是催促他对卫后及卫宝卫玄下手，催促他除掉吕宽和吴章等王宇生前的羽翼。

王莽心中的憋屈要爆发了。王宇死后他一直沉默少言，但心中却是五味杂陈。回想当年二儿子被自己的秉持公义和软弱所牺牲了。如今自己最疼爱的长子又被自己的忠孝信义之礼还有自己的名节所牺牲了。而现在的自己在太皇太后和皇帝面前还背负了一个不忠不孝不睦不义的面目。他决意不再作以前的那个王莽。

王政君走后，一连三天，王莽闭门不出，卧床不起，概不见客。茶饭不思，粒米不进，仅喝了点水。

王邑平晏前来探视。王邑禀报，"吴章吕宽两家二十三口均已枭首菜市。焉儿怀有身孕，不宜行刑，请二哥定夺。"

王莽看了平晏一眼，平晏说："仆意具表上奏，请旨少夫人产后行刑。此举至诚至义，更显主公忠心，必可打消太皇太后陛下疑虑。渡过眼下难关。"

王莽点头，遂拿出一份名单。上面除了有卫宝卫玄的名字，竟还有现任大司空彭宣，前任司隶校尉鲍宣，红阳侯王立，敬武长公主、梁王刘立、前任前将军何武等的名字赫然在目。这些人都是王莽的政敌，在朝中他们并不是王莽等人的对手。但王莽这次却动了杀机，是想借着这个机会铲除异己。

平晏暗暗吃惊。他所了解的之前的王莽不到迫不得已，不会想着置人于死地。要治人罪必要有证据。这也是他们这一干人共同的人格。而现在眼前的王莽已经是一头出笼的野兽了。

王莽让平晏看看还有其他漏网拥立废除铁券丹书的"朋党"没有，然后为他拟一份给太皇太后的奏折。平晏允诺。

王邑也看了下名单，忧心忡忡的对平晏说："若杀了卫氏族人，得罪了皇上，日后可如何是好？"平晏无语。

王莽答道："杀与不杀，皇帝都已得罪。走一步是一步吧。"

王邑又问："卫姬该如何处置？"

平晏抢白答道："卫后不可杀。"

王莽下令；"先把她看护起来。"

这时平晏突然想到了王嬿。王嬿已被王政君从渐台放了出来。平晏提示着的问："嬿儿选后的事太皇太后恩准了吗？"

王莽眼睛一亮，也思念起他这个小女儿来。

王政君拿到王莽的奏折，着实也吃惊不小。名单上前前后后有百余人，王莽一概指责为朋党和向来作恶多端者。这其中彭宣她是了解的，彭宣虽然确也主张废除铁券丹书，但为人率直，王政君一看便知定不是王宇的朋党，而是王莽的敌人。但她明白彭宣为自己所利用来牵制掣肘王莽，王莽现在是趁机拔了这颗眼中钉，肉中刺。而鲍宣虽是那竹简的见证人，是个暗中收集着王莽劣迹的密探，但自己并不了解此人，为了保全自己，现在已经把他亮明了，价值就不大了，也保不住了。弃了就弃了吧。至于王立，是自己的六弟。素来与王莽不和，上次弄来个假皇子，说话做事极不牢靠，差点让自己背上了骂名。哼，眼不见为净！想到这里，她传令宣王莽觐见。

　　王莽也料到王政君会召见他。王莽还是恭恭敬敬的跪伏于地，行三呼九叩大礼。王政君免礼，他仍然坚持把礼行完。然后跪在地上，还没等王政君发问，他启奏道："据臣所掌握情况，主张废除铁券丹书的余党甚众，牵涉面甚广。不仅包含奏折中所列人员，还有没列入名单的人等。"王政君顺着他的话往下问："噢？还有何人呐？为何不上奏？"王莽答："太皇太后陛下息怒。臣念馆陶公主及家人与太皇太后陛下有旧，故特意面圣请旨。"

　　王政君一听，本想呵斥王莽是否有证据。她忍住了，她了解这宫中"莫须有"的把戏。在有王法的时日里，只有极少数人能耍这把戏；而在王法日衰的世道下，但凡有点权势的人都将耍这把戏。

　　王政君轻描淡写的说："馆陶公主与朕有旧，又是你的亲家。哪有帮理不帮亲的？不必牵连于她而牵连至你。钦此。"王莽心中暗骂：哼，宇儿难道不是亲吗？对宇儿就是王子犯法与庶民同罪了？但他也料到王政君不会同意牵连馆陶公主一家人。他只是想抬高价码，让王政君不要删减名单上他想铲除的人。故而恭敬的回道："臣遵旨。"

　　王政君又发话了，"彭宣，鲍宣，王立等人是怎么回事啊？"王莽有备而来，将平晏事先写好的黑材料给王政君说了一遍。王政君漫不经心的也没心思听，道："彭宣审理吕宽案还是有功的，牵连于他也太牵强了吧。王立怎么说也是你六叔，既非主谋，罪不至死。鲍宣早已罢官，就让他自生自灭吧。"王莽一听，顿感不悦：想让我冒死帮你铲除卫氏，而我要的却又不答应。岂有此理！但王莽对此局面也早有设想。他又叩头行礼，很义正言辞的说："太皇太后陛下请恕臣无能。臣请收回奏折。此案可交由孔相来重新查办。"王政君气不打一处出，但又无可奈何，这宫里能有这势力，又能为她做这件事的人也只有王莽了。王政君心想：只要除掉卫氏一族，自己在宫中的地位就稳固了。这事如果弄到孔光那里，说不准会拖到皇帝亲政都有可能。彭宣还有用，其他人就答应他吧。

王政君断然拒绝道："不必了。就依你之意，你火速去办理。而彭宣与孔相交往甚密，恐惊扰过大，就让其乞骸骨（主动请辞）吧。"王莽想了想，同意了。王莽再奏，"敢问太皇太后陛下，臣女王嬿入宫陪伴皇上已多日，不知皇上心意如何？"

王政君记起给皇帝选皇后之事来。前年夏秋，因为皇帝尚小，给皇帝选十二嫔妃不太合适，朝臣们就建议先选立皇后，王政君准许了，并亲自操办 。半年多前，她疑心王莽幕后指使一千余名太学生为其请愿，并在长安城市井进行游说，制造舆论，施加压力。让她很不高兴。再者，王莽的权势已经太大了。她本是为皇帝日后着想，为刘氏宗族的宗庙社稷着想，也是为位极人臣的王氏一族长远着想，觉得皇后的位子最好不再是王氏女，而是从周公，孔子的后人中选出来。但那么一闹，她只好先把选后的事情往后放了放。而在皇帝生病期间，王莽又趁机送王嬿进宫陪伴皇帝，以捷足先登，造成既成事实。

皇后的位子对王莽一家当然是十分重要的。谁不知道汉朝自开国以来，历朝历代外戚的地位都是十分重要的。更何况平帝哀帝时期由于外戚弄权专权，把朝政弄得个乌烟瘴气，阴孽盛行。王莽当然是希望自己的女儿能选上。但王莽原本并不想当个弄权的外戚，也不想让世人那样说他。因而当初提出谏议按照《周礼》规范，皇上应取三夫人和九嫔妃。三夫人应从尧舜，周公，孔子的后人中分别选出来。王氏自称为舜的后人，这样一来自己女儿的位置有了，自己的地位也稳固了，还给孔光也留了位置，再留一个位置给人去争选，还稀释而削弱了外戚的地位。真是一举多得！可是不知是朝臣惧怕他还是孔光甄丰他们会错了意，还是刘歆平晏他们请出的《周礼》规范是凭空杜撰出来的，总之朝臣们认为皇帝尚小，选十二妃不合适，应先选立皇后。当王莽得知王政君的意思是不选王氏女，就立即遵照她的旨意上奏退出。王政君很高兴，但王莽也感心有不甘，王舜王寻刘歆平晏等人认为兹事体大，或许刘歆平晏当初就预计到了铁券丹书的问题与皇后位置的重要。遂策划了长安市民和太学生的先后请愿为安汉公之女鸣不平，声势浩大。而朝臣又不敢与王莽相争。故而王政君很不高兴的将此事搁置了下来。在皇上生病期间，皇上思母心切，儿媳吕焉不得脱身，皇上孤独垂危，需要人陪伴。让嬿儿进宫陪伴皇上，也是一举两得之举。

　　而这次，王莽摆明了就是提出条件要王嬿坐皇后这个位置。王政君也盘算着："之前朕是一心为了皇帝着想，而今发生了这么多事，自己在宫中的地位能保住就行了，朕也老了，也管不了那么多了。只要皇帝心向着朕，只要皇帝在朕的掌控之中，这皇后之位给王氏女是最好不过的了。而王氏族人谁也不会与王莽争的。"王政君想着想着，心中无可奈何，脸上却露出了笑容："嗯嗯，皇帝与嬿儿青梅竹马，两小无猜，终日相伴，皇帝与嬿儿甚是亲近。"王莽见其不置可否，不明确表态，进一步逼宫道："太皇太后陛下之风范母仪天下，臣女可有秉承？"王政君心中冷哼，免得其烦，不便正面回答，却决然说道："问得好！等此案一了结，朕就派遣宗族长老和朝中贤良正式考察你女王嬿，倘若确有母仪天下之风，朕将册立其为皇后。"

王莽心中大笑，"谢太皇太后陛下隆恩！"心满意足的退了出去。

春天多雨，而这一年的春天又多了一场腥风血雨。这场风雨冲刷着这庙堂之上每个人的心灵。他们不知不觉的发现他们每个人身心都在起着变化。他们的心明明变得噤若寒蝉，而嘴上却变得颂歌高唱；他们的心明明变得冰冷沉沦，而嘴上却变得热络亲切；他们的心明明变得是非模糊，而嘴上却变得爱憎分明；他们的心明明变得敏感焦虑，而他们各个却显得漠不关心。

王莽派王邑，蔺苞和八骏率军以清除吕宽乱党之罪名，诛杀了中山卫氏卫宝卫玄一族。并以此为由，牵连包括刘氏宗亲和王莽集团政敌在内的数百人，先斩后奏，就地灭口。皇帝的母亲卫姬由王莽秘密的软禁在了中山，凄惨的孤独的活着，以留日后之用。吕焉产下一子，回到新都侯府做月子。王莽拿不定主意，到底该如何处置吕焉。吕焉一向贤良淑德，聪慧灵巧，又任劳任怨，全家人都喜欢她。王莽也对这个媳妇很满意。然而，王莽心里又有些怨恨吕焉，总觉得要不是因为她家吕宽，要不是因为她，宇儿可能也不会死。看到她就不免想起宇儿的死。

王莽找来王邑平晏商议。王邑说："宇儿的孩子刚出生，其他的孩子也需要他们的母亲。以二哥今日之力，向太皇太后求求情，她不会不答应的。"

平晏对王莽说："主公若去说情，太皇太后定会答应。但是主公想过自己的安危没有。如仆所料不错，皇上虽小，但必已得知其母亲一族为主公所杀。现在只有一个人能够保住主公目前的地位，就连皇上将来也动不了主公。"

王邑问："你是说太皇太后？"

平晏笑而不答。

王莽说："不，是皇后嬿儿！"

平晏得意的笑了笑，又说道："因而眼下绝不可节外生枝。"王邑不明白吕焉的生死与嬿儿当不当皇后有什么关系。他哪里知道现在王莽与王政君的关系已是赤裸裸的利益交换关系，亲情已荡然无存。王莽再也不会为了他人而牺牲他自己、他们自己的利益。再也不会！他要动用他的权势，声望和抱负来巩固他的，他们的地位。

即刻，王莽上奏：乱党一案审结，案犯已绳之以法。并催促为皇上选立皇后一事。王政君回复："案犯伏法情况一一详细上报。"王莽不敢冒险隐瞒吕焉的情况，也压根儿没去求情。只好狠下心来下令由蔺苞带领八骏去送酖酒以行刑，以留全尸。

蔺苞和八骏走进后堂花厅，见到卧床的吕焉，怀中抱着个婴儿，孤儿寡母显得可怜，吕焉面容憔悴，楚楚动人的样子让人看了心酸。仆役和婢女看到王莽的亲信蔺苞带武士进来，一个个开始哭喊，一会儿个个都跟着哭喊起来，"不要抓少夫人，不要啊！"

王安闻讯前来救护，于雯也自告奋勇来了。王安于雯仗剑站在吕焉房门口挡住去路，"谁敢上前就取谁性命！"

蔺苞躬身，"三少爷、三少夫人，我等常年在府中任事，多受少夫人恩惠，谁不敬重少夫人？今日实在迫不得己，奉命行事。"于雯尖声驳斥，"大哥犯罪，要株连就株连全家，要抓从一家之主抓起！"蔺苞说："安汉公已蒙太皇太后陛下恩赦。"于雯问，"他一人获恩赦，我获没获恩赦？他儿子……"她指点王安，"获没获恩赦？为何独独大嫂一人没获恩赦？再说哪，即便大嫂未获恩赦，抓人的应该是廷尉缇骑，为何是你八骏？岂非私刑拘捕？"蔺苞说："安汉公大公无私，把犯罪的家人交与朝廷处置，怎是私刑拘捕？"于雯说："他要向天下示以公义。那好，回去告诉他，要抓把我也抓去，把他儿子都抓去，岂不更加公义？" 蔺苞央求，"三少夫人，别为难属下了。三少爷，劝劝三少夫人吧，惹恼了安汉公大家都不好看。"

"不！"王安大异往常，神态十分坚定，"今日就是死，也不让把大嫂带走！我愿替大嫂顶罪，我夫妇愿替大嫂顶罪。"

争执中，仆役高声传报，"老夫人到！" 王静烟急步走进来，"宇儿已被害死，尔等又来害儿媳妇？太皇太后陛下不是恩赦了咱全家吗？"

吕焉哭着开门出来请安，王静烟把她搂在怀里失声痛哭，"儿啊，我可怜的儿啊！你要有个好歹，我也不活了。"仆役婢女一齐跪下同声大哭，"老夫人，救救少夫人吧。"

蔺苞不敢多言，躬身退出新都侯府。王莽闻报，斥责道："胡闹！一帮成事不足，败事有余的东西！"王邑劝说，"母子连心，不能怨二嫂啊。"平晏也劝道："夫人和三公子不明原委，情有可原啊。"王莽伤心的叹道，"看来又要我亲自送一程了。"

晚膳时间，吕焉劝王静烟回家。王静烟不肯，王安说："回去吧，孩儿与母亲一道回家求父亲。没有父亲同意，大嫂保不住。"

正当王静烟差人去请王莽，王莽领人带着酒菜已来到侯府中堂。王安只好搀着母亲到中堂去，一跨进门，王静烟双膝跪下哭泣。王莽慌忙上前搀扶，"起来，起来，你这是何苦呢。"王静烟只是不动，王莽发急，"安儿，把你母亲扶起来。"王安跪在王静烟身旁也不动弹。王莽猛地顿足，来回蹀躞。王静烟就是不言语。

王莽说："宇儿是你儿子，也是我儿子；焉儿你喜欢，我也喜欢；剜你心头肉，也剜我心头肉，我是迫不得已啊。"他不说还好，他一说王静烟大放悲声。王莽着急，和她一同跪在地上，支开王安，将王宇告诉他太皇太后诬陷他至死，而他迫不得已去送酖酒亲手毒死了儿子的事情轻声的简要的告诉了她。说到儿子沦为牺牲品，夫妇二人互相抱头放声痛哭起来。

王安赶过来，不明白发生了什么，却昂扬激奋的说，"父亲杀大哥是大义灭亲！可大嫂没有犯罪，父亲又要大义灭亲杀大嫂吗？"

"住口！"王莽大怒，"你，你可知为父的难处？竟如此少不更事！"

王安当然不懂他的难处！反唇相讥道："父亲的难处？孩儿们谁不知啊？父亲不是常说吗：'人活着为什么？为了公

义！公义高于亲情，公义高于私谊。'父亲这一生不看重处安汉公之尊，不看重握大司马之权，唯有公义，是不是？"

王莽哑口无言，他确实时常这样教导他的几个儿子。然而这样的话今日从他儿子口子说出，就连他自己都不信。

王静烟突然开口说："安儿，够了。你父亲确实有难处，不要再责难你父亲了。"

王安连忙安慰母亲，连声答应。但他还是忍不住问王莽："孩儿实在弄不懂，吕宽泼血到咱家门上，咱家不追究，朝廷为何要追究？公义到底是为了什么？即便说吕宽泼血涉及铁券丹书而犯罪，而牵连大哥，可大哥已经死了。大嫂再怎么受牵连也罪不致死吧？要讲公义，我们全家岂不都要死？"

王莽也伤心。儿子说的这些，自己听着也觉得自己很可笑。他不与王安多说，让王静烟劝慰着儿子。亲自带着酖酒去到吕焉的卧房。王莽跪在吕焉床前，吕焉受宠若惊，正要起身下来扶起王莽。王莽示意其不必拘礼。吕焉感到非同寻常，平日安汉公是一个最重视各种说法的"礼仪"的人。如果几种说法互相打架，王莽还得亲自或差人或考证，或辩论。一旦弄清楚了。就会成为家法家规，做不到都是不行的。

王莽对吕焉说："为父愧对于你。宇川临终前告诉为父他乃蒙冤落难，而为父何尝不是迫不得已送其上路啊。而今为父一家老小性命攸关，别无选择。”说着亲手倒酒，递给吕焉。吕焉并不怕死。她也日夜思念着王宇。她将手里的婴儿交给王莽，大义凛然的接过酖酒一饮而尽。开心的笑着说：“宇哥，焉儿来陪你了……”

王政君志得意满，确认心腹大患已除。与王莽商议妥当，就像从前那样，由王莽上表：希望太皇太后陛下以社稷为重，派遣宗室长老以及朝中贤良认真考察他的女儿是否真正合适“母仪天下”。王政君派出平晏姚恂三十余人前往验看，平晏姚恂等人回宫后一致说：“安汉公之女渐渍德化，有窈窕之容，宜承天序，奉祭祀。”

王政君又诏命太师孔光、大司徒马宫、大司空甄丰等人把王莽女儿的名字写在金策之上，祭告宗廟。由太史大夫刘歆、太卜、太史戴上鹿皮帽子，穿着素色衣裳进行占卜。毫无意外的所卜皆吉：这是王者金水相辅的兆头，也是父母相安相得的卦象，正是夫妇双方安康强壮大吉大利的征兆。

王政君是相信刘歆的，随即宣布册立王莽的女儿王嬿为皇后。她哪里知道整个王莽势力的人此时此刻都凝聚在了一起，同仇敌忾。而对王莽有非议的人此刻皆自顾不暇，噤若寒蝉。

元始四年二月（公元 4 年 3 月）春，太皇太后陛下发布诏书：聘王嬿为皇后，下聘金。诏书发出后，长安庶民张灯结彩，敲锣打鼓庆祝。人人欢天喜地，就像一桩天大的盛事如愿降临。

王莽担心有人为翟秀菊鸣不平，于是又上表：皇上宜依《周礼》建三宫九院，博采三夫人九嫔，正十二人之义，以广继嗣。有十一个秀女陪衬，自然就不会遭到物议了。"汉室二世无嗣，广其继嗣为我朝头等大事。吴章所拟之礼，似有不宜。"

早春二月，生机勃发。不失为一年中适宜婚嫁的时日。

长安城鼓乐喧天，一千二百名执金吾全盔金甲，手执金棒，站立在驰道两旁，迎亲的队伍由锦衣红袍的羽林军开路，足有五里多长。王嬿乘坐凤辇，在街道两旁跪伏的民众中通过。这天朝廷发布诏书，大赦天下；赏赐酒肉与金钱给全城吏民。长安大酺，全城沉浸在欢乐喜庆之中。

凤辇三顶车盖，斑斓雉毛犹如腾飞的羽翼，在雪地碧空飞翔。包金镶玉的车厢，一路飘香，就像流光溢彩的仙阁。一群穿红著绿的宫女，载歌载舞簇拥在凤辇周围，飞扬的长袖组合成一片五色云霞。奉车都尉刘垒一身戎装立于辅车之上，紧跟在凤辇后面。凤辇从东宫门进宫，经德阳殿，光华殿，入中黄门，进到永乐宫，停在长秋宫门前。王嬿蒙着盖头，脚下踩着软绵绵锦绣红毯，只觉在云里在雾里在美妙的梦境里……

她坐在洞房，死死闭着眼睛。以前听大嫂说过，新娘子进入洞房之后一定要闭上眼睛，等房里安静了，再悄悄张开，眼前金星越多，婚姻就越美满。她等啊等啊，房里宫女都不走动了，四周一片沉寂，她偷偷睁开眼睛。哇，金星四溅，穿透盖头，四下飞进，好多好多啊。

这是间暖阁，温暖如春。天还没黑，房里的花烛就点燃了。她独坐榻边，分不清白天黑夜，时间过得真慢啊。四周站着宫女，她们的眼睛一定聚焦在她的身上，害得她动也不敢动一下。大约一更了吧，脚步声由远及近，纷至沓来，是他？皇上？她的心怦怦乱跳。只听桌上一阵金玉响声之后，脚步声飘走了。不一会脚步声又进房来了，她的心刚提到嗓子眼，又飘走了。就像一阵清风飘到远方，无声无息了。真不知有些什么事，宫女们来来回回，进进出出，叫她紧张得喘不过气来。又不知过了多长时间，脚步声也不知响了几多回，忽听宫女齐呼，"恭喜陛下，贺喜陛下，祝陛下娘娘恩爱绵长，多子多福。"

这回皇上真的到了。

一个声音响了，"起来吧。"声音有点儿尖，还像三年前的声音，她的心跳个不停。

"皇上，揭娘娘的盖头。"有个嬷嬷在一旁指导。

刘衎上前揭下了盖头，她埋着头，不敢看他。

"皇上，把娘娘扶到案前饮合卺酒。"嬷嬷又说。

刘衎扶她坐到案前，嬷嬷从金盘中拿出一个拳头大的朱漆葫芦，双手一掰，成了两个小瓢。她舀满酒，递到二人手里，"皇上、娘娘，快请饮下。"刘衎一饮而尽，她迟疑了一下，慢慢饮了进去。酒很甜，比家里酿的酒甜多了，喝进去只觉小肚有团火发烧，脸腾地红亮亮了。

"皇上，你瞧娘娘面如桃花，口齿生香，还不把娘娘抱上床去共度春宵！嘻嘻，奴婢告退了。"

嬷嬷与宫女吹熄了房里的灯，只留下一对花烛燃着，一齐退了出去，洞房一片沉寂。刘衎呆呆站了一阵，走到桌边默默坐下。王嬿先是躲在被子里，紧张得不行，两腿微微发抖，心里的小鹿乱撞，哪里还敢出声。过了好长时间，屋子里毫无动静。她伸出头看见刘衎靠着桌边坐着，感到奇怪。才轻声的喊："皇上，你快过来呀。"口气很亲昵，声音很低，生怕门外的宫女和嬷嬷听到。刘衍没有回应。过了一会儿，王嬿显然是鼓足勇气才开口的，她又催促，"皇上，你过来呀，你不睡觉，我还要睡觉呢！"说着，她假装伸着懒腰，故意打了个呵欠，声音却在发抖，脸一阵红一阵白，刘衍还是默不作声。

王嬿急了，走过去拽他，刘衍胳膊微微顿了顿就顿脱了，头也不抬，冰冷的说："要睡你自个儿去睡，拽什么！"

王嬿大为惊恐，走到刘衍面前，跪着透过微光端详刘衍。只见刘衍泪流满面。王嬿疑惑又伤心，"皇上，你怎么了？你不喜欢嬿儿吗？"

"哼，朕与你不共戴天！"刘衍恶狠狠的说出句可怕的话来。

王嬿吓坏了。没想到平日温柔可亲可爱的皇上在大婚之夜竟对自己说出这么石破天惊的话来。王嬿跪在地上呜呜的哭了起来。

门外嬷嬷说话了："皇上娘娘还没睡呀，快脱衣服睡觉啊，春宵一刻值千金哪。"

刘衍不理她，哼了一声，径自走到床边，压低声音，说："贱婢，你不许过来！朕要自个儿睡。"说着衣服也不脱，往床上一躺，拉起被窝往身上胡乱盖了盖，蜷缩到一边，又小声啜泣起来。

王嬿蜷缩着身子，渐渐由跪着变为坐在地上。夜很静，很静，她听见他呼吸的声音。她心里七上八下惶恐不安。想了很多：她记起大嫂在的时候告诉过她，做女人的最要紧的是不能让男人轻贱。难道是自己让皇上认为轻贱了？或是皇上还小，还不懂得男女之间的柔情蜜意？可皇上看样子不是生气，而是真恨她一样。她转念又想：家里大哥大嫂都出事了，现在皇上又对她这样。她真感到无妄之灾笼罩着她和她们王家。

夜晚很漫长，王嬿也困了，地上很冷。她感觉刘衎睡着了。轻声轻脚的走到床边坐下。正要靠着床边睡一会儿，居然听到刘衎的声音，"你上床睡吧。不过不许碰朕。否则朕杀了你！"王嬿的心真的凉了。木木的躺在了床上。无声的哭着哭着，不知过了多久睡去了。宫中听不见鸡鸣，百鸟争喧的声音把她惊醒了。她睁开眼睛，房里还很黯，红绡帐四角悬着四颗硕大的夜明珠却像是把守阴曹地府的怪兽在向她瞪着眼睛，熠熠地放射出恐怖噩梦般诡异的光彩。环视朱漆羽饰的御榻，锦衾绣被，雕龙画凤，满榻都还散发出淡淡甜香。然而她看着却让她感到暗淡无光，她闻着却让她感到窒息。她看见刘衎被子没盖好，慌忙起身想帮他把被子盖好。谁知把刘衎惊醒了，睁开惺忪眼睛，迷茫地看着她，"是你！朕不要你碰。"说话语气软了一些，但似乎自己与皇上很陌生。王嬿退了回去，蜷缩在那里。刘衎继续睡去。

天已大亮，守在门口的嬷嬷，一直没听见里面有动静，不敢贸然惊扰皇帝皇后，只是在门外踱来踱去，发出了一些响动声。刘衎想起一早得去长信宫请安，坐了起来。王嬿连忙下床，呆呆的立在那里，不知所措。刘衎下床，整理了一下身上的皇袍。外面听到了动静，嬷嬷扬声问，"皇上娘娘起来了吗？"刘衎高声说："不劳嬷嬷，皇后正给朕穿戴呢。"王嬿一听，连忙过去想帮刘衎整理冠幅。但刘衎冰冷的推开了她。

隔了一会，嬷嬷带着一群宫女端着金盆玉盂、香汤脂膏走进来，二人梳洗毕，刘衎就当什么事都没发生过一样，在王嬿耳边说："皇后，你挽着朕的手出寝宫，知道吗？"王嬿哪敢怠慢，连忙挽起刘衎的手。刘衎朝王嬿看了一眼，遇见她恳求的目光，和一付楚楚怜人的样子，心中感伤，闭上眼睛避开王嬿的眼神。他们二人并排走出寝宫去。排列在两旁的宫女和嬷嬷并未察觉有任何异常。

"起驾。"刘衎轻声说。

"皇上娘娘驾幸长信宫！"长秋宫里一阵传呼。

　　二人同辇抵达长信宫，下车之后，王嬿低着头默不作声的跟在刘衍身旁。刘衍轻若吐气，"皇后，抬起头，挺起胸，像个皇后儿！"

　　王嬿挽住着他的手扬起了头，觉得他的手很软和，心里的惊恐不知怎的竟如轻烟般消散，反倒感到温暖和甜蜜起来。

　　王政君也一夜没睡好，早早醒了，看见二人一身喜气牵着手环佩叮当来了，十分快慰。昨晚她不时派人前去探听，房里熄灯后很久，还有宫女跑来报告，二人都已安睡再无动静，她才躺下。看着这对小小人儿，真想不出昨夜是怎样过的。

　　"叩见皇祖母，叩请皇祖母金安！"二人一齐叩拜，敬礼如仪，刘衍平静如常，而王嬿不显娇羞，却显得有点扭捏，不像是对新婚燕尔的小夫妻，倒像是带着还没过门的媳妇来见公婆。心里感到怪怪的，但未曾察觉异常。

　　王嬿献上自己亲手做的一双绣花鞋，这是婚后第二天新妇对尊长的"赏贺"。鞋上绣着牡丹，红花绿叶碧枝，色彩鲜妍，层次分明。王政君翻来复去看着，爱不释手，"手红真好，真好！"调头说："拿来。"

　　女史捧出一个玉如意给王嬿，这叫"答贺"。这个玉如意，是王政君做皇后时，宣帝刘询给她的"答贺"。

"过来，都过来。"她说着却让刘衔坐到她身边，搂住刘衔，盯着刘衔看，就好像是在看心头肉，疼爱有加。把王嬿凉在了一边。最后她祝福了一番，二人谢恩告退，刘衔抓着王嬿的手走到门口，突然猛地甩开。王嬿还想去挽他那温柔的手，刘衔独自步入銮驾，等她自己走进来。王嬿的心在哭泣，那哭泣声响彻了她的天空。

三十五　勤政殿三次议改制 御览房纵火毁证据

　　元始四年，临近四月（公元4年4月末5月初），杨花纷纷扬扬，像雪花一样。京城无处不飞花，本是长安一景，可害苦了王政君，成天喷嚏不断。曾几何时，她多么喜欢上朝，那丹陛大乐的悸动，那山呼万岁的悠扬，那君临百官的威仪，如何叫她心醉。而今她浑身怠惰，上朝觉得没意思。再说皇上已完成大婚，再过一年多就能亲政了。是到了让皇帝做决定，自己辅佐的时候了。

　　朝日，朝廷得报青州一带因元始二年夏秋时节发生的严重蝗灾而出现猖獗匪患，虽规模不大，但影响恶劣。王莽罕见的亲自出班上奏，只字未提剿匪，却要求限制田地买卖，限制奴婢买卖，在青州一带要求推行井田制。王政君大为震惊，但她未动声色，看了眼刘衎。大臣们没想到刘衎议也没议，就断然说："井田不可行也。"众人被这突如其来的一幕惊诧不已，不敢出班附议王莽。王莽愣在那里，尴尬不已，正要申辩。王政君称她头疼欲裂，当即刘衎宣布散朝。

　　"这祖孙俩一唱一和倒是配合的默契嘀！"王莽走着，心中冷哼。刘歆走过来，对王莽表示支持道："安汉公所奏甚是啊，再不施行改制则匪患更甚啊！""是啊！"王莽与刘歆是高山流水遇知音，"子骏兄，自商君废井田开阡陌以来，富者田连阡陌，贫者无立锥之地啊！""是啊，"刘歆赞许道："董子（董仲舒）说得精辟。可是至今无人能废阡陌兴井田啊！"王莽叹道："皇上年幼，一时难辨是非真伪，愚兄作为四辅之首，愧不敢当啊。""巨君兄莫急，"刘歆并不知王莽所言'皇帝难辨是非真伪'是特有所指，郑重的对王莽说："明日上朝，子骏设法呼应安汉公。"王莽点头微笑，赞道："子骏兄知我也！"

　　王莽回到府中，找来平晏在书房说话。今日朝堂之事平晏也感意外：他揣测王莽是为氾胜之和鲍宣所刻书竹简卷轴之事，想为自己正名。可之前这类事情王莽都豪无例外的会先听取他的意见，而这次是个例外。平晏猜不透王莽心思，更加恭敬的问王莽："主公可是为氾胜之和鲍宣所刻书竹简一事忧虑？"王莽答："是但不全是。愚兄确有此忧虑；但也想借机澄清非议，辅导皇上，取信皇上；还可推行改制，革除弊端，恢复礼乐，以安黎民！"平晏心知井田制推行起来必遭非议，必遭阻碍，困难重重。因而建议："主公若是忧惧竹简日后被利用成为诋毁主公证据，不如先设法到御览房将其毁灭，再作打算不迟。"王莽未置可否，抚须思索了一会儿说："怨恨能解则解，解不了再说。"王莽是想与皇上改善关系，皇上就快要亲政，还得从长计议啊。皇上母亲卫后在他的保护之下，秘密生活在中山，将来总会真相大白的。但如果皇帝不认同他的政见主张，那日后就越来越不好办了。

平晏已不能完全参透王莽心思了。王莽命平晏去找甄丰，让甄丰去孔光那里去斡旋一番，一同在朝上呼应王莽改制。而王莽又差人去请另一辅臣王舜，王舜却称病未来。

一连几日，太皇太后都称病，没有开朝。终于等来朝日，尚书令姚恂启奏："青州郡守查获当地豪强巧取豪夺，勾结盗匪，逼迫农民，强买土地，逼人为奴。"紧接着刘歆启奏："据史载限制土地买卖，限制奴婢买卖是自汉元帝汉成帝以来，我国一直提倡的国策，收效显著。由于各种原因，未能持续推行，如今适宜坚持不懈。而井田制是武帝时期大儒董子所倡导的，是阻止田地买卖，防止无度税赋，使百姓安居乐业田园牧歌的好制度，值得扩大试行范围。而青州流民甚众，是有利的试行地区。"

　　刘歆的上奏言简意赅，有理有据，百官震撼。连王政君知道他与王莽走得很近，都对他的为人是信任的，对他的学识尤其是融汇贯通的理解是佩服的，对他的主张是很看重的。

　　刘歆话音刚落，甄丰出列，反对说："限制田地买卖和限制奴婢买卖虽然是国策，确曾有立竿见影的效果。但之所以未能持续推行，就是因为该国策无法持续推行，非长久之计。而井田制虽好，但全面除井田改阡陌已逾二百余载，再改回去工程浩大，国库无法承受，需课更重的税赋，恐民众不从。"甄丰也是学问渊博之人，百官又觉得甄丰所奏也很有道理。

　　这时，王莽出班，以他那沙哑而浑厚的声音启奏道："周朝行井田之制，延续八百余年，君仁民孝。而秦行阡陌之制，延续数十载，礼坏乐崩。而今土地买卖使得更多平民百姓丧失土地而无立锥之地；奴婢买卖使得更多贫苦无立锥之地者沦为奴婢。而圣明的太皇太后陛下，聪慧仁爱的皇上啊，又岂会弃圣贤之制，弃子民之爱？而效暴虐之法，效惨绝之虐乎？"王莽气势磅礴，雄辩感人。百官无不群情激愤，为之侧目！

　　正当众人以为尘埃落定之时，孔光出班，沉稳老道的反对道："安汉公所言差矣。今时不同往日矣。周礼圣贤而诸侯争战年年，周天子无力约束诸侯是由于井田制之公田无力支撑天子仁义之师。商君之法暴虐速遭唾弃，但阡陌私有之制得以拥护是因为田宅私有扩大国库税收，开垦荒野增广良田，增添人丁扩充军力，然当初黎民百姓未感负重加大。时至今日贫富悬殊，奴婢盛行实乃为富者不仁也，当权者不义也。"孔光是孔子的十四代孙。平日总是子乎者也一番，引经据典，不痛不痒，也不解决实际问题。而今日，他的话说的很重，对王莽的驳斥很直接。他居然为商鞅变法做了辩护！他居然直指当权者不义！

对于文武百官来说，真是叹为观止啊！好久没有看到这么精彩，这么针锋相对的辩论场面了！自从王莽被封为安汉公以来，廷议往往只是走个过场。大的分歧王莽都与孔光在私下里斡旋了，朝上偶有小的分歧。

王莽望了眼王舜，希望作为四辅之一的他站出来支持自己。王舜微微的低着头，看着地面，没有任何反应。其他大臣们见这罕见的场面：孔相和甄丰竟公开与王莽政见不和。大多不敢作声。廷议辩论也没有任何结果。刘衎这次也不表态了。大殿一片寂静。王政君说她累了，刘衎宣布散朝。

　　王莽气冲冲的回到府中，急召平晏，让他去查一下今日之局面到底是怎么回事。平晏宫中耳目众多，不出两天回报王莽。原来前几日王政君称病期间，王政君分头召见过孔光和甄丰。而王舜自与王政君的姐妹王君弟一起进宫见过王政君之后，进宫较以前频繁了许多。王莽一听也估计到了这背后的原因：王政君一定是在背后活动分化自己的势力，以制衡自己。她是在为皇上亲政做安排了。而这制衡自己会不会是第一步，而要除掉自己会是下一步吗？

　　没错，王政君是想要分化王莽的势力。与孔光密议。孔光忌惮王莽滥杀乱牵连，权势大到肆无忌惮了，也决心与王莽决裂。甄丰是中间派，但他弟弟是甄邯是孔光的女婿，因而孔光通过甄邯劝说甄丰在井田制的问题上反对王莽。本来平晏来找过甄丰，甄丰自己也觉得要恢复井田不太现实，而要限制田地，奴婢买卖很难做到。即使下令禁止买卖，也会在黑市买卖，治标而不治本。因而就说出了自己真实的意见。王舜谁都不想得罪。王政君让他与王莽保持距离，说若万一日后王莽不受皇上重用，王氏还可以依靠王舜这一门。而王舜感念王莽对自己有恩，情义深重，他也佩服王莽倚靠王莽，因而他打算在公开场合与王莽保持距离。而王政君并没有要除掉王莽的想法。她不想管朝政了，她觉得自己在后宫的地位是稳固的，她就是为皇帝亲政准备着。为王氏的将来做些安排。

王莽找来王邑。平晏将主公所忧虑说给了王邑听。王邑感到唇亡齿寒，王邑感到同仇敌忾。王莽就同王邑一起登门探望王舜。王舜深表惭愧，就把姑母王政君的话告诉了王莽王邑，表示他很为难，希望在太皇太后和皇上面前就保持一定距离，但真是到了重要关头他是会帮兄弟的。王莽点头，表示理解。并看了眼王邑。王邑说："三哥有所不知，现在皇上就对二哥误会得厉害，连皇后嬚儿都被冷落。如果二哥将来真的被皇上冤枉死了，我也绝不独活！皇后再被废了，大哥你以为你能保全住自己吗？你以为王氏不会遭受大祸吗？"王莽连忙对王邑说："六弟，愚兄何德何能？你不必为了我遭受牵连，你也当与我保持距离。"王邑更是忿忿不平，义薄云天的说："二哥，小弟我就铁了心跟着你了。你让我抓谁，我就抓谁。你让我杀谁，我就杀谁。你就是要我去死，我赴汤蹈火在所不辞！我也不问缘由，我也不问是非对错。要是问我为什么，很简单，我仰慕的人都仰慕你，那我还仰慕谁去？我追随二哥，我此生足矣！"王邑说得动情，王舜感动。王莽也感动，他最喜欢王邑的就是他这点了：关键时刻义不容辞！

一下子，整个王莽集团都如临大敌，都行动起来了。同仇敌忾一致对外！

朝日，王舜等人一同出班启奏：收到全国各地官吏和民众多达八千余人的上书，要求"加赏安汉公"。

具体要求的赏赐有：

一、殷朝的伊尹为阿衡，周期的周公为太宰，安汉公应该采用伊尹、周公称号，称宰衡，位居上公；

二、召陵、新息二县及黄邮聚、新野的田地加封给他；

三、赐给安汉公王莽母亲功显君称号；

四、封安汉公王莽三子王安为褒新侯，四子王临为赏新侯；

五、赏钱一万万；

六、三公与他谈论政事，都要谦称："敢言之(请允许我冒昧发言)"。

附议之声此起彼伏，除了孔光站在那里不说话，其他官员都表示赞同。皇帝刘衎没见过这架势，不知如何是好，回头看着王政君。王政君心中不快，但把具体赏赐要求反复看了几遍，觉得没什么实质性的东西，为了尽早脱身，就答应了："准奏！"百官谢恩，高呼太皇太后陛下圣明，皇上圣明！那日，王莽恰巧称病未上朝。

朝中王莽集团的人都相互致意欢庆胜利。平晏高兴的来到安汉公府，见过王莽把好消息和整个场面都说给王莽听。王莽高兴得大笑。平晏说："恭喜主公，咱们的计划第一步大获成功了！"

他们的计划是什么呢？很简单：提声望，加权势，保背景，固地位。再简单一点：取势造势。而势立威！这是法家精髓中的精髓：势立威，术驭臣，法制民。虽然法家初衷是给君王用的君王术，然而在中国千百年的社会文化里，但凡有点权力的人，不必是君王，可能是个小吏，可能是个族长，可能是个封疆大吏，可能是个朝中大臣，可能是个后宫女官，都无一例外的侵染在这文化里。

王舜又说动太皇太后王政君亲临未央宫前殿封赏。

王莽拜前，王安、王临拜后，如同周公故事。王莽稽首辞让，表示只接受母亲的封号，归还王安褒新侯、王临赏新侯的印绶及户邑。王政君只好把事情交由太师孔光等人处理。孔光不吭声，心里明白这是王莽的保留节目。孔光的一些人也都明白这情势是箭在弦上不得不发，能与王莽势力相抗衡的只有皇上和太皇太后，如果她和他不坚定阻止，还不如趋炎附势吧。就都说："谦约退让，是安汉公素常节操，不可听从他的请求。"

　　王莽再次求见，坚决推让。太皇太后王政君下诏说："安汉公每次觐见，叩头流涕，执意推辞。以致声称卧病不起，不如听他的吧。让他上朝视事好了。"甄丰孔永等人为了修复与王莽的关系，却说："王安、王临已经亲自接受了印信，策封的称号通告了上天，君王封赏的大义已经昭明天下，岂可说不接受就不接受？黄邮、召陵、新野之田，安汉公想用节俭教化臣民，可以听许。一万万钱，乃是尊崇皇后的礼仪，并非为了安汉公。作臣子的气节固然重要，有时候也要有所克制，好让君王封赏的大义得以申张。应该派遣大司徒、大司空拿着符节，遵奉皇帝的诏令，去征召安汉公上朝视事。"

　　王政君认可了。王莽也就上朝视事了。

　　王莽的第二步计划也圆满成功了。这第二步是什么呢？那就是仁德的名声。德政施仁是儒家思想的精髓。在中国千百年的文化里，儒家思想在实际统治中就两点最有用：一，名声，特别是仁德的名声。二，根据儒家经典书籍和记述，定出来的礼仪。这些礼仪可不是我们今天所讲的礼貌仪容，而是重要得多的说法，规范和法律及政令。不遵守的话轻则遭到舆论谴责，众口铄金，人言可畏；重则批斗，流放，获罪。因而成为封建礼教。这正好构成了外儒内法式融合的中国文化。一般汉族的所有人谁也逃不脱这个外儒内法文化的浸淫！

　　这一来二去，王莽号称"宰衡"，虽然在我们今天看来都是些虚的。但他在朝中的权势又恢复到了他刚当上安汉公时的权势，而且有过之而无不及。与之前不同的是，王莽之前的权势或多与朝臣敬仰他，支持他有关；或少与惧怕他，攀附他有关。而此时此刻，王莽的权势变成或多与忌惮他，趋炎附势于他有关；或少与真心敬仰他，真心认同其政见主张相关了。

　　孔光本不是坚贞的人，但也不是趋炎附势之辈。看到王莽比以前更加得势，就想打退堂鼓，作壁上观。他向太皇太后告老请退，太皇太后再三挽留。王莽早认定孔光就成不了什么大事，看到孔光现在独善其身的样子，也在朝上当着众人的面极尽挽留之举，诚意感人那是王莽的看家本领，也是他的目的。经历了那么多事，他认为他已经完全看清这个世道了。当然孔光不会被感动到，他心中厌恶，又不能翻脸指责。于是他只好一直称病不朝。

　　王莽神闲气爽，志得意满，准备再一次提议推行改制。

　　朝日，王莽亲自启奏："周制乃圣贤之制，周礼乃立国之礼。礼乐乃固民之本，仁义乃安邦之策。"而田地买卖，奴婢买卖是不仁不义之法，理当废除。然而考虑到业已存留多年，移风易俗需要时间，教化臣民需要时日，所以制定了限制田地买卖，限制奴婢买卖的国策，因而必须坚持推行下去，最终是要废除田地买卖，废除奴婢买卖的。井田制是圣贤之制，且已在山东（崤山以东）试点过，效果很好，民众拥戴。虽然后来有传闻说也有民众有意见，但查无实证。而青州是平原之地，已开垦的田地众多，且已开阡陌；而可开垦的荒地已不多。因而在青州再次试行，可以考察井田制是否可行，民众是否拥戴。

这个提议是王莽与刘歆商议过的，可以说既雄辩也中肯。百官心中也为之折服。刘歆与王莽几乎政见完全一致，但不同于王莽的是他不拘泥于礼，不迷信于制。认为礼、制皆可因时而变。因需而生，因厌而灭。当时这个世道，不试试书中描述得那么好的井田制怎么能行？

不少人以为这次不会再有人会反对宰衡大人这个提议了，也没人有力量反对王莽了！然而，王政君向刘衍使了个眼色后，刘衍拿出十多本密奏，念了起来。原来刘氏诸侯王纷纷上书太皇太后和皇上，痛呈改制将减少其税赋所得，危害社稷之本！有的说祖宗之制不可改，宗族之法不可变！还有的直指王莽玩弄权术，威吓朝廷，扰乱黎民动摇邦国！刘衍居然都在朝上当着众朝臣的面念了出来。

王莽一听，大惊失色。连忙跪下，伏地请罪，为自己鸣冤。王政君冷冷的，都没有叫王莽起来，就宣布散朝，对着王莽警告式的"哼"了一声，拂袖而去。王莽怎么也没想到会发生这一幕，痛心疾首的伏在那里黯然神伤起来。王舜王邑将其扶起，陪着他走回府去。

王舜劝说道："二哥，我看这改制之事你就别再提了吧。"

王莽不语。王邑说道："皇上今日将诸侯王的密奏都念了，就差没下诏给二哥降罪了。皇上啊，真是糊涂啊！"说完他也痛心疾首。

王舜又说："去给姑母大人，太皇太后陛下请个罪，会没事的。"

王莽一听，脸色阴沉下来，暗暗将牙咬了咬，但仍没有发话。

王邑说："就算现在没事，等皇上亲政了，还不得胡来？要怪都怪姑母给害的。"

　　王舜叹息，还是接着劝王莽，他也意识到如果刘氏宗族都反对改制，即使改制再对，也不能行啊："哎，谁叫这江山毕竟是刘氏的江山啊！"

　　王莽听得真切，深知这是王舜婉转发出的警告。君就是君，永远是君；臣就是臣，永远为臣。做臣子的可以为了国家和公义杀人犯罪，征战屠杀，但就是不能弑君谋反，即使君不仁不义，即使君残暴嗜杀，臣子也不能僭越，否则大逆不道，人神共愤，遗臭万年。那么暴君谁可以管得了呢？儒家说了：老天！天将谴之。老天会来管教他这个儿子天子。老天会大义灭亲！

　　王莽回到府中，闭门谢客。躺在床上反复思索了王舜说的话。是啊，这江山是刘氏的江山，这国家是刘氏宗亲的国家。可《礼记》中不是记载孔子说过"大道之行，天下为公"吗？天子之位，传贤不传子，难怪哀帝生前曾要禅让皇位给董贤，可董贤当然不是什么贤能。真想把他孔老夫子从地下请出来问一问，一会儿说大宗明义，一会儿说天下为公。真想把他孟老夫子也请出来问一问，这宗族之义到底是公义还是私利？如果是公义，那么就应当是天下为私，而不是天下为公！如果是私利，那么就应当是天下为公，那江山就不是刘氏一族的江山，这国家也不是刘氏一族的国家。江山是百姓的江山！天下是天下人的天下！

真想把他董仲舒董子也请过来问一问，"罢黜百家，独尊儒术"到底是公义还是私利？如果是公义，那么"鱼和熊掌可以兼得啊"！如果是私利，却说成是为了公义，为了天下人岂不是掩人耳目而已？何不为了私利就说为了私利，为了公义就说为了公义呢？可以兼得也可能不能得兼。为何非要明明为了私利，却要说成是为了公义？明明为了公义，被人指责是为了私利？

王莽既没想明白，又觉得自己豁然开朗，将这个世界看得更透彻了。他想不明白的是他年轻时以为自己都学通悟透的儒家经书里有太多让他觉得自相矛盾，不能自圆其说的内容。他豁然开朗的是，经书有太多未明言的内容，都让他逐渐给参透了。

王莽一宿没睡，想着想着天都已大亮。连忙派人去召平晏。一见到平晏，就灿灿的咒骂着："公侯将相都有王法管着，而诸侯王骄奢淫逸，横征暴敛却能逍遥法外乎？"平晏说："主公毋忧，仆可再去运作一番，让主公地位在诸侯王之上，让诸侯王今后也老实点。"王莽听着觉得解气，但也知道自己再怎么地位高恐怕也无法奈何他们。王莽思索着不置可否。这时，刘歆前来探望。王莽顿感欣慰，出门去迎。刘歆前来是劝王莽眼下不可进一步逼宫提议改制了，劝王莽暂且搁置改制议案，来日方长，可做些安民兴"乐"，兴学重教之事，以缓和与宗室的关系，以获得更广泛的美誉，王莽点头，高兴的答应了。到了晚上，等他们的聚会散去，平晏还是有些忧心忡忡的问王莽："皇上若是将来能仁义礼贤是最好不过了，即使对主公有误会，只要主公谨慎小心，倒也相安无事。可皇上若是一意孤行，猜忌主公，那当如何是好？"他说出了王莽心中的忧虑。王莽已经有了些主意，刻意反问："你有何好办法吗？"平晏答："主公效周公之故事。而周公之所以成为佳话，就是因为周天子羸弱年幼。而今皇上终究会长大成人，但若是皇上龙体羸弱，即便亲政，也仍需要周公辅佐。"这话正说到王莽心坎里去了。王莽握住平晏的手，望着平晏，关切的问："你是说皇上的龙体会一直羸弱？"平晏笑了笑，心领神会，心照不宣。点了点头。

三十六　挟人质讹诈推《家训》　救王邑隐忍起杀心

　　王莽想见皇上。王政君早就曾下令皇上亲政之前，不随随便便在朝堂之外见任何大臣。王莽请求面见皇上请罪。皇上回复不可违抗太皇太后旨意。于是王莽就泪流满面的跪在宫门外前，高声大嚎，"陛下！微臣终生立德事君，结果遭受不白冤屈，微臣有何颜面活在世上！"说着他猛劲磕头，血顺着鼻子往下流。砰！砰！砰！一下接一下，磕得更重更用力，血流得满脸满身，两侧武士都惊呆了。砰！王莽往前一栽，倒在了地上。围观者一片惊呼。太医飞快赶来，王莽前额血肉模糊，神智却很清醒，声息微弱，仍反复念着"臣之忠心，日月可表。"

　　消息很快传开了，长安城大街小巷交相传颂。安汉公宰衡大人大义灭亲，仁义贤德，却遭不白之冤，要在宫门前以死表达忠心。而且越传越邪乎：有人说撞城墙，有人说是触殿柱，有人说刎颈，就是没人说磕头。那血啊将慈恩殿都染红了呢！幸亏天佑善人，留得一命。

探视的乘舆从门口排到大街，王莽一概不见。到了天黑，探视者都不离去，居然在门前摆上香案朝天祈祷起来。第二天香案摆到了街上，摆到了阙下。貂铛和宫女窃窃私议，子夜时分，有人悄悄在宫府门前摆上了香案。

接着王莽上书皇上，一面请罪一面为自己辩解。一面承诺不再廷议改制议案一面辩护改制井田制议案的仁义初衷。刘衍看了上书，也感到语调诚恳，不安的心稍微安定了下来。

朝日，王莽上奏主张修建明堂、辟雍、灵台。刘衍准奏。这主张立刻受到太学生、平民普遍拥护。他们热烈响应号召，志愿参加劳动，王莽早就与刘歆商议过这项工作。在刘歆的亲自督促下，设计好了建筑图纸，计划好了建筑计划方案。建筑图纸和工程实施计划方案交到王莽手中，他亲临现场，指挥若定。采用大兵团作战方法，搞得热火朝天。来参加修建工程的太学生、平民集合起来有接近十万人之众，既轰轰烈烈，又有条不紊，劳动热情极高，劳动效率也极高。明堂、辟雍、灵台，堕废千载没能兴建，众人不急不赶的忙活了二十多天，大功告成。这在当时的确很不容易，不能不给人极大震撼。

接着，王莽派遣王舜的三子王林，和刘歆的二儿子刘东等分头领衔几队人周游全国，观察风俗。他们收集了许多歌功颂德的民歌民谣，共三万字。朝廷自然免不了一阵欢腾，百官自然免不了一阵吹捧，喧闹声中，王莽又奏报说：市无二贾（买卖没有两样价格），官无狱讼（官府没有诉讼案件），邑无盗贼，野无饥民，道不拾遗，男女异路之制（实行男女不得并肩走路的规定），犯者象刑（对于违犯者处以象征性刑罚）。天下大治啊，近比文景之治，远比成康之治，空前盛世啊！他对大好形势的判断，有如锦上添花，更把欢乐气氛推向高潮。

在一片歌功颂德，欢乐祥和的高潮气氛中，皇上也一直平安无恙，龙体渐安。对安汉公宰衡大人的态度也温和了很多。王莽集团的所有人都松了口气。朝中大臣纷纷上奏："从前周公摄政，花了七年时间，制度才订立健全；而今安汉公辅政四年，功德灿烂。修建明堂等建筑只用了二十天就大功告成。应该把宰衡的地位提升到诸侯王之上。"王政君应允，下诏说："可以。"

这天，王莽与平晏在书房中议事。当谈到大宗明义时，王莽发起呆来。平晏以为王莽想起了王宇的死，就安慰了王莽几句。谁知王莽却说他在考虑如何教诲他三子王安，四子王临而发愁。平晏建议按照大宗之义，世子本为嫡长子，长子次子都已酖死，只得由三子王安充当。王莽脸上掠过一丝苦笑，三儿不曾做官，不知为官之道与圣贤之道南辕北辙。圣贤之道可以从书简上学到；为官之道如果不在官场历练，不在宦海浮沉，没有内心痛苦地挣扎和抉择，永远闹不明白。平晏不敢拿大宗明义反对，就说："给世子寻个好的师傅最重要了。之前的吴章虽是名儒，可太自以为是，害得世子卷入政治漩涡之中而丢了性命。"王莽点头认同，这时他们不约而同想到了刘歆，王莽政治上最信任的人就是刘歆了，希望请刘歆做世子的老师。

　　请来刘歆，刘歆建议三子四子看谁更适合做官，就做谁的师傅，并且要平晏一起当。王莽拜谢刘歆和平晏。刘歆又建议："不如择安汉公平日之言，汇集成册，以赠世子？也可作为家训，传之后世，规教子孙。世子纯良纯孝，必能体认安汉公拳拳之心。"王莽喟叹，"愚兄一生愧对天地祖宗的，就是教子无方，安敢奢望传之后世，规教子孙哪。失败啊，痛心啊。"平晏却说："主公错了。尧生丹朱，周文王生管叔蔡叔，圣贤也有不肖子。主公大义灭亲，胜过尧舜周公哪。主公以天心为己心，以民意为我意，天下归心，世子能不归心？"

　　王莽咏出平晏之意并非放在教导世子上。而是以《家训》形式，"教导"朝野，"引导"舆论，树立起大义灭亲的崇高形象。这是变悲剧不断上演为高奏凯歌的大手笔大举措啊！

“好主意！”王莽却赞扬刘歆，“汇编家训定可风化当代，规教后世。”王莽抚须沉吟。杀青之日，举国上下必将掀起大学习，大颂扬，换取永生永世的声誉。“嗨，只是我才疏学浅，万机待理，哪有闲暇刀笔之事。”

刘歆笑笑，“巨君兄不必担忧。”说着差人回府去取已经由他亲自编纂的《家训》八篇，“公请过目。”刘歆呈上八卷竹简。

“啧——啧，啇——啇，”王莽赞叹着，抚须大笑，“子骏兄事事机先。”

王莽唤来三子王安和四子王临。说给他们出个考题，看看谁可以荣欣的成为刘歆和平晏共同的徒弟。题目是王莽刘歆平晏共同商议定出来的，是件真事。

平晏念题：侯爵金日磾的儿子金赏，都成侯金安上的儿子金常，都因为没有嫡子，被朝廷撤掉了二人的封国。安汉公准备让金日磾的曾孙金当、金安上的孙子金钦分别继承祖上爵位。考问：“金当继承了曾祖父金日磾的爵位后，他该如何祭祀他的生父和亲祖父，又该如何祭祀他的伯祖父？”

事实上，金钦曾回答：“金当应当给他父亲、祖父建立祭庙，亲自祭祀；可以派大夫主持伯祖父的祭祀。”结果被以“诬蔑祖先，大不敬！”之罪送进监狱，金钦最后自杀。而金

348

当回答正确，继承了曾祖父金日磾的爵位，封为都成侯。金当受封之日，不敢回家。因为他奉的是金日磾嫡子金赏的大宗，而他现在的家则是以金日磾庶子为祖父。按照大宗继承原则，这个家不再是他的家。是为大宗继承人的大义——即大宗明义。

王安一听这莫名其妙，故弄玄虚的题目，反感的很。回答道：“伯祖父亲祖父都是我祖父，生父永远是我生父。不管我过继给谁都改变不了这个事实。我全都要祭祀。”刘歆平晏不作声，王莽训斥道：“你这个不明事礼糊涂不肖子！”王安反唇相讥：“父亲申明大义。那么我问父亲，孟老夫子说‘君为轻，社稷次之，民为重。’父如君，子如民，那么到底是父亲应当尊重儿子？还是儿子应当服从父亲？”这一问把在座的众人都给问住了。王莽大怒一脚把他踢到地上。他嚷嚷着，“全是胡扯！全是狗屁！”

王临急忙把他拉开，推到门外。王临回来跪倒，“父亲请息怒。孩儿回答平世叔的问题。金当应把伯祖父视为亲祖父，而将亲祖父和亲生父亲视为叔祖父和叔父。”王莽感到欣慰。刘歆和平晏也没想到三子王安竟离经叛道至此等境界，连忙圆场说：“四子王临得安汉公之教诲，必有作为。”

孔光足疾，避祸家中，杜门不出已久，平晏带着羊酒前去探望。平晏是平当之子，平当生前与孔光交情深厚。陈崇令击鼓奏乐开中门迎接。陈崇曾因"驰道案"下狱，鲍宣去职不久，出狱复任大司徒府司直。平晏问，"丞相贵恙若何？"陈崇一笑，"拥妾饮酒，安享天伦呢。"

孔光多次上表乞骨骸，都被太皇太后陛下挽留。大司徒管理全国官吏，他无心料理。陈崇包揽了大司徒各项事务；孔光也乐得甩手不管。

孔光正与小妻宴饮，孔麟就是这位小妻生的，老夫少妻十分恩爱。听见门前奏乐也没理会。鹊巢早已鸠占，繁华已属他人。礼仪是别人的礼仪，迎送的也是别人的客人。直到家人跑到后堂来报，他才降阶迎接：

"鼓瑟吹笙，我有嘉宾，哈哈。"他笑声爽朗，带有几分醉意，不像病态。

平晏遥拜，"既见君子，其乐如何！"

二人携手进入书房，小妻亲自奉茶，刘歆祝福，"鸳鸯于飞，毕之罗之，君子万年，福禄宜之。"小妻脸上绯红。刘歆三妻三妾，一向风流自许。见到"鸳鸯"就想"毕之罗之"(张起罗网)，收纳怀中。又是打趣，又是多情，这种君子雅谑，二人同声大笑。

孔光问，"平世侄有何见教？"平晏拿出一卷竹简，"下官特来讨教。"孔光接过一看，却是王莽《家训》八篇。"安汉公《家训》，下官得蒙先睹，幸何如之。"

《家训》仿《论语》体例，收录王莽平日训诫子弟的言论，无非是些如何做人如何为官的大道理。孔光览毕，高举过头，"醍醐灌顶啊，透彻之极！老夫行将就木受益匪浅。若能返老回童，必字字力行，句句照办。可惜啊，得之垂暮之年。若早能受教，何致糊涂一世！好在圣祖有言：'朝闻道，夕死可也。'老夫死无憾了。"

皮里阳秋，话中有话。"醍醐灌顶"哪，"糊涂一世"哪，"返老回童"哪，都隐含讽刺。刘歆是聪敏人，自然听得出来。但身负使命，只得硬着头皮，"安汉公'大才'，丞相'大贤'。何不上奏朝廷，刊行郡县。'大才'得'大贤'之荐传之天下，'大贤'得'大才'之助流芳后世。龙得水而生，水得龙而灵，相得而益彰……"

唔唔，好好，孔光应声中插进一声鼾声。

平晏大窘，"丞相……"

"啊啊。"孔光顿时惊觉，"老夫精神不济。睡时不睡，醒时不醒，晨昏颠倒，有慢子骏了。刚才说什么来着？"

王莽刘歆让平晏行前，平晏就知要遭拒绝，不愿衔命前来。王邑阴凄凄眼睛鼓凸出来，"他敢！二哥差平晏前去，那是给他面子，给面子不要，我就唾他的脸撕他的面子。"王莽喝斥，"愚兄哪有多大面子，给丞相面子？"说着自个轻声笑了，"丞相说话咬文嚼字，满口子曰诗云，微言大义。凭你，哼！只怕搭不上腔。唯我泰斗，唯我泰斗啊，哈哈。"

刘歆也坚持要他出面，因为孔光兼任太师。太师为天下师，刊行郡县教授学子是太师份内公事；由孔光出面上奏一来名正言顺，太皇太后和皇上也不便反对，二来可借此机会修复关系。而平晏父亲与孔光有旧，由他出面，孔光也不便拒绝。

平晏是何等敏感之人，感觉受到羞辱？袖子一甩悻悻走了。过了十多天，缇骑闯进孔府，说孔麟与王宇一党，不由分说把他逮进大狱。孔光大怒，驱车进宫，谁知中黄门说太皇太后陛下日中小憩，把他挡在门外。等了一个时辰，寝息未醒；又等了一个时辰，还是寝息未醒。他未时进宫，等到戌时天黑透了，孔光以为太皇太后陛下不想见他了。

回到家中，小妻哭得死去活来，他只能在一旁垂泪。"老爷，你就应了吧。"

他把自己关在书房里，任小妻如何在外面哭闹也不开门。他要上书！当廷上书！圣祖教诲杀生成仁的时刻到了！一提起笔，文思就感滞涩。悔恨当初王宇案株连数百人，自己不闻不问，株连到麟儿，祸事落到自己头上，就要当廷上书了！这丞相怎么当的？这太师又是怎么当的？今日被拒中黄门外，太皇太后连见都不想见自己，还有什么可上书的？向谁上书去？

小妻在门外哭喊："太皇太后陛下是谁？安汉公是谁？人家是姑侄啊！心连心，根连根啊！老爷上书！不单要麟儿性命，还要全家性命。老爷不可啊，万万不可！"

他颓然撂下笔，拉开门，本想一脚踹开小妻，但见梨花带雨的戚容，心里一软，"你！就知道哭，闹翻了天！让我好好想一想，好不好嘛。"

第二天午后，门口的鼓乐声又响起来，护军来报："廷尉王大人驾到。"

孔光正要下堂迎接，王邑大摇大摆走来拱手说："下官本要奉旨传讯，但因丞相足疾，不良于行，只得登门问讯了。"孔光冷冷说："王大人好意，老夫担待不起。小儿获罪，老父受累，老夫纵有足疾，爬也要爬到大衙受审，请宣旨吧。"王邑阴凄凄眼睛笑意盈盈，"太皇太后陛下口谕：凡涉铁券丹书案者一查到底；其父兄子侄，无论皇亲贵胄，枢机辅臣，一概传讯公堂。"

太皇太后陛下简直就是王家的太皇太后陛下！太皇太后陛下的口谕王家人挂在口上，爱咋说就咋说，孔光内心悲愤，但无话可说。

"太师'一胫之大几如腰，一指之大几如股'，只怕想爬也爬不动吧。下官憨愚，只知直来直去，不知背后暗算。憨人憨福啊，倒是健步如飞。登门请教，也叫尊老敬贤吧，哈哈。"

"一胫之大几如腰，一指之大几如股"，他曾以此暗讽王莽坐大，私下对太皇太后陛下进谏过。太皇太后陛下连这样的话都告诉王家，让王家人冤损他。除了怨自己料事不明，还能怨什么呢。

"孔公子涉案甚深。"

孔光当即纠正，"犬子是涉世不深吧。"王邑冷诮，"孔公子能言善辩，狡计百出，为王宇出谋划策，可谓人小鬼大。"他出示了好几份证词，举揭孔麟与王宇吕宽吴章以及卫氏勾结。"铁证如山啊，安汉公大义灭亲，还望丞相不要祖护，以君国大义为重啊。"

避进内室的小妻冲出来，跪在王邑面前哀求，"王大人救命啊，我家老爷应了，应了！"王邑偷觑了孔光一眼，见他皱巴着眉头一脸苦相，并无谀求之色，脸色又阴沉下来，"应什么？法不阿贵，刑不偏私！因人之应枉法，本尉不为，告辞。"竟然扬长而去。

"去请二爷和姑爷。"他的声音有气无力，显得格外苍老。

二爷是孔永，姑爷是甄邯，二人都与王莽的交往甚密，关系很近。随着他与王莽关系决裂，他对二人也疏远了许多。掌灯时分二人到了。孔永说："安汉公杀子杀媳，痛定思痛，著《家训》八篇，正忠义彰孝慈训诫子孙，兄长理当荐之朝廷，刊行郡县。"甄邯为人粗率，直言不讳，"是啊，安汉公发扬儒教，宣示孝悌，岳丈圣人之后，应以弘扬《家训》为天下之训，岂可鼾声睡脸，叫安汉公难堪。"孔永说："兄长担心廷尉留难麟儿？小弟去求安汉公。"甄邯笑了，"王邑啊，他敢作怪，小婿薅他胡子！"

自始至终孔光一句话都没说。把孔永甄邯请到家，就是把要说的话全说了。

朝日，孔光上朝。当他拄着杖瘸着腿走进未央宫偏殿，忽听远处有人说："诸位可知西门里正故事？"循声望去却是王舜。只听他说："西门里正足疾，去求扁鹊。扁鹊说：'君病不在足在心。世人只知十指连心，其实十趾也连心，疾在足而病在心。'"此言一出，众人便知影射孔光。"扁鹊给他开了个药方，四个字：去昧去妒。"言毕仰面大笑。

王邑在一旁叫好，"心广则体胖，心病则体衰；心全则体健，心亏则体残。去昧去妒，养心护心正心哪。"蔽公不明者谓之昧，隐良不宣者谓之妒，孔光心里十分气恼。一个貂铛走进偏殿扬声说："太皇太后陛下龙体欠安，有本请交尚书台。"孔光暗暗吁了口气，倒不用当廷宣读，当场出丑了，就把奏章交给了尚书台。奏章写着：

"安汉公遭子字陷于管蔡之罪，痛苦万状。子爱至深，为社稷不敢顾私，喟然发愤，作《家训》八篇。规教子孙，训诫后辈，微臣以为，不惟王氏子孙受益，宜颁郡国，天下子孙皆受益。臣请敕令天下：士能诵公诫者，比同《孝经》可举孝廉；吏能诵公诫者，可列为德操著之簿册，以资为官之考核。"

奏章交出后，泥牛入海，杳无消息，孔麟也未见回来。他觉得受到愚弄，气得直骂小妻："应！应！你叫老夫应！丢人现眼，老夫哪有颜面面对圣祖！"骂得小妻呜呜的哭。

　　大约过了半个多月，孔永来了。他沉着脸不理睬，孔永说："安汉公《家训》八篇太皇太后陛下极其欣赏。她老人家一向严格约束外家，功高德茂也不轻易褒奖。除非……"孔光严守缄默，小妻忍不住问，"除非什么？"孔永说："除非万民上书，朝野恳求，太皇太后陛下才肯降旨。而万民上书，得有一位年高德劭之人敢为天下先。"

　　这无异逼迫孔光率众上书，小妻也觉过份，放声大号："麟儿……"

　　孔永迟疑说："麟儿涉案甚深，小弟极力周旋，已从大狱转至请室。眼下寝食无忧，只是案情重大……"说到紧要处缄住了口。

　　这是无耻讹诈！孔光满心愠怒，闭上了眼睛。

　　小妻说："二老爷，贱妾能去看麟儿吗？"孔永说："能，能。小弟已经上下打点，随时都可探望。"小妻心急火燎，就要前去探望，孔永说："小弟带路。"小妻一福，"谢二老爷。"

　　小妻带了衣物吃食，与孔永驱车到达请堂。孔麟只有十三岁，身体单薄文弱，怎能经受囹圄之苦？成天受惊受吓，人瘦得皮包骨了。毕竟家教渊源，见到母亲和二叔强忍眼泪，行礼后垂手侍立，如同家居，小妻却早已泪湿满襟了。

小妻拉着他的手，"儿啊，你受苦了。"孔麟说："苦倒不觉得苦，只是想父亲想母亲……"说着眼泪夺眶而出，小妻搂住他，母子抱头痛哭。

"孩儿实在想不通，孩儿到底犯了什么罪。孩儿与王宇吕宽只见过几次面，什么也没说，什么也没做呀。他们天天逼孩儿招，没说没做招什么呀？"小妻紧张询问，"他们……他们没动刑吧？"孔麟说："这倒没有。他们说，这是看二叔还有姐夫的面子。"小妻连忙下拜，"多谢二老爷。"孔永说："应该的，自己的侄儿嘛。"孔麟叫，"二叔，请向安汉公说说，侄儿遵从圣祖教诲，从未做过迕逆不道的事。侄儿真冤哪，他不是至仁至慈不冤枉好人吗？"孔永应允，"二叔会说的。"

回到家里，小妻哭求，"老爷，你就按二老爷的意思做吧。"

对官场的体认有多深，孔光的恐惧就有多深。儿子落在人家手里做人质，随时可以动刑随时可以处死。他想起孝哀皇帝宾天那天的雷雨之夜，董昭仪割麟儿的肉要挟他，他没屈服，准备慷慨赴义，那是何等气概！今天怎么了？老了？惜命了？也许对象不同了吧？当年面对的是叛逆，而今面对的不过是一部无伤大雅的《家训》。唉，天下之大，丞相之尊，竟无处说理去。

他只得拄杖奔走了。走了几处，长安城就四处传扬丞相联名上书的佳话。孔光世代为官，亲朋好友，门生故吏甚多，附丽丞相者更多，不出三天，联名九百零二人。呈交尚书台后，太皇太后陛下即日批复：

可。

不日，《家训》八篇在长安辟雍面世，动员太学生学《家训》，讲《家训》，背《家训》，刻《家训》。善讲者有奖，善刻者有赏。不出两个月太学生中就涌现出优胜者三百余人，刘歆令他们带着竹简乘驿车分赴全国各地，到学、校、庠、序讲学。早在元始三年，王莽曾奏言全国郡县普遍设立学堂，设置学官。郡国叫学，县邑叫校，学校设经师一人；乡叫庠，聚叫序，庠序设《孝经》师一人。一时间，长安城中人们争相传诵，争相刻写。

实在叫孔光不解的是，儿子还是没有放回家。小妻天天往请室跑，回来之来就一把鼻涕一把泪地诉说，"老爷，快想法子啊，夜长梦多啊，安汉公世子就是死在请堂的呀。"

要他做的他全做了，人家还是摆出一副公事公办的样子，他有什么法子？莫非利用完了他，还要杀他的儿子？他与王莽相识二三十年了，用最大的恶意揣度，也想象不出会变得这般歹毒！

这时，甄丰上门来看望孔光。二人坐定，甄丰疑惑的问孔光，怎么突然为王莽率众上书？也没来和自己商议？孔光没想到甄丰对麟儿的事毫不知情，就说了麟儿被王邑抓走之事。甄丰对孔光认为太皇太后不想见他感到很疑惑，仍记得太皇太后为了皇上亲政做准备而召见自己所说的话，就答应帮孔光将麟儿被诬陷被抓的事带信给太皇太后。孔光急忙起草上书，交给了甄丰。甄丰借故进宫觐见太皇太后，将孔光书信交给了王政君。王政君一看孔光上书，大呼为何不早进宫来见她？王政君再去查孔光那日在中黄门外给他通报的貂裆已不知所踪。王政君大为恼火，怒不可遏："孔相之子怎会与乱党有牵连！"她亲自出宫乘车来到廷尉衙。王邑还在吓唬麟儿："这廷尉衙就是老子说了算。说你犯什么罪，你就会犯什么罪！"王政君盛怒之下，将王邑拿下。

孔光赶到廷尉衙，接回了孔麟。孔麟安然无恙。孔光向王政君痛陈王莽王邑胁迫他的事情经过。王政君决定敲山震虎，杀鸡骇猴。传旨斩杀王邑。

王莽平晏慌忙应对。王莽对平晏冒险施此计谋以逼迫孔光就范大为不满。然而眼下当务之急是解救王邑。平晏再献计，让事先卫后写好的书信给王政君。王莽无可奈何，但也没有更好的办法，只能应允。

王政君看到卫后手书，得知卫后没有死。她对王莽动了杀心，但表面答应王莽的要求。王邑释放并官复原职。王邑再次上门将孔麟抓了起来。孔光目瞪口呆，顿感大祸临头。他生性懦弱，为求自保，为保全儿子，再次忍气吞声向王莽低头。

元始五年(公元 5 年)春，全国学校庠序讲授《家训》八篇。先是武安县奏报：有人争田诉讼，学了《家训》，两家讲和息讼；接着余姚县奏报：有人偷了邻乡耕牛，学了《家训》，痛哭流涕把牛还给了失主。不肖子改过自新哪，失和兄弟和好哪，种种动人故事有鼻子有眼传到京城，真是化风俗移人心哪。郡县官吏、乡聚学子纷纷上书要求给安汉公加官晋爵。他们敲锣打鼓，把一车一车签名竹简送进长安。

桃花盛开时节，天花在长安流行。十家儿郎就有五六家死亡，震天动天的号哭声与震天动地的锣鼓声交汇在一起，响彻长安日日夜夜。

书简洪水般涌进尚书台，王政君听见就烦。这天临到朝日她懒得上朝，孟萍压低声音，"陛下没看到近日皇上病情又有了起色？”王政君不解望着她。女史把声音压得更低，“陛下不觉得皇上的病有古怪？”

古怪？王政君怔住了。刘衎秋至之日登坛主祭，身体好多了，谁知吕焉死讯传进他耳中又犯了病。一冬一春时好时坏，总也出不了长秋宫。到底因为病还是因为医？整个皇宫都叫人家控制了，何况太医院？人家要皇帝的病好不了，皇帝的病自然好不了。而今皇帝病情好转，是不是人家要让"康复"的皇帝取代时时托病的她？

"上朝。"她低声说。

到了未央宫前殿，御座还没坐暖，朝臣就一个接一个上奏给王莽加官晋爵，王政君冷冷问，"王莽的官职爵位都加到天上去了，叫朕还怎样加？"可不是吗？公侯伯子男，王莽封公已居最高爵位。高祖皇帝曾有明谕：非刘者不王。二百年来没一个皇帝敢封异姓为王。晋还怎么晋？王莽身居太傅大司马，已是最高官职，加还能怎么加？刘歆回应：

"加九锡。"

九锡是皇帝赐给建立特殊功勋的大臣的九种物品，象征最大的权柄最高的殊荣。它是皇家对功臣的最大的尊重最高的礼遇。王莽出班跪伏，"臣爵贵号尊，官重一身已非鄙意所能堪，何敢奢望九锡之赐？臣万不敢受，万不能受。”说着抽泣流涕。

王政君十分厌恶，抬手指点，“瞧瞧，啊，瞧瞧，叩头流涕谦恭退让又来了。弄得不好，还得称病不朝。一龅又一龅尔等还没看够？反正朕看够了。众位爱卿，真正的仁，行善不图报；真正的德，有功不求偿。好了好了，还是让他求仁得仁求德得德，安心视事吧。”

不知内情的官员还当她严于内亲呢，又纷纷出班请求。王政君说："天天上书，天天推让，朝廷那么多事还办不办？好了好了，还是各司其职，各尽其责，做好自己份内事吧。"

散朝之后，王邑刘歆都闷闷不乐，平晏笑笑，"好事多磨，岂可企望一蹴而就？还是辛苦甄邯贤弟一趟，请令岳大人出马吧。"

甄邯极好颜面，曾经夸下海口，孔麟却至今没有放回怎好再度登门？平晏又是一阵轻松的笑，"令岳染病在床，半子不侍奉榻前，不怕贻笑于人？嘿嘿。"

甄邯只好腆着脸偕同妻子前去探望。

天花肆虐，儿子关在请室，孔光能不忧心如焚？清夜扪心，想到圣祖遗训，自己囿于一己之私受骗上当，被人玩弄在指掌之中，又愧又气。病情日渐加剧，两脚浮肿真的"一胫之大几如腰"了。

甄邯说："小婿发誓，一定把麟弟接回家来。"孔光背过身不理他。他只好唾骂王邑："王六阴阳怪气，说话不算话。当面说放人，过后就变卦。前几天气得小婿真的薅了他的胡子，真的。这回小婿对他说了，麟弟是孔门长子长孙，也是圣祖嫡传嫡孙，天花这么蝎虎，关在那鬼地方，有个好歹，小婿跟他没完。岳丈大人，您就放心吧。"

孔光自然猜得出他另有使命，等他提出条件，他竟只字未提。谁知二人走后，小妻拿着一方帛书给他："老爷，后日上朝你就当廷唸唸吧。"他看也不看，把帛书掷到地下，"我我……你看不见，两脚肿成什么样儿了，还能上朝？"小妻跪求，"你就依了他们吧。听姑爷口气，这九锡之赐是太皇太后陛下为百年之后做出的安排……"她又哭了。

孔光心头猛震，怎没想到这一层？怪不得太皇太后陛下得悉王莽恶行后依旧宠信有加。而今又极力抬高王莽声望，以便身后王氏继续执掌朝政，汉室由他们姑侄私相授受，如何得了！心中更加烦躁不堪，厉声大吼，"出去！"

谁能拒绝母亲执着地哭求？谁能不顾娇妻哀怜地固请？朝日孔光只得束装上朝。上朝的人在北宫门下车后，到达未央宫前殿，还有一里路程。不能乘轿，不能骑马，这可苦了孔光。他的腿肿得实在厉害，只能一小步一小步向前挪。上朝的大臣看见，有人前来搀扶，一人搀不行，还得两人架。走了数百步，架的人累得不行，他也实在走不动了，趴在地上只有喘气的份儿。朝会临近，搀他的两个大臣拱手致歉，"下官先走一步了。"

卯时三刻，丹陛大乐奏响，山呼之声传来。孔光感觉不到昔日地震颤，只感到钻心地疼痛。太阳已经高高升起，照着未央宫前殿的屋脊与飞檐。避阳的这面，殿门黑沉沉的，更加显现大殿阴沉凝重。不知是疼的还是愧的，头顶大汗淋漓。嗨！拖着浮肿的双腿，干什么来了？可耻啊，太可耻了！四周悄无一人，更甚睽睽众目哪！丢人现眼，丢尽了圣祖的脸，丢尽了天下儒者的脸！

刘垒领着一乘銮舆前来，"奉太皇太后陛下口谕，恭请丞相上坐。"

这是太皇太后陛下平日乘坐的銮舆，"叩谢隆恩。"孔光不肯上坐，"老臣行将就木，临死之人怎敢僭越不道，遗罪地下？”说着就往前爬。刘垒上前，“丞相不肯上坐，屈尊让小将背上殿吧。”孔光迟疑片刻，“老朽得罪了。”

孔光伏在背上，心情十分复杂。表面看来，太皇太后陛下待他礼敬有加，然而麟儿无端被捕，他进宫晋谒避而不见；今日来上书，就派銮舆接他，派刘垒背他。这一切都是为王莽提高尊荣，他真说不清心里是个什么滋味。

进到殿中，王政君说："丞相足疾，有事上书即可，何须亲自上朝？"孔光伏地叩拜，"陛下隆恩，天高地厚，老臣不胜惶恐。"王政君问，"丞相安坐，带病上朝，不知所为何事？"孔光说："老臣……"刚开口，也许是难堪也许是愤懑也许是感恩，泣不成声了。王政君一惊，"丞相不是有什么委屈吧？"

孔光听她口气有些异样，似乎含蕴轻蔑，心头不由一震。殊不知这是她的真心话，真的希望有人当廷抒愤懑诉委屈啊。然而身居九重，这隐密宸思怎能当廷吐露？孔光连连叩头，"天下大治，朝野熙和，老臣哪有什么委屈。老臣为安汉公加九锡，特来上书。"

"唔。"王政君审视良久，当日力谏"日中必彗，操刀必割"，必欲杀之而后快，而今极尽谄媚了。长袖善舞，博带善变，眼中不禁流露出几分鄙夷，"真是难得啊，上书者众，当廷上书者唯丞相一人。真想不到丞相也喜欢抢头筹，难怪这么不顾足疾不顾体面呢。"

尖刻的讥刺，又是孔光始料不及。圣意难测啊！他完全失去了对当下状况的判断。他违心上朝，还要为自己的违心作违心地辩护，头顶的汗眼中的泪一起流下来，"安汉公之德，可为天下之纪；安汉公之功，可为万世之基。基成而赏不配，纪立而褒不副，陛下，这不是厚国家顺民心的作法啊。"

他先举大禹为例：大禹治水成功，舜授他玄圭。玄圭是向天帝报告治水成功的神器，可谓奖之极品；接着又举周公辅成王为例：成王亲政之日，称颂周公有勋劳于天下，授革车千乘，封曲阜七百里，并令鲁公以天子礼乐世世代代祭祀他。"赏所当赏，奖所当奖，利在国家，福泽社稷，老臣怎敢顾全足疾顾全体面？"

这一番雄辩，不惟王政君吃惊，百官吃惊，他自己更吃惊，违心的话竟然旁征博引，说得这么理直心得。王政君无话说了，他拿出帛书宣读。大约刚才过于雄辩，力耗气衰，唸起来断断续续结结巴巴：

"圣帝明主招贤任能，德盛者爵高，功大者赏厚。今九族亲睦，万国和谐，黎民雍乐，太平盛世。帝王盛德莫隆于尧舜，而陛下可与媲美；忠臣茂功莫著于伊尹周公，而安汉公可与比肩。陛下之与尧舜，安汉公之与伊周，事越千年，功德相同。遍观《周官》《礼记》，安汉公应授九锡之赐。"唸毕他已汗流浃背，伏在地上不动了。

"丞相！"王政君见他久久不动，忍不住叫了一声。仍旧没有反应，就令左右貂铛，"丞相足疾，扶丞相回班。"貂铛跑过去扶，尖声惊叫："丞相昏过去了！"

其实孔光很清醒。只是心中愧疚，没脸抬头面对太皇太后陛下面对百官。貂铛来扶，他闭上眼睛；听见尖叫，随歪就歪佯装昏迷了。

王政君令太医救治，草草退了朝。

孔相抱疾上书，爬行上殿，传遍了长安，传遍了三辅。上书者如同浪涛，一浪高于一浪，先后多达四十八万七千五百七十二人，竹简把尚书台都堆满了。元始二年(公元2年)，王莽曾令大司农刘歆普查全国户口，人口总数为五千九百五十九万。其中识字者百无一人，也就是说，识字的人几乎全上了书。

亘古所无啊，王政君无法回避，只得下旨责成孔光刘歆等人，邀集礼经博士制订九锡之赐。

　　孔光抬回家不久，孔麟就放回家了。不知是疼痛使他忘记愧疚，还是愧疚使他忘记疼痛，或者疼痛使他更愧疚，愧疚使他更疼痛，听到儿子平安归来，老泪在老脸流淌。他实在无力下床也无脸下床，背过身装睡；孔麟进屋请安也不张开眼睛，小妻把他拉出去了。

　　有脸没脸，做好做歹，一家人总算团圆了。心头多少松快了一些，浮肿也消了一些，没几天就可以勉强下床行走了。谁知不出一个月，孔麟浑身起红疹，染上了天花，恐惧和懊丧噬啮孔光的心。请室那个鬼地方，阴森恐怖，厉鬼也会害怕，儿子也许不会染上天花；却偏偏不惜声誉不顾体面把儿子接回家！报应啊，报应！不遵祖训，不忠君父，鬼神不佑啊。

　　当天他就病倒了，而且来势凶猛，浮肿由腿及胸，渐渐头也肿得像芭斗。他好悔啊，然而什么都晚了，晚了⋯⋯

　　刘歆组织礼经博士制订九锡，一曰车马，二曰衣服，三曰乐则，四曰朱户，五曰纳陛，六曰虎贲，七曰弓矢，八曰铁钺，九曰秬鬯。消息传出，长安锣鼓喧天。相府的高墙挡不住欢腾声浪，孔光听了，躺在床上吞声饮泣。眼看儿子病情恶化，他的病情也迅速恶化。浑身烧得厉害，不时陷于昏迷。他的身体飘浮到空中，又落到地上，失去了知觉。不知是长空的天风，还是大海的狂涛，嘈杂的声浪越过高山，越过丛林，从遥远遥远的远方，不，越过时空，从遥远的远古传来，好多好多人，纷纷乱乱的脚步声近了，又近了……恍恍惚惚中，有人猎到一头怪兽，无人能识……一个老者荷杖走来，儒冠儒服白发苍苍。

啊！圣祖，圣祖来了。

"这是麒麟！"圣祖说。

奄奄一息的麒麟悲伤地望着圣祖，圣祖抱着麒麟悲伤地看着它在怀中死去。圣祖悲痛欲绝，口号《获麟歌》，声音悲怆凄凉……不知是清醒这是昏迷，他也吟诵起来：

唐虞世兮麟凤游，今非其时来何求？麟兮麟兮我心忧。

"老爷醒了！"他听见小妻声音。他知道自己时日无多，就对小妻说："叫麟儿……后代子孙……莫做官啊，莫学我……"

孔子以降，孔氏历代子孙中，官做得最大的就数他。可是话刚出口就意识到违背圣祖圣训，想要更正，又不知如何更正才好。士子读书干什么？不就是为了报效国家造福黎元治国平天下吗？"学而优则仕"是圣祖的圣训啊，怎么可以教诲子孙莫做官呢？"啊啊……别别，麟儿……"他瞪大眼睛直摆手。

弥留的思绪受到阻隔，喔喔了一阵，啊不出来了。

"老爷，妾身记住了。还有什么要紧的话对麟儿说，慢慢说。"小妻说着，忍不住悲从中来。麟儿而今只有出的气没有入的气，牙齿咬得紧紧的，药灌不进去，命都保不住了，哪里还说得上当官？正想哭，意识到不能在老爷病榻哭，只得噙住泪水在眼睛里打转。再看孔光大张眼睛大张口，已经断了气。她哇地一声，犹如决堤似地大哭起来。

哭声中，孔麟身上的红痘开始凹陷，奇迹般苏醒了。不知该喜还是该悲，孔麟退了烧，满脸落下了坑坑洼洼的麻子。

三十七　亲政典筹谋勤王师 孺子婴继嗣刘

衍崩

北宫门阙披红挂绿，旌旗蔽空，九锡之赐在阙下举行。长安数千官员跪在阙下，数万市民站满广场，王政君不愿出席推给刘衍。刘衍病了下不了床，又推给了她。"朕也病了！"

王政君心忧刘衍，感到自己和皇孙受到了一种可怕的人身威胁。孟萍默默望着她，她遇到那凝视的目光却感到前所未有的压力，她把拐杖顿得山响，"你也逼朕！"恶声恶气的模样恨不能把人吞了。心忖着："既已答应加他九锡，如果此刻拒绝赐他九锡，该如何应对。既已遭他胁迫，此刻只好韬光养晦，一忍再忍……"她想骂人！打人！杀人！孟萍只是不作声，自己的孽自己受，自己的梦自己圆吧，拐杖顿得更疾更响，"起驾！起驾！"

阙高人众，王政君说话的声音，都由司礼监代传。担任司礼监的是王寻。

王政君每授一物，王寻代传一次，王莽流涕一次，百官山呼一次。世上最美妙的声音莫过于感恩涕零和山呼万岁吧？今天她觉得恶心。涕不是为她流的，是给万人看的；万岁不是为她喊的，是为受赏人欢呼。

"虎贲三百。"王政君不愿提安汉公，王寻代传，左右山呼海应，传到阙下变成："赐安汉公虎贲三百。"

一队虎贲高呼"勇猛劲疾，执义坚强"，列队到达阙下，执戈齐呼："保卫安汉公！效忠安汉公！"不知是无名火发作还是故意找碴，王政君捶着御案，"谁叫这么呼的？嗯！朕还没死呢。"王莽颤声，"死罪！死罪！速速传令虎贲：大汉天下，唯效忠太皇太后陛下、皇帝陛下，胆敢乱呼者杀无赦！"训令由王寻代传，又山呼海应传到阙下，虎贲高呼："效忠太皇太后陛下、皇帝陛下！"王政君说："好了，好了！还有什么赐的？一块儿赐了吧，朕可没有那么好的精神头。"

临时变更程序，王寻怔住了。王莽轻咳了一声，王寻就把余下的一鼓脑唸了出来。王政君勃然大怒，抬手质问，"朕问你，朱户、纳陛叫朕怎样赐？这不是叫朕当众出丑吗！"朱户是把大门染成像皇宫一样的朱红，纳陛是在堂上砌起像皇宫一样的丹墀，自然不能像车马、衣服、斧钺、弓箭一样当场赐与。

王寻请罪，"微臣愚钝，一时疏失……"

王政君长袖一拂："不成体统，起驾。"仪式还没完，她就站起身。伴驾的人不知如何反应，她竟独自拄着拐杖径自下阙去了。

王政君急匆匆回銮长秋。看到刘衎躺在床上，脸色煞白，气息虚弱。刘衎看到她来了，毫无下床跪拜的意思，只是躺在那里，闭上眼睛。

王政君不忍惊动皇帝，就问貂褍："皇上近来怎么了？"貂褍答："皇上肝疾又犯了。时而疼痛难忍，捂腹打滚。""太医怎么说？"王政君问。貂褍答；太医看过后，说皇上旧疾犯了，须慢慢养。开了方子，皇上按时服下了。王政君心头猛震，怅怅望着立柱上的飞龙，不祥预感喷涌而来：汉家又要"龙御宾天"了？她突然激动起来，大呼："快去传朕的御医，把他们都传来！快去——！"

王政君说完。示意宫中宫女和貂褍一起退到宫外等候召唤。王政君坐到刘衎床边，柔声的对他说："孙儿，朕的好皇孙，朕知道你心里怨恨你皇祖母。你要相信，朕所做的一切都是为了你。为了保全咱娘俩儿啊……"说着，她竟老泪纵横，啜泣起来。

刘衎冰冷的心遇到这温情，开始消融。仍有气无力的应付着说："皇祖母，孙儿知道。"王政君俯下身子，用脸去亲刘衍的脸，仍哭着，低声在刘衍耳边说："皇帝你一定要保全龙体安康。你亲政之日就是你报仇之时！"刘衍惊讶，急忙睁开眼睛，望着王政君，问："如何报仇？"王政君示意他小声点，说："朕已在为你筹谋。皇帝不可声张，若无其事，明白吗？保重身体。朕会为你请太医，你自己要当心。明白吗？"王政君一时情急，说话都不拘礼数了。刘衍点了点头，眼睛里泪水在打转，他强忍着，扑向了王政君怀里。

王政君的三位御医都已到宫外了。王政君重新正襟危坐。御医依次为刘衍诊断。一番号脉，查问之后，都说皇上肝疾有加重之势。王政君问，现在的方子可有不妥？三位御医看了方子，皆答：并无大不妥。王政君问，可皇上为何厌食？为何腹痛？几位御医面面相觑，答不上来。王政君也没办法，只好让三位御医每日轮流来长秋宫为皇上诊疗一遍。

临走，王政君走到刘衍床边，说："孙儿，好好养病，不要操劳，朕会常来看皇帝的。"

王政君回到长乐宫，与她最信得过的孟萍商议对策。

孟萍说："陛下圣明，而今他强我弱，他众我寡，这护卫宫廷和京城的军队全是人家的，陛下只可小心在意，沉着冷静，且不可一时冲动，弄得不好，他们会弑君！"

王政君心里冷的一个寒颤。她又何尝不知，叹道："总不能坐以待毙吧，可有何对策？"

孟萍轻声说："皇上还有大半年就要亲政了。"她顿了顿看着王政君。王政君心里明镜，故作不知。孟萍接着说："太皇太后陛下只有联手皇上陛下借皇上亲政之日，兴勤王之师！"

王政君陷入了思考："不错，摆脱坐以待毙的生死一搏就在此一举！可是以什么理由呢？这皇宫里的书信如何能送出去呢？"

孟萍道："陛下要万事小心谨慎啊，不可有半点纰漏。"

一个多月的时间里，王政君每日无心朝政，每日去探望刘衎。刘衎的病情恢复得很快，精神好多了。胃口也变好了。王政君很高兴，宣召：皇帝于来年正月十五亲政，举办亲政大典。王侯将相皆来京朝拜。钦此。

消息公布出来，王莽急召平晏王邑二人商议。

王莽疑虑重重的问："皇上亲政又不是登基，何须办亲政大典？何须召诸侯？"

平晏忧虑，也说："上次为救王邑，出示卫后书信一事，太皇太后必将忌恨在心。而她竟一直无动于衷，必有蹊跷。"

王邑问："卫后书信可有给到皇上？皇上可有回音？"

平晏答："已通过皇后交给皇上了。尚无任何音信。"

王莽问平晏："皇上近来龙体怎样？"

平晏更显忧虑，答道："皇上的龙体近一个月来竟好转了许多。"

王莽心情沉重，轻声问："莫非？"

平晏不答而点点头。

王邑听不懂他们在说什么。就嘟哝着说："皇上都要亲政了，还是这般是非不明的，将来管理朝政，还不如让二哥代理得了。"

王莽斥责，让其住口。让他千万不可口无遮拦，传扬此事。王邑哪里知道刘衎虽怨恨王政君，但更忌恨王莽。他怨恨王政君，但不至于想杀王政君。但对王莽，现在刘衎和王政君都欲除之而后快。

送走王邑，平晏将宫里的情况详细向王莽汇报了一番。王莽心中不悦，问："看来太皇太后已识破你所为，你可曾给皇上饮食下毒？"

平晏听出王莽的不悦，答："仆决不敢。没有主公的下令，此等弑君之事，仆怎敢自行其是而连累主公？"

王莽纳闷，问："凡事当筹谋周全，行事细密。否则一旦败露，就算我等能控制这宫廷，也控制不住天下人啊。"

平晏听出王莽的意思是并不是不能下毒，而是须万无一失，不能轻易留下人证物证，更何况很可能现在太皇太后和皇上已有所防备。

平晏回道："仆只是安排了些种草药材，让皇上吃了不思茶饭，偶有安排泻火之材，皇上吃下会感腹痛无力。未曾想过下毒。"他没敢说他特意让自己的耳目还在皇帝的膳食和药物里加了些会加重肝疾的材料。他们原本的计划是让皇帝身体虚弱，无心朝政，这样即使他亲政了，他还得依靠王莽。但事情发展到这一步，大家都动了杀心。他们明白太皇太后不动声色，应当是想伺机杀他们，而他们不能去杀太皇太后，那样会给刘衎留下口实杀他们。他们唯有除掉刘衎而另立新皇，才可以保全他们自己。

他们密谋着，这次开始有了弑君的初步计划。

自从王嬿将父亲差人给她的卫后手书交给刘衎，刘衎对王嬿温和了许多。他知道自己是喜欢王嬿的。他也明白了应当是王政君和王莽都不希望他母亲进宫。王莽大义灭亲杀了支持他母亲入宫的儿子王宇，又在逼迫之下杀了卫后全族他的舅舅们，使得卫后悲伤孤独的活着，但好歹卫后得以保全了性命。这点他应当是感激王莽的，但他不能留着王莽，王莽掌握着他母亲，把持着朝政，威胁到刘氏宗室。他掌握权力之后必须要除掉王莽。但王嬿是无辜的。他观察王嬿心地善良，天性纯真，对自己悉心照料，任凭他冷落轻慢，王嬿都真心爱着他。

王嬿给他送来又大又甜的蜜枣。刘衎问："哪来这么大的枣子？"王嬿答："皇上，这是我娘亲特意差人送给臣妾的。快尝尝，很好吃！"刘衎一下警觉了起来，但不便明说。

王嬿一边自己吃着，一边拿给刘衎。刘衎推说待会再吃，让王嬿多吃。王嬿红着脸说："我娘亲说祝皇上皇后早生龙子……"说完看了刘衎一眼。刘衎心想，王莽再恶，也不至于谋害他女儿吧。但还是谨慎起见，观察些时日再看。王嬿吃着，没觉察刘衎有任何异样。

过了多日，刘衎看到王嬿毫无异样，对她拿来的东西也不再多疑，跟随着皇后吃了些。那蜜枣是真甜，王嬿喜欢，他也很喜欢。

王政君让皇上下诏：朕亲政大典之日，将进行阅兵。各国诸侯可各带领精锐武士一千人，各路将领将各领北军中军南军

精锐武士各一千人，排成方阵，文武百官也组成一方阵，接受
检阅。钦此。圣旨先到王莽这里，王莽和平晏预感不好，加紧
了行动。但没作任何阻拦，让其颁布了出去，各国诸侯和将领
感到惊讶，但各自去准备去了。

　　进入十二月，皇帝的病情又开始加重了。别的症状没有，
他就是隐隐感到肝痛。那几个太皇太后的御医，查不出什么问
题来，也变得支支吾吾的。只说皇上旧疾复发，并无大碍。太
皇太后来看望刘衎，刘衎看上去一切正常。饮食也无大碍。心
中疑惑，安慰刘衎说：“皇上最近可吃过特殊的东西吗？”刘
衎答：“一切如常。”刘衎为了保护王嬿，没有讲吃她给的东
西的事，但心中暗下决心不再吃王嬿带来的东西。王政君当即
又更换了太医和并换了御膳房的人。皇帝感觉舒适了几日，又
感不适起来。王政君问刘衎，“皇帝能坚持得住吧？”刘衎点
头，表示虽感不适，但并无大碍。王政君对貂裆说：“传朕口
谕：皇帝不豫，每日向天下人公布皇帝安康状况，每日请宫中
所有太医轮流来查看皇上的病情。”王政君这是将计就计，要
进行冲刺了。

　　行“不豫之制”的消息昭告天下，这无疑是一步好棋。王
莽信以为真，按定例到南郊祭天，为皇上祈福，宣告全国进入
不豫之制。一连几天大雪，天气出奇的冷。太医传出消息说刘

衍的病情急转直下，王莽来到南郊祭祀。这天雪下得特别大，长安街道积雪二尺深。南郊祭坛地势平坦，四周没有山丘，寒风呼啸，雪花翻飞，守卫祭坛的虎贲冻成了雪人，有的马站在雪里活活冻死了。百官劝谏另择吉日，王莽力排众议，坚称此日最吉，"予心如雪，皎洁无瑕，直白上苍；予言铿锵，随长风而至九霄，必达天聪。"

他冠悬白璧，手持圭璧，冲风冒雪，登坛发誓："臣愿以性命为皇上添福增寿，臣愿自己生病代替皇上病。只要皇上龙体康复，臣愿将性命奉与上苍。"随后把自己的誓愿装进金藤编成的箱子中，派人存放在未央宫前殿，对身边大臣说："诸公勿泄，泄则不灵。"

这是效周公故事。当年周武王病了，周公把同样的誓愿装进同样的金藤箱子，存放在金銮殿里。有人细细推算了一下，大呼："太巧了！太巧了！"原来周公祭天设誓之日正是这天，怪不得王莽力排众议呢。然而周公祭天设誓没能挽救周武王性命，周武王很快咽了气。但周公设誓博得声名大噪，日后才出现周公居摄辅佐成王的故事。

"真不知道他是祈生还是祈死！"王政君知道这个掌故，心中咒骂着王莽。平晏接报，立刻报告了王莽。

腊月二十六那天夜，以王舜、马宫、王邑为首的文武百官聚在长秋宫外，要为皇上祝福。王政君在长乐宫过小年，没人给她传报此消息，她被瞒得死死的。

刘衎听说王莽并不在，就出宫陛见百官。百官准备了酒向皇上敬酒。刘衎犹豫不决，推说龙体欠安，不便饮酒。这时王莽姗姗来迟，自罚三樽，再向刘衎敬酒。刘衎推辞。王舜唤来太医，太医说可先服药，再饮酒，应无大碍。百官一再要求。刘衎推脱不了。就经过貂裆试毒之后，先服下药，再被连敬三樽。刘衎醉了，被扶进宫。百官才肯罢休散去。

刘衎昏迷不醒。王嬿得到消息赶来，貂裆说皇上喝醉了。是不是弄些醒酒汤给皇上喝？王嬿应允，传来太医，在太医们的众目睽睽之下，在太医和貂裆都试过冷热，试过毒之后，自己亲自喝过之后，喂给刘衎喝。

迷离之中，刘衎看着他心爱的王嬿，想告诉她朕不喝。王嬿还是将醒酒汤喂给了刘衎。刘衎喝下后，过了一个多时辰，就疼痛而亡。王嬿怎么也没想到，看着她心爱的皇上痛苦的死去，就死在她的怀里。哭得死去活来，性情大变。

"皇上驾崩。"

深夜，王政君早已睡着，噩耗传来，她不敢相信。痛苦得用头撞着床架。衣服都没穿齐就匆忙去查看。貂铛把当晚情况向王政君作了奏报。王政君伤心欲绝，追悔莫及。让太医们立刻查药，酒，汤和器皿上是否有毒。众太医反复查看后报告：确实没有毒。

王政君叹息："皇上有肝病，又在不豫期，怎么能饮酒？是谁的主意？"

无人能答。只说"安汉公宰衡大人等文武百官来向皇上敬酒，为皇上祝福"。

王政君明白一定是王莽害死了刘衎。他们赢了。而刘衎已经死了，虽然自己的心血没了，伤心得要命。但得立刻为将来，为自己为汉室打算了。她没有忘记，她现在还是一国之君。

刘衎一死，王嬿就成了太后，而自己就得退休了。如果对付王嬿，自己已没有任何力量了，连自己的安危都没法保护了。如果向天下昭告王莽的罪行，估计她的敕令出不去长信宫了。尽管伤痛在心，她立刻理智起来。不再把矛头对准王莽和王嬿。

"传王莽！"王政君大喝。

不一会儿王莽就到了。他伏地号哭，王嬿早已哭得痛不欲生了，见父亲来，又大哭起来："皇上，臣妾愿地下陪皇上。是臣妾害了皇上啊！"

“发丧吧。”王政君不想与王莽多说，正要讪讪离去。

王莽说：“时间紧迫，臣有本要奏。”王莽跪着不动，平静地呈上一束奏章：“臣拟定大行皇帝谥号为孝平皇帝；尊孝平皇帝庙号元宗。”刘衎死后，谥号关乎君国体制，确实耽误不得。王政君心中冷哼：真是有备而来啊。

王莽接着说：“今孝元皇帝子孙皆绝，孝宣皇帝曾孙为王者尚有五人，为侯者尚有四十八人。他们大多老迈，少数几个年轻的骄奢淫逸不宜为帝。臣意新君在孝宣皇帝玄孙辈中遴选……”

王政君冷冷说：“传承继统是皇家的事，无劳你费心。”王莽平静地说：“宗室决定也要朝野认同，天下归心。身为先帝辅臣，岂可撒手不管？”

“什么？什么？”新君人选未经奏请，他竟然把孝宣皇帝曾孙辈全部排除在外，王政君气得发抖，但语气软了很多，“你自恃位高权重，独断专行！眼里还有没有你姑母？还有没有汉家宗室？”王莽说：“臣正是为汉室着想，为陛下着想，为天下苍生着想的呀。”

“别以为朕什么都不明白！别欺人太甚！”王政君压低声音对王莽说，“你提几个名字让朕看看吧。”

新岁临近，王政君召宗正刘凤陛见。刘凤年近花甲，为人老成。这些年外家擅权，宗正府成了冷衙门。他倒能耐住寂寞，守着这份差事，默默给宗室子弟提供一些力所能及的帮助，口碑一直不坏。

"平身，赐坐。"王政君显得异常客气。"汉室不祥，三世无嗣。凡我宗室能不怛惕？你要为汉室推举一位年轻有为的新君哪。大汉社稷是我刘氏社稷，大汉江山是我刘氏江山，我刘氏不关心谁关心？我刘氏不爱护谁爱护？"说着声音颤抖，一行老泪流了出来。

刘凤也流下了眼泪，"臣遵旨。"正要告退，王政君又说："征求馆陶的看法，一定要尊重她的意见。"刘凤再次拜倒，"臣遵旨。"

新岁在国丧中来临，长安不闻锣鼓爆竹之声。长老会议后，刘凤奏报："长老会议一致推举广戚侯刘显之子婴为新君，卜相皆吉。"王政君问，"广戚侯刘显之子不就是孝宣皇帝的玄孙吗？孝宣皇帝的曾孙五十三人中就没有合适人选？"刘凤回应，"是。"王政君说："不对吧，望乡侯刘信今年十九岁，知书明礼，素有贤名，也不合适？"

哀帝驾崩，馆陶公主曾经拥立望乡侯刘信为君，朝野闹得沸反盈天。刘凤说："望乡侯刘信不宜为君，已有圣裁在先，长老无人再举。。"

自己掘墓自己埋啊！当年她坚决反对望乡侯刘信为君，不惜与馆陶公主反目。现在后悔晚了，认错也晚了。"广戚侯刘显之子婴，是名字叫婴呢，还是一个孺子婴？"刘凤说：

"正是孺子婴。孺子婴年两岁，尚在襁褓。"孺子婴去岁十月生人，因其跨岁民间算两岁。其实只有四个月，还未取名。

"四个月？"王政君更加吃惊，"玄孙辈二十三人，难道没比这婴儿大的？"王凤说："有是有，经长老一一考量，一一筮卜，都不合适。这是天命所定，人力不可强求。"王政君怔怔说："刚四个月的婴儿怎能为帝啊？"刘凤说："有陛下在啊。"王政君苦涩说："朕年事已高，不能再辅冲龄之君。应效孝文皇帝故事，选一成年君主，登基后即行主政。"汉惠帝死后无嗣，周勃陈平等人除掉吕氏，推选刘恒为君，时年十七岁，是为汉文帝。

刘凤说："以陛下之春秋，早该颐养天年了。但陛下受命于天，身系汉室安危，兆民福祉，只有勉为其难了。朝廷离不开陛下，社稷离不开陛下哪。"王政君连连摇头，她已经心劳力拙，回天乏术，神情坚定，"此议不妥。朕不信再无合适之人。孝宣皇帝玄孙辈选不出，从孝武皇帝后人中选；孝武皇帝后人中选不出，从孝景皇帝后人中选。高祖皇帝后裔遍天下，朕不信选不出一位贤君来。"

刘凤连连叩头，"陛下，孺子婴卜相极佳，降生时其母梦见金龙入怀。是真命天子，长大后定可成为明君。"

"其母之言谁听见了？"王政君满腹狐疑。她眨巴眨巴眼睛突然说："如果朕所料不错，孺子婴之母只怕已经亡故。"

刘凤不作声，她更加怀疑：

"广戚侯刘显大约也不在人世了吧？"

孺子婴是遗腹子。其父刘显半年前病故；其母产后身亡，刘凤深深埋下头，王政君终于听明白了，孝宣皇帝曾孙五十三人玄孙二十三人，不是因为年龄大就是因为父母健在。年龄大可以直接亲政，无须什么人辅政；年龄小的，如果父在应由父摄政，母在应由母临朝，唯独孺子婴无父无母赤条条无依无靠。这样的幼儿五年前是她心目中最佳皇帝人选，五年后的今天自然成了王莽心目中最佳皇帝人选了。

王政君站起大声叫喊，"起驾公主府！"

"起驾公主府！"的传呼声一直传到殿外，犹如石沉大海，没有动静了。毫无疑问，长信宫已经受人控制，不再听她发号司令了。气得拄着拐杖往外走，"朕走着去！"刚走几步，就听有人在殿外喊叫，"参见太皇太后陛下。"

声音很熟悉，举目一看，却是何闳。何闳因御览房失火，烧毁了王莽罪证，关进掖狱，居然不经她同意放出来了。何闳的出现，宣告她再也不是后宫主宰。

王政君径直往前走，何闳在她面前跪下。王政君喝斥，"滚开！"何闳流涕，"大丧期间，宫府戒严，奴婢不忍看见陛下折损尊严。"他的哭声极尽谄媚与忠诚，与王莽异曲同工，只是比王莽更尖厉更刺耳更恶心。正要绕地行走，殿门在她面前关上了。王政君拐杖一阵乱笃，心口一阵剧疼，尖叫一声，扪住胸摇摇欲坠。

何闳走上前，指挥宫女把太皇太后陛下扶进寝宫，喝令貂铛去传太医，俨然又是长信宫总管了。

孟萍几个老宫女上前扶住她。大汗从额头冒出，王政君筛糠似地抖动，身边的宫女劝解，"陛下，气大伤身，消消气吧。"

折损尊严！何闳刺耳的声音在耳边鸣响。她现在什么都没有了，如果折损了尊严，还算什么人呢？她倒在榻上再也说不出话来。

梅花谢了，桃花开了，仿佛都是天外光景；二月社火，三日踏青，已成旁人热闹。晨起困倦，饭后慵懒，啥啥都心烦。孟萍劝她到御苑散散心，她懒得动弹。倚在几儿上不觉迷糊过去，远远传来一阵婴儿哭声，一个粗豪的声音在寝宫外祝贺，"恭喜太皇太后！"

夜晚睡不安稳，坐下来就打瞌睡，"胡说！谁把婴儿抱进宫的？"

"微臣甄丰。"

"微臣王舜。"

二人上前叩拜，一个奶娘抱着孺子婴跪在他们身后。

五年前二人到中山迎刘衎进宫，五年后二人送孺子婴进宫。五年前二人奉她的旨意行事，五年后二人逆她的旨意行事。时过景迁，物是人非，如今她的旨意出不了长信宫，奉她的旨意逆她的旨意有什么打紧？无非做个样子给外头看。深宫之外有谁知道发生了什么事，又有谁知道事情本该是什么样子。

王政君说："朕老了，不能再辅一个婴儿皇帝。"甄丰说："太皇太后但请宽怀，大事小情有周公。"

王政君这才注意到二人把太皇太后陛下的"陛下"去掉

了，气不打一处来，冷哼一声，"周公？周公姓什么？周文王周武王周成王都姓什么？"甄丰应声，"姓周呀。"王政君斥骂，"不学无术！周公姓姬，他是周文王姬昌之子，周武王姬发之弟，周成王姬诵之叔，他叫姬旦，都姓姬。朕问你，当今周公在哪？姓刘吗？"甄丰语塞，王舜说："甄大人之意是效周公故事。"甄丰赔笑，"是啊是啊，微臣一介武夫，不会咬文嚼字，嘿嘿。"

满脸憨笑，分不清真率还是伪装；一点也不发窘，王政君只觉恶心，"把婴儿抱走！"

王舜叩拜，"孺子婴卜相俱吉，天命所归。朝野共奉为君，皇太后过嗣为子，望太皇太后一如既往，亲手养育，使其成为一代明君，光大汉室才是。"

"谁爱共奉共奉去，谁爱过嗣过嗣去，与老妪何干。"王政君也不称朕了。

甄丰说："太皇太后不愿养育幼君，臣等只得改求皇太后了。"言外之意你不做有人做。王舜却说："太皇太后健在，何必改求皇太后？微臣兄弟一致认为，一如孝平故事，太皇太后养育幼君，安汉公辅政，举朝熙睦，孝慈两全。"二人配合默契，一人威胁，一人安抚，诱导她接受既成事实。

"啪！"王政君猛击御案，"老妪说了，老妪不能养育婴儿，尔等要找那个贱婢去找好了。老妪不希罕！"

甄丰粗豪的嗓门又响了："启奏太皇太后，臣等已经叩谒皇太后。皇太后与太皇太后天家为祖孙，外家为姑祖孙，皇太后一片至诚，愿替太皇太后分劳，但怕太皇太后多心，一再敕臣等婉言陈辞，申达孙媳孙女之意。现在好了，太皇太后明确表态，皇太后无可推辞了。"

三十八　访陌巷符命传帝京 议槐林流言诘学堂

　　北门有条陌巷，住的都是篷牖茅椽人家。有家人姓贺，老爹卧病，儿子为人佣工，穷得家徒四壁。三年前，王莽微服私访，看到这家儿孙孝顺，侍奉汤药未尝废离。不觉心存好感，时常微服前去送钱送药周济。不知是孝行动天还是善行动天，贺老爹病情逐渐好转，春上起床了。初春的阳光很温暖，王莽与贺老爹蹲到墙根晒太阳，天南地北闲聊。

　　大街上传来一阵锣鼓声，贺老爹叹息，"人心不古啊，皇上新丧，竟有人敲起锣鼓了。什么事嘛。"

　　王莽倒是知道什么事的。大约十天前，前煇光谢嚣上书，"武功县亭长孟通淘井淘出一块白石。白石上圆下方，有丹书现于石上：'安汉公莽应为皇帝'。"

　　朝中许多大臣说它是天降"符命"（符是鬼神的文符，命是天帝的命令），派京兆尹甄寻到武功去请白石。大约甄寻回到长安了，市民敲锣打鼓迎接。然而白石进京后怎么办？改朝换代？荣登大宝？这事太大太突然了。昆弟也有不同意见：有的主张顺天承命南面称帝，有的以为汉朝气数未尽不可造次。他拿不定主意，才出来找贺老爹聊天的。

锣鼓越敲越近，只见甄寻一行人走进巷来，"参见安汉公。"

"安汉公！"贺家人惊呆了，陌巷人惊呆了，大街上的人闻讯跑来跪在地上，把陌巷两头严严实实堵死了。

王莽头戴方帻，身穿青布长衫，环眼浓眉，一蓬青须，身材伟硕地站在人群之中，"诸位请起，快快请起。"他先搀贺老爹，贺老爹仰枧看他："你就是安汉公？老汉不是做梦吧。"王莽微笑着点头，贺老爹腿还没站直又卟咚跪下叩头，"恩人呐，大救星啊！"王莽慌忙把他扶起。贺老爹泪流满面，向人诉说三年来安汉公到他家嘘寒问暖送钱送药：

"没有安汉公哪有老汉这条贱命？没有安汉公哪有老汉这个穷家？安汉公与老汉非亲非故，却比亲人还要亲。三年啊，得有长情啊，安汉公心里装着咱百姓装着咱穷人，有长情，好人哪。"待他说完，四周一阵唏嘘。

甄寻站起，把一个中年汉子推到人前。"诸位父老乡亲，这位就是武安县亭长孟通，请他讲讲发现'白石符命'的经过。"

孟通告诉众人，夜里看见一道金光从天而降，落入井中。早起时，井里金光闪闪，乡邻轰动，老少爷们围着井沿观看，该不是天上掉金子了吧？他决定淘井看个究竟，掏着掏着，淘出一块白石。上面有字，字为篆文，色为丹砂。他不认识，乡邻不认识，庠序经师也不认识。前煇光谢大人路过，看见了白石，把白石送到右扶风郡学。郡学有位贾先生认出了石头上的字。

孟通说："井里都是污泥碎石，淘出一块洁白如玉的石头来，不是天上降的还是地上长的不成？金光闪闪，神灵显圣，天意啊。有谁不信到亭里去问，而今左近百里家家户户都在焚香祷告呢。"人群一阵发吼："信！符命就是天命，我等信！"人们议论纷纷：

"汉室不祥，三世无嗣，天命归于安汉公，汉室应禅位安汉公啊。"

"安汉公是贫苦百姓的大救星啊。"

说着说着，人们齐声呼起万岁来。王莽慌忙跪倒，"予为汉臣，岂敢僭越？纵然皇天有命，予效忠汉室，矢志不改。皇天当知予心，，父老不可强加于予。"

王莽坚信成大事须获天命民心。民心他听到了，但天命似乎不大认同。有种测知天命的占卜叫"开口卜"。某人遇到某事，可按开门听见的头一句话判定吉凶祸福；某人办理某事，可按别人开口头一句话判定吉凶祸福，这就是所谓"开口卜"。当锣鼓声传到陋巷，贺老爹极其不满，斥为人心不古，

"皇上新丧，竟有人敲起锣鼓了，什么事嘛。"由此他断定汉朝的确"气数未尽"，他不能贸然行事。

白石送进宫中，宫中奏起丹陛大乐。王政君大惊，"大行皇帝尸骨未寒，宫中缘何奏乐？"貂铛奏明后，她郑重说："此等诬罔之事，不可施行。汉室不禅，也不容篡！"

殿门一阵传呼："王将军求见！甄将军求见！"

"不见！不见！"王政君直摆手。她知道拦不住，颤巍巍往寝宫走，刚躺在御榻上，二人居然赶到栖凤阁门口出现在她面前，"参见太皇太后陛下。"

嘀，又叫"陛下"了！是不是又有什么事要用上她？她坐起来直摆手，"老妪不是陛下，不用尔等参见，走吧，走吧！"

王舜说："太皇太后陛下息怒。陛下受命于天，身系汉室安危，朝廷离不开陛下，社稷离不开陛下，陛下怎可撒手不管呢？陛下永远是臣的陛下，永远是安汉公的陛下，永远是王氏子孙的陛下，永远是天下臣民的陛下。即便陛下委政安汉公令其摄政，也离不开陛下时时监国，天天问政呀，陛下千万不可不管啊。"一番虚词过后，甄丰明确提出了要求：

"车骑将军的话臣赞成，一千个赞成！一万个赞成！但安汉公摄政应有合适名份。高祖皇帝曾经规定非刘不王，安汉公摄政不能封摄政王，请封为摄皇帝。用以镇服四方，稳定全局。”

王不能封，居然封皇帝！王政君大声吼叫，“胡说！”

“而今符命已降，天命安汉公为帝，臣民也都企盼安汉公为帝。但安汉公忠心汉室，一心想学周公，不肯称帝。只求陛下封为摄皇帝，养育孺子，辅佐幼君。” 甄丰毫无惧色，挺直腰板直视她的眼睛：“请太皇太后陛下恩准。”

“老妪不答应，绝不答应 ，除非老妪死了。”王政君胸口一阵疼痛，大汗从额头从后背刷的冒出。“出去！都出去！”

“太皇太后陛下哀怜。”王舜跪着不动，“皇太后年幼，与安汉

公为父女，实有不得已之事。”这“不得已”，道出了事态之尴尬。

王嬿年仅十四，封乃父为摄皇帝，岂非老父幼女私相授受？何况还有

太皇太后健在！天下不会认同，后世不会认同，当然“不得已”了。

只好“不得已”改求她，只好“不得已”把陛下尊称还给她。

王政君唾骂，“辜汉之恩，猪狗不如。”

二人任由她骂，一味赔着笑脸。等她骂完，王舜说：“陛下误会安汉公了。安汉公是陛下之臣，也是陛下之子。辜谁的

恩，也不会辜陛下之恩。安汉公一生忠孝，岂是觊觎皇位之人？符命已下，天命难违啊，安汉公进退为难，陛下也该体谅体谅啊。"王政君说："伪造符命，诬罔天下，狼子野心，路人皆知。休想！"甄丰抗声，"怎么是伪造符命？那是天降神书，真正的符命啊。咒毁天命，天降不祥。"王政君说："老妪本不祥之人，四世为后，三世绝嗣，还怕什么不祥？不就是死吗？"王舜赔笑，"陛下千金之躯，岂可轻言'不讳'？"王政君望着这个一向私心窃爱的亲侄，心中隐隐作痛，懒得多说，闭上了眼睛。

王舜说："陛下别寻短见啊，这可做不得呀。多次轻言'不
　　讳'，
不是好兆头啊。"不讳是死的意思，他们居然拿死做上了文
　　章，甄丰
应声，"可不是，陛下千万不可瞎想啊。七想八想的，美事不
　　灵丧事
灵，真有个好歹可就不好了。唉，深宫之中，高墙之内死个把
　　人，谁
知道怎样死的。死得不明不白，何苦呢？"

这哪里是劝她，而是逼她寻短见逼她去死。这帮辜恩负义的东西，她一生为他们耗了多少心力，居然如此绝情，"滚，滚出去！"

"太皇太后陛下肝火还满旺呢，嘿嘿。"甄丰轻声笑着，似乎笑得满脸虬须发颤。

她越想越伤心。觉得自己早已心如死灰，孰知死灰的心也会发酸，老泪簌簌流出来。死吧，死吧，她也该死。"老姬不封那个大奸大伪的东西做'摄皇帝'，尔等不就是要逼老姬死吗，告诉那个猪狗不如的东西，老妪宁死也不答应，不答应！"

二人走后，她稍事梳洗，独自步入神堂，跪在神龛前默默忏悔。她实在有罪啊，对不起高祖皇帝，对不起历代祖宗，尤其对不起父皇孝宣皇帝。高祖皇帝以及历代祖宗她没见过，父皇孝宣皇帝她是见过的。当初刘奭要废她，正是父皇孝宣皇帝维护了她。她与父皇相处的时间虽然短暂，父皇的音容笑貌却深深烙在心上。五十多年了，她一跪到神龛下头，父皇就生生浮现在眼前，依旧那么慈祥那么豁达那么体贴人意。她真是惭愧死了，正是由于父皇的圣明，才有她四世为后的风光，而她却把好端端的汉室断送在自己手中。

　　中午传膳的时候，她不吃；晚上传膳的时候，她也不吃。宫女和貂珰慌成一团，孟萍什么也没说，跪在她的身后。到了亥时，几个嬷嬷抱来被褥，喂了点水给她喝，也跪在她的身后。长信宫惊动了，全宫的宫女貂珰跑来观看，有的劝解，有的哭泣，有的也默默跪下了。天明之后，神堂跪成一片。

　　"臣等恳请陛下进食。"王舜率王氏昆弟子侄三十余人带着热腾腾的饭菜，跪在她身边。王政君看也不看他们一眼，王邑说："陛下龙体要紧，对臣等要打要骂都可以，不能与自己身体过不去啊。"王寻说："陛下不进食，臣等也不进食。"

　　多少年不感觉饭菜的香味了，饭菜真的好香好香啊。这些年无论多好吃的东西，即便吃起来觉得有味，也不感到馋。才一天一夜没进食，饭菜就变得谗人了，还真有涎水在口里涌动呢。也许王氏兄弟子侄使她厌恶，也许饭菜的香味使她窘迫，她离开神堂，回到寝宫，吩咐关上门不让人进来。可是不到两个时辰，寝宫的门悄悄打开了，宫女陆续跟来，一下子地上跪满了。

　　谁说都是奸细？忠于她的人大有人在，十年苦心经营没有白费。她很感动，颤声说："老妪该死，尔等就不必了，出去吧，出去吧！"

　　"奴婢愿随陛下于地下。"宫女们说。

饱暖思淫欲，饥饿思什么呢？思饭吃。尤其这又香又软的御榻，使她产生强烈的食欲。

早膳送来了。

午膳送来了。

晚膳送来了。

早膳的时候，她就听到细碎的咀嚼声。有人扛不住饥饿，偷偷进食了。到了午膳和晚膳，咀嚼声更响了，连成片了。她的耳朵突然变得特别灵敏，连吞咽声，吞咽时气流颤动声也分辨得清清晰晰。膳食中大多是馍馍和大饼，散放在榻上伸手可及。她偷偷拿了一个馍馍，心里觉得不该，想放下，那馍馍软和和的感觉特别熨贴，好像沾在手上，与手掌融合一体了。心想算了，等王舜或者王邑进来了，摔到他们脸上，大发一通雷霆。这么耗下去，实在不是事。不智啊，实在不智，该借故结束这不智之举了。

她很快形成了腹案，一个又一个。大约过了一炷香时间，也许只有一盏茶时间，王舜王邑都没进来，馍馍软和熨贴的感觉很快从手掌传导到口腔，涎水一口一口流进肚里。肚里似乎伸出一只手来接馍馍，她实在等不及了，扫了榻下一眼，偏过身子把馍馍塞进口里。她知道这很丢脸很可耻，但有一种比意志和脸面更有力的欲望，让她想都来不及想就咬下了一大口。

不待咀嚼，喉咙就颤起急促的吞咽气流。寝宫里的咀嚼声音骤然停止，榻下的宫女一齐抬起了头。只听孟萍高声宣呼：

"恭请太皇太后陛下膳堂用膳。"

王政君羞惭满面，"贱婢，住口！"孟萍叩拜，"陛下千金之躯岂可意气用事？陛下若不到膳堂用膳，奴婢一死以谏。"

王政君自然知道她是为自己挽回面子，给自己一个台阶下。几句空话就进食，岂非更成笑柄！"大胆贱婢，居然以死要挟！"

"陛下待奴婢恩重如山。奴婢一死谢恩，一死谢罪了。"说着拿出一个小瓷瓶。王政君认得这是装酖毒的小瓶，"不可。"

"陛下蒙羞，臣子之罪；主母蒙羞，奴婢之罪。奴婢以死相谏，唯独一死，陛下才可免于蒙羞，奴婢去了。"说罢她把酖毒倒进口里，倒在地上。

"萍儿！"王政君哭喊着扑到她的身上。难耐的饥饿，窘迫的羞愧，使她觉得生不如死，"老妪不想活了，实在不想活了！萍儿，等等我。"说着去拿瓷瓶，刚伸出手就被何闳夺走。她伸手去抢，只觉浑身无力，倒在孟萍尸体上。

"陛下！"几个嬷嬷把她扶到榻边，她发狂地把榻上的馍馍扔到地上，"拿走，都拿走！"

寝宫一阵忙乱，馍馍拣走了，孟萍的尸体也搬走了。

"恭请太皇太后陛下膳堂用膳。"何闳尖声高呼。

王政君把身子转过去不理睬，几个嬷嬷跪到榻边，"陛下，用膳吧，体谅萍妹一片心。"

"体谅萍姐一片心吧。"宫女全跪下了，一个宫女拔下金钗，"陛下若不用膳，奴婢也自尽在榻前。"

"奴婢也自尽。"几个宫女响应。

王政君不知怎样走进膳堂的，也不知怎样用膳的，只知道何闳劝她慢些吃。吃完之后，觉得很丢脸，肚子却很受用。王舜王邑前来搀她回寝宫，她把手搭在一个嬷嬷臂上，王舜赔笑，"臣苯手苯脚，嘿嘿。"王邑说："不光苯手笨脚，还拙嘴笨腮惹陛下生气呢。"

回到寝宫，王舜说："安汉公不敢有非份之想，只想居摄以重其权。这都是为汉室社稷着想啊。封诏已经拟就，请陛下过目。"王政君只觉悲情涌动窘迫难当，"萍儿啊！"她哭了。

王舜把封诏交到一个嬷嬷手里，"符命传进长安，天下震动，万众翘首。天意不可违，民心不可欺，势不可当，已非人力所能挽回。陛下审时度势，速将封诏颁发天下吧。"说毕退了出去。

翌日封诏加盖了玺印，昭告天下。平帝刘衎大殁之日，王莽抱孺子婴南面而坐，接受群臣朝拜。改元为居摄元年(公元6年)。

学舍西面有片槐树林，占地十余亩。专门买卖书籍，是个书市，古称"槐市"。每到四月新叶长成，浓荫匝地，士子拿着书籍穿行其间，或买卖，或交换，仁地阅读，相与品评。逛槐市的人除了太学生，还有经师、教习、博士、大夫，彼此切磋学问，谈论时政，形成一个舆论中心。这就是古人称道的"议论槐下"，也是莘莘学子最热衷最风雅的事情。

"风生于地，起于'孟萍'之末，浸淫溪谷，盛怒于土囊之口……"一个太学生站在树下，展开一卷新简临风吟咏。

他叫刘縯，蔡阳人氏，高祖九世孙。到他父亲这辈，已无爵位和封地，依靠着祖上积累的钱财，家中置了不少田地，在当地算得上是一响当当的豪族。初进辟雍之时，与别的太学生一样，对王莽无限崇拜无限热爱无限信仰无限忠诚。在辟雍太学生可以谈天说地骂朝廷，但不可以怀疑王莽。谁怀疑王莽，谁就是太学生的异类；谁不敬王莽，谁就是太学生的寇仇。自从居摄二年(公元 7 年) 孟萍的事迹从深宫传进辟雍，很多人怀疑了，刘繻就是其中之一。

不到一年时间，孟萍的事迹变得众说纷纭。有人说，太皇太后绝粒在先，掌玺女史酖谏在后：由于掌玺女史酖谏，太皇太后才进食；也有人说掌玺女史酖谏在先，太皇太后绝粒在后：由于掌玺女史酖谏，太皇太后悲恸过度而绝粒。他们各持已见，争得面红耳赤。

争论归争论，更多是震撼。好端端的女史酖谏！至高无尚的太皇太后绝粒！太学生一向对宫中事情好奇，听到一点消息，总企图从零星纷乱的传说厘清事实真相。未央宫发生了什么事？朝廷发生了什么事？安汉公怎么做上了摄皇帝？宫廷政变？权力斗争？王氏内哄？可惜他们所能获取的信息太少了，真相厘清之不足唯有猜测；猜测之不足唯有想象；想象之不足唯有怀疑了。怀疑体现书生本色，猜测展现学子智慧，至高无尚的太皇太后受到了怀疑，盛德巍巍的安汉公也受到了怀疑。猜测与怀疑通过嚣嚣之口汇成滔滔之水，猜测与怀疑有多大，水位就有多高；猜测与怀疑有多久，汛期就有多长；猜测与怀疑一天不消除，大堤一天就有坍塌危险。

丁宛笑问，"风起于'青萍'之末，怎么成了'孟萍'之末呢？"刘纁笑答，"这些天到处说孟萍，满脑子都是孟萍，一下子弄混了。"丁宛与刘纁同舍，交谊甚笃。

"混得好，一语道出症结！"有人击掌，树后闪出一个人来，却是同学好友王焉。这个人面皮青黄，颧骨高耸，两撇鼠须，形容古怪。他在辟雍学《易》，善占卜，消息灵通，言语犀利，是太学生中一个活跃人物。

丁宛问，"王学兄预言风起孟萍，汉室从此式微，王莽淫威从此盛怒于'土囊之口'了？"王焉微笑着摇头，"何如奸伪者名声从此衰颓，忠贞之士从此盛怒于'土囊之口'呢。"二人齐声赞同，"说得好！"刘纁说："王学兄大概又有什么新消息吧？"王焉说："回舍去说。"

走出槐林斑驳光点，进入开满野花的杂树林，一条小路通向学舍。杨柳垂绿，桃李吐蕊，开得满枝的紫荆花向行人摇曳，频送春光的浪漫与温馨。回到学舍，王焉气愤说："鲍宣鲍大人遇害了！惨死上党狱中。"

"谁害的？"二人十分震惊。

"官府。"王焉是上党人氏，家乡来人说的。"鲍大人一生办案无数，自己却死在冤狱之中。我等得为鲍大人讨公道，不能让他不明不白死了。"

“对，要为鲍大人讨公道！”二人都很赞同。

辟雍每日都有经师、博士、大夫在殿堂授课，成千上万学子前往听讲。这天，王咸在南堂演讲。这个王咸就是被称为“长安三杰”的王咸，也就是曾经击黄钟聚学子为鲍宣抱打不平的王咸，一年前他投身刘歆门下，由博士弟子拔擢为大夫了。丁宛发问，“鲍宣鲍大人刚直勇毅，夫子曾为他仗义直言，学生亦敬慕为人。近闻鲍大人死讯，不知确否？”

他刚问完，惊愕之声四起，发问者接二连三：

“听说鲍宣鲍大人死在上党狱中，不知所犯何法？”

“听说鲍宣鲍大人死得很惨，朝廷为何不予追究？”

丁宛暗暗吃惊，他以为鲍宣之死只有他们三人知道，谁知早传开了。正如风起青萍之末，而非起于一茎青萍而是大片青萍。

听讲者四五百人席地而坐，黑鸦鸦一片，王咸看不清发问者是谁。鲍宣已经死了，他早有耳闻，但所知甚少。他曾是辟雍弄潮儿，谙熟潮汐与风向。察觉苗头有些不对，最稳妥的办法是佯作不知：“鲍宣鲍大人死了？真叫人痛心。只是近日谣言甚多，未经查实，诸君不可信实。”有人抗声，“正因真相不明，是以请教师长，以正视听。”王咸说：“听到鲍大人死讯，下官和诸君同样震惊。实不相瞒，下官虽与鲍大人神交日久，私下却无来往。鲍大人离京之后，音讯全无。至于他的生死，下官实不知。"说罢，他起身离开讲席。听讲者纷纷站起诘问，有人挡住去路，已含谴责之声了。

"朝廷应公开鲍大人案情。"

"惩办残害忠良的昏官酷吏！"

在盛传孟萍之死后又传出鲍宣之死，王咸更觉来头不正。他无法回答这些问题，只有含糊说："诸君关心鲍大人，下官也关心鲍大人，但情况不明不便多说。"走出殿堂，他感到一种无形的压力。这么多人当众提出鲍宣之死，不像偶合。是不是有人在暗中损毁摄皇帝崇高声誉，玷污摄皇帝光辉形象，煽动太学生矛头直指摄皇帝？

孺子婴登基之后，王莽搬进宣室居住。过去的"椒风"成了育婴室，由八名嬷嬷八名貂铛看护；宣室大殿改为勤政堂，王莽日夕在那里批阅奏章。夜晚睡在椒风外面门楼里，充当幼君守护人。居室除一榻而外别无长物，简朴到了极致。王莽宣布了在青州一带全面推行井田制，交由刘歆督办。这次再没听到汉室宗室的反对之声了。

　　王莽听到刘歆前来晋见，抱着孺子婴到殿前台阶迎接。孺子婴已经三岁多了，胖嘟嘟很可爱。去年秋天，刘歆把女儿刘愔嫁给了王临，二人成了儿女亲家，更加亲近。刘歆听了王咸禀报，觉得事情不单纯，带着王咸进宫来了。

　　西垂的落日照射着天边的流云，喷出万道彩霞。沧池粼粼碧波荡漾晶莹，御花园菲菲花枝炫煌胭脂，未央宫高阁重楼蒸蔚在缤纷灿烂的光影中。

　　王莽身穿海日盘龙袍。右上角绣着一轮刚刚从云海中崭露的红日，中间绣着一条云雾飘绕的金色盘身巨龙。它原是礼服，花色图案都是吕焉设计的。穿上这身礼服显得特别魁梧特别高大，王莽特别喜欢，吕焉就把它改成了朝服。礼服原以黑缎为底料，四周滚白边。利用云海红日，把金龙的背景从黑色调换得五彩斑斓。而当他官复大司马，黑缎底料改为赤色，白色滚边改为黄色；荣升安汉公时，赤色底料改为紫色，黄色滚边改为绿色；而今当上摄皇帝了，紫色底料改成黄色，绿色滚边改成红色了。唯独金龙一双镶嵌珍珠的黑眼睛睥睨尘寰，在景云里翱翔的形象没有变，似乎比以前更加神彩奕奕了。

　　"天神！一尊天神！"王咸头一次近距离瞻仰丰采，心头猛烈振荡。

朝服是上朝或公干时穿的，居家过日子都穿轻软便服。自从搬进宣室，无论寒暑无论晨昏成天穿着。王莽告诫自己，这里不是他的家；也告诉旁人，他没有把这里当成家。他在这里是上朝是办差是养育皇上是鞠躬尽瘁。身穿朝服就是时时刻刻提醒自己身处庙堂，时时刻刻表明自己诚惶诚恐。

朝服金丝银线质地坚硬，孺子婴柔嫩的身体很不自在，扭着扭着，扁着嘴哭起来。"啊啊，别哭别哭，皇上乖，皇上听话。"王莽拍着哄着。孺子婴尿了，尿水顺着臂弯前襟往下流。"嘿嘿，这皇上！"王莽傻笑着。

"恭喜摄皇帝！"刘歆展颜而笑，"雷霆雨露皆天恩，尿水泪水亦甘霖。"

"哈洽哈。"王莽把孺子婴交给貂铛，大笑着擦拭尿水。

王莽迫不及待的问刘歆："子骏，青州井田施行，可有进展呐？"

刘歆答："将阡陌改为井田，确实费了一番力气，但推进很快，不日将完成青州全境水利工程。工程所到之处，失地农民无不拍手称道，翘首以盼，流落他乡者纷纷返回乡土，寇匪渐消纷纷重新务农。摄皇帝功德无量啊！"王莽听了很高兴，很得意。问道："当地豪族是何反应啊？"刘歆答："臣得奏报，说当地豪族多与盗匪勾结，以趁机强取贫民土地，豪夺贫民为其奴婢。只是……"王莽恨恨的骂道："豪族强取豪夺，真是岂有此理！青州府为何不早报？"刘歆不紧不慢，答："摄皇帝息怒。臣尚未查实情况。青州府税赋多依赖当地豪强。故而听闻地方官吏勾结庇护豪强。"王莽听后若有所思，最后说："那就有劳子骏查明情况，每月向朝廷禀告进展。"刘歆允诺。

随后刘歆引荐身后的年轻人，王莽叫着，"王君卿不是？几年不见了，'王君卿文辞'想必更加精进，哈哈。学而优则仕啊，为朝廷做事了，好啊。"

王咸感动得声音发颤，"摄皇帝日理万机，还记得微臣……"王莽打断他的话，"天下皆孺子婴臣子，予不过摄行政事，万万不可君臣相称。"刘歆笑赞，"称得的，称得的。摄皇帝摄行皇帝政事，当有至尊之号，至尊之威。"王莽指点着，"你个子骏呀，不知予之苦楚啊。高处不胜寒哟，何苦再把予放在火上烤呢。"

自从当上摄皇帝，他几乎天天都要为称呼发生争执。王莽执意不称君，百官却不敢不称臣。这种争执自然是王莽美德的展现，他乐此不疲展现这种美德；这种争执无疑是百官忠顺的表现，他们也乐此不疲表现自己的忠顺。总之这种争执是愉悦的争执，团结的争执，胜利的争执。

平晏王邑从偏殿进来，王咸行礼后奏报辟雍动向。他自知人微位卑，奏报完毕主动跪安，退出殿去。

刘歆忧心忡忡，"看样子辟雍要闹事啊。鲍子都声望甚高，太学生很难接受他惨死事实，应该没法消弭才是。"王邑挥挥手，"不理！不知天高地厚，不晓得自己骨头几斤几两重！"刘歆说："风起于青萍之末，浸淫溪谷，盛怒于土囊之口。没看见王咸当年振臂一呼，太学生遮盖道路，拦住孔光乘舆，孔相从此声誉扫地，至死抬不起头来？"王邑炸了，"太学生干政，此风不可长。"刘歆也急了，"廷尉大人想怎样？莫非议者刑，谤者诛，封人之口，大肆镇压？"刘歆是学界泰斗，太学生奉为宗师。他也以宗师自居卫道护教，听不得这等轻狂之言。

殿上掌了灯，光影闪闪。殿中清风徐动，帷帐微微飘举。王莽向门外望去，殿外还不见暮色，晚霞在天边烧得正红。一群群乌鸦向御史台方向飞去，他知道这是归巢的鸟儿，这一天就要过去了。

王莽转过身胡须一掀，制止他们的争论："太学生有疑于予，予德之不修啊。"刘歆慌忙说："摄皇帝至仁至德，臣……"王莽连忙喝止，"子骏兄！你我兄弟，怎可君臣相称？"望着殿外的流云，他眯缝眼睛，"天命难测，人心也难测，予该信谁呢？"

继武功"白石符命"之后，去岁秋巴郡黄姓农夫犁田时，发现一具石牛，上有丹书："摄皇帝王莽当为皇帝"，称为"石牛符命"。这会儿，他已从辟雍动态想到了天命人心更高层次的问题。

"自然信天命哪。"王邑两眼一瞪，"祥瑞普现，符命累降，丹书写得明明白白，怎么难测呢？几个不安份的太学生能代表民心？充其量不过几只秋后苍蝇，别看它叫得欢，嗡嗡不了几天了。"王莽沉浸在自己的思绪里，抬手止住他，"话不能这么说。予德之不修，天虽赐命，未必为福啊。"

王莽心情沉重。孟萍汜胜之鲍宣，每当有人提起，就觉理亏气短。在皇天面前，做不到问心无愧。

刘歆知道他的心病，"摄皇帝所言，律己之言而已。修德与修学一样：修学弥深，治学弥谦；修德弥高，律己弥坚。小弟追随摄皇帝三十有年，摄皇帝律己未曾稍懈。律己之言虽德馨之言，但不足律人不足论事。"

平晏说："子骏高才，当为主公除却心结。"

刘歆说："德有大德，顺天而行谓之大德；逆天而行虽德不德。信有大信，顺天而言谓之大信；逆天而言虽信不信。为

412

天地为社稷为黎庶，迫不得已，诛及无辜是可以的，骗及愚氓也是可以的。就拿氾胜之说吧，他虽不乏德信，但逆天行事。死虽可悯，奈何皇天不容逆天之徒。成大事者不拘小节，小德小信都是小节。不说三皇五帝，单说我朝高祖皇帝。他杀了多少无辜说了多少谎话？但他是顺天而行，顺天而言。结果怎样？享国二百余年，子孙繁衍遍及域中。皇天我父尚有雷霆殛人；后土我母难免地震伤人。只要不是滥杀滥言，诛杀一二无辜在所难免啊。”

王莽的眼睛红得发亮，说到他心里去了。他希望这样，唯愿事情就是这样。

刘歆说：“高祖皇帝诛韩信，世俗多以为不然，智者却能理解。什么是人心？这就是人心。”平晏赞扬，“高论！唯智者为民心。”

刘歆接着说：“太学生崇敬摄皇帝，读摄皇帝的书，听摄皇帝的话，为摄皇帝呼喊，为摄皇帝立过大功，何等热情洋溢，何等感人至深！而今有太学生为鲍子都伸冤，无非激于书生意气，并非针对摄皇帝。何不顺应民意，引导舆情，借此惩治豪强，整饬吏治？”王邑说：“不！听任太学生胡猜乱议，有损摄皇帝声誉。摄皇帝的声誉是成功之保证，胜利的泉源。”

平晏说："子骏所言极是，太学生崇敬主公爱戴主公是主流是多数，但廷尉所虑也不无道理。时移势异，地位不同了，对象也不同了。比方说，过去太学生针对朝廷某人某事发难，结果常常有利摄皇帝；而今摄皇帝摄行朝政，针对朝廷任何大事小情，恐怕就是针对摄皇帝了。即便地方豪强酷吏，一地不治，一吏不清，总是摄皇帝摄政的瑕疵吧。"他骑墙之态可掬，其实是倾向王邑的。

"不治就治嘛，不清就清嘛，摄政瑕疵该改就改嘛。"王莽说："防民之口，犹如防川，堵塞是行不通的。子骏说得不错，疏导方为上策。"王邑冷言冷语，"俗话说得好，人可抬人，人可踩人。不可因其抬人，忘了踩人。"王莽问，"依你这么说，疏导行不通？"王邑直通通说："小弟以为行不通。"

王莽不理他，直勾勾望着平晏。平晏说："应该说有困难吧。"二人的坚持透露出某种消息：鲍宣之死确有情弊。然而王莽也有自己的坚持，"难道不可克服吗？"

"怎么说呢？主公至仁至德，哪有克服不了的困难？"平晏话锋一转，"不过话不能说得太满。谋事者千虑百密，难免出现意想不到的事件，发生意想不到的牺牲。"

王莽顺着他的话，想到了宇儿之死。当初确实没有料到汜胜之会有遗简传世。同样，当初又何曾料到开创出今日的局面，登上摄皇帝宝座？宇儿之死固然痛心，没有他的死哪有今日之辉煌？天命幽隐，不是常人所能看透的。

貂铛把大殿门窗关上了，两只巨烛的火焰向上喷射。朝服上盘身金龙一双黑眼睛镶嵌珍珠，迎着灯光熠熠生辉。朝服带来了他一生好运，这双闪耀光芒的龙眼睛，引导他作出正确抉择。只见龙眼睛晶光一闪，他更加信心满满雄心万丈了。

当！当！当！辟雍钟声急促响起，王咸站在黄钟下，"鲍宣鲍大人惨死上党狱中，辟雍学子义愤填膺，要求追查凶手惩办酷吏，现已惊动圣聪。摄皇帝降旨廷尉迅速查明真相，给辟雍学子一个交待。"

"皇上万岁！万万岁！摄皇帝千岁！千千岁！"太学生一阵欢呼。

过了一个多月，当当！辟雍钟声又响了，王咸站在黄钟下，"下官随廷尉府官员亲赴上党。鲍宣鲍大人案件黑幕重重触目惊心。廷尉府不负摄皇帝重托，不负辟雍学子企望，破除障碍，拨开疑云，终使案件真相大白。"

太学生掌声雷动。

王咸介绍案情：上党富豪张欣结交江湖，贩马为业。三年前其子张光从北地返家与人殴斗，身受三处刀伤，回家数日亡故。张欣一口咬定凶手是鲍宣，上党县令不问青红皂白将鲍宣收押监中。不出三天，鲍宣惨死狱中，狱吏狱卒咬定鲍宣"触墙自杀"，县令由此审结。

"荒唐啊！颟顸啊！令人发指！"王咸痛心疾首，"明眼人一眼就能看出是一桩地地道道的冤案。疑点太多太多了：三年前鲍大人初到上党，与张家素无仇怨，为何与张光发生殴斗？抢张光的马？衙役搜查结果，鲍家无马；图张光的财？鲍家家徒四壁一无长物。鲍大人一生清正廉洁，怎会抢夺别人马匹钱财？张光身受刀伤，鲍大人使的兵器是红木长矛，长矛怎能造成刀伤？这么多疑点，县令不加详察，将鲍大人收押，惨死狱中。现已查明，鲍大人天灵盖破损，是有人强行架起鲍大人撞击墙上尖石，造成的'触墙自杀'假象。"

"有理！"太学生一阵喝采，他的分析得到了广泛议同。

"现在问题又来了，同样，张欣父子与鲍大人素无仇怨，他们为何一口咬定鲍大人不放？县令狱吏又为何不顾案情不顾法纪置鲍大人死命？"王咸卖个关子，大声发问，"这才是案件症结之所在。诸君，对不对？"

"对！"

"我等读书之人大约不知江湖吧？更不知江湖上有个神箭张回吧？这个张回是个豪强，作恶多端，是摄皇帝当年将其擒获枭首菜市。但他有儿子在，他的儿子张清也是一个作恶多端的歹徒，对摄皇帝怀有刻骨仇恨，曾于北军门用淬毒飞刀击伤摄皇帝三公子，后又参与'伪皇子案'被鲍大人关押，遇大赦开释。张清不思悔改，与其远房堂弟张欣胁迫县令、狱吏害死鲍大人。张欣等人俱已供认不讳，全都收押在案。"

太学生响起一阵掌声。

王咸口气一转，"鲍大人的案件表面上是江湖寻仇，实际上是江湖向官府寻仇，是邪恶向公义寻仇！诸君，对不对呀？"

"对！"

王咸更加热情洋溢，"摄皇帝仁德，天高海深；摄皇帝摄政，乾坤清澄。周公吐哺，天下大治。世上将无怙恶不悛之人，地下再无沉冤不雪之鬼。凡我学子，生发一个敬心，那就是无限敬仰摄皇帝；涵养一个爱心，那就是无限热爱摄皇帝；树立一个决心，那就是无限信赖摄皇帝。无论流言嚣嚣，不可对摄皇帝有丝毫疑心；无论邪魔汹汹，不可对摄皇帝丧失信

心；跟定摄皇帝不动摇，坚信摄皇帝不动摇，拥戴摄皇帝不动
摇，悍卫摄皇帝不动摇。"说着他的声音嘶嘎了颤抖了。

三十九 悬露板辟雍直揭奸 响鼟鼓东郡首倡义

六月六，姑娘节。无论贵贱人家，这天都把出嫁的姑娘接回家团聚。王嬿十七岁了，美艳绝伦，有如一朵吐蕊放苞的奇葩。但她是朵寂寞的花，美艳中缺少那种春色撩人的浪漫，高贵中缺乏那种承欢侍宴的娇矜。自从进宫就没和刘衎回过一次家，更不用说过姑娘节了。正在伤怀嗟叹，王安王临于雯刘愔一同进宫来了。王嬿喜出望外，"三哥三嫂也来了？"

王临刘愔成婚后，不时进宫看她；王安于雯成天喝得天昏地暗，醒醉不醒，几乎与世隔绝，今日也进宫来了。她拉着王安于雯的手泪如泉涌。

"接太后回家过姑娘节啊。"王安说。

"过姑娘节？"这个节日对她太陌生了，王嬿想都没有想过。

刘愔说："母亲想太后，要把太后接回家，怕臣妾请不动，派人叫三哥三嫂一并来请。太后，你就恩允吧。"刘愔与王嬿同龄，二人曾是闺中密友。

"算了，别没事找事了。"王嬿抹着眼泪，神情落寞，"宫里规矩多，太皇太后不会答应的。只要能与三哥三嫂四哥四嫂说会话，今年姑娘节就没白过，何必自讨没趣呢。"

而今她是皇太后，皇帝孺子婴过继给她当儿子。六宫归她掌管，天下归她母仪，尊贵集于一身。她仍如从前事事请示太皇太后，未经允许不越雷池半步。

刘愔说："太后不必烦恼，只要三嫂陪太后去，太皇太后定然恩准。"王嬿迟疑摇摇头，"只怕长信宫宫门都进不去。"

内宫有晨昏定省制度，哀帝在位期间，王政君讨厌赵后、傅后、董昭仪等人，把晨昏定省改为一月一省。这回退居后宫，她不作改变，也不宣布不改变。害得王嬿每早每晚都要跑到长信宫请安，每早每晚都要吃闭门羹。

"太后不信，何不试试？"刘愔说。

刘愔绝顶聪敏，素有神童之称，王嬿一向听她。但太皇太后误解太深，认定她害死先帝刘衎。王嬿长叹一声，缄口不言了。于雯倒来了劲，"臣妾愿陪太后去，自讨没趣就自讨没趣吧，反正咱小辈人不算丢面子。"王嬿经不住二人劝说，只得与于雯同去。

果然王政君请二人进去。何闳在前引路，皮笑肉不笑，"还是馆陶公主长孙女面子大。"听出话外有音，于雯沉下脸，"你是没把摄皇帝放在眼里吧。"何闳赔笑，"奴婢不敢。"于雯哼了一声，"你居然忘了姑奶奶是摄皇帝府上三少奶！"何闳忙说："是，是三少奶有面子。"

见到王政君，并无多大改变。气度还那么威严，腰背还那么挺直，只是上眼皮皱成了三角形，右眼的三角有点右倾，两只眼眼不大对称，"啊，姑娘节，接姑娘回娘家！宫中只有接进宫的公主，向无出宫的后妃。"

于雯却笑了笑，"宫里规矩与外头不一样，世上的'赵公子'总是一样的，不管宫里头还是宫外边。"

王政君不会想不到于雯进宫可能有她的盘算，也不会不注意她话里话外可能潜藏的声音。两只眼睛抢了抢，右眼三角闪现出些许亮光。

六月六相传是春秋时期晋国宰相狐偃的生日。狐偃功高权大，专横拔扈，闹得举国上下天怒人怨。狐偃的亲家赵衰，多次良言劝谏，狐偃不但不听，反而当众羞辱，把赵衰活活气死了。赵公子痛恨岳父多行不义，决心为父报仇。第二年，晋国遭灾，狐偃出京赈济。临行对家人说，六月六回家过生日。赵公子听到这个消息，暗中联合亲朋，准备六月六杀死狐偃。六月初五夜晚，他问妻子，"像你父亲那样的人，天下百姓都恨他，你恨不恨？"妻子说："恨。"赵公子见妻子也恨她父亲，就把自己的计划告诉了她。谁知第二天早晨，妻子不见了。赵公子情知有变，准备逃跑，不料狐偃登门请他去赴筵，赵公子只好硬着头皮跟他去。寿筵开始时，狐偃请女婿女儿上坐，当众说："老夫今年下乡放赈，亲眼看见百姓疾苦，深感自己政事缺失，罪孽深重。女婿设计谋杀老夫，也算为民除害，我不怪他；女儿救父危难，尽了大孝，还请贤婿谅解她，百年好合。"四座震惊，皆大欢喜。

王政君说："可惜'赵公子'死了。"传说中的赵公子已经死了八百年，然而只要男人没死绝，世上的赵公子就不会死绝。王政君说的"赵公子"自然是她企盼的"赵公子"。

"死赵公子活赵公子都是赵公子。事隔千年，说不定哪个活赵公子比死赵公子更赵公子呢。"于雯笑嘻嘻撒着娇。

含糊的话往往叫人琢磨不透，隐晦的话常常使人莫测高深。王嬷知道姑娘节故事，但听不懂她俩的哑谜。姑娘节千年不衰，不就是因为女儿回娘家，给娘家除掉了灾祸带去了吉祥，救了父亲吗？不论死赵公子活赵公子，不都是给娘家除掉了戾气带去了和气，与父亲和解吗？

　　凤辇到达摄皇帝府，王莽跪在门前迎接。他是听到太后回家省亲破例回家迎候的。自从搬进宣室王莽没进后宫一步。同处宫中，父女居然数年未见一面。父亲还是老样子，一点不显老，气色更见红润，精神更见硬朗了。二人行完礼，王嬿直奔后堂，看见母亲跪在堂前，慌忙上前扶起。母亲头发全白，两眼全瞎，脸上布满皱纹，差点不敢认了。母亲在她脸上摸着，她也在母亲脸上摸着。母亲摸得很细，模一处喊声儿；她摸着母亲的双眼，摸一下应一声。等到母亲摸完，两人抱头痛哭。四周响起一阵哭声，连父亲也哭了。

　　倒是王安先止悲大叫，"母亲，今日太后回家省亲，你老人家应该高兴才是。"王静烟好像挤出了一个笑，却又哭了，"是是，就是，妈高兴，妈该高兴。怎么嫁到那地方，娘俩见一面比登天还难。他，皇上，啊啊，先帝还……还死了。儿啊，这辈子怎么过哟？"

　　众人又劝了一阵，王静烟才让王嬿搀着走进后堂落座。众人环绕她俩问长问短，倒把王莽冷落到一旁。王莽十分诧异，贵为摄皇帝君临天下，也算千古一人吧。没给家里增添欢乐，也没给家里增添亲和，反而彼此生分了。天下都需要他，家里倒没有他的位置了。他与妻子女儿搭讪几句无趣得很，回宫去了。

王静烟看不见他离去的背影，只能感受飘离遗下的空虚，喃喃说："为娘想不明白，实在想不明白，太皇太后陛下都怕你父亲，你父亲为何不救他们俩……"

她逢人就说这几句话，王嬿是头一回听到。大哥大嫂的死，她闹不明白怎么回事。只是觉得皇姑祖母心太狠，不会饶了大哥大嫂。不是吗？先帝思念母亲就把她关进渐台；先帝宾天姑母硬说是他父亲和她一起害死的。天可怜见，她怎会害死先帝呢？这可冤枉死她了。

"父亲怎会不救大哥大嫂呢？母亲别冤枉父亲了。"

王静烟坚持，"是你父亲！不仅不救，还亲手杀了他们。这就是你父亲！"王嬿听着摸不清头脑。于雯说："母亲又想大哥了。"能不想吗？谁能告慰母亲丧子之痛？于雯说："北门临津巫班，近日换了个神君，可神可神了。"八年前这个巫班曾经给王安治病，当时的神君姓李。谁知李神君作法时反被邪魔控制，险些伤命，从此消声匿迹。巫班换了几任神君，最近换了个女神君。王安应和，"真神，真的，孩儿还没见过那么神的呢。"

馆陶公主思念儿子于恬，常常夜不能寐，坐到天明。前天她请巫班接神，请到了于恬的鬼魂。

　　神君居然唱出于恬的"酒话"：

　　我本酒中鬼，犹如酒中鱼。身在酒中游，酒在胸中涌。

　　手把长鲸笑，脚踏蛟龙歌。人生酒中足，富贵复何求。

　　这唱词不正是于恬醉卧一生最终葬身酒墓的写照吗？更不用说那声音那动作与于恬维妙维肖了。馆陶公主哭了，于雯哭了，于府一百多号人都哭了。当夜馆陶公主做了一个梦，梦见了久别的儿子……

　　王嬿突然叫，"四嫂，你不是通灵吗？何不把大哥请回家来。"王静烟惊喜问，"恬儿通灵？"王嬿说："还是云中君呢。"王静烟急切说："快！快把宇儿焉儿接回来，问问他们那边过得怎样。唉，闭上眼睛就看见他们，就是说不上一句话，急死人了。"刘惜忙说："小时候的勾当，这些年不玩了，不灵了。"

　　刘惜小时候接过神通过灵。大约五六岁的时候，有个神君说她是云中君。懵懵懂懂的，是云中君符体？还是云中君下凡？她也不清楚。记得人们称赞她灵得很，连她父亲也称赞她灵得很。灵不灵的，她不知道；云中君却是知道的：那是一位美丽的女神。

浴兰汤兮沐芳，华采衣兮若英。灵连蜷兮既留，烂昭昭兮未央。

云中君美得很神得很，当云中君更是得意得很。小时候每逢祭祀，神君叫她唱她就唱，叫她跳她就跳。直到十三岁，母亲不让她抛头露面，她才不唱不跳了。今日婆母叫她接大哥大嫂魂灵，口里推辞心里早就跃跃欲试了。

七月十五孟兰节也叫鬼节，家家户户都在家中祭祀。官宦人家常常请巫班作法把亲人灵魂接回家，告慰死者，保佑生者。

于雯说："把临津班请来试试吧。灵不灵的，也算尽心了。"

天交二鼓，月亮升起来了，照着后园三棵槐树。三棵槐树成品字形，中间一块空地。槐树是怀念之树，家家都种槐树；槐树枝繁叶茂，象征子孙繁茂。盛夏时节，浓荫匝地。正像人们常说的那样，前人栽树，后人乘凉。伫立树下，能不追思慎远？每到六月，家家接神通灵都在树下进行。人们安放香案，点燃香烛，跪在案前缅怀死去的亲人。

树影婆娑，人影幢幢，香烟袅袅，槐下寂静无声。一阵鼓声响起，四条黑影窜进空地，按青龙白虎朱雀玄武方位站定。他们两男两女，年龄不过十三四岁，人称金童玉女。神君缓步走进来。这是个黑黑瘦瘦高个头女人，黑衣、黑裙、黑袜、黑鞋，一身皆黑。她头戴兜鍪，帽沿上悬挂珠宝、玉石、铜镜，金光闪闪。五个人全都腰系铜铃，手持太平鼓。

他们在香案前焚完香，神君扬起手鼓嗵嗵嗵三下，金童玉女就摇首摆腰跳了起来。铃声鼓声，一时俱起。神君面向东方吟唱，"魂兮归来，东方不可以托些。"四个金童玉女应声，"归来归来，不可以托些。

神君面向南方吟唱，"魂兮归来，南方不可以止些。"四个金童玉女应声，"归来归来，南方不可以久淫些。"

神君面向西方吟唱，"魂兮归来，西方之害，流沙千里些。"四个金童玉女应声，"归来归来，恐自遗贼些。"

神君面向北方吟唱，"魂兮归来，北方不可以止些。"四个金童玉女应声，"归来归来。不可以久些。"

接着神君念起咒来。哈嘛唵噼啶，一串一串的。中间夹杂一些词语，断断续续的，大体可以听清楚：灵魂啊，为何离开你的躯体跑到四方游荡？为何舍弃你的故土跑到不祥的地方去冒险？

　　她愈念愈快，愈念愈疾，五个人的动作节奏也愈来愈快，愈来愈疾，铃声鼓声更加繁密更加响亮了。

　　倏然，神君一个趔趄，步伐乱了，鼓点乱了，铃声节奏也乱了。四个金童玉女闪身站守四方，停止了舞蹈。神君筛糠似地颤动，捶胸顿足，乱蹦乱跳。看得出神魂已经附到她体上，她再也无法控制自己的身体了。卟嗵一声，仰面朝天倒在地上。四肢扭曲，形同抽搐，大声呻唤，"仙子救我！"

　　金童玉女躬身向前，"仙子何在？"

　　神君吟唱，"玄武门里金光闪，老鳖早驮灵蛇来。"

　　金童玉女一齐朝北望去，走到刘惜面前双膝跪下："有请仙子。"在场的人都愣了，屏息望着刘惜。刘惜说："小女子凡胎肉身，岂敢谬称仙子？"神君哑着声音，似乎忍着极大痛苦，"仙子乃云中君，为何自谦若此？强魂符体，小神力不能禁，仙子若不相救，小神必魂飞魄散，万劫不复。"王静烟虽然看不见，却听得清清楚楚。宇儿拜将封侯，强魂不是他还能是谁？生为人杰，死为鬼雄，正是她的儿子。她大声叫，"惜儿，别推三阻四了，快听神君的话。"谁知神君申斥，"老婆子，休得无礼，竟敢对仙子这般说话，还不跪下！"王静烟吓得一颤当下跪下了。

　　神君扭曲着身体爬到刘惜面前，"仙子请起，快快救我。"刘惜问，"不知小女子如何救得神君？"神君说："仙子随金童走，随玉女行就可以了。"

　　一个金童手鼓三响，四人跳了起来，刘惜加入了他们的行列。鼓声振动着每个人的心，也抚慰着神君的疼痛。她抽搐渐渐轻了小了，呻吟也随之弱了停了。大约一盏茶时间，神君一跃而起，鼓声更疾，舞步更快了。

　　刘惜觉得脚下有股气团涌起，灰黑色如云如雾。起初旋转在脚下，渐次环绕在周身。气团变浓了，力道加强了，双手只知舞呀敲呀，身躯只知扭呀跳呀，意识恍惚了，像一片月光，像一丝夜风，溶化在声音里，融合在动作中，如梦如幻，忘记了自己，忘记了别人，忘记了周围一切的一切。

　　神君向上一跃，在空中转体一圈掉下来，刘惜跟着一跃，居然转体两圈，手上还击着鼓。她能歌善舞，却从来没跳得这么狂这么野这么高超。她俩跃了几跃，神君摔在地上不动了，刘惜也摔在地上不动了。铃声鼓声一齐停息，四个金童玉女守护四方，同样一动不动了。

　　月亮钻进云层，香烛熄灭了，槐树连同树下的人群融进漆黑中去了。

　　月亮从云中露出，神君咳了两声，声如老人；刘惜也咳了两声，声如少年。二人像睡醒似的，站起来在场上走动。神君脚步轻快，刘愔却一脚重一脚轻：卟，咚；卟，咚。

"皇上！"王嬺听出是刘衍的脚步声，禁不住叫了一声，跪了下来。

果然，神君大叫，"孝平皇帝魂灵驾到，还不跪下！"

刘愔卟咚卟咚走着，人们都跪下。"哎哟！"刘愔一声尖叫，倒在地上打滚。"疼！妈呀，疼啊，疼死朕了！"她抬手指着南方，像小儿睡梦中锉牙，又像仇人愤恨时切齿，"你！老贼！害死朕，朕……总有一天……吃你的肉喝你的血……"

那喊声那气息，太像刘衍了。王嬺浑身颤抖嘶声裂肺叫喊，"皇上！皇上！"

不知什么时候，人们抬起头来，神君和四个金童玉女都不见了。刘愔醒了，只听王静烟叫，"宇儿，宇儿怎么没接到？她们……她们就这么走了？"

巫班接不到该接的神灵，蔫蔫退走是她们的行规。

冷水倒进油锅炸开了，摄皇帝府上接神接到了孝平皇帝！街头巷尾口耳相传，消息没有长翅膀，却像飞鸟一样四处飞翔。孝平皇帝痛斥老贼，这"老贼"人们十分惊诧十分困惑。

消息一旦间杂疑惑间杂诡异就变得更神秘更敏感，传播也就更快捷更煽惑。

他？是他？怎会是他？就是他！是他敬"椒酒"毒死了孝平皇帝。也有人说，没错，先帝驾崩前吃了"醒酒汤"。醒酒汤怎会死人呢？这是造谣！这是诬蔑！先帝崩于瞀病，绝对不会是他。争论在朋友间进行，在兄弟间进行，渐次扩展到父子，争得面红耳赤，争得老拳相向。有汉以来，不，长安建埠以来，从未出现这样遍及里闾的争论。

孝平皇帝的传言随着黄叶飘飘落落，鲍宣的传言又随着雪花飞飞扬扬。到了冬季农事完结，家家接神，户户祭祀，万间学舍也不例外。有的太学生说接到了氾胜，有的太学生说接到了彭宣，接到鲍宣的更是到处都有。

鲍宣同样痛斥老贼。

"红木长矛将你捅，捅你七孔对胸穿。"这是鲍宣鬼魂附体时的唱词。太学生口头传唱，从舍下传到槐下，从槐下传到阙下。

天上飘着轻雪，槐下出现了露版。露版是官府和军队向外发布消息的一种文告，写在布上叫"露布"，写在木板上叫"露版"。利用露版露布，扩散文告内容，使得四方速知。有时还插上羽毛，表示紧急，类似鸡毛信。露版一尺见方，悬挂在槐树上，字迹潦草，既不是军旅文书，也不是官府文告，而是署名张清的宣示：

上党张欣非某族弟，鲍宣亦非某杀，杀人者蔺苞也。

王焉在版下说：“廷尉愚弄我等，不料弄巧成拙，机关败露。张欣张清同姓不同族，有上党《张氏族谱》为证，与神箭张回毫无瓜葛，露板说得不错。”

有人问，“蔺苞何许人？”没人知道。太学生有太学生的办法，多方打听，多方求证，终于获知蔺苞曾任安汉公护军都统，现为中郎将，八骏之首。八骏的名头早在辟雍传开，谈虎色变，太学生纷纷唾骂。

太学子自嘲，“这不，咱又当猴儿叫人耍了。” 有人说：“莫笑猴儿被人耍，应笑看猴喝采人。”

过了几天又有新的露版出现，规格与上次相同。笔迹不同，字迹也很潦草，署名鲍昱。

家父鲍讳宣非江湖豪强所杀，杀人者王莽也。

露版直接指控王莽震动了辟雍，踏雪前往槐林观看者络绎不绝。王咸闻讯，气急败坏收走两块露版，直奔大司农府。刘歆不敢搁误，驱车进宫。

王莽把露版掷到地上，眼睛全红了。这是民间头一回公开把矛头指向他，叫他十分难堪。王邑瓮声瓮气，"小弟当时就说行不通，结果怎样？"刘歆当即顶撞，"怎么这样说话？怎么不想想办案粗疏？推到张清身上，总该想想张清是死是活吧，总该想到活人是会说话的吧；张欣豪门大户，总该想到有族谱吧。这些简单得不能再简单，明显得不能再明显的事，事先怎么都没想到？出了事，先不先把错推给别人。"

"推给别人！哼。"王邑被他说得面红耳赤，居然直指刘愔反唇相讥，"整个事就坏在接神上。神童啊，通灵啊。"刘歆气得嘴唇发颤，"你！你！"王邑毫不相让，"指名道姓唾骂，哪像为人之妇，为人之媳。"平晏忙说："怎能怪罪四少夫人？不能怪罪四少夫人嘛。"

家里接神，王莽仔细询问了王临。太后是于雯接回家的，接神是于雯穿掇的，巫班也是于雯请的，很可能她做了手脚。可刘衍鬼魂是在刘愔身上显灵的呀，这又是怎么回事？蹊跷虽蹊跷，诧异归诧异，幽冥之事谁能说得清？

平晏把两块露版拾起。两块木板花纹相同；合在一起宽厚大小一样；木板顶端显现的年轮纹络暗暗吻合，显然是从同一棵树同一块木料锯开的。

"鲍昱与张清同出？书生与匪类合流？"平晏一阵冷笑，"露版的笔迹是两个人的笔迹，露版却是出于同一地方同一伙人。"

"不错！"王邑又来了劲："掘地三尺，小弟也要把他揪出来。然后顺藤摸瓜，不怕逮不到那只老狐狸。"他露骨地把矛头对准馆陶公主。

"哪只老狐狸？嗯！"王莽托着胡须猛地一掀，厉声喝斥，"遇事不用心，不长记性，留下不应有的破绽，叫人抓个正着。你这廷尉还想不想当了？"

平晏圆场，"廷尉说得不说，顺藤摸瓜，问题是摸哪根藤。"

王邑以为露版出自辟雍，主张从辟雍开刀；刘歆认为临津妖巫到处装神弄鬼，对王莽声誉破坏性最大，先从它下手。王莽支持刘歆的主张，蔺苞八骏当即出动了。

他们来到横门，神君府走失一空，只剩下几个烧火做饭看门扫地的老女人。蔺苞一问，老女人说昨日巫觋叫人请去接神，三一帮五一伙走了，至今都没回来。巫觋在外头过夜是常有的事，有的是夜里做法事，有的则是贪图一夜风流，但一百多号人全都外宿不归，就有些蹊跷了。蔺苞令八骏分头去找，接神的人家都说回去了；还有的人家在哭，说接的神灵没接到，却接到了氾胜、彭宣、或者鲍宣。蔺苞情和有变，慌忙报与摄皇帝。

王莽怔住了：临津班未卜先知？刘歆说："种种事端决不单纯，我等遇上前所未见的强敌了。"平晏应声，"子骏说到点子上了。"王邑阴凄凄眼睛精光一闪，"哼，还不就是那只老狐狸吗！"

王邑不信临津班会飞上天，下令搜索三日。京城惊恐，临津班没逮着，十余个巫班受池鱼之殃关进了大狱，吓得域中三十多个巫班，一夜间逃离了长安。不是说瘟疫传染最快吗？恐怖传染比瘟疫还快，长安惊恐了，辟雍惊恐了，太学生唱起"归去来"。

王焉丁宛刘缤都曾出头露面，王焉对二人说："城中大索，鸡飞狗跳，不日将及辟雍，二位学兄不如暂避。"丁宛叹息，"辟雍虽好，非久恋之乡啊。"气得刘缤切齿痛骂，"莘莘学子，说几句真话就走投无路了？这是什么世道！"三人决定返乡，不再求学了。

辟雍是推行教化研读学术的地方，也是朝廷选拔官吏的场所，郡县学子游学长安大多为讨出身，求得一官半职。眼看横祸将至，进身无望，能不逃离？七百多名太学生，趁着大地冻结便于车马通行，一夜间逃离了京城。

王邑没有抓到要抓的人，回头扑向辟雍去抓出头露面的太学生，谁知都已离京，气得王邑痛骂刘歆："什么泰斗？狗屁！纵敌护奸，坐失战机！"

他下令把那些犯上作乱的士子都抓起来，头一夜就抓了七十三人，王咸一看，既非气势汹汹的发难者，也非慷慨激昂的鼓动者，无非是些摇旗呐喊的热血青年罢了。七十三人打得遍体鳞伤，没有获得任何重要情报。没人与馆陶公主或者于雯有关联，甚至公主府的门朝哪开也没人知道。王邑气急败坏，下令郡县缉拿那些逃回家乡的太学生，两个月后郡县陆续回覆这些太学生未曾返乡。

"怪事！怪事！廷尉未动，人消失得无影无踪了。"王邑连连惊呼。

有人走露了消息？不可能。决策在宣室做的，怎么可能泄露出去？显然有股势力在暗中作对，处处机先，王莽深感事态严重了。

"必须维护摄皇帝形象。摄皇帝的威信不可动摇，摄皇帝的功德不容怀疑。对于辟雍那帮诋毁摄皇帝的不轨之徒不能心慈手软，必须坚决打击，彻底清除。"王邑主张大肆逮捕，严刑逼供，"尽快打开缺口，看谁在背后兴风作浪！"

"辟雍中的不轨之徒危害极大，必须清除，这一点不能含糊，也不容含糊。"平晏说："不过，辟雍士子不同普通市民，更不同巫班巫觋。必须讲究策略，对症下药。"

王莽微微点头。

"我在明，敌在暗，因应之策只能是化明为暗了。"辟雍是神圣学府，平晏不曾向辟雍派出密探，也不曾在辟雍网罗密探。现在他要派出密探，网罗密探了。"否则，我等只能是聋子，瞎子！永远受制于人。"

"早该这么做了。"王邑大声赞同。他知道平晏之所以没往辟雍派出密探网罗密探，是因刘歆反对。

这会儿刘歆还能说什么呢？

王咸等人四处宣传，鲍宣鲍大人案情业已查清，但妖巫散布妖言，蛊惑群众。"子不语力、神、怪、乱。"凡我儒生，岂可听信无稽妖言？七十三个学子就是忘记圣训误信妖言步入歧途的，朝廷宽大为怀，廷尉宽大为怀，只要承认错误，痛心悔过，朝廷将不咎既往，立即开释。

新岁伊始，五殿停课，正是学子围炉煮酒，投壶放歌最轻闲时期；今年却强令学子聚集大殿聆听训诫。外头冰天雪地，里头阴冷如铁。七十三名太学生一个一个拉进殿堂，逼迫他们低头认罪，王咸等人领着高呼口号：

"谁怀疑摄皇帝，我辈不以为友！

"谁诋毁摄皇帝，我辈视之寇仇！"

"谁反对摄皇帝，我辈与他不共戴天！"

开始被捕太学生拉进殿堂，许多人不服。士可杀不可辱，岂容当众羞辱？突然间殿堂冒出许多陌生面孔，他们无限热爱摄皇帝，无限忠诚摄皇帝，容不得有人对摄皇帝不敬。一个个义愤填膺登上讲坛口诛笔伐，有的还冲上前去拳打脚踢。

不几天，大颂扬开始了，到处都在颂扬摄皇帝的伟大功德；

大批驳开始了，到处都在批驳诬蔑摄皇帝的无耻烂言；

大学习开始了，到处都在学习摄皇帝《家训》八篇，无限热爱无限忠诚的口号声响彻辟雍。

许多熟识的同舍也变得无限热爱无限忠诚了，跟着这些陌生面孔举揭他们的丑行，侮骂他们的操守。谁不服就把谁就天天拉进殿堂侮辱。折腾了三四个月，七十三名太学生驯服了，老老实实跪在殿堂上，老老实实悔过悔罪。王咸等人视其悔过诚意，卑恭屈节的歉意，再由太学生公开评议，一个一个释放。辟雍风潮平息了，太学生纷纷离京，一月之中走了二千余人。

刘歆谏言，"人有脸，树有皮，岂可折辱斯文？摄皇帝建辟雍修学舍的初衷是什么？不就是广纳贤才吗？"王邑说："这帮不轨之徒是贤才吗？只有无限热爱摄皇帝无限忠诚摄皇帝的才是贤才。"刘歆反驳，"人都赶跑了，还说什么贤才不贤才。"王邑立还颜色，"堂堂泰斗，怎么见树不见林？逃跑的只是少数，留下的是大多数。那帮不轨之徒，本来就不该进京不该读书！"辟雍太学生人数最多的时候，高达二万人。走个两三千算什么？

王莽一声不吭，两人说得都有理，两人都不符他的心意。心想檐上聒噪的乌鸦赶跑了，可它们飞进林子聒噪去了，耳根倒是清静了，天下只怕不太平了。更叫他想不到的是，七十三受尽毒打和羞辱的学子，被同学悄悄称为"亚贤"。孔子七十二弟子不是称为七十二贤人吗，辟雍七十三学子称为七十三亚贤了。

东郡鼙鼓响了，随着秋风，随着落叶传到了长安。

东郡太守翟义是前朝丞相翟方进的二子，性情刚烈敢作敢当。孺子婴即位的消息传到东郡，翟义单人独骑跑到东郡王陵失声痛哭。哭得风云变色，哭得天降大雪，最后昏倒墓前。到了天黑不见回家，四出寻找。大雪弥天，如果不是他的坐骑仰天呼救，他的外甥陈丰听见嘶鸣，他也许埋在白雪下边了。

那一夜，落雪三尺三。

翟义冻僵了，还有口气在。他双目圆睁，样子十分恐怖；双手高举过头，怎样弯曲也还不了原。陈丰把他抬回家，翟义牙齿咬得紧紧的，药灌不进去。医官束手，说他中了邪，翟家只好求助巫班。巫班做了三天三夜法事，奇迹出现了，他苏醒过来。他说他做了一个梦，梦见一位巨足天神。脚趾像山一样高，仰头才能看见天神膝盖，上半身都伸进云端里去了。巨足天神告诉他：天要塌了，要他抬手擎住。

巫班神君是位白眉老者，说翟太守大难不死，日后贵不可言。翟义大喜，重金酬谢。白眉神君说："老朽何人，岂敢收受贵人钱财？"说什么也不要，率领徒众再三礼拜离去。

他觉得天降大任与他，便与陈丰商议，"王莽摄天子位，故意从宗室选择一个婴儿当皇帝，做出一副周公辅佐姿态，意在试探各方面的反应。其实他的野心是篡汉称帝。而今天下俯首服从，不敢挺身拯救国难。我是大汉丞相之子，身为大郡太守，父子受汉厚恩，当举兵西诛那个不当摄者，拥立宗室子孙贤良者为帝。即便时命不济，大功不成，那就为国捐躯好了，也可无愧先父于地下。"

陈丰当即许诺。他是翟义姐姐的儿子，武艺超群，胆略过人，年仅十八岁。

二人决定拥立远望侯刘庆为皇帝。刘庆是东郡王后裔，他俩曾与交游，认为刘庆贤德有智谋。二人宣称，"无远望侯无以倡义天下，无远望侯无以号令群雄。"

可是，两年前刘庆去长安宗正府供职，调离了东郡。翟义派陈丰进京把刘庆接回东郡共商大计，"贤侄此去，相机行事。不惜代价不择手段务必将君侯接回。"陈丰允诺，"不达使命，誓不回郡。"

居摄三年(公元 8 年)元正，趁着道路封冻，陈丰拜别母亲，带着从人驱车西行，元宵前两天到达长安。其时，辟雍学子大批逃离京城，长安街头一片不平之声。昔日之丰碑，今日之粪堆，许多人指名唾骂王莽，陈丰十分振奋。元宵观灯之后，前去拜会刘庆。

甜不甜，故乡水；亲不亲，故乡人，刘庆降阶出迎，"朝廷多事之秋，退避犹恐不及，贤侄倒跑到长安来了。"陈丰应对，"朝廷多事之秋，正是奸贼多祸之日。小侄给国贼掘墓来了。"刘庆大笑，"嗬嗬。故人故态，慷慨悲歌。"

刘庆略知其意，打了几个哈哈，顾左右而言他，问起家乡故旧来。问了这个问那个，独独不问翟义。陈丰有意提起翟义，刘庆立马扯到别处去了。陈丰振衣下拜，"翟太守景慕君侯高义，令晚辈千里致意。今者奸贼窃国，宗室倾危，翟太守……"

刘庆不等他说完，居然起身送客，拱手谢罪，"破船烂载多。宗正府有事要办，小侯失陪了。"

过了几天陈丰又去造访，刘庆闭门谢客避而不见。二舅不是要他"不择手段"吗？他只有不择手段了。

刘庆在宗正府任职，却与宗正刘凤不睦。陈丰探知后，径直前往宗正府向刘凤呈上卷宗，谎报东郡有人告发刘庆，声称奉翟太守钧令，请求拘押刘庆回东郡受审。按照汉朝律令，宗室子弟犯罪须经宗正府审核批准方可拘捕。刘凤正愁无法除去刘庆，于是顺水推舟，借口公务繁忙无暇厘清案情，在卷牍批了"严加审核，回籍审理"八字，推给手下掾吏办理。陈丰在卷牍中罗织刘庆罪行，附有苦主控状、证人证词，掾吏揣摩刘凤挟嫌报复之意，装出"严加审核"姿态，盘问陈丰数日，给陈丰办理了相关手续，准许他拘捕刘庆回东郡受审。

陈丰带领从人闯进远望侯府，不料侯府举家挂孝，一片哭声。陈丰大惊，"府上何人亡故？"家人说："我家侯爷。"陈丰更惊，"君侯已薨？"只听哈哈一声朗笑：

"冥府传讯，鬼差来捕，命在须臾，专待午时三刻贤弟前来送终。"说话的正是刘庆。

陈丰以为计谋败露，一声断喝："拿下！"从人上前反剪刘庆双手，刘庆不惊反笑，"哈哈哈，小侯又不逃跑，贤弟何必性急，堂上小叙如何？"

陈丰步入中堂。中堂布置成了灵堂，迎面立着一块灵牌，赫然上书"远望侯刘庆之灵位"。灵牌后面还真的安放着一口黑漆大棺材。看似滑稽，陈丰却笑不出来。灵幡无风自动，倒有几分阴森诡异。

陈丰问，"君侯何故装死？"刘庆反问，"贤侄何故强捕？"陈丰语塞，刘庆大笑，"稀奇啊！世上稀奇多，贤侄可谓旷世稀奇。强拉娶亲已属世间罕见，强拉当皇帝可是亘古绝无，哈哈。"居然一语道破了陈丰心机。

"噤声！"陈丰大惊。

"害怕了？"刘庆又是一阵大笑，"行侘走险，贤侄惯有风格。瞒得了旁人，瞒得了小侯？汉室三世无嗣，天下翘首以盼令主，谁知却是一个襁褓孺子。黎庶失望，天下伤心啊！令舅甥寄望区区在下，小侯铭感五内。只是小侯德衰祚薄，不堪重任。"

陈丰见他识破自己用心，振衣下拜，"君侯请为汉室着想，为苍生着想。"刘庆说："神器被人窃据，基业被人篡夺，祖宗涕泣泉下，小侯岂有不闻？令舅甥忠烈，犹思报汉厚恩，况我宗室子孙？无奈莽贼奸伪，苍生蒙蔽。志士义举，大事难成啊。"陈丰慨然，"君侯不闻辟雍诘问之声？"刘庆说："风之初起，吹皱一池春水罢了。风起云涌，一龙冲天，尚待时日。"陈丰说："君侯不肯随晚辈离京了？晚辈奉舅严令，不妨实言相告，不管君侯愿不愿意，晚辈将强行押解回郡，多有得罪了。"刘庆大笑，"不使江山易主，祖宗蒙羞，小侯死且不辞，岂有不从之理？"

陈丰不解地望着他。

"贤侄稍候，待小侯修书一封，再作道理。"刘庆起身走进书房，将一锦囊递与陈丰，"贤舅甥若要成事，必得馆陶公主之助。宗室不闻宗正，只闻公主；公主一言，宗室必应。可惜贤舅甥与公主素无交往，小侯与公主亦无深交。而今公主受人监视避祸家中。小侯思之再三：若请公主相助，小侯除以死明志，释公主之疑，激公主同仇之忾，再无他途。"

以死明志！陈丰诧然，"君侯何意？"刘庆说："小侯感贤舅甥大义，已服酖毒。贤侄对外不妨说小侯案情败露，畏罪自杀。待到小侯发丧，贤侄可持帛书前往公主府，勿误勿误。"

"君侯服下酖毒！"陈丰跪下哭泣，"晚辈莽撞，害了君侯性命。"刘庆说："身死国难，死而无憾。但愿大事成功，贤舅甥不忘故旧，焚香遥告，小侯九泉开颜了。"言讫爬进棺材，气绝身亡，恰是午时三刻。

刘庆发丧后，陈丰依言前往公主府，馆陶公主称病不见。陈丰递上锦囊，馆陶公主原囊退回。陈丰挥泪离去，打开锦囊一看，刘庆的帛书换成了公主帛书：

"使君首义，老妪前驱。"

陈丰回到东郡，翟义放声大哭，"忠义殉国，千古流芳。"

陈丰说："远望侯没有白死，激起了馆陶公主举义之心，激起了天下讨贼之志。汉室二百年，忠义之士不乏其人。东平望乡侯刘信近在咫尺，勤修令德，素有贤名，我辈何必舍近求远？"

居数日，二人正要前往东平拜谒，不意刘信刘璜兄弟前来造访。

刘信刘璜是东平王刘云之子。刘云平反后，刘信拜爵望乡侯，刘璜拜爵武平侯。哀帝年间，东平境内危山突发怪风，在一片广阔草地中吹伏出一条平平整整的覆草，形状如同皇帝车驾行走的驰道。更奇怪的是，一块九尺六寸高的卧石，向旁边移动了一丈四尺，居然直立起来。有传言说，这是帝位"旁移易立"之兆。预兆元帝后人不该继承帝位，帝位应该移到宣帝后人了。哀帝刘欣闻知，将刘云夫妇逮捕大狱，双双身亡。哀帝刘欣死后，立石传言又起，馆陶公主据此力荐刘信继嗣为帝，遭到王政君反对，立刘衎为帝；刘衎死后，立石传言更盛，连王政君也推举刘信承继大统。

"顷接馆陶公主手书，获知使君吊民伐罪之志，小侯兄弟特来拜会。"刘信说。

王莽居摄，刘信十分愤恨，曾在孝平皇帝大丧期间对馆陶公主表露过。馆陶公主什么也没说，在他离京路上，派人送去一方帛书：

"立德立威，立身立命。"

遵照八字方针，刘信韬光养晦；暗地扩充护军积草存粮，轻徭减赋，收买人心，。

双方志同道合。东平与东郡相邻，两地连成一片，声势大增。四五月间，东郡东平两地游学长安的学子纷纷返乡，王莽毒死孝平皇帝，杀死氾胜彭宣鲍宣的罪行四处传播，"真天子立，摄皇帝废"的口号响遍了两地城乡。

　　九月，刘信在濮阳设坛祭天，即天子位。应巨足天神"举手擎天"之兆，封翟义为大司马柱天大将军，陈丰为五威将军，传檄郡国：

　　"王莽酖杀孝平皇帝，矫摄尊号。窃据神器，欲危汉室。人种共怒，天地不容。今天子已立，共行天罚。"

　　两郡军民斗志昂扬，附近郡县热烈响应。翟义招兵买马，不到一个月，拥军十余万，号称义军。十月庚午，刘信誓师襃水，挥师西征。

　　朝日，王莽抱着孺子婴坐在御案前面，孺子婴望着两旁班立的群臣，大约殿上肃杀的气氛，孺子婴扁扁嘴哭了。王莽把他递给貂铛，"瞧瞧，反贼惊扰，把皇上吓哭了，可恶之极！反贼诬予酖杀孝平皇帝，无中生有，一派胡言！梁上金藤箱可以作证。来人，取下金藤箱。"

　　金藤箱中装有他的誓辞："臣愿以性命为皇上添福增寿，臣愿自己生病代替皇上病。只要皇上龙体康复，臣愿将性命奉与上苍。"当时他在南郊祈天，当场把誓词装进金藤箱中，曾对身边几个亲近大臣说："诸公勿泄，泄则不灵。"其实观礼的许多人都听见了。不用说文武百官也都传遍了。而当貂铛宣读誓辞时，百官一齐拜倒，感动得声泪俱下，"摄皇帝誓词，至忠至诚，感人至深。"

王莽说："予与诸公同朝为孺子之臣，孺子不耐朝拜，已退后殿养息，诸公不可再称臣。"群臣应声，"臣等遵旨。"王莽又要矫正，刘歆出班指天扬声，"古者周公设誓，武王病逝；今者摄皇帝设誓，平帝驾崩。非精诚不至，天命使然。摄皇帝与周公齐德，如日星之垂天。反贼诋毁，无损摄皇帝之光辉。"群臣再次齐呼，"狂犬吠日，枉费心机。"

孙建王邑出班："臣请缨平定叛乱。"

当下王莽封孙建为奋威将军，王邑为虎牙将军，从关西关东调集三十万大军，兵分七路开赴兖州。

义军以五威将军陈丰为先锋。五威将军身着五色服装，象征威镇五方。少年英俊威风凛凛，所过之地郡县开城归降。旬日之间，大军直扑山阳。山阳是座土城，三面环山，地势十分险要。郡守刘敬是景帝七世孙，听到王莽酖杀平帝早有降意。但都尉王勇曾是王邑童仆，三年前出任山阳郡都尉，统领十城兵马，力主固守待援：

山阳土墙建于秦末战乱之时，二百年来风雨剥蚀，土城坍塌破损，如不修补坚固难以迎敌应战。刘敬说："工程浩大，即便全城老少尽出，短期也无法修复城墙。"王勇断然说：

　　"不修城等同弃城，弃城等同降城。无法修也得修，即便用尸体摞也得摞。"二人各持一辞，越说越僵，不欢而散。

　　不日，陈丰手持银枪引兵到城下搦战。两山如翼，城门位于两山之间；护城河连接两旁山崖，水深堑陡，进出全靠一座吊桥通行。王勇大叫反贼，手持长矛开门杀出。双方鼓响，战约十合，王勇调转马头逃跑；陈丰不知是计，直追过去，靠近吊桥，嗖！一支冷箭射中陈丰马腿。箭是从身后西山射出的，陈丰翻身落马。王勇拨马杀回，陈丰举枪迎敌。一人马上，一人地下，陈丰枪法不乱，沉着应敌。无奈王勇马快，挺矛刺去；陈丰闪身避开，正待提枪反击，王勇已经跃马到他身后。陈丰且战且退，四名亲兵上前接应，拼死拦住王勇马头。城下地面狭窄，兵力不便展开，王勇身后没带多少兵马，不能发起攻击，只得鸣金收兵。陈丰又气又恼，后退十里下寨。

　　翌日陈丰又领兵搦战。王勇站在城头高声嘲骂，"败兵之将，又来出丑，羞也不羞？"笑声一落，城上官兵一齐发喊："五威五威，爬地乌龟，黄毛小子，不知羞耻。"气得陈丰嗷嗷叫。任他如何骂阵，官兵只是喊叫；待他近前，王勇就令放箭。陈丰无计可施打马回营，途中遇见翟义。翟义长枪一指："走，看看去。"一马当先，直奔城门。

王勇见叛军返回，尘埃漫卷中，柱天大将军的大旗猎猎飘扬，知道翟义到了。他令城上官兵偃旗息鼓，待到翟义靠近吊桥鼓声大作，两旁山坡上旍旗招展，羽箭从三面射出，吼声如雷：

"活捉刘信！"

"射死翟义！"

翟义伫马观看，从容不迫。箭虽密集，强弩不多，杀伤力并不强，他看见城头令旗，一箭射去，令旗应弦倒下。两旁山坡上的旍旗一齐扑倒，呐喊声立时停了。

回到大帐，刘信等人已经到达，刘璜说："大将军勿忧，小王看来，王勇一介匹夫，而非用兵之人。山阳可不攻自破。"刘璜十九岁，手使双锤，膂力过人，十分剽悍。他原是武平侯，兄长称帝，自然晋升为武平王了。

"愿听王爷妙计。"翟义躬身一拜。

刘璜说："山阳三面环山，冬季草木干枯，王勇若用火攻，山上山下堆放易燃之物，两面大火骤起，必将造成我军极大恐慌。这时三面出击，我军伤亡难以估计。"能够看出敌军破绽果然不凡。他接着说："王勇有多少兵？最多不过三千。有多少箭？最多不过三万。看他今日一味乱射，射不死人，射不伤马，虚张声势，让他射去，看他能射几天。明天小王引一支军搦战，后日陈将军引一支军搦战，围而不打，不攻自破……"

他说得兴起，一个苍老的声音冷冷说："那就误我大计了。"

说话的人叫苏隆，年逾七旬，白发苍苍。他是刘信刘璜的祖父老东平王的师傅，也是他们父亲东平王刘云的师傅，还是他们兄弟的师傅，现任丞相。

"我军西征首要目标是什么？"他的手朝西一指，"洛阳。"

他告诉大家，他与安众侯刘崇有约，义军攻至洛阳城下，安众侯刘崇即起义策应，一举攻占洛阳。"如受阻于山阳，不能克日抵达洛阳城下，安众侯危，攻占洛阳必成泡影。"

洛阳与长安齐名，素有东都之称。当时"图谶"之学盛行，有谶语说"东都将兴"，刘信翟义深信不疑。形势也很明显：只有占领了洛阳，他们才有立国根基。郡县可望归顺，伪政可望崩溃。即便王莽还能凭借谎言支撑残局，也可造成东西分立局面。举事之前他们就把攻占洛阳作为首要战略目标。

洛阳是刘氏宗族聚集之城，封侯受爵的不下十人，居官为吏的不下百人，家大业大的不计其数。安众侯刘崇在洛阳素有人望，他的师傅张绍曾经受业苏隆，苏隆通过张绍，说服刘崇举义反莽。刘信翟义有了这样有力的内应，攻占洛阳志在必得。

苏隆说："一日不进洛阳我朝一日无落脚之地；一日不进洛阳我军一日为流窜之众。"他十分担心安众侯刘崇出现变故。夜长梦多，拖一日危险大一日。

入夜，翟义陈丰带领十余名亲随，从小路摸到西山。西山驻有官兵，守备十分松懈，一路上居然没受阻拦。圆月中天，晴空少云，俯瞰城中，看见士卒披甲持刀沿城墙巡逻；一群一队的百姓搬砖运石修补城墙。翟义吩咐身边亲随潜入城中。城墙残缺破损，出入自是不难，三个亲随领命去了。

第二天夜晚，三人亲随安全返回。报告太守刘敬遭囚，王勇强迫百姓修城，百姓怨声载道。刘氏是城中大姓，对王勇恨之入骨，愿意开城归降。翟义当即下令陈丰刘璜各领一军衔枚夜袭东西两山。又令三个亲随多带精壮人手趁乱潜伏城中，明夜亥时，放火为号。

陈丰刘璜摸到山上，两山的守军不足百人。他们的任务是胁迫山上住户摇旗呐喊以为疑兵。见到义军来攻，两山守军凭险抵抗了一阵，纷纷丢下兵器四下溃逃；三个亲随各带十名精细士卒尾随其后混进城中。到了夜晚，四处起火，呼喊声不断：

　　“刘氏当兴，王氏当亡！”

　　陈丰、刘璜带领义军顺着两山往下攻，从残缺城垣进入城中。王勇心知大势已去，单身逃出城去；郡守刘敬带领掾吏降了义军。

　　翌日探子来报，“孙建王邑行辕已过武关，关东关西各路大军正日夜兼程开赴洛阳。”

　　“这么快！”刘信翟义都很吃惊。义军号称十万，受过军事训练的不过万人，怎能抵挡训练有素的三十万大军？若不在孙建王邑到达洛阳之前拿下洛阳，那就永远也拿不下洛阳了。刘璜请命，领五千精兵星夜开赴洛阳，赶到洛阳城下，配合城内宗室，相机夺取洛阳。

　　刘信降旨，“请丞相速去洛阳宣旨，封安众侯刘崇为安众王，敕令立冬日举事，策应王师攻占洛阳。”

　　“老臣遵旨。”苏隆只身去了。

　　洛阳城最焦急的莫过太守王嘉，最风光的莫过宗族长老刘嘉。探子一日三报：孙建王邑行辕离城二百里，反军离城百里；孙建王邑行辕离城百里，反军离城三十。反军先于援军已经叫王嘉不安了，更叫他不安是刘氏宗族。如果刘氏宗族与反贼勾接，洛阳城将顷刻易帜。刘嘉就成了他每日必拜，每拜必奉礼金之人。宗族子弟更不用说了，里出外进向刘嘉讨主意。长老府门庭若市，做生意朝思暮想日进斗金，刘嘉不做生意倒实实在在日进斗金。

刘崇是拜会刘嘉最勤的人，"王莽专制必危汉室。宗族子弟缩头俯首，祖宗蒙羞，高祖皇帝蒙羞，我等子孙之耻啊！今望乡侯首义天下响应，我等岂可袖手？到了刘氏扬眉雪耻的时候了，请族长挺身倡义，小侄紧随其后誓死相从。"

"是啊，贤侄之志，亦老夫之志，宗族之志啊。"刘嘉口里虚应着，心里抱定观望态度，两面光两面讨好两面进财。如果孙建王邑先进洛阳，他稳住了局面保住了城池，应该是首功；如果刘信翟义先进洛阳，他姓刘不姓王。保住刘氏宗族无一伤亡，应该也是首功。既有近利又有远功，推诿自然成了他不二法门，"凡事需审时而动，轻举妄动，宗族千百人头落地，老夫岂敢孟浪？贤侄容我三思。"

苏隆潜入洛阳后，刘崇受安众王玺印，已是新皇廯下之臣又去催促，刘嘉直往后推，"老夫已经集合家丁枕戈待发。正与族人共议大计，贤侄稍候数日。"

刘崇忿然离去，回家后与张绍商议，二人决定立冬日按时举义，戌时点火为号。

　　东门守门官张竦是张绍的兄长，兄弟早已商定，义军到达城下，他便开门迎接。立冬那天天空飘着雪花，申正刚过天就黑了。城里突然锣响，宣称虎牙将军王邑已经进城。刘崇不敢耽误，带领一百多人来到东门，命人提前点火。城头火光腾空，城外犹如银河泻地，刘璜带领的五千义军燃起一片火把。刘崇大喜，请张竦打开城门。却听张竦一声断喝："放箭！"

　　箭矢向刘崇等人射去，刘崇猝不及防，死伤过半。

　　张绍诘问，"兄长，为何射我？"

　　"哼！"只听一声冷笑，王邑从暗影中走出来，厉声反问，"弓箭不射反贼射谁？割下刘崇张绍狗头，掷到城下！"

　　刘崇张绍当即斩首，王邑又一声暴喝："把附逆反贼张竦拿下！"

　　"属下无罪。"张竦叫喊。

　　"无罪？哼哼。"王邑说："本座来迟一步，洛阳就被你拱手献与反贼了。"

　　当夜城中大索。刘嘉等一百多家宗族大户，老少二千七百六十三口全部锁拿。"本座要剪灭刘氏，杀得刘氏血流成河，断子绝孙，让天下不安分者闻风丧胆！"王邑那双阴凄凄眼睛从浓眉下凸现出来，充满杀气。

第二天他把刘氏一族和张绍张竦兄弟两家，共计二千七百八十二口一齐押到菜市。悬出露板，午时问斩。菜市跪不下就跪在长街上，一字排开，从西城排到了东城。连婴儿也占一个位置，扔在雪地上，等待挨一刀。刘嘉悔断了肠，原以为两面光两面讨好，结果身首异处，灭门灭族。

王邑原以为万人空巷，人们扶老携幼跑来观看。谁知全城关门闭户，路断人绝，只有几条野狗从檐下从墙根窜进小巷，惊惶地回眸一瞥。无边的大雪下得天昏地暗，呼啸的寒风卷起凄厉的哭号，萦绕在全城上空。

大街小巷响起锣声："反贼问斩，二千七百八十二口，亘古奇观。快快前去观看，为不轨者戒！"午时已过，锣声响了一遍又一遍，仍旧无人前去。王邑等了又等，等来了郡守王嘉。他跪在地上求情，"将军万万不可。"

"有何不可？杀！连你一起杀。"王邑眼珠子都气红了，声色俱厉："纵容反贼，畏敌如虎，死有余辜，把这狗官拉下开斩！"

"下官愿引颈就戮，只求将军放过刘氏族人。"王嘉说。

"刀下留人！"奋威将军孙建单人独骑飞奔而至，"恭喜将军！贺喜将军！若非将军先至，洛阳早陷贼手。"几句话说得王邑满脸霁色。孙建是三军统帅，负责协调督导各路人马，

"王嘉该死，这些人都该死，只是没有供出背后主使人，岂不便宜那个主使人？"王邑目光一闪，振衣下拜，"若非将军提醒，险些误了摄皇帝大事。"

王邑给王嘉松绑，把一干人犯押回牢房，孙建说："六爷好气魄，二千七百八十二人押到法场问斩！这一刀下去，你可大大有名了，说不定青史也要给你六爷留上一笔呢。"

"酷吏是不是？"王邑大笑，"我岂嗜杀之人？无非借此威慑四方罢了。"

二人提审刘嘉，"刘信翟义造反，各地刘氏蠢蠢欲动。有的献城投降，有的闻风归顺。现已查明，不但刘信翟义是受京中某一大人物指使，尔等也是受京中同一大人物指使。只要尔说出主使之人，饶你不死。"

刘嘉心思灵光，听出他们的企图，一口咬定馆陶公主是主使人。王邑击案，"果然是这个老妪！她的手伸得太长，该斩断这只黑手了。"孙建说："刘嘉，你戴罪立功的时候到了。回到牢房后，劝说同案犯人把主使人说出来。只要老老实实说出主使人，一个不杀，全家开释。"

刘嘉回到牢房，一百多户家主一致招供馆陶公主指使他们背叛朝廷，归顺反贼。刘嘉执笔写了一封效忠信。

汉室不祥，三世无嗣，大统几绝。幸赖摄皇帝圣德，护汉国，辅汉室，

    国命得以复延，国运得以复昌。摄皇帝存亡续废，功与天齐，天下喁喁，颂声洋洋。乱则统其理，危则致其安，寒暑勤勤，孳孳不已，摄皇帝之辛劳天人共见。臣无愚智，民无男女，感恩不尽。叛贼刘信独怀悖惑之心，兴兵动众，欲危宗庙，恶不忍闻，罪不容赦。诚臣子之仇，宗室之敌，国家之贼，天下之害。臣闻古者叛逆之人，既已诛讨，则猪其家室，以为污池容纳垢浊，名曰"凶墟"。虽生菜茹而人不食，出门见之引以为戒。摄皇帝何不仿古以规今，陷叛逆万劫而不复？

王邑读后，递与孙建："此文此人，真不该杀。"言毕大笑。

二人修书王莽，六百里快骑送往长安。王莽看罢，撚须不语，递与平晏甄丰甄邯传阅。甄丰不语，甄邯说："这老六，出其不意，绝！只是……做得吓人，总得杀几个见见血吧。干打雷不下雨，往后就没人怕了。"平晏说："不不，出其不意，攻其不备，善之善者也。天上一声雷响，焉知地下不会血流漂杆？引而不发，跃如也。悬刀不杀，何尝不跃如也？"

"悬刀以示威，好啊！予将赐爵以布恩。"王莽的策略更加出其不意。

"赐爵？"甄丰说："像刘嘉这样骑墙观望首鼠两端的人，也要赐爵？"

"为什么不？首鼠两端总比铁心附贼好吧。"王莽仰面大笑，"刘嘉之策可行，在翟宅养猪放猪，使其臭气熏天，臭不可闻，成为凶墟。"

当下降旨，赐刘嘉为师礼侯，张竦为淑德侯。刘嘉日想夜想，没想到在图圄中获得首功；千惧百惧，在恐惧中封了侯。圣旨到达刘府，不知是惊的喜的，刘嘉颓委在地尿了一裤兜。从此小便失禁，侯爷的蟒袍也掩盖不了一股尿骚气。

王莽又在刘氏一百家大户中，乱点一气。十人为关内侯，十人为伯，十人为男。那些在雪天中跪在长街待决的死囚，转眼天降恩宠，尊爵加身，歆享荣华富贵，最奇瑰的梦也没这光怪陆离吧？

翟义的大哥翟宣曾任大夫，家住长安。平帝刘衎选后，他的女儿翟秀菊参选，一时艳压群芳。最后落选不说，居然连累父亲罢了官。翟宣罢官后开学馆，以教习孩童为生。东郡反讯传到长安，王莽锁拿翟宣全家六口枭首菜市；所幸翟秀菊早已嫁人逃过这劫。翟府仆役星散，已成空宅。王莽接受刘嘉建议，令人拆除院墙，掀掉屋瓦，捣毁门窗，砸烂器物，养上几十头猪，让翟宅臭气冲天。还怕路人不省得，立下界碑，写明"凶墟"。

官府锁拿时，翟宣曾仰天长叹："应验何其之速，前后不到三个月！天意啊，真是天意！"他的后母却说："恶兆既已应在我等身上，二郎必成大功。有子若此，我死无憾，汝父也可含笑九泉了。"

中秋那天，也就是翟义起事前二十天。正当午时，翟宣在堂上教授学生，一只狗跑进院中见鹅就咬，群鹅满院惊叫。翟宣跑出来一看，十几只鹅头都咬掉了。家人跑来打狗，狗窜到门外倏忽不见。翟宣料定必有祸事，对后母说："二弟倜傥不羁，容易感情用事。他一直对摄皇帝不满，恐怕做出什么胆大妄为的事来。太夫人不如离京，住到亲戚家去。没事大家都好，有事可不受追究，躲避这一刼。"按汉朝律令，主人犯法，小妻小妾如已离家可不受株连。

后母不肯离去，"生是翟家人，死是翟家鬼，生死与翟家一路。"

460

翟宣令老仆翟禄赶到东郡，告诫翟义千万不可妄为。翟禄还没到达东郡，就听翟义已反。心知大老爷太夫人必遭险衅，直赴山阳军中。见到翟义，扑地大哭。

翟义朝西遥拜，"男儿只知国大于家，君大于父。大哥，太夫人，恕儿恕弟不孝不悌了。"说着捶胸号啕，涕泗横流。

众人听了狗断鹅头的故事心情沉重。兵荒马乱之际，翟禄不远千里跑来报信，显非杜撰。众人以为不祥缄默无言。山阳郡守刘敬说："西山岩洞有一修行道士年且九十，善断吉凶，何不求卜于他？"

众人疑虑正盛，都说请老道一断。

那天雪下得好大啊。三丈开外，不辨人马，翟义派车去接。过了一个时辰，老道来了。白眉白须，面色红润，真是鹤发童颜。听完翟禄诉说，拿起木棍，在沙盘上大大划了个"鸶"字，掷掉木棍，长笑而去，众人面面相觑。

翟义不知何意，正待发问，老道不见了，慌忙派人去追。申正刚过，暮色就已弥漫四野。雪地不见脚印，老道踪影全无。翟义直奔西山，老道没有回洞。大雪天上哪去了？莫非羽化升天？翟义心头游移不定，回到衙署，众人围绕"鸶"字还在议论。翟义提灯看着沙盘，头影恰好盖住"鸶"头上的

"我"，"鵞"去头不就是鸟么？原来老道把"鹅"字写成异体"鵞"字，为的便于"去头"，意在现出"鸟"字。

果然另有玄机！

他姓翟，翟是神鸟，不正喻示他吗？他嘿嘿一笑，"一经仙翁点化，疑虑尽消。有翼能飞者谓之鸟；乘风翱翔者谓之鸟，摩天通神者谓之鸟。这不是预示天空任鸟飞，我皇大业上通天庭，开阔无边吗？"

苏隆在一旁也嘿嘿笑着，"大将军看出玄机，我皇之福啊。"翟义说："这下好了，仙翁点化，并无不祥。我等应放心大胆勇往直前，杀得敌军落花流水，开创我皇千秋大业。"陈丰说："此兆为鸟，似乎另有深意。"翟义问，"什么深意？"陈丰说："鸟者自由飞翔，趋吉避凶。明知前头有人张网，还会往前扑吗？"他引伸到军事方略上去了。苏隆询问，"将军之意，放弃攻洛计划？"陈丰说："正是。我军首义，军旅初创，应避实就虚攻其不备。敌布军于东，我攻敌西，敌来援西，我纵横东了。打得僭篡贼子焦头烂额，打得矫摄伪政七零八落，打得天下大乱，群雄并起。"刘信却说："攻占洛阳是朕既定方略，举义之前便已确定。朕既举义，就有与敌打大仗打硬仗的决心。不占洛阳如何震慑宇内？不破孙建王邑如何颠覆伪政？一味避实就虚，我军永远是一群流窜之众。"两种见解都有众多支持者，然而敌强我弱之时，硬往强敌包围圈里钻，最终不能被多数人接受。翟义陈丰的见解渐渐占上风的时候，探子来报：

"赵明霍鸿在右扶风起事。"

四十　黄山宫火光破奸胆　蚩尤祠弩箭丧英灵

霍庄庄门洞开，人声鼎沸。自从伪皇子案败露，霍鸿亡命天涯，宾客星流云散。庄园荒芜屋舍残破，鸿门在江湖销声匿迹。后遇大赦，霍鸿躲避仇家，依旧隐匿无踪。今天霍庄修缮一新，张灯结彩，鸿门重新开坛。各路江湖豪客前来祝贺，安陵客舍酒楼都住满了。其中许多人都是通逃多年的案犯，一个个在大街上大摇大摆，高声谈笑。

霍波正在庄门迎宾，巡乡的游徼带着几个乡兵径直走来。霍波高声叫喊，"小的们，把门看紧点，别让恶狗窜进庄去了。"这霍波是江湖上有名的狂书生，出口就爱伤人。游徼也是个愣头青，在京当了两年兵，回家当差还不到一年，没见过霍庄昔日煊赫气势，奔过去喝问，"你骂谁是恶狗？"霍波说："还汪汪着呢。"游徼大怒，"反了，反了，公然骂本官是狗！"

一人在旁接上了茬，敢接恶茬的自然也不是善茬，他是花狐狸温涛，"哟，好大个儿的官！"另一个应声，这位是鼎鼎大名的黑泥鳅黄宏，"还扁扁的呢。"温涛说："扁扁的？没见过，什么东西？"黄宏应声，"不是什么东西，是臭虫。"

门前哄笑起来。游徼放过霍波，气势汹汹转向二人，黄宏一点不怵，冲他吼叫，"你瞪谁呀，别不知道好歹。大爷高抬你了！芝麻大点儿官，大爷说你臭虫。我问你：芝麻大还是臭虫大？"人们又是一阵哄笑。

霍鸿、霍波、温涛、黄宏都曾涉及"伪皇子案"，无不与王莽为仇。

游徼喝令拿人，乡兵上去一个，黄宏打翻一个；乡兵上去两个，黄宏打翻两个。游徼掣出刀来，"逮住三个狗贼，拒捕者当场格杀！"乡兵嗷嗷叫着抓人，三人一身功夫，三拳两脚就把一干人打翻在地。霍波踏着游徼的胸口，拍拍袖口上的灰尘，"几只臭虫也敢到霍庄撒野，回到告诉你家县令，鸿门开坛，重出江湖，叫他备份厚礼来贺，滚！"

游徼跑到县衙，报与县令李开。李开大怒，命令捕快带兵前去抓人。掾吏说："大人不知霍鸿其人？"李开也是上任不久，两眼一瞪气壮如牛，"那又怎样？总不能任他凌驾官府称霸安陵吧。"掾吏说："大人没看出霍鸿有意寻衅？后头是不是有依仗？在这多事之秋，为官者求安不求功。"

李开犹豫了，按兵不动，谁知到了后晌，霍庄的人大批进城，居然把城门兵丁的军械下了，一个个打得皮青脸肿。李开大惊，"霍鸿想干什么，不是要造反吧？"掾吏早已得知刘信翟义起事消息，"不好！霍鸿与摄皇帝有仇，只怕真怀异志，火速上报朝廷。"

"上报朝廷？"治下豪民作乱，官府弹压不住，轻者罢官，重者杀头，借李开一个胆也不敢上报呀。派兵弹压？看看这帮逃回县衙蔫头耷脑的兵丁，李开当官的那点胆气早瘪了。但愿只是江湖豪客开坛立派，张扬其事抖擞威风吧。他不敢大意，把县中一百二十名兵士集中在衙内以防不测。

四乡都有江湖豪客涌进城来。进入十月天寒地冻，他们就住在大街上。义仓开了，官仓也开了，大街点起一堆堆篝火。李开龟缩衙中叫苦不迭。到了七天头，霍鸿递了名贴，口称拜会，亲自进衙来了，"鸿门开坛立派，多有滋扰，特来告罪。五禽拳发源于周原，应在周土发扬光大。多承各路朋友捧场，千里英雄聚义，四方豪杰来归，鸿门必将名扬四海威震江湖。"李开躬身行礼，专拣好听的说："五禽拳出自本县，本县之幸啊。"霍鸿说："本门求贤若渴，太尊何不参入本门共襄盛举？草民愿退位让贤，唯太尊马首是瞻。"李开怔住了，"下官朝廷命官，不宜涉足江湖……"翟鸿大笑，"哈哈哈。侠以武犯禁，正是朝廷冤家对头，太尊言不由衷啊。怪不得本门开坛捎话与你，不理不睬呢。"李开说："下官公务繁忙，难以脱身，还望见谅。"翟鸿狡黠地逼视良久，拖长声调，

"这么说太尊也为本门准备贺仪了？哈哈哈。"一阵大笑把这赤裸裸的敲诈掩饰起来。

李开听他伸手要钱，倒放下了一半心，连忙答应，"那是，那是。"翟鸿说："本门收徒甚众，日用浩钜，请太尊周济黄金百镒。"李开大惊：

"黄金百镒！"

"一任清县丞，百万五铢钱，何况安陵肥得冒油！"翟鸿又是一阵大笑，"三日内送到敝庄，告辞。"

李开当它买命钱，不敢怠慢。搬空县衙银库之后，贴上血本，从家里拿出金银钿软补上数。五铢钱万钱一箱，黄金百镒值钱数百万，得多少箱装？又得多少车运？三天后李开派出长长的车队送往霍庄。霍庄庄外新近筑了一座土坛，翟鸿要车队把金银卸在坛前打开箱盖，当众陈列。坛上大张条幅，标明李太尊贺仪。城中百姓四乡农民前往参观，日光下这些金银珠宝晃得人睁不开眼睛。谁也没见过这么多金银珠宝，可是多看几眼眼睛就疼。想盯着看刺眼睛；调过脸去又忍不住回头看。难怪有人说金银是好东西，可就是见不得天日。可不，三伏天烈日一照，热辣辣灼眼；三九天太阳一照，冷冰冰扎眼。谁要是看不够，准看瞎谁的眼睛。

人们还当霍鸿拿县令炫耀，大抖特科威风呢。谁知他登坛断喝，"来人哪，县衙的车马兵丁一概扣下！绑了！绑了！"

士兵大叫："我等官兵，为何绑我？"霍波说："绑的就是官兵！谁敢不从老子还要杀呢。"民众一齐发吼："绑这帮狗日的！"士兵蔫了，乖乖就擒。

霍鸿发问，"小小县令多大点官？一年俸禄几何？光'贺仪'就这么多！请问这些钱从哪来的？他屁眼屙金屙银？还是他娘的臭屄冒金冒银？"几句粗活就把坛下的人逗乐了。他振臂一呼，"不，乡亲们，不！都是民脂民膏，父老乡亲的血汗啊！"

话音未落，有个老汉在坛下哭喊："我儿死得好惨啊，霍大爷，替老汉伸冤啊！"他跪在地下哭诉冤情：官府要夺他家财产，儿子不服，官府把他关进大牢活活打死了。几个人同时哭喊起来：

"冤啊，千古奇冤！霍大爷，替小民伸冤哪。"

"霍波，速将狗官拘来公审！"霍鸿高声发令。

"是。"霍波向后一甩手，"走，有胆的跟老子去抓狗官！"温涛黄宏一齐鼓噪，"走，走，跟二爷走，不去不是人养的！"人们呐喊，"走走，抓狗官，伸冤报仇啊！"数百人跟着三人向县衙涌去。

李开手下一百多士兵，大部分在霍庄扣下了；剩下的几个吓得四散奔逃。李开只能束手就擒，五花大绑押到霍庄。骆驼死了架子在，李开一上坛，那些喊冤的人都不敢吭声了。温涛黄宏上去摘掉他的官帽，扒掉他的官服，摁住他的头，逼他当众跪下。这时坛下活跃了。几个好事之徒跳上坛去，踹他的官帽，撕他的官服。坛下有人鼓掌，有人叫好；坛上的人踹得不解渴，撕得不过瘾了，又去揪他的头发，搧他的耳光。人们这才发现平日威风八面的太尊，原来也和庄稼院的老农一样，是个缩缩瑟瑟干巴老头。喊冤的人气粗了，胆壮了，一个一个走上台控诉：

贪饕的罪行揭出来了；

奸淫的罪行揭出来了；

欺压良善的罪行一桩桩一件件揭出来了……

坛上控诉的人拳打脚踢，坛下的民众阵阵怒吼："打死他！""打死他！"控诉的人多是老人妇人，他们打不动，那帮好事之徒就代劳，打得李开满坛打滚。卟！滚到坛下了，坛下顿时开了锅，踢的踢，打的打，李开抱着头哀求嚎叫，淹没在疯狂暴怒声浪中。不到一顿饭功夫，李开一动不动了。

"打！打！打死他！"疯狂暴怒的声浪久久激荡在冬日惨白的阳光下。倏然间，一阵可怖的哑默出现在李开四周，涟漪似地由近及远传布全场。

坛上霍鸿声音响了，"李开死了，咱们把他打死了，李开杀我父兄，滛我妻女，贪赃枉法，该不该死？"霍波大声吼叫，"狗官该死！"温涛黄宏跳起来响应："该死！该死！"疯狂暴怒的声浪再次雷鸣般响起："该死！该死！"

霍鸿大声呼喝，"酷吏该杀，贪官该刷，只因李开与奸贼王莽一伙，朝廷被王莽把持，咱冤没处伸，理没处说。咱打死了李开，王莽不会饶咱，咱该怎么办？"

"反了！"霍波带头吼叫。

"反到长安，活捉王莽！"温涛黄宏等人齐声呐喊。

"对，活捉王莽！"霍鸿说："王莽酖死孝平皇帝，伪立孺子为帝，矫摄王位，阴谋篡夺汉室，咱们只反王莽，不反汉室。"

"为汉室铲奸，为朝廷讨贼！"霍波等人又一阵呐喊。场上响彻了怒吼声，人们的心又沸腾起疯狂与暴怒。

霍波等人又跳出来，"走，有胆的跟老子走！"呼啦一声，大群人跟着他们涌进城里。顿时城里起了火，县衙烧了，商铺砸了，富户抢了，大街上横躺着一具具尸体……

　　就在这一天，伍芳在茂陵，秦密在平陵起事。他们杀了县令，占了县城。只有张清在隗里起事失败，只身逃到安陵。

　　隗里是长安门户，离长安不过六七十里，朝廷兵马朝发夕至。县令叫王圭，是个淫贼。西门酒店掌柜是个寡妇，生得妖艳，举止风骚。进门都是客，无论老少，媚眼笑脸勾得酒客销魂落魄。王圭好色，少不了前去光顾。这妇人叫翠环，据说她那身肉像胶泥似地巴在男人身上，又香又软。尤其得趣时发出脆响，经久不绝，客人悄悄叫她环翠。不知怎的，翠环喜欢上了后山打柴的黑大汉，立意招黑大汉入门为夫。许多人不忿，王圭嫉妒得眼都红了。成亲的那天王圭带兵闯进店去，把那妇人霸到家里不说，还诬称黑大汉是盗马贼，关进了大狱。这事人们一直当笑料在城里谈论。

　　隗里有个泥瓦匠年过六十名叫朱标。扶贫济困，人望极高。张清大赦出狱后，化名李江投于门下。七年来，张清暗中传授祖传箭术，徒众甚广。衙役兵丁有他们的人，行商走贩有他们的人，富家子弟也有他们的人。起事前张清当着霍鸿的面拍胸击掌打包票，"义旗高举之日，必是王圭丧命之时。大哥放心，隗里必下！"

霍鸿也以为隗里不在话下，万万没有料到失手，哑声询问，"朱标呢？"

"生死不明。"张清说。

"必须拿下隗里！"霍鸿咬牙，"乘人心未稳，王圭惶乱，迅雷不及掩耳强取隗里！"当下集合五千余人直扑隗里。第二天中午抵达隗里城下。蓦地，城上挑出了王圭人头。鼓乐喧天，城门大开，两个人并肩走了出来。他们头戴银盔身披银甲，一身军爷打扮。走近一看，一个是朱标，另一个是赵明。

赵明三十多岁，相貌堂堂，祖籍蓝田是个石匠。他在蓝田山中有五百石工，富甲一方。

霍鸿翻身下马，"叩见赵二爷。"

这些年霍鸿一直隐匿在歧山。歧山山上产银，山下产铁，家家以石为工，以矿为业。开矿先开石，自古石矿一家。歧山开矿领头的叫赵青。他是歧山银矿铁矿的矿主，祖籍蓝田，是赵明的堂兄。三年前赵青死于矿难，其子赵维尚幼，赵明赴歧山治理丧事，结识了霍鸿。

"兵行诡道，在下佩服。"霍鸿见赵明官兵打扮，知他乔装官兵，乘夜赚开城门擒了王圭。城中秩序井然，不见兵燹痕迹。到了县衙坐定，朱标说起张清失败的经过。

张清奉霍鸿之命酝酿起事，指使徒众四处痛骂王圭贪饕淫邪，骂来骂去骂得全城激愤。张清觉得火候到了，领着一群人包围县衙。正在这时，有个掾吏回衙，在人群中认出了张清，走上前说："各位父老乡亲莫听他造谣生事。"张清镇静如常，"笑话。大爷怎的造谣生事了？"掾吏说："你不姓李吧？"张清断喝，"胡说！竟给大爷改姓，辱没大爷们祖先！"掾吏说："辱没你祖先的是你自己！你是江湖恶贼神箭张回之后，名叫张清。哀帝元寿二年，杀害桃花村杨家一家八口，反诬摄皇帝三公子王安的就是你！"

"伪皇子案"中，张清温涛黄宏杀死杨寄父兄一家八口，反诬王安等"长安三杰"已成隗里乡间传奇，妇孺皆知。张清一下陷于窘境，王圭一声拿下，衙役兵丁吼声如雷。民众一哄而散，张清眼看大势已去，夺路奔逃……

赵明什么也没说，感受很复杂，攻讦王莽奸伪，这帮人恶迹累累，同样干着奸伪勾当。以奸易奸，以伪易伪，以暴易暴，能有好下场？但是只要他们反莽，就必须团结他们。

霍鸿赞扬，"赵二爷寓兵于工，寓兵于仆，组织严密。仓促间派出一支行伍旗帜鲜明兵甲齐全，直取隗里。官兵不察，村聚不惊，古之名将也望尘莫及。"

赵明的父亲赵祥曾为皇室东园石匠，是东园丞于恬"酒中八友"之一。于恬死后，赵明常到于府走动，深受馆陶公主信任。他家五百石工就是馆陶公主叫他暗中招幕的。"东郡举义，在下岂可后人？说不后人，还是落在霍大哥之后了。霍大哥巧取三陵，万民归附，在下愿听号令。"

霍鸿说："在下曾蒙收留，愿听赵二爷号令。"

过了两天，赵明霍鸿正在议事，护军来报："大公子来了。" 赵明起身去迎，一位年轻公子跨进门来，"叩见二叔。"

他是赵维，年仅十七岁，长得英姿飒爽，器宇不凡。他禀报，"歧山、周城、有铁、杜阳四城举义反莽。"

"赵二爷运筹帷幄，决胜千里。"霍鸿看得眼馋，不由得不羡慕。

"霍大哥谬赞。"赵明说："运筹帷幄决胜千里者，另有其人。"

"莫非江湖传说的锦囊令？"霍鸿说。

锦囊令未必确切，馆陶公主的锦囊却是有的。这原是极大的机密，还是传到了江湖。大约在翟义刘信举义的消息传到蓝田前三天，馆陶公主的锦囊就到了蓝田。内有帛书：

"东郡首义，诸君响应。"

赵维持锦囊到四县游说，四县县令与赵家渊源很深，与于府渊源也很深，当他出示馆陶公主的锦囊，四县县令俯首听命，举起了义旗。

隗里西郊黄山，层峦叠翠，高耸云霄，汉武帝在山上筑有行宫，名叫黄山宫。重宫大殿建在山脊之上，桂楼兰室依岗顺岭分列四方。主峰上建有凌霄阁，可见长安灯火。赵明霍鸿在山上召集歧山四县与安陵四城起义首领会议，由于赵明持有锦囊令，且克五城，公推他为首领，统一指挥各路义军。众人尊刘信为皇帝，上表请封。不日刘信封赵明讨逆将军，霍鸿为除奸将军，敕令直捣长安诛灭王莽。

"火光！黄山宫火光！"王舜身披盔甲，仗剑奔进宣室，神情慌张，声音异常惊恐，"黄山宫火光未央宫前殿广场都可以看到，局势严峻啊。"赵明霍鸿起事后，王舜奉命宣室警卫，日夜巡查殿中。

"起驾。"王莽声音很轻，殿上灯烛寒颤似颤了一下。他乘上御辇走出宣室，天上不见星月；地上不见宫阁，一切隐藏在黑色中，一切包裹住寒冷里。这是寒冷的黑，黑的寒冷。如果辇前没有灯笼，如果辇下没有足声，他，他的御辇，他的侍卫连同宫阙就消溶在这黑暗这寒冷这无声的寂灭里了。 他在广场中心站定，看见远处一朵若有若无的火光，有点发红还有点发黄，搖曳着，颤动着，孤悬在漆黑的天际。没有声息，没有温热，一朵冷光，一片死火。在日出的地方，高过地平线，高过远方平林……

黑暗能加重吗？漆黑的天宇能变得更黑更暗？寂灭能加重吗？无声的天宇能变得更死更沉？但寒冷是有浓度的。随着寒冷加重，黑暗与寂灭浓厚了，似乎也有了重量有了压力。

"反虏猖獗……"王莽声音干涩，不知说什么好。面对深沉的黑暗，他的感官变得迟顿，心灵异样窒息。黑暗吞蚀物象，寂灭吞蚀声音，"反虏逼近京畿……"他觉得声音更加干涩。干涩得窒息自己也窒息旁人，没有人敢出声，天地更陷于深渊般寂灭了。

噼噼，剥……寂灭中隐约生发出声音。这是细碎的草木焦烤破裂声音，呼呼呼！啪啪，剥……风卷扬着火，火吐纳着风。那冷光，那死火，燃烧了，爆裂了，变成冲天的火！燎原的火！不不，这不是真的。凝固的黑暗哪有光哪有火？凝固的寂灭哪有风哪有声？可不，眨巴眨巴眼睛，冲天的火燎原的火消失了不见了；他的心怦怦乱颤，又眨巴眨巴眼睛，那冲天的火燎原的火又在那儿闪烁了。杀！有人怒吼，有人哭喊，黑暗中一群人向他涌来。那，那那不是氾胜彭宣吗？还有身披火一样红袍的鲍宣，近了，更近了，他们向他伸出细长的手，好细好长啊，指甲带钩钩……他要后退，可是双脚颤抖没有一丝气力……

卟！有人倒在地上。侍卫惊呼，"王将军！"

倏忽间，火光熄灭了，影象消灭了，吼声寂灭了。他不知是骤发地惊悸引发失聪失明，还是魂灵被带钩的指甲勾走了。他失语失忆，眼前发黑，神智陷于呆愣。"王将军！王将军！"侍卫一声接一声呼叫，终于把他唤醒。他定定神转身，"三弟，你怎么了？"王舜牙齿打战，发出呓语，声音倒很清晰："子都，不是我，真的不是我，不是……"

子都？鲍子都！他也看见了鲍宣！汗毛悚悚耸起，面颊阵阵发毛。鲍宣的鬼魂真的来了？这会儿上哪儿去了呢？莫非潜藏在黑暗里？就在身边？没有人敢出声，他也不敢。他默默回到御辇上，御辇无声抬起，在黑暗中潜行。一个思绪闪过心头：寒冷与死灭一路。记得谁说过，谁呢？他追忆着，心里满是不祥。

"子都，你把我背到哪儿去？放下我，放下我！"王舜扶在侍卫身上，把侍卫当成了鲍宣，死劲在侍卫头上背上捶打。

"啊！"侍卫发出尖叫，王舜发狂地掐住侍卫的脖子，咬侍卫的头。

疯了？鲍宣真的化为厉鬼把他吓疯了？他很恐惧，也很疑惑。"走！快走！"御辇加快了脚步，身后传来撕心裂肺的喊声，"二哥！摄皇帝！别丢下我，别……"

回到大殿，一朵朵闪烁的烛光，看上去都像远方闪烁的火光。他发狂叫嚷，"灭了！灭了！"案前的灯火一盏一盏吹熄了，空阔的大殿只有身后发出的光，他的身影变得更长更大更黑，盖住了棚顶彩绘，遮住了柱上盘龙，罩住了象征帝王尊严的丹陛。"不，不，鲍宣有什么可怕的！"他告诫自己，可心七上八下怎么也平静不下来。想来想去又怕又疑，鲍宣的鬼魂真的跑来作祟了不成？

"王将军怎样了？"

"回摄皇帝：王将军浑身打战一直喊冷，传太医去了。"站在阴影里的貂铛回答。

子正已过，一点睡意也没有。太医来报："王将军受了惊吓，神智一时昏乱，服下安神药，睡上一觉就会好的。"

"受了惊吓？"他想说好好的，把自己刚才那一阵神秘的惊恐也掩盖过去。但觉鬼神之事还是少欺心为妙。

太医说："王将军刚才撞见'过阴兵'了。"古代医巫不分。巫者略通医术，医者略通巫术，都信仰鬼神。

啊，过阴兵！他的心往下一沉，只听太医说："天道太黑，阴气太重，常有阴兵经过，阳气不足的人，或者暗亏于心，负疚神灵，容易撞上。"

王莽兀自一惊，"竟有这事！"

翌日他抱着孺子婴上朝，"昔成王年幼，周公摄政，管叔蔡叔劫持禄父叛乱；今日翟义劫持刘信叛乱。污水往予身上泼，屎罐子往予头上扣，蜚短流长谗言四及，自古圣人尚且害怕，何况予这样平庸之人？"

禄父是商纣王的儿子，管叔蔡叔以禄父相号召，起兵讨伐周公成王，很能蛊惑人心，周公也曾忧惧万分。

陈崇说："自古才高招嫉，德盛积恨，摄皇帝圣德齐天，岂能不招乱臣贼子嫉恨？乱臣贼子越反对，摄皇帝圣德越伟大；乱臣贼子越仇恨，摄皇帝圣德越崇高。"

群臣齐声，"不遭此变，不彰圣德。"

这会儿，眼前还不时幻出橙红色火光，心里却安稳多了，王莽高举双手仰天说："皇天可鉴，予之心除了汉室孺子，更无半点私心。反虏诬蔑予可不齿；可是臣民疑惑予心寒栗哪。予真想拔刀自剖，掏出心以示天下。让天下皆知予心之红予心之纯予心之无瑕予心之不可污。但因孺子年幼不忍相弃，只好含污忍垢苟活于世。悠悠苍天，有谁知予心之悲怆予心之孤苦啊？"说着声音哽咽，泪下沾襟。

群臣齐声，"摄皇帝高风亮节，臣等抑之怀德，俯之怀恩。"

王莽拍着孺子婴，"快快长大，归政之日，方是予心大白之时。"

群臣再次齐声，"摄皇帝之心，日月同辉。光洁照天地，温热满人间。"

孺子婴的生日快到了。

一年中最重要的两个节日，一是元正，一是皇帝生日。皇帝生日称为万寿节。长安城张灯结彩，未央宫张灯结彩，长秋宫张灯结彩，唯独长信宫冷火秋烟。太皇太后不承认孺子婴这个皇帝，自然也不承认这个万寿节。王莽愁得没法，孺子婴登基是假借太皇太后陛下名义布告天下的。太皇太后不给孺子婴祝寿，无异在天下人面前公开撕破脸，这可怎么好？

王莽请大姑母广恩君王君侠，小姑母广惠君王君力、广施君王君弟轮番劝说，没两天何闳来报，太皇太后听了大姐王君侠的劝，改变了主意。一时间长信宫张上了灯结出了彩，派人四处去请王侯夫人。

大姑母劝动了太皇太后！王莽又惊又疑。广恩君王君侠是淳于长的母亲。淳于长获罪，本该满门抄斩，王政君赦免了王君侠。淳于长的罪行是王莽告发的，彼此长年貌合心不合。请鬼劝鬼，不会鬼抱团？

王莽抱着孺子婴前去谢恩。他跪在门前，请中常侍进殿奏报。第一次请人去报，心里暗暗发誓：如果太皇太后帮他迈过眼下这个坎，他将捐弃前嫌请太皇太后重新主持大局；第二次请人去报，心里暗暗发誓：如果太皇太后给他一个笑脸，他就鞠躬尽瘁做个真正周公；第三次请人去报，心里暗暗下定决心，有苦自己吃，有泪自己咽。不求别人原谅，也不原谅别人。

王政君终于发出话来：把孺子婴留下。

哼，把孺子婴留下？他身上冷，心更冷。不是冲冠的咆哮，而是冷冻的愤怒。望着怀中哭嚎的孺子婴，恨不得把他摔死在门前。为了这么个襁褓婴儿受人轻侮值得吗？哼！不是有人说他要禅汉吗？请问衮衮诸公，这么个襁褓婴儿的皇位有什么不可以禅的？然而他不能把这个襁褓婴儿摔死，也不能留给太皇太后。有孺子婴才有摄皇帝；孺子婴若有闪失，叫他

"摄"谁去？孺子婴的命就是他的命，就是比他的生命更珍贵的权力生命！

王莽说："予曾向天下设誓，不到皇上亲政之日，予不离皇上，皇上不离予。"他觉得理由不充分，话也说得太绝，于是打出王嬺旗号，"太后亦有懿旨：皇上不可须臾离开摄皇帝，摄皇帝不可须臾离开皇上。"王政君再也无话。直冻得孺子婴哭青了脸，王莽才不得不离去。

"太皇太后别有怀抱！"甄丰说。

局势明摆着，用得着说吗？他猛地攥紧胡须，愠怒调过脸去。

据说世上什么都可冷冻，唯独愤怒不可冷冻。不是吗？天上司雨的雨师的愤怒似乎在冬天冷冻了，其实他四下飞溅的唾沫变成了风雪的呼啸，他撕裂天宇的电火变成了寒光闪闪的坚冰。王莽比他强，比世上的人都强，可以冷冻愤怒。把愤怒冷冻在心里，无异把一柄浸透仇恨的尖刀窝在心里。刺不了别人，自己心口时时滴血。人生很漫长，荣辱祸福，善恶美丑，变化很大很复杂，然而真正决定命运的时刻就那么几个瞬间，今日跪门就这样决定命运的瞬间。

　　万寿节那天，长信宫罗绮满堂，于雯刘愔打扮得花枝招展来了。王政君一直没有露面，她的三个姊妹代替她应酬客人。丝竹轻飏，笑声盈耳，长信宫多日没这么热闹了。

　　对于刘愔来说，她是第二回进入长信宫，陌生得很；于雯却是熟门熟路。乘着刘愔与人寒暄，一溜烟进了寝宫。跨进阁中见王政君身穿丧服，一脸戚容，她心头猛颤，双膝跪下垂泪，"太皇太后！你要做什么呀？你是千金之躯，不可轻动呀。"王政君咄咄逼人说："胡说些什么，什么轻动八动？老妪坐在这里动了吗？"答非所问。显然在掩饰什么。于雯爬到跟前抱膝哭喊，"太皇太后不要啊，不要！你是大汉最后的希望，不可挺而走险啊。广恩君之计只为报一已私仇，切不可行。"

　　"私仇！"王政君心头一动。淳于长伏法，大姐王君侠与王莽别扭，她们姊妹何尝不别扭？大姐的秘计一箭双雕，如果得逞她和王莽两败俱伤，甚至两仇俱灭。这是母亲复仇之计，不无妇人歹毒之心。真是什么也瞒不过馆陶公主啊，连这样的秘计也看得穿。王政君不再支吾了：

　　"老妪有罪啊，愧对列祖列宗，愧对先帝，该做一点事赎罪。明知是火坑，老妪也要往里跳，老妪活够了，够够的了。"

于雯急急说："不不！贱婢请命，愿为大汉为太皇太后赴死。"

"你？"王政君昏暗的眼睛闪出一丝光芒凝视着她。

"今日皇太后必至，孺子婴必至，只要太皇太后把孺子婴交与贱婢，贱婢就与他同归于尽。贱婢是奸贼之媳……"难言的隐痛叫她欲说还休。其实何需多说呢？摄皇帝的儿媳杀了襁褓皇帝，摄皇帝再无名义摄政不说，还脱不了干系，看这位摄皇帝怎样向朝野交待？

"我的儿啊。"王政君把她抱进怀里。"人心不远啊，这话一点也不错。"于雯说的几乎与大姐的秘计一模一样。今天她决心掐死孺子婴，与孺子婴同归于尽，揭穿王莽篡汉阴谋，呼应望乡侯刘信起义。

"皇太后、皇上驾到！"何闳高声宣呼。王侯夫人一齐跪迎，王嬿抱着孺子婴从凤辇下来，环佩叮铛走到栖凤阁前跪下，"臣孙媳臣曾孙向太皇太后请安，千千岁！"

一个嬷嬷出来，"传孺子婴晋见。"王嬿叩拜，"臣孙媳谢恩。"说罢抱着孺子婴跨步进阁，嬷嬷却说："太后留步，请将孺子婴交与奴婢。"王嬿说："我儿尚幼，子不离母，母不离子。"

公然拒绝太皇太后懿旨，来宾一齐看着她，慈恩殿一片哑默，管箫悠长的鸣声在耳际滑过。那高扬的颤音，颤得人们神情格外亢奋。

嬷嬷说："太皇太后是孺子曾祖母，莫非孙不见祖，祖不见孙？"王嬚说："孙媳抱孺子晋见。"嬷嬷说："太皇太后不见太后。"

话说得生硬决绝，王嬚十分难堪。王侯夫人纷纷走来劝解，走在最前的是王君力、王君弟。一个呵斥嬷嬷："大胆！怎么对太后这么说话！"一个劝慰王嬚："太后不必和她一般见识。"

"乖，真乖。"只有刘惜若无其事逗着孺子婴。

王嬚脸色由赤变白，王侯夫人不由得缄住自己的口，刘惜却劝说："皇上又长胖了，太后抱着不累？就把皇上交与太皇太后吧，也好消消停停与臣妾说会话。臣妾可是好久好久没见太后了，想死想死臣妾了。"

王嬚受父严令，不可把孺子婴交与外人，尤其不可交与太皇太后。今日受的屈辱不都为的这个！自己的好友难道看不出来？心里发痉，委曲的泪水在眼眶里打转。

刘惔映映眼，"皇上是太皇太后曾孙，骨血四世，恩亲百年，思念之不足，必亲爱之，大慰慈怀啊。来，把皇上交与太皇太后吧。"

"交与太皇太后吧。"王君侠帮腔。

刘惔两手伸过去，一只手悄悄在孺子婴后背狠狠掐了一把，孺子婴杀猪似地哭嚎起来。"啊！"刘惔兀地尖叫。那声音尖利，高冗，诡谲，盖住了丝竹繁响，盖住了满殿喧哗，充满恐怖，充满惊悸，绕梁萦迴，经久不绝。

"皇上惊风了！狐鬼，有狐鬼作祟！"刘惔越说越恐怖，越说越诡异。"太后没看见三只黑狐西面跑来跟上皇上了？"王嬿摸不着头脑蒙蒙懂懂，"三只黑狐……哪儿呀？"刘惔又映映眼，"没看见？"两个长秋宫宫女应声，"是啊是啊，就在门外面……门外面，太后不是还说，野狗怎么跑进宫来了？"王嬿这才会过神来，"啊啊，本宫当三条黑狗呢，这可怎么办呀？"

"看！看！"刘惔惊叫，"一个狐鬼跳到皇上身上了，没看见？真是的，真真亮亮的，看不见？皇上真龙之身，狐鬼附体，龙狐搏斗呢。一个狐鬼不敌，又扑上了一个，还有一个正围着太后打转转呢。"她不断掐孺子婴，孺子婴的哭声铿铿的，有如金石迸裂，震人耳膜。她分开身边的人，向外走去：

"让开！快让开！这个狐鬼扑到谁身上，谁就性命难保，倒大霉。"

王君力、王君弟退到两旁，"狐鬼！""狐鬼！"地惊叫。王侯夫人惊疑不定纷纷闪开，熙攘的殿堂空出一大半。有的人也跟着在空中指点，"狐鬼！"

突然 一个跟在王嬿身后的长秋宫宫女发出一声尖叫："啊！"发疯地向外狂奔。刘愔一边推着王嬿快走，一边惊呼，"狐鬼扑到她身上了！"

"皇上有难，臣妾救驾来迟！"只听一声娇喝，于雯仗剑飞奔赶到她们面前。"狐鬼哪里逃！"剑尖直向孺子婴咽喉刺去。刘愔闪身护住孺子婴。幸亏于雯收发自如，剑锋险些刺中刘愔胸膛。于雯叫，"愔妹让开！让我一剑刺死鬼魅。"。

"不可！"刘愔挺着胸膛迎着剑尖向前走，"人鬼两界，你刺不死狐鬼，会误伤皇上的。"于雯高扬宝剑，"这是太皇太后镇宫宝剑，阳间斩奸伪，阴间除妖魔。"她跳到右侧，快逾闪电，一剑直刺过去。刘愔反应不及，"啊"地一声尖叫，血光在空中溅出，她的左肩接下了这一剑。

"啊！"王侯夫人惊声四起。王君力王君弟跑了过来护住孺子婴，直轰于雯，逼得于雯步步后退。

这时何闳带着一群宫女貂铛，护住王嬿退到殿外。王嬿紧紧抱着孺子婴上了乘舆飞快离去。

王政君走出来，她满头银丝，一身丧服，把满堂红锦绿绣压了下去。当王侯夫人一齐匍匐在地，鹤立鸡群大约就是这幅景象了。一身银白羽衣高高立于杂色鸡雏之中，冷傲地打量众人冷傲地挥手，"老妪不祥，汉室不祥啊。本意想为这个孺子婴过一个万寿节，不意光天化日之下巍峨殿堂之中，闹起狐鬼来。这说明什么？"一双尖利眼睛落在王君侠脸上。王君侠说：

"今天不当过万寿节。"

王侯夫人无不大惊失色。

"是啊，不当其人，不成其节。"王政君说："什么是天意？人心就是天意。望乡侯刘信起兵东郡，长安可见烽火。看起来伪言伪行不足蒙蔽天下。天目如电，人心不相远，天心不相隔，散了吧。"

"把那两个畜生传来！"王莽吼声雷动，平晏甄邯等人屏息站在一旁。

风冷似刀，夜黑如铁，貂铛回报："三少爷三少奶醒醉不醒。"王莽更加怒气冲天："把他们抬来！"大约过了一个多时辰，貂铛把王安于雯抬进宣室。二人手脚绵软不省人事，任人搬来运去。

王安衣衫不整，身上全是酒渍油污。两眼半闭不闭，面带一丝笑纹，仿佛醉倒在美丽的臆想中；于雯就不同了。她刚从长信宫回去，前后不过两三个时辰，灌得再多也不会醉到哪里去。她鬓弁不斜抹额未歪，两眼紧闭，显然在装醉。

"打水来，把这两个畜生浇醒！"王莽吆喝。貂铛都站住不动。"还不快去！"王莽攥紧胡须，怒目圆睁，像要吃人似的。貂铛吓得赶忙去打水，"浇！浇！给我浇！"王莽吼声震耳，貂铛又站住不动了。

"主公。"平晏轻声喊叫。冬月大冷天滴水成冰，水浇醒醉之人没有不座病的，甚至当场猝死。

"要浇就先浇……"这是甄邯的声音。他没明说，意思很明显。

"浇！"王莽胡须一掀下了狠心。

"阴损！"于雯声如母豹，兀自从地上跳起来指着甄邯。接着调向王莽，"要杀我，杀好了，何必以醒酒名义！不是时刻把公义挂在口边吗？公义呢，公义何在？真是物以类聚，阴对阴，损碰损，阴损到一块了。"她摘掉髻弁，摔掉抹额，怒目狰狞地望着他们。

"老夫人到！"貂铛一路宣呼。显然，貂铛去抬王安于雯的时候，于雯派人告知王静烟，请她进宫。

王莽上前去迎。王静烟什么也看不见，两手在空中摸着，"三儿，三儿呢？"王莽握住她的手，"夫人，这么晚了，你怎么来了？"王静烟摔开他的手，"三儿呢，你把三儿怎样了？"王莽说："没把那畜生怎样。"王静烟神情急切，两手摸着，"怎么不见他的人？人呢？人呢？三儿，三儿，妈来了！你应一声呀，应一声，别吓妈呀！"她浑身颤抖哭喊起来："你，是不是又把三儿杀了？我就剩两个儿子了，你都要杀了不成？"

"母亲。"于雯上前扶住她，王静烟紧紧抓住她的手，"雯儿，三儿呢？"于雯扶她走到王安身边，王静烟扑在他身上，"我的儿啊，怎么醉成这样！"

"畜生！"王莽恨恨詈骂。

"不，他不是畜生！"于雯抗声。"不附父谋篡是为忠；不举义反父是为孝，他是大忠大孝之人。母亲，你不能怨他。你要为他骄傲，媳妇就为他骄傲。母亲，原谅他喝酒吧。不是安哥嗜酒贪杯，也不是媳妇娘胎酗酒，不，不是安哥的错，也不是媳妇的错。"她直指王莽，"是他的错，都是他的错！"

王静烟看不见，心里什么都清楚。

"住口！"王莽连连骂着，"你这贱婢，该死！该死！"

"我偏不住口，偏不！今天要把窝在心里的话，也是窝在安哥心里的话告诉母亲。往后恐怕没机会了。他要杀我，还要杀安哥，母亲，你都听到了吧？安哥心里苦啊，好苦好苦啊。只要母亲明白他的心，天下人骂他唾他，说他酗酒纵欲，说他荒唐放荡，他都不在意。大奸大伪只能蒙骗不明真相的人；身边的人蒙骗不住，越亲近越蒙骗不住。安哥如果不与他同奸同伪只能躲开，躲得远远的。母亲！你想想，安哥能躲到哪里去？没地方可躲呀。除了醉生梦死，母亲，你说他还能做什么？"

"这是命啊！三儿的命，也是咱娘俩的命啊。"王静烟不是全懂，大体倒也明白。她吩咐抬上王安，与于雯出了宣室。

"贱婢！"王莽气得浑身发抖，"该死的老妪！"

不明内情的人以为他在骂老夫人；平晏知道他骂的是馆陶公主，"日前楼获来报：江湖盛传锦囊令。此令为老妪亲笔，煽动各地门人故旧策应反贼。楼获已经查明，持令者赵维，反贼赵明之侄。"

“不可两存之仇啊。”王莽暗暗怛惕。你死我活，不共戴天，这是必须认真对待的。盛怒骤然消退，情绪冷静下来，“锦囊令到手，必杀老妪，必杀贱婢！”

平晏请示，“若要锦囊令到手，必用江湖人物。赵明霍鸿都是江湖人物。仆以为对付江湖人物的办法就是利用江湖人物。”王莽说：“利用江湖人物，恐遭垢病。”平晏说：“主公放心吧，委任楼获为前煇光，无可垢病。”

前煇光是郡县民团首领，由官府任命，不属朝廷官员。

洛阳城墙坚固，城中宗室被王邑降服后，义军无力攻打，再无可为。刘璜头戴金盔，身披金甲，脚跨神驹火骜，引军返回山阳。

隆冬时节，万物萧索。五千人马撇开驿道，钻进了苍山密林。路上没有行人，天空也无飞鸟，眨巴眼功夫，枯黄草木中队伍就沉寂得杳无踪迹了。两天后刘璜从黑石关、沙鱼沟之间的小路通过，沿洛水踏冰上行。行数十里上岸，路渐荒野，地渐崎岖，直插少室山断壁古道。他登上一座山峰，斜阳残照，落木萧萧，更显得大地长天雄浑苍凉。

天还不黑，他在一个小村宿营。听老农说附近村聚驻有官兵。看来官兵已经布下埋伏，拦住他的归路。西南大草泽可通鱼齿山。鱼齿山离山阳二百多里。大草泽方圆数十里，平日泥淖积水不能通行；冰冻之后可通车马。刘璜估计不会有官兵驻守，三更造饭，四更开拔，摸黑进入了草泽。晨星昏黯，白雾袅袅，踏着衰草枯茎行进。天刚放亮，队伍到达鱼齿山下。山上建有营栅，有一佰官兵把守。鱼齿山不高，满山樟树，树叶都凋落了。刘璜从后山摸上去，官兵正在开饭，等到哨兵发现，他已冲进栅中。佰长从营帐跳出来，挥刀喝令抵抗。刘璜纵身上前，一锤把佰长击毙。他双锤猛叩，下令不让一个官兵逃下山去。但官兵地形熟悉，跑得比兔子还快，有十几个人在树林中逃走了。

不到一个时辰，烽火由近及远燃起。无疑是逃走的官兵报了信，各地驻军用烽火互通情报。除了大草泽方向，四面都有烽烟，全军处于重重包围之中。东北方烽烟比较稀疏，刘璜一马当先率部前行。刚刚下山，一排旌旗挡在前面，敌军已在山下严阵以待了。

刘璜跃马向前，王字大纛之下，一将挺枪而出，"君侯别来无恙？"

他是王莽堂弟，震威将军王况。王况原任城门校尉，掌管长安七门。宗室王侯出入京城都由他迎送。

刘璜嗤笑，"孤王还当是谁，原来是篡汉奸贼的看门狗。"王况佯惊，"末将是看门狗不假，不知篡汉奸贼又是何人？君侯称孤道寡，不会是夫子自道吧？"刘璜大怒，"奸贼，纳命来！"舞起双锤向他击去。王况哪把一个小娃娃看在眼里，举枪来迎，当！锤枪交迸，王况虎口发麻，身形猛地后仰；两员偏将挺枪旁出，一左一右刺向刘璜。刘璜像没看见似的，直奔王况，回头一记左撇身锤把左边偏将打落马下，右锤流星般击向王况。王况啊哟一声吓得魂飞魄散，拨马就逃。刘璜扭头双锤猛叩，扬锤高呼："儿郎们，冲啊！"

五千人马洪水般向敌阵冲去。官兵急促闪开，阵形大乱，闪避不及的被马蹄践踏成了肉泥。王况高呼，"杀！杀！后退者死！"官兵逐渐稳住阵脚，王况身边将校如云，把刘璜团团围住，杀声四起。刘璜无心恋战，冲出战团，引领义军突围出去。

"追！"王况紧紧跟随咬住不放。

行二十里，义军进入一道幽长峡谷。没走多远，火骜仰头长嘶。火骜是匹神驹有灵性，刘璜情知凶险，喝令退出山口。人马刚刚调头，两山旌旗摇曳，箭如雨下。呼啸的寒风飘展着大纛，上面也写着一个王字，刘璜知道这是强弩将军王骏埋伏在这里。一声一声惨叫，身前身后都有将士倒下，气得刘璜指着山坡破口大骂，"王骏！你下来，与孤王大战三百回合！"

"哈哈哈。"大纛下一阵得意笑声，王骏在西面山坡上现出身来，"小贼，快快下马投降，本座赏你全尸。"刘璜再不打话，指挥队伍退离狭谷。王骏在山上大喊，"冲啊，杀死反贼者有赏！"

官兵呐喊着冲下山，他们不是冲向敌人，而是砍杀伤者或死者的首级。军中论功行赏，向例以首级为凭。官兵互起争执，一时大乱。王骏喝令制止，官兵求赏心切，谁个肯听？刘璜获得了片刻喘息机会，带领部队退出了狭谷。他扫视了一下，人马折损近半。

这时王况的兵马压了上来。刘璜带领八名亲兵，大喝一声，冲向大纛。一群将校迎上来，刘璜铜锤左右开弓，同时击向前边两名敌将，卟！一个当即坠马；另一个尖叫一声，银戟脱手飞到半空。刘璜接着双锤横扫，当当当一阵脆响拨开两旁兵刃。八名亲兵并力向前，一齐欺近王况。王况拨马就逃，"活捉王况！"八名亲兵半圆形包抄他，王况只能向自己的队伍直冲过去。官兵队形大乱互相碰撞，人仰马翻。义军士气激增，吼声如雷，杀得官兵四散奔逃。

刚刚击溃正面的敌人，王骏又领兵跟上来了。他知道刘璜勇猛无敌，担心他反戈袭击，命令部队保持距离。刘璜也真想杀个回马枪，但人马都已疲惫，只得作罢。红日西垂，他到颖水河边下寨。

少顷他到山岗巡视。调头望去，王骏的大纛在空中飘展。夕阳染红了半边天，也染红了王骏的大纛。人们都说夕阳如火，他觉得是血，猛然想起一句民谚：西方火烧云，大雪落纷纷。心中疑虑不定：这么好的天气，明日会落雪？

他找来几个老兵问讯，有人说会落雪，有人说不会落雪。然而无论落不落雪，他都别无选择。王骏盯在他后头，王况一定在某个地方出现在他前头，说不定孙建也来了。他必须甩掉官兵，否则在这冰天雪地里，拖不死也会冻死，但愿苍天赐他一场大雪吧。

他下令埋锅做饭。入夜他在灶边燃起篝火。几十堆篝火腾空升起，接着又令全军点燃火把，好像夜里要发动进攻。

王骏衣不解甲加强戒备。眺望了一阵，发现火把都不移动，心里疑惑。等了一个多时辰，刘璜毫无动静，篝火越烧越小，火把渐烧越稀。王骏猛省，击额大叫，"不好！反贼遁走了。"引军来到敌寨，已经是座空营。他登上东面山岗，天空不见星月，四野一片漆黑。他冷冷一笑，"小贼，你逃不了！"随即派人寻找道路四出打探。

刘璜连夜行军。天明之时，已经到达四十里开外的大青山，山下有几户家。队伍刚刚驻下就飘起了雪花。千山万壑一片银白，行军的痕迹全掩盖上了。他四下看了看，再也不见烽火。

这时王邑率军进逼山阳。先锋廉丹在城下挑战，陈丰请命，"小将迎战此贼，挫其锋锐。"翟义说："首战须慎，还是本将军亲去吧。"他领兵出城与廉丹打了十余合，拖枪败退，廉丹舞棒疾追。严尤高声大叫，"穷寇莫追！"廉丹见城下一展平阳，既无鹿砦更无伏兵，哪里肯听？追到吊桥，东西两山发出强弩。廉丹猝不及防右臂中了一箭，扑倒在马背上。嗖，嗖，他的坐骑连中两箭。幸亏是匹久经征战的骏马，身负重伤，仍知调头跑回本阵。一路狂蹦乱跳窜出箭雨。终因伤势太重，身躯一歪，轰然倒在地上。

翟义转身杀来，严尤舞刀迎住，官兵搀起廉丹退回本阵。严尤无心恋战，紧攻几刀逼退翟义调头后退。翟义扬枪高呼，放马直追；刘信击鼓助威，义军掩杀过去。一鼓未竟，官兵阵形大乱。王邑喝禁不止，后退十里下寨。

王邑十万大军陆续开到城下，把山阳城重重围住。严尤献策，"欲下山阳，必夺东西两山。"王邑深以为然，当即下令攻山，严尤笑笑，"将军何须强攻？稍待数日刀不刃血，两山必落我手。"

第三天东南风起，王邑下令向山上发射火弩，两山林木燃烧。风势不大，火势却旺，烧了一天一夜，山上一片焦黑，只剩下零零落落的半截树桩。王邑登山瞭望，山阳城裸露在眼下。这是一座冰砌的城墙。在原有城墙基础上堆上沙石加固加高，然后浇上水，冻得坚硬无比。

王邑下令攻城。城中军民奋勇抵抗，上百架云梯都被掀倒砸断。官兵轮翻攻了三天三夜，又在城下堆放柴草，放火烧墙，想把坚冰化掉。折腾了一天一夜，城墙毫无伤损。唯独两山的抛石机，把巨石抛进城里，砸毁房屋，造成军民伤亡。王邑心情沉重，要破此城，岂不要等到化冻之日？

严尤说："将军不必烦恼。攻其必救，贼军必乱，其城自破。"王邑茫然，"将军明示。"严尤说："我军可挥师东征，扫荡东平东郡，擒其妻小，捣其巢穴。反贼必往救援，我若择其险要，伏而击之，必歼其军，必夺其城。"

“将军要撤围而去？”王邑阴凄凄的眼睛差点冒出火来。若非严尤多次献策有功，真想斥他几句，“我军兵多将广，理当所过皆灭，喋血以进。今贼首俱陷城中，破城之日全部斩获。贼焰一日得灭，贼势一日可平。一役而竟全功，岂可轻言放弃？”

长安故旧都说王邑刚愎自用，严尤不再多言。

王邑再次下令攻城，逼得严尤不得不亲冒矢石，率领死士去爬云梯。爬到一大半巨石当头砸下，幸亏身手敏捷斜跳开去，拣得一条性命。廉丹也不顾箭伤，三次登梯，都未能登上城墙。

攻城又停了下来。严尤说：“打仗与打人一样。一招制命固然痛快，但常常难如人愿。只要制敌死命，无论用多少招都是力招。”廉丹也说：“打头是打，打屁股也是打，只要能报这一箭之仇，小将请命去扫反贼老巢。”

两员战将一致主张撤围东征，但以十倍之众攻弹丸之城一无所获，王邑实在不甘。严尤说：“近日扶风贼寇猖獗，摄皇帝翘首盼望将军早灭反贼，早传捷音，回师讨贼，解除宸宫旦夕之忧。我军陈兵城下，耗时废日，徒劳无功，摄皇帝忧心失望，三军士气也将低落，请将军三思。”

王邑头一回统军，极想按自己意愿作战，又怕兵败获咎，只好按照严尤的作战方略，留一部分人继续攻城迷惑反贼；留一部分人伏兵险要以待反贼驰救；其余兵马兵分两路：一路由严尤率领攻打东郡，一路由廉丹率领攻打东平。

路过曲洛，刘璜得知王邑军进东平。再也顾不得掩藏行迹，日夜兼程前往救援。赶到城下，城头挂满人头，密密麻麻足有几百个，都是皇兄后妃以及大小臣工的人头。

刘璜急怒攻心，城下叫阵。廉丹闻报，哪里把他放在眼里？当即披挂出战。二人一口气战了三十回合，廉丹渐渐不支。有人高叫："廉将军休慌，本帅来了！"刘璜没有调头，就知孙建赶到。心里又急又恨，双锤更猛更狠，一锤震开廉丹的狼牙棒。紧接击出一记快锤，打中他的左肩，廉丹闷哼一声摔到马下。

孙建跃马来救，刘璜来不及杀廉丹，转身迎战孙建。孙建惯使镔铁长戟久历沙场，十分了得。二人战在一起，雪尘四溅。王邑见机会难得，亲自率军冲出城去。刘璜腹背受敌，气疯了心，招招与敌拼命。逼得孙建连连后退，身边的亲兵躲闪不及，被刘璜打倒两个。蓦地刘璜一声大吼，对准了王邑。

火骜凌空跃起，数百铁骑随后奔腾，王邑万万没有料到刘璜面对数倍之敌，不但不逃跑，反而率部发动进攻。王邑武艺平平但意志坚强，自知不敌，却舞刀相迎。校尉见主帅沉着应敌，也都拼死上前。

这是一场惨烈的战斗。刘璜冲进敌群，连毙四将逼近王邑，当！铜锤与大刀碰到一起，王邑虎口震裂，脊背冒出冷汗。就在大刀颤缩的刹那，铜锤居高临下悬在王邑的头顶。一击下去，王邑的头颅准定碎裂。谁知刘璜把高悬的铜锤往腰上一插，伸手去抓王邑腰上的丝绦，想把他生擒过去。千钧一发间，孙建的长戟向他后背搠来。刘璜回手一把攥住戟柄，嗯！他居然暗运神力往后拽。孙建冷哼一声，"狂妄小贼，找死！"顺势使劲前搠。火骜向前一窜，三股力恰巧合成一股力，把孙建硬生生拽下了马。

这会儿，王邑的坐骑得空窜跳开去，好几个校尉护住了他。只见孙建就地一滚，撑着长戟翻身跳到马背。刘璜看出再也拣不到便宜，右锤在空中抡了抡，斜刺冲了出去。孙建王邑惊魂甫定，勒马不去追赶。千百铁骑扬起漫天雪尘，冲进苍茫雪野，向夕阳垂落的天际飞驰而去。

五天前，翟义巡城时发觉王邑等人俱已不在城下。诧异之余，觉得事态严重，奏与刘信。刘信惊呼，"奸贼阴谋取我故都，犯我故土！"翟义叹气，"唉，救则必遭伏击，不救坐毁根基。"陈丰等将领一齐大叫，"救！"

唯独苏隆以为不可。陈丰老母在东郡，两眼喷火，"父母妻子岂有不救之理？"苏隆说："自古国大于家，君大于父。不得已时舍家而为国，舍父而为君，以全其义，以成其业。"说罢双目眵湿，两腿股栗。谁都知道，苏隆儿孙满堂，全家三十二口，弃家之论何等沉重！众人都不言语了。

翟义问，"丞相可有良策？"

苏隆说："大将军忘了西山老道之谶？鸟者，当展翅高飞，海阔天空。义军存汉室存；义军亡汉室亡。跳出包围圈，保存实力，才是社稷大计。待到来年春天，再图恢复故土故都不迟。"

翟义觉得符合谶理，议论到天黑，陈丰等将领还是反对，刘信也赞成回救故都："故都陷落，故土沦丧，坐视不救，天下寒心。回师故土故都，依托故旧乡亲，也是保存义军之道。"苏隆垂泣，"陛下要以大局为重，放眼天下啊，不可拘泥一家之恩仇一地之得失。"他转向翟义叩拜，"大将军快拿主意啊。"然而他的哭声被一片杀敌声掩盖了。

翌日，义军撤离山阳。那是一个天寒如铁的早晨，啼晨的小鸟都不敢从窝里探出头来。启明星挂在惨淡天幕上闪着冰莹的白光，就像一滴挂在新亡人眼角上的泪珠。城门大开，将士奔涌杀出，冲破敌寨，冲进敌营。没有喧嚣，没有呐喊，双方闷声血战，只有刀枪撞击的脆响间杂一声声惨叫。启明星不是在愈来愈明亮的日光中隐没，而是被铅灰色云层掩盖了。没有风，没有流动的云，天空愈来愈阴沉。仿佛时光在倒流，又要回复到黑夜中去。

三天后，义军到达东平东郡交界地须昌。据当地亭长讲，严尤传檄东郡十五城：开城投降者有赏，闭城不犯者不攻，不抗官兵者不杀。所过四城，城城闭城自保。官兵进军迅速，刀不刃血抵达东郡城下。只两天功夫，官兵攻进城中……翟义陈丰以及东郡将士的家人都在城中，性命难保。

义军向东平进发，临近阚亭，迎面驰来一军。翟义下令戒备，对方却发出一阵欢呼："皇帝万岁！"刘璜跑过去伏地痛哭。刘信得知后妃都被屠戮，也忍不住掉下了眼泪。苏隆颤巍巍走来颤巍巍说："为国捐躯，死得其所，都不要哭，不要哭……"

阚亭有百十户人家，离东平六十余里。阚亭北面有座大森林，是东平王的猎场，刘信兄弟每年都到这里狩猎。到了阚亭，不少人认识他们。"皇帝万岁！"百姓噙着泪水呼喊。面对故人热土，刘信兄弟百感交集，忍不住涕泗横流。

说到官兵百姓无不咬牙切齿。东平一路官兵由王邑统率，他的口号是"所过皆灭，喋血以进！不降者死，抗拒者屠城！"先锋廉丹凶猛嗜杀，攻城屠城，进聚毁聚。二人搭配在一起，东平沦入火海和血泊之中。

席不暇暖，挥马频报：严尤引军从西北面攻来，离阚亭不过二十里了。孙建王邑的大军正在东南面集结，很快也会来到。局势极其严峻，刘信悔不听苏隆之言，苏隆安慰说："陛下回救，仁心义举，将士无不感奋，必将奋勇杀敌以报陛下。只要我军于官兵合围之前跳出去就不算晚。当前要紧的不是后悔，而是行动。"

孙建王邑两路大军陆续抵达陈留城下，方圆数十里燃起烽火，把夜空照得火红。陈留城墙残破难以固守，翟义决定突围。三更时分城中火起。刘璜打开城门，一马当先冲进敌营。刘信翟义紧随其后，喊杀声像浪潮一样向前扩散。然而冲过一座营寨，前面又有一座营寨；杀退一股敌人，前面又有一股敌人。两天三夜衣不解甲，食睡都在马背上。天明时分大雾弥天，拐过一个山角，看见黑沉沉一座土城矗立眼前。刘璜举锤问，"此城何名？"

"菑。"

刘璜觉得不祥，默然无言。

菑城背靠芒山，山麓有座蚩尤祠，祠前有口井称为龙井。传说龙井可以兴雾，蚩尤对敌作战都从龙井祭起大雾，神出鬼没，杀得敌人丢盔卸甲。祠中老道说："进入蚩尤祠就是与蚩尤神有缘，何不求蚩尤神兴云布雾以助陛下？"

刘信心想，而今兵疲师老，若有大雾掩护，在这里休整几天，再好不过了。他下拜，"如何求得蚩尤神？"老道说："心诚则灵。"刘信祭拜之后，等候大雾降临。一连两天都是响晴天，他问老道，老道说："大晴以后必有大雾。"

大雾没有等到，孙建大军等到了。四周又有烽火燃起，他们又陷于重重包围之中。刘璜冲下山，看见王况的大纛在寒风中招展就向大纛攻去，王况的兵将一冲就散，大纛退进路边的树林，比逃跑的兔子还快。他带领人马突围，大路空无一人，两边树林却箭弩如雨，将土纷纷坠马。显然敌军有意避免与他正面交锋，而是利用地形地物，消灭他的有生力量。

队伍在芒山和横水之间的开阔地带被官兵分割成几股，刘信翟义的旌旗分得很开，看来二人已被冲散，局势极其危急，他策马向皇兄龙旗驰去。到达横水河边，大批官兵正把一队人马往河里赶。河水都已冰冻，但马蹄没有裹上茅草，冰上打滑极易摔倒，行动十分不便。两岸都有弓弩手，只要下了河，就成了活靶子。他看见皇兄正在堤下指挥抢占河堤。一拨一拨将士往上冲，冲到半坡就被大批官兵压了下去。人人身上沾满了血，战斗异常惨烈。

刘璜大吼一声，"臣弟来了！"双锤抡扫，几名兵将栽到马下。形同劈波斩浪，眼前闪出一条道路。"王爷千岁！"欢呼声骤然响起。数百将士迅速靠拢汇成一股洪流，杀上了河岸。"挡我者死！"刘璜在前开路，沿着河堤去追皇兄。右下方有片杉树林，一群义军正与官兵交战。一面大纛在河边招展，上书王字。心头一震：王邑也来了，獐头贼大约就在附近！这些将士他几乎全认识，正是皇兄身边的羽林军。他冲进去把官兵杀散，"皇上呢？"

"皇上与大将军在一起，下堤向东南方面去了。"羽林军首领说。

"大将军还有多少人马？"

羽林兵头领说："獐头贼一路紧追，大将军人马打散了。"

獐头贼！刘璜心头发紧，向东南方向追去。沿路遭遇一股一股官兵拦截，当他杀出这片开阔地带，只剩下三百骑了。夕阳西下，路边又遇见一座蚩尤祠。他令将士进祠歇息，弄点食物充饥。祠中空无一人，也没一粒粮食，只得宰杀几匹受伤的马，架在火上烧烤。早上从芒山蚩尤祠杀出，晚上又杀进一座蚩尤祠。祠前镌有"围祠"二字，他才知道仍在陈留境内，只是弄不明白，陈留怎么这么多蚩尤祠？

火好温暖，肉香扑鼻。战马兀地长嘶，刘璜跳起来。放眼望去，黑鸦鸦的官兵从三面围了上来。"儿郎们，上！"他摘下了双锤。

然而火堆旁不少将士没有动弹。有的人去牵马，马也不肯挪步。冰天雪地里没吃没喝，人受不了马也受不了。"起来！"刘璜向火堆一个军校大喝。他举起锤无力垂下了，转身跳上火骜向山下冲去。

"小贼，哪里走！"孙建持戟拦住他的去路。刘璜也不打话，双锤一前一后连环击出。当！当！孙建一招拨云戟堪堪拦住。二人各展所学，战成一团。孙建尽管以逸待劳，仍然占不了半分便宜。战了十余回合，身后的队伍又被官兵分割成几股。刘璜使出一记流星锤，孙建闪在一边，刘璜从空档冲出，前去解救受困将士，错马之间，孙建使出一招回戟问天，刺中刘璜后背。刘璜闷哼一声，一记撒身锤也击中了孙建的右臂。剧烈的疼痛，不允许他转身搏杀，伏在马背上狂奔而去。

"放箭！"他听见孙建的喊声。

当！他的头盔射落了。右肩发麻，右锤跌到地上。他知道中箭了，想下马去拾铜锤，一阵眩晕袭来，天旋地转的，使他伏在马背上动弹不得。

冬天的太阳很快垂落，暮色遍布苍穹。火骜奔跑着，又快又稳。他不再觉得疼痛，喊杀声也远远抛在了后边。只是觉得身体好像不是骑在马上，而是飞腾在云雾里，飞着飞着，跌落到地上……

不知过了多长时间，听见火骜咀嚼的声音，他醒了。他发现自己倒在山坡雪地上，火骜站在一棵高大的楸树下，嘴拱在积雪中寻找枯草。头顶一弯惨淡残月挂在天边，旁边还有几颗晨星。蓝色的薄雾袅绕他的身体冉冉上升，升到丈许又披散开去，仿佛梦境一般。他闻见一股苦艾的气味，心里纳闷，雪地里哪来苦艾气味？这也许是他最后记忆，而这记忆最后又迷失在疑惑之中。

火骜突然停止了咀嚼，抬起头好像在倾听。它耸了耸身子，也许是剧烈颤抖发出一声嘶鸣，向微明的荒野飞快驰去……

四十一　缢皇姑木匣献朝阙　篡汉位金匮封辅臣

　　灰濛濛山影上边，天空迅速扩展的曙色照不进横水河谷。夜色依旧浓重的河堤躺卧着一具具无头尸体，死灰色的冰冻河面冷凝着大滩大滩黑糊糊血迹。没有一丝儿风，没有一丝儿声息，只有淡蓝色的薄雾浮游袅动。这大约是幽冥缥缈的氛霭吧？抑或是新亡人未了的愁怨？

　　旌旗在雾中时隐时现，蹄声由远而近，一驾豪华乘舆轰隆隆驶进河谷。没走多远，十余骑追了上来。孙建扬声叫，"王将军停一下！"乘舆停下了，王邑身着朝服走下车。孙建把一个木匣递给他："反贼刘璜已被击毙。"王邑阴凄凄眼睛一跳，令护军收下，"献头阙下，勉强可以告慰摄皇帝了。"孙建说："将军不必过谦，陈留大捷，斩首万余，足可告慰摄皇帝。"王邑说："刘信翟义均已逃遁，我等臣僚未能尽职，摄皇帝圣心难安啊。"孙建说："逃不了！请将军代奏摄皇帝，若不斩获贼首，小将誓不还朝。"

　　其实早在攻克东平的当儿，王邑就向王莽报了捷。声称捣毁贼巢，斩讫反贼妻小以及伪朝叛逆。王莽连下三旨，告知扶

510

风反贼猖獗，王舜卧病，令他火速返京主持京城防务。牛皮吹出去了，人不敢离开。直到昨天，他到码放反贼首级的圜祠视察。那里把十个人头绺在一起，一层一层码放，码得一人多高。横列成行，纵列成排，摆满了山坪。他粗略计算了一下，足有八千余级，确信歼灭了反贼主力，决定回京受命。

到达长安，正值冬至。冬至是一年中最重要的节日，超过改岁。古代改朝换代，常常伴随改换"正朔"。正，指一年开始；朔，指一日开始。夏以孟春（正月）为正，天明为朔；殷以季冬（十二月）为正，鸡鸣为朔；周以仲冬（十一月）为正，夜半为朔；汉初以十月为正；直到汉武帝采用夏历，又以正月为正。改岁的日子常常变动，冬至的日子却是固定不变的。到了这一天，百官安身静体，绝事不听政。夜漏未尽，换上绛色衣裳，顶礼祭祀。

今年人心惶惶，京城不闻锣鼓，只见远方烽火。王邑来到宣室，王莽抱着孺子婴在殿中来回走动。他扑倒在地高声叩拜，"臣弟参见摄皇帝！"

也许动作过于突兀，也许声音过于激动，孺子婴吓得哇地一声哭了。王莽一边拍一边哄，"嗯嗯，皇上乖，皇上莫怕，再也莫怕了，得胜将军回朝了。"

"仆来抱抱。"平晏伸手接过孺子婴，口里哼着，"天寒地冻，肚里咚咚；冰化雪消，腹中空空。"这是一支民谣，寒冬腊月穷苦人家常常挂在嘴边。王邑知道他借此描述反贼现状。哼着哼着，孺子婴睡着了，王莽叫嬷嬷抱进房去。

王邑说："反贼缺衣少食，胜负之数已定，形势大可乐观呢。"王莽哼了一声，"狼烟烽火夜夜得见，兵变民叛时时生发，权奸显贵虎视于前，元凶大憝窥卧于侧，有什么可乐观的！"平晏赔笑，"主公忧深思远。"他说，霍鸿一帮江湖豪客四乡就食，烧杀抢掠，民心尽失。而今楼获已在右扶风建立民团，大批徒众混进反贼军中，他得意笑了，"到了用江湖人对付江湖人的时候了。"

茂陵城门洞开，街面上游荡的全是江湖豪客横跨着刀斜背着剑，有的穿着长衫，有的打着短褐，有的裹着兽皮，有的披着锦绣，他们都叫义士。可这些义士话说投机彼此称兄道弟，一言不合白刀子进红刀子出。哪天都有几个义士血染长街，横尸大衢。

这天，六个黑衫人进入城门。踏踏踏，他们骑着高头大马，溅起发黑的雪泥，旁落无人驰进城里。满街瞠起眼睛，喷喷，有人咂舌发出香馋声音，意思说好肥的马，烤着吃准香人一筋斗。喷喷，如同野犬夜吠那样，四下有人响应。一条汉子拦住马头，几个人欺上去，正要动手，忽听路边有人招呼，"来者可是云台五使？"六人勒马停下了，其中一人抱拳，"在下眼拙，不识尊驾高姓大名。"

三个精瘦汉子从屋檐下走出跪在马下，"恩公不记得我等兄弟了？"云台五使一齐跳下马，其中一人说，"三位可是枯岭三友？"三人磕头，"正是。"

满街都镇住了，云台五使、枯岭三友都是江湖上响当当高手，全伙在一起，谁敢轻举妄动？六骑中有个虬须壮汉坐在马上，锦衣剑袖，膀大腰圆，威武极了，大咧咧说："你等俗不俗？人有恩干我者不可忘也，我有恩于人者不可不忘也。走你的路多好，偏偏下马相认。我问你等，讨谢啊还是什么？说错了，我可不饶！"云台五使嗬嗬大笑，"讨酒喝。"

"说得是！"虬须壮汉也跳下马嗬嗬大笑，满街跟着笑了。

枯岭一友说："这鬼地方，讨酒比讨媳妇还难。"云台一雄说："河里无鱼市上有，越稀罕的货越有市。"枯岭一友觉得稀奇，"真的，这地方能买到酒？"云台一雄说："日市没有有夜市，门市没有有集市，集市没有有黑市。"枯岭另一友拱手，"佩服，恩公真是老江湖。"一个蓝衫汉子搭讪，"只怕黑市也没有吧。"云台一雄说："黑市没有还有军市呢。"

"军市！"蓝衫汉子问，"各位与伍首领有旧？"三个月前，鸿门大弟子伍芳带领徒众杀进县衙占领茂陵，成了茂陵首领，手下有五千兵马。不用说，他那儿有酒。

云台一雄说："何止有旧！咱爷台……"虬须壮汉打断他的话，"得！俗不俗啊，丁点事也值得挂在嘴上？"云台一雄说："爷台说得是，什么旧不旧，有旧不如有钱。散尽黄金谋一醉，不信那么煞风景。"蓝衫汉子大声叫好，"有气魄！在下愿附风雅，舍命带路。"

"通请！通请！"虬须壮汉跳上马大笑。六骑缓辔前往，一群江湖豪客跟在后面。一路有人加入，不大一会聚集了三十余人。蓝衫大汉把他们带到一座名叫茂园大宅门前叩了几下，一个衰老头子打开门。满地衰草败叶，路边积着雪十分荒芜。头一进空无一人，都以为是座空宅。谁知进入中堂，却是轻歌曼舞，丝竹低迴。早有艳巫迎上来，引导众人进入花厅。

"哈哈，烽火连天，饿殍遍地，还有这神仙所在。"虬须壮汉拊掌大笑。

一个胖老头拱手，"楼大侠请了。"这时，蓝衫大汉拜倒，其余的江湖豪客也都跪下了。原来这虬须壮汉是楼获，云台暗指楼，自称云台五使的这些人全是楼获徒众。

楼获还礼，"范财神请了。"

胖老头是江湖上大名鼎鼎的陶朱公范青。范青据称是范蠡的后裔。范蠡发财后世称陶朱公，也叫财神。无恩仇不成江湖，楼获于他有恩，两人成了密友。应楼获之请，舍命潜入茂陵効力。

这里表面是秘密酒肆，其实是处军市。客人饮酒作乐之余，酒筵上倒买倒卖军需物资。范青是出了名的陶朱公，用不着掩饰身份。只要有钱赚，刀山火海都敢闯。兵荒马乱跑到这地方做军市生意，不会引起怀疑。

"黄头领到！温头领到！"

胖老头范青陪着花狐狸黄宏、黑泥鳅温涛进入花厅。黄宏温涛已非昔日混混，而是叮当山响的义军首领，江湖豪客一齐站立相迎。

四个艳姬坐在二人身边。酒热了，菜熟了，二人旁若无人喝上了。搂着艳巫亲着樱唇摸着丰乳，喝得昏天黑地。这时胖老头范青介绍座中生客，笑声格外宏亮，，"黄大侠，这位爷台也姓黄，不会是一家吧？哈哈。"黄宏温涛一辈子与楼获为敌，却未曾与楼获见上一面，想不到楼获就坐在他们面前。

楼获拱手，"幸会，五百年前是一家。"一个艳巫诌笑，"黄爷，不是奴婢驳你，这话错了。二位不但五百年前是一家，五百年后也是一家。"楼获拉着她的手，"好，小嘴儿善解人意，老爷有赏。"说着解开悬在腰上的绣花荷包，倒出两颗金豆子与她，拱手说："只要黄大侠不弃，在下情愿认错，不负美人金口。"

黄宏愣住了：这家伙真能顺竿往上爬。两个艳巫一左一右拽住他胳膊娇揉，"好嘛，是一家嘛。"黄宏手下数千人，今时不同往日，怎把一个陌生江湖人放在眼里？但花狐狸的狐狸花心，见到美女就酥，频频点头，"是，是一家。"

"大哥在上，受小弟一拜。"楼获与黄宏年龄不相上下，却自矮自价，振衣下跪。

黄宏还拜，"贤弟请起。"正要动问对方名字，胖老头范青一阵宏笑，"哈哈哈。小老儿一句玩笑话，撮合了一对贤昆玉。常言道金友玉昆，理当呈玉献金以志庆贺。"说着拍拍掌。

生意场上，免不了套交情。黄宏温涛常常私下佩服范青这手功夫到了炉火纯青境界。他们发现，范青每做一笔生意，总能七拉八扯扯进江湖恩恩怨怨大网中。两个素不相识的人往往被他扯成了朋友或者兄弟。

一个艳巫端着托盘走出来，上面盛着金锭和美玉。黄宏受了金玉，都成兄弟了，倒有点不好意思盘问对方名字了。

胖老头范青一声请，众人举卮一饮而尽。这时丝竹再起，艳巫甩动长袖翩翩起舞。酒过三巡舌头松动，话匣子开了。黄宏心里多少有点抱歉，拜了兄弟，连对方名字都不知道。如果再当着这么多人动问，传到江湖岂不叫人笑掉大牙？闹得他问也不好，不问也不好，倒是温涛忍不住问，"黄爷，还没请教名讳。"胖老头范青笑笑，"不是温头领问起，小老儿倒忘了。温头领与黄爷江湖上都有'三日'之雅号，何不开示雅号，以助酒兴？嘿嘿。"

楼获自负回应，"不才三日不醉。"

温涛有点犹豫，身边的艳巫一推，"说呀。"温涛乜斜着眼睛淫笑着，"说？你不害臊，老爷就说。"艳巫啐了一口，"狗嘴里吐不出象牙，爱说不说！"温涛说："是你叫老爷说的啊，你家老爷三日不倒。"

满座一阵哄笑。枯岭一友诘问，"世上哪有三日不倒的黑泥鳅？滑滑扭扭的，只怕进都进不去吧。"温涛涎着脸，"顺当着呢。"枯岭另一友不信，"吹吧？"温涛拽住艳巫，"三位问她。”艳巫娇嗔，“缺德。”满座又一阵哄笑，早把名字的事忘到脑后了。

喝到半夜，黄宏温涛舌头打卷，脑瓜子也打卷了。云台五雄捧着大卮，排成一行上前敬酒，气势十分吓人。黄宏温涛二人直作揖，“不不不，五位，五……咱喝一卮，喝一卮，意思意思……”云台一雄说：“我五人行则同行，饮则同饮，二位头领不给面子吧？”温涛说：“五位规矩……好生作怪。在下眼拙……倒忘了，请教五位高姓大名……”云台一雄说：“咱爷们贱名不值一提，咱爷台名字会把你吓死！”黄宏温涛瞪圆眼睛，“笑话！爷们纵横江湖……怕过谁？”

胖老头范青抬起胖手上前劝解，“同席饮酒，百世之缘。二位头领别冷了五位英雄的心，把酒喝了。笑话！区区几卮酒，还能醉倒二位头领不成？”

“好说。”二人又摆出头领架子，把五卮酒饮下去。“喝，喝就喝。”他俩的头顿时大了，身体委顿下去倒在地上。云台五雄仰面大笑，“还想不想知道咱爷台的名号呀？”二人再也说不出话了。

“老爷楼获。”楼获走到他俩面前笑眯眯说，冲他俩的脸吐了一口酒气。

　　"什么？"二人睁大了眼睛，闪出一抹光彩。但光彩迅疾黯淡，他俩又沉重的闪上了眼睛。

　　赵明提着马鞭怒气冲冲闯进花厅。花厅里躺着三十多人，如果不是刺鼻的酒气和震耳的鼾声，没有人还把他们当成活人。"楼获呢？哪儿？"昨晚接到情报，率领八百亲兵，寒风大雪跑了三四个时辰赶来。他令人把扑面醉卧的人翻过来，没有看见楼获，也没看见云台五雄。"把家主叫来！"

　　胖老头范青以及艳巫仆役都已逃之夭夭，厨房也烟熄火熄了。

　　"谁把楼获藏起来了？"赵明怒不可遏。

　　"赵将军息怒。"茂陵头领伍芳矢口否认，"只怕是谣传吧，楼获怎敢在属下地面出现？"他是一条粗壮黑汉，只见他佝着腰垂着头，神态很谦卑，一点也不觉得粗鲁。

　　"不对吧，有人亲眼所见，怎会是谣传？"站有赵明身边一个亲随站出来说。

　　三个江湖豪客一齐站出来，"我等亲眼看见，愿以人头担保，不会有错。"看得出楼获的消息是这三个江湖豪客报告给赵明亲随，又由亲随报告给赵明的。

那个亲随说："黄头领温头领不都在这儿吗，叫醒他们问问，不都清楚了？"

赵明喝令，"打水来！"伍芳忙说："赵将军不可，凉水一浇，黄头领温头领还有命吗？他俩可是霍将军拜把兄弟啊。"说话棉中裹铁，外软内硬。

那个亲随说："那不是枯岭三友吗，浇醒他们也一样。"

几桶水浇下去，枯岭三友浑身抽搐，疼得在地上打滚。好在三友都是练武之人伸腿蹬脚，很快松活了筋肉。"楼大爷？是啊，刚才在这儿饮酒，还认了黄头领同门兄弟呢。"

赵明问，"楼获哪去了？还有那个范青，都到哪里去了？"枯岭一友说："刚才都在这儿的。"那个跟随冷笑，"还刚才呢！告诉尊驾吧，那已是昨天夜里的事了。"枯岭一友说："必是有人藏起来了。"赵明喝问，"谁藏起来了？"枯岭三友说："那谁知道！哪儿保险哪儿藏呗。"伍芳说："奇了怪了！楼获在茂陵地面大摇大摆现身，又无影无踪不见了。尔等不是撞见了鬼胡咧咧说醉话吧？还是诬赖老爷私通奸贼把他藏起来了？"

话说到这份上，赵明不便继续追问，好在霍鸿提着马鞭匆匆来了，大吼一声，"浇！"

有人提着水桶向黄宏温涛浇去。黄宏温涛抽搐着打滚。霍鸿暴喝，"楼获与尔等喝酒来着，还认了兄弟？"黄宏温涛抽搐成了一团，哪里说得出话来？霍鸿马鞭向黄宏抽去。一鞭下去，黄宏一声哀叫，四肢向外一抻；霍鸿又一鞭抽下去，黄宏四肢又一抻；霍鸿猛抽几鞭，黄宏几抻几抻，筋肉松活开了，牙齿打着颤，"是，是，楼获……"

霍鸿更怒，举鞭又要抽去，赵明拱手，"霍将军息怒，只怕你我都中妖贼毒计了。"霍鸿紧咬钢牙，也想到大敌当前，彼此不能闹翻，同样强忍着。听他一说也拱了拱手，"不错，这是奸贼离间之计。"

"温头领！"有人失声惊呼。只见温涛蜷成一团，叫声停了，颤抖止了，一动不动了。霍鸿连声大叫："快把他手脚分开！给他揉揉，好好揉揉。"有人抱住温涛的头，有人拉他的手脚。"轻点，轻点。"霍鸿连连叮嘱。其实再用力，温涛的胳膊腿也拉不开了。他浑身僵硬，早就没有气了。

这时探马来报："王邑领灞陵军进攻隗里，甄邯领细柳军进攻歧山！"

"调虎离山！"赵明跳起来，提起马鞭奔出大厅。又下雪了，他听见他的战马在风雪中长嘶。

赵明率八百亲兵到达城下，只听王邑沉声吆喝：

"举旗！"

城墙上旌旗高举，弓箭手站满城头。王邑问，"谁出城迎战？"蔺苞出列，"小将出战，定斩此贼。"王邑说："赵明是反贼元凶，强悍凶猛。扶风首战许胜不许败，谁愿随蔺将军出战？"戴级出列，"小将愿随蔺将军出战。"

蔺苞八骏作威作福惯了，自以为无敌天下。戴级说："蔺将军稍待，属下去取赵明首级！"蔺苞说："贤弟小心，愚兄为你掠阵。"

戴级挺枪杀出，只打了两个回合，就觉臂痠手麻，枪法施展不开。蔺苞见势不妙，舞刀来援。二人相处多年，心意相通，彼守我攻，我危彼救，也只走了三个照面便居颓势。他俩支撑片刻。赵明一刀震飞戴级长枪，戴级伏马而逃；而这一刀余势未老，破空的刀风使得蔺苞面颊一阵生寒。蔺苞的魂都吓破了，调头逃跑。

王邑看得真功，暗暗叫苦：二人战败事小，若有闪失，如何向摄皇帝交待？廉丹在一旁说："反贼将悍兵少，小将请率铁骑军掩杀，必可杀退反贼。"王邑怒斥，"怎不早说！"他一声令下，廉丹率五千铁骑军排山倒海压向敌阵。

赵明看出灞陵军训练有素，自知八百亲兵难挡数陪之敌，率领亲兵向后撤退。

廉丹勒马不追，王邑飞马驰来，"为何不追？"廉丹说："此贼强悍，慎战才是。"

王邑冷哼一声，鸣金回城。谁知刚刚调转马头，赵明杀了回来。而且声势大增，原来他的残部以及隗里城外部队陆续赶到城下，人数足有一万。铁骑军来不及调头撕杀，被冲得七零八落，伤亡数百骑才收缩回城。

赵明重新收复黄山宫，又点燃了烽火。他在城下搦战，王邑向城下抛掷人头，死活闭城不出。有的人头冻成了冰坨坨，有的还滴着血。每天一二千级，几天下来，城里的人被他杀得差不多了。寒冬腊月，城高沟深。赵明没有攻城器械，粮草日渐困难，只得向周城转移。

到达汧水，探马来报，周城已被甄邯占领，大公子赵维阵亡。进退踟蹰之际，伍芳手下几个逃散的江湖豪客向他报讯：茂陵被王级三万大军包围，形势十分危急。此去茂陵不过五十里，赵明沉吟有顷，率领一千兵马，换上官兵服装，打着蔺苞旗帜，大摇大摆到达茂陵城下。不料蔺苞奉王邑之命来助王级攻城，正在大营之中。他当霍鸿领兵来救，冷冷一笑，"江湖技俩，跑来找死。"他与王级商议了一下，佯装不知，下令大开辕门迎接。

赵明大喜，正好混进营中冲杀。当他缓辔走进辕门，一眼看见蔺苞，心中大惊。他惊，蔺苞更惊，脸色顿时变了。毕竟艺高人胆大，赵明很快从震惊镇定下来，舞刀杀去。蔺苞转身就逃，他的坐骑冲撞王级坐骑；王级不知发生了什么事，呆愣闪在一边；埋伏在两旁的刀斧手没有等到预定的信号阵形就乱了。慌乱中大刀已向他们头颅砍去。义军将士齐声呐喊，杀向两旁的营帐。片刻间营帐起火，官兵四散奔逃。伍芳见敌营火起，率军从城中杀出，把王级三万军队打得落花流水。

伍芳把赵明迎进城。没几天，有铁、杜阳二城相继失守，义军只剩安陵茂陵平陵三地，伍芳请他留下共御官兵。

新岁在大雪中降临，局势更加严峻。甄邯十万大军进攻安陵，细柳军为其主力，受过攻城训练，攻势极其猛烈。霍鸿手下有一支鸿门弟子组建的鸿门神兵人数约有三千，人人凶狠骠悍，战斗力极强。甄邯与霍鸿在城下大战，头一阵就把鸿门神兵消灭殆尽。甄邯使双斧，霍鸿使双鞭。战约三十合，甄丰诈败。霍鸿率鸿门神兵追杀，追至阵前，强弩军万箭齐发，鸿门神兵猝不及防，片刻间死伤近千；不等霍鸿从错愕中转醒，铁骑军万马奔腾，势如暴风骤雨，又把鸿门神兵冲得七零八落；

这时细柳营步卒杀至，他们依据操典，出则成行，退则成伍，彼此照应，配合默契，围住单个神兵撕杀。神兵尽管身手不凡，却破不了细柳阵式。就像围猎场上的野兽，一个一个遭到宰杀。霍鸿所幸武艺高强，带领五六百残兵败回城中。

甄邯守住当道，离城五里下寨。赵明率三千精兵来救，甄邯与他在寨前战了五十余合不分胜负。甄邯高叫一声，"住手！"赵明嗤笑，"怯了？你肯告饶，本座免你一死。"甄邯沉吟良久，"可惜呀可惜！若在半年前遇见足下，本帅定荐足下为校尉，晚了！"赵明直唾，"呸！纵任本座为大将军，本座也不屑如你一样，做弑君篡汉奸贼之走卒。"

甄邯又沉吟片刻，转身要走，赵明喝叫，"别走！再战五十合，定斩你马下。"甄邯微微一笑，"胜负已决，何须再战？"赵明说，"你认输了？"甄邯又叹了一声，"唉，你大概还不知道吧？虎牙将军王邑已克茂陵，虎贲将军王级、扬武将军王奇已克平陵，足下身陷重围，还有生路吗？"赵明冷笑，"无论生死，我将血战到底！"甄邯说："困兽之斗，何苦呢？"

赵明舞刀杀去，甄邯架斧说，"慢！你不是要进城吗？本帅看你是条好汉，让你多活几天，放你进去如何？"赵明说："你不使诈？"甄邯嘿嘿一笑，"本帅何须使诈，请吧。"他双斧张开，寨门大开，官兵左右移动，让出了一箭距离的通道。赵明见他营栅，动静有序，有条不紊，怎敢贸然上前？甄邯仰面大笑，"哈哈，你不敢进寨？"双斧又张了张，官兵又向后退出了一箭之地。

赵明引军穿寨而过到达城下，霍鸿在楼头唾骂，"无耻叛徒，休得赚我安陵！"赵明说："赵某顶天立地，岂是不义之人！"霍鸿说："若无勾结，哪有让你穿寨通过之理？岂能骗过你家大爷？"他下令放箭，顿时箭矢如雨。赵明仰天长叹，"人不相知岂可共创大业？猜疑无信岂可同生共死？天亡我啊！"

他引兵后退，甄邯一阵朗笑，"不是本帅灭你，你的同伙灭你，到你引颈就戮的时候了吧？哈哈。"赵明大怒，"是你离间奸计，我必杀你！"甄邯且笑且退，"不是本帅计谋得逞，而是小人心胸险恶，哈哈。"赵明不再斗舌，舞刀攻击。这时强弩军发动，一阵破空之声如潮如风，声势十分吓人。赵明舞刀护身，他的士卒倒下了一半。退到城下，霍鸿打开城门叫喊，"将军快进城。"赵明领残兵进到城里，霍鸿跪在路边叩头，"兄弟有罪，将军海涵。"赵明真想一刀杀了他，只得冷冷说："兄弟请起。"说罢眼泪夺眶而出。

不日，王邑灞陵军以及王级王奇军队陆续抵达，把安陵围得铁桶似的。砸石机日夜把巨石抛进城中，砸得屋毁人亡；擂门机日夜撞击城门，城门已被撼动。眼看就要破城，只有弃城突围才有一线活命希望。

三支军队之中，王级王奇最弱。二人决定从北门突围，前往蓝田华阴一带，进入商洛山中暂避。一个月圆之夜，赵明一马当先，率领全城八千人马冲进敌营。王级王奇大营无人抵挡，各营将士自保性命四散奔逃。天明行至夾峰山。这里双峰对峙，丰水环流，地势十分险要。二人恐有埋伏，不走两山之间的驿道，顺着丰水河岸上行。时值二月，河水日化夜冻，人马勉强可以通过。第二天行到八里坡，一支军队档住去路，大纛上书一个孙字。赵明知道孙建大军到了。不用说东郡东平义军已被剿灭。果然，大纛下有人挑着两颗人头。一颗是翟义，一颗是陈丰。

一员大将手持青龙刀，大声问，"来将可是大刀赵明？听说你的刀法还不错，本座特来会会你。"

赵明问，"你是孙建？"

"杀鸡焉用牛刀，胜你何须孙将军？本座严尤。怎么样，不肯赐教？"

　　赵明懒得多说，挥刀攻去。二人战了三十多个回合，严尤渐渐不支。孙建挺戟相助，霍鸿痛骂，"好不要脸，两人打一个。"挥动双鞭杀进战团。

　　四人战在一起，双方将士呐喊助威。大约一顿饭时间，赵明霍鸿越战越勇，渐渐占了上风，身后的呐喊声反倒停了，变成一片惊呼声："官兵围上来了！"

　　二人无心恋战，想脱身已脱不了了。这时，甄邯、王邑、王级、王奇各引军杀至，把义军分割成几段。二人心慌意乱，孙建一招白蛇吐信，霍鸿刚刚躲过；错马之间，孙建突施一招横索锁江，长戟在腋下直搠过去，刺中霍鸿左肋，把霍鸿掀到马下。赵明大惊，使出蛮力硬接严尤一招辟石开山，把严尤的青龙刀震开一尺多高。本该趁虚直入使出杀招，他却收刀错马去救霍鸿。孙建挥戟拦住，二人刚刚照面，甄邯一斧剁下了霍鸿人头。赵明无心再战，猛攻三刀，逼退孙建，打马杀出战团，向自己的亲兵驰去。

　　孙建回马疾追，扬声高叫，"拦住贼首，别让他跑了！"可谁能阻挡一条下山之虎？大刀一扫，人仰马翻。八百亲兵吼声雷动向他靠拢。待到孙建严尤追近，赵明已和亲兵汇合到了一起。他们杀向受困兄弟，像滚雪球似的，有的人倒下了，更多的人依附上去，人数越聚越多。到了天黑，冲出重围，有了二千多人。

进入甘亭地界，山多林密，赵明以为突破了包围，就在一个小山村歇脚。刚升上火四周山头都燃起烽火。他知道自己仍在官兵眼皮底下，但部队太过疲惫，决定就地驻扎吃点东西暖暖身子。半夜，四周烽火大炽，车喧马叫，官兵又围上来了。他跳起来命令全军戒备。官兵在山头呐喊，"杀死赵明者有赏，活捉赵明者封侯！"却不进攻。显然他们虚张声势，掩护军事部署。天光放亮，大纛在晨曦中显现。昨天他们选定从王级王奇阵地突围，以为是最薄弱环节，结果中了官兵奸计；这回他决定选甄邯阵地突围。谁知杀到阵前，不光甄邯还有孙建严尤并排站在驿道上等着他。

"冲啊！"面对三个强敌，他知道决定命运的时刻到了，情绪反倒镇定下来，挥舞大刀冲杀过去。驿道一边靠山，一边临涧，堪堪够四骑撕杀。赵明每一刀都沉宏有力，每一招都攻守兼备，迫使三骑不停后退。三人无不暗暗打怵，一柄大刀舞得这么风雨不透无懈可击，刀法拿捏得这么猛而不野疾而不老。从日出到日中，天生的神刀源源不绝，不见任何衰竭迹象。稍有疏漏，倒下的不会是他而是自己。

他的亲兵和将士也都高声呐喊奋勇拼杀，犹如一条陷于泥淖的巨龙，扭动着爬行着逶迤向前，却不能从泥淖挣脱出去冲天腾飞。太阳偏西，进入一处开阔地带。赵明精神一振，东突西决，大开大阖，想在天黑之前带领将士突围出去。三人拉开距离，你退我进，轮番作战，仍旧死缠着他不放。这时，将士处境更加惨烈了，官兵四面出击，把他们冲得七零八落，分割成一个个小股。

他知道再也无力挽回败局，于是骤抖神威杀向严尤。严尤错马躲开，他突然勒马不前，战马人立起来，孙建挺戟前搠，他猛挥一刀击中孙建右肩。孙建翻身落马，赵明双腿猛夹，战马四蹄腾空跃上了驿道。道上的官兵四散躲闪，战马直冲出去。

甄邯严尤打马来追，赵明早已绝尘而去。

营寨中到处点着篝火，肉香酒香扑鼻，官兵围着火堆高声谈笑，唯独大帐中烟熄火熄。甄寻、刘棻、王奇并称"长安三公子"，二人送牛酒犒劳来了。王奇苦着脸连连叹气，"我无寸功，奈何！奈何！听家兄说，摄皇帝要拿我开刀，整饬将士杀敌。"

530

　　"不会吧。"甄寻说："这次平定反贼，令兄厥功最伟。摄皇帝不念兄弟之情，也要看令兄的面子吧。"王奇说："别提了，家兄今日被摄皇帝骂得狗血喷头。"甄寻诧异，"是吗？"王奇说："刘信逃了，赵明也逃了，摄皇帝大为震怒，斥责家兄用兵不力。"刘棻拖长声调，"摄皇帝律己严，持家严哪。不是有人说，不怕摄皇帝骂，就怕摄皇帝不说话吗？将军之幸哪。"王奇连连摇头，"这'幸'不要也罢，弄得不好，项上人头说不定'幸'没了。"二人想起王宇之死，不作声了。王奇一拜，"二位还是给兄弟出出主意，让兄弟逃过这一劫吧。"

　　刘棻说："主意倒有一个，就看将军运气了。"甄寻说："他是福将，准有运气，你快说。"刘棻说："赵明不是逃进丰中山了吗？抓住他不是奇功一件？"王奇叹气，"唉，赵明神勇，谁抓得住他！"刘棻说："他只身一人，围住他，困也能困死。"王奇说："可他在哪呢？"刘棻说："放出白毛龙不就可以找到他吗？"王奇直摇头，"数千人日夜搜山都没搜到，白毛龙能搜出来？严将军说，像刘信一样不知所终，恐怕是天意。"

　　军中传闻：刘信翟义弃军逃跑，逃到固始被人发现，数百官兵围上去。翟义战死，刘信也受了伤。蓦地火鹜从人头上跳进来，驮着刘信从人头上跳出去，一忽儿跑得没影了。它是一匹神驹，受故主遗命来救皇兄，试想还能找到吗？

"哼！"刘蔡冷笑，"我偏不信邪！放出白毛龙准能搜出来。"甄寻也劝，"试试何妨？说不定你的福气胜过他的天命呢。"

白毛龙也真神，它只在茂陵安陵赵明住过的地方嗅了嗅，沿着赵明上山的路上了丰中山，很快嗅到了赵明的气味。中途只绕了两个圈，跑到一个洞口狂吠。官兵堆积柴草放烟熏，不到半个时辰，浓烟从丰水岸边山崖冒出来。随着滚滚浓烟，赵明牵着马从崖洞跳进了丰水。砰！河冰破裂，连人带马沉入水中。

王奇大声悬赏："下水找到赵明尸体者赏钱十万！"

头几个人下水冻得半死一无所获，过了一个时辰，有人在下流三十步凿冰下水，找到了赵明尸体。

  吾皇盛德，竟全大功。靖安宇内，抚平四极。

海内有奸，纷乱东北。诏抚成师，武臣承德。

尧歌锵锵，舜乐箫箫，以乐征伐，教化流行。

肃为济哉，武为辅哉，群恶逋亡，九州定哉。

随着晨钟，未央宫奏响凯歌。甄丰奏报赵明首级传到京城，当众把王奇的故事讲与王莽听，乐得王莽开怀大笑，"予正欲惩治无功将领，奇弟建此奇功。嗯，是员福将，确实是员福将！"甄丰说："摄皇帝得天之佑，良将克敌，福将建功，战无不胜，攻无不克，谁敢反叛？谁敢不服？"王莽抚须微笑，窗外垂柳新绿，红梅盛开，已是春光一片。

不日诸将凯旋回京，王莽置酒白虎殿。他声称要向太皇太后报捷，请太皇太后亲临犒劳；同时遍请宗室王侯、贵戚赴筵。这天宗室王侯来了不少，但王政君没出席，馆陶公主也没出席。这是早就预料到的。说真的，如果她俩真的出席了，这捷还不知怎样报这劳还不知怎样犒呢。

军乐声中，王莽抱着孺子婴首先给孙建敬酒。孙建伤重没能出席，他的儿子孙豫感动得热泪盈眶代替父亲跪领；接着给大将军甄邯敬酒，甄邯拜谢，"王将军破贼首功，此樽当王将军先饮。"王邑慌忙拜谦，"小将微劳，何如甄大将军勋功？此樽当甄大将军饮。"王莽大悦，"好哇，杀敌争先，封赏让先，不失良将古风。予同敬二位将军一樽。"二人躬身叩拜，"谢摄皇帝。"

这时大殿欢声四起，陈崇离席颂扬，"摄皇帝奉天洪范，膺受天命。虑则移气，言则动物，施则成化。文臣未及尽其愚虑，武将未及齐其锋芒，狼烟即灭，反贼悉平。可谓圣思始发，反贼破灭；圣目所及，反虏毕斩。千古一人，周公有所不及；百世卓立，圣贤亦当悦服。"

"胡说！"谁知王莽勃然大怒，"予周公之志，对天可表。反贼诽谤于前，奸人诋毁于后。几个月来流言蜚语甚嚣尘上。你竟说'周公有所不及'，这不是陷予不义吗？"

他突然借题发挥，把憋在心里几个月的火发作出来。这自然是针对馆陶公主以及宗室一些王侯发作的。他大概也觉得这无名火发得太过突兀太过莫名，莫名难服众，突兀必生疑，自己的心事反而暴露，于是挑剔字眼，自圆其说："'反虏毕斩'了吗？刘信头颅何在？尸骨何在？莫非你要为刘信张目，他不是反虏？"

陈崇瑟瑟伏地，大气不敢出。

"来人！"王莽喝斥，"昏乱无稽，折辱斯文！逐出殿外，听候发落。"他的模样特凶声音特大，孺子婴吓哭了。甄丰劝解，"摄皇帝的确奉天洪范，千古一人。陈司直用词虽有不当之处，但忠心可嘉，摄皇帝饶他一回吧。何况今日是庆功宴，君臣都该乐和才是。"王莽把孺子婴交给貂铛，冲陈崇甩甩手，"今日是庆功宴，予且饶你。"陈崇叩头有声灰溜溜躬身回座。

一波刚平，一波又起，王莽厉声喝骂，"今日是庆功宴，没功的也来了，真是无耻之尤！都滚出来，跪在中间！"

严尤廉丹等人慌忙跪在中间。王莽快步上前把二人扶起："二位将军劳苦功高，快快请起。"接着又扶起几位将领，最后只剩下几个王氏子侄，他扬声说："震威将军王况震威威不震，强弩将军王骏强弩弩不强，尸位素餐，未建寸功，当罢官褫爵，逐出宫去！别当是王氏，予会偏私。告诉尔等，别人尚可，王氏不行！"甄邯直谏，"作战有胜负，杀敌有多寡，二位王将军牵制反贼，为我聚歼顽敌赢得时间，也是功劳一件。"王莽说："甄大将军休要为这等无能之辈说情。世受皇恩，身膺军权，理当英勇杀敌报效朝廷。身为将军没打胜仗，理当愧得慌臊得慌。若能像扬武将军王奇那样，力不足补以勤，功不足补以劳，千方百计，何愁大功不立？"说到这里，他又忿忿了，"军中流言刘信逃跑是天意，试问谋逆造反是天意？造反败亡也是天意？众将若像扬武将军王奇，刘信插翅难逃！"

虎贲押送王况王骏等人出宫，将帅无不懔肃。王莽举樽，"各位将军，共饮此樽。"朝中大事未了，他心绪不宁。饮毕，从貂铛手中接过孺子婴，"各位请随意，皇上该回宫睡觉了，予告罪失陪。"

初春的深宫格外阴冷。外头阳光明媚，殿里还升着火。冷清的长信宫响起一阵传呼："摄皇帝到！"

"不见！"王政君斜倚在榻上直甩手。宫女奏报，"摄皇帝进寝宫来了。"王政君大怒，"放肆！拐杖！楞杖！"宫女把拐杖递给她，她笃了几下，"他敢闯栖凤阁，我与他拼命！我不活了，没脸活了。"

终其一生，她这栖凤阁除了她的儿子刘骜和那个短命皇帝刘衎，极少有别的男人进过，最亲近的臣子也都在门前止步。王莽在门口跪下，"托天之佑，赖太皇太后洪福，反贼尽诛，烽烟尽灭，微臣特来报捷。"

"哼哼。"王政君冷笑，"踌躇满志，向老妪示威来了。"报捷，把捷当成捷的是喜，把捷当成刦的是气。它是胜利者的宣告，也是胜利者的炫耀。敢于面对胜利者蔑视他的胜利，普天下大约只有她一人。

王莽砰砰叩头，"微臣岂敢？皇上尚幼，微臣依礼向太皇太后报捷之后，然后向高廟报捷。告慰列祖列宗歆享牲祭，太皇太后从此也可安享太平了。"王政君说："你有这好心！你是来索命的。"王莽叩得更响，"微臣对太皇太后孝之如母，敬之若神……"王政君打断他的话，"你当我看不透你的黑心烂肝，向老妪报捷之后，还要向馆陶报捷吧？"

她突然提到馆陶公主，说得对，只是不全对。他确实要向馆陶公主"报捷"，不是"之后"，而是同时。当然报捷的人不是他，而是王邑。

王莽久久不语。

王政君击案，"你说呀！"王莽说："馆陶公主锦囊传令，煽动叛乱，依律当斩。"王政君说："不当为帝者，不当为摄者，人人得而诛之！馆陶何罪之有？"她不当叛乱为叛乱，不当反贼为反贼，王莽还有什么话可说？

王政君更加生气，拐杖笃得山响，"好哇，你索馆陶之命吓老妪，逼老妪听你摆布。哼。告诉你，要杀馆陶先杀我，走！"王莽伏地没有动弹。她再次击案，"你还不走！"

王莽依旧没有动弹，似乎在等什么。

"你逼命呀！老妪老了，走不动了，未必今日硬要活活气死我不成？你好毒呀，早先我怎么没看出来呢？我该死，真该死了！"王政君说着，气得两手打颤。

"报！"

　　传呼声从殿外传来，一个中常侍气喘吁吁奔进殿中，扑地奏报，"启奏太皇太后，启奏摄皇帝，馆陶公主自缢身亡。"

　　王政君大惊，跳下榻来，"真是啊，老妪还当气话，都叫老妪说中了！你今天真是来报丧来逼老妪命的……"她的头突然发晕，"我，我……"她抱住头，两个宫女上前扶住，侍候她躺下。

　　"快传太医。"王莽连连说。他是预先知道馆陶公主的死的。说报捷也好，说报丧也罢，目的在警诫。这几个月他担心受怕，一个在公主府，一个在长信宫。他受够了，该做一个了断了。

　　王政君推开宫女，"我要见馆陶……"泪水泉涌，"皇妹啊，你死得好惨啊！父皇啊，先帝啊，你们怎能看见你的女儿，你的御妹，你的姑母被人活活逼死不管吗？怨我啊，都怨我，我有罪哪。可我……也被逼得要死啊……"

　　句句裹着铁，字字含着针。寝宫温暖如春，暖阁暖气袭人。不知是刺的还是热的，王莽额头沁出汗来。

　　"起驾！起驾公主府！"王政君从榻上下来，拄着拐杖走出了暖阁。

　　栖凤阁内外无人响应。王政君举起拐杖向王莽击去，两个宫女拉住她的胳膊，拐杖落在地上。王莽拾起拐杖，双手举在头顶：“臣请太皇太后责罚。”王政君尖声大叫，“出去！出去！”王莽叩拜，“臣告退。”

　　王莽回到宣室，何闳奏报，“长信宫来报：太皇太后寻死觅活，一定要去祭拜馆陶公主。”王莽默默无言。平晏说：“祭拜又有何妨。”王莽说：“太皇太后春秋已高，有个好歹，予心何安？”平晏说：“不让太皇太后去，太皇太后有个好歹，又将若何？主公也去吊唁吧。不就是给馆陶公主一个好名声吗？给她就是了。”

　　公主府搭起了灵堂，王安于雯在堂上守灵。但门可罗雀，竟无一人吊唁。王政君扑倒在地泣不成声。于雯跪在她面前哭喊，“祖母死得好惨，太皇太后要替祖母做主啊！”王政君捶胸痛哭，“都是老妪的错啊，是老妪没听皇妹的话，瞎了眼睛认错人。害得皇妹七十上吊不得正终！”

　　“是他！”于雯指着王莽，“是他逼死了祖母，都是他！”

　　王莽正眼也没瞅她，“来人，把公主府管家传来！”一阵山呼海应之后，管家从堂后走出：“奴才在。”

王莽说："说说公主殿下怎样自缢而薨的。"管家没有应声。

"说！"王莽大喝。"有人逼迫公主殿下自缢吗？"管家没有应声。王莽大怒，"竟敢当着太皇太后的面隐瞒真相，沉默抗拒！莫非企图混淆视听，厚诬予躬？散谎言于当世，遗垢病于后代。"管家还是没有应声。王莽更怒，"今日非撬开你的嘴不可！"管家跑到灵前，"不必了。"说着，掏出一柄匕首，插进了自己胸膛。

灵堂一片惊呼，王莽连连冷笑，"哼哼，你死了，真相就跟着死吗？来人呐，传在场家人！"

"奴婢在公主殿下跟前侍候。"两个嬷嬷走到灵前，话刚说完，倒地身亡。显然她俩是服了毒出来支应的。

王莽还要传人，于雯斥骂，"你逼死了祖母，还要逼死于家所有人吗？太皇太后都看见了吧。"说着跳起来，"今日奴婢叫他偿命！偿祖母的命，偿天下英烈的命！太皇太后你作见证。"她揲出一把短刀向王莽刺去。

"雯儿不可！"王安跳起来用躯体护住父亲。于雯来不及收手，短刀插进了他的右胸，"雯儿……"王安倒在地上。

"安哥！"于雯扑到他身上。王安睁开眼睛，蓝汪汪的，特蓝特蓝，好像乞求，好像致歉，"他是我父亲，不可以。雯儿，这是命，原谅我……”他闭上眼睛，她捶胸哭喊，“安哥，你！我……”

王莽喝令，“拿下这贱婢！”于雯冷冷说："不用你拿。”她拔下王安胸前的短刀，插进了自己胸膛。

“该死的贱婢！”王莽看着飞溅的热血切齿唾骂。

“你！你还是人吗？”王政君刚从接应不暇的惨剧醒来，看见王安的手动了动，“还不传太医！”

太医应声上前诊治：于雯死了，王安还有一口气在。王政君说：“厚葬馆陶公主！至于雯儿，她是你家媳妇。你不怕传得天下皆知，吊到长街鞭尸，那是你的事。起驾！”

平晏闻讯赶来，他劝王莽回宫，这里交给他。随后召集奴婢，声称馆陶公主无后，全体奴婢都该为馆陶公主守制，三年之内不准走出大门。当日公主府传出佳话：馆陶公主享年七十有四，寿终正寝；一仆二婢情愿追随主母地下，同日自尽陪葬。三天后又传出孙女于雯悲伤过度气绝身亡。一般市民排着长队到摄皇帝府吊唁，达官贵人径往宣室向摄皇帝致哀。祖孙二人下葬之日，长安城万人空巷。扶老携幼站在街道两旁焚香礼拜，盛赞摄皇帝德馨纯孝。

祥瑞普降，符命频仍。继"白石符命"、"石牛符命"之后，又出现了"雍石符命"。扶风彭叟在一条雍塞的水沟里，发现一块新石上有丹书："王莽当为皇帝"。这些符命吹吹打打进高庙，万民观瞻。

居摄二年(公元 7 年)十月，广饶侯刘京上书，奏报七日中旬临淄昌兴亭长辛当一暮数梦，梦见一个巨人对他说："吾天公使者，天公派遣我前来告诉亭长，摄皇帝当做真皇帝。你若不信，此亭中将出现一口新井。亭长早晨起床一看，亭中果然出现一口新井，入地百尺。

事情太过怪诞，朝会时百官议论纷纷。刘歆问，"君侯亲眼所见？"刘京说："小侯未曾到临淄，听府中家人报告。"刘歆说："野老村夫者言，何足采信？符命乃天帝之命，何等神圣，岂可以讹传讹？"刘京唔唔而退。

十一月壬子，正值冬至庆典，群臣正向孺子婴及摄皇帝朝贺。殿外狂风大作，直到天黑停息。未央宫前殿外面大石之上出现了铜符帛图。铜符形如铜镜，铜镜垂悬一方素帛。素帛中画有一亭，亭中有井。帛上还有一行文字："天告帝：献符者封侯，承天命，用神令。骑都尉崔发前往视察。"

满朝俱惊，刘京出班，"月前微臣奏报昌兴亭新井，大司农刘大人不信。今天帝降铜符帛图明示，望摄皇帝谨遵天命，派遣骑都尉崔发前往验证。"

崔发出班，"天帝知下官贱名，幸何如之！下官愿往视听。"

"准奏。天帝降铜符帛图，予岂敢不遵？子骏，还有何疑义？"

刘歆说："下官不敢有疑，愿随崔都尉往视。"

二人到达临淄，天降大雪，驿道上满是朝神迹求圣水的人流。昌兴亭前上千民众跪在雪地上焚香礼拜。亭长辛当一遍又一遍诉说他的梦，随后扬声吆喝，"天神显灵，圣水治病！瘫子饮水能走路，瞎子饮水能复明，哑吧饮水能说话。"人们随着他的吆喝，列队走到井边舀水。有人用桶，有人用瓮，肩挑着车载着三拜而去。

刘歆上亭观看。这昌兴亭与驿道上的亭一般无二。上下两层，石柱草蓬。下层供行人歇脚之用，上层供亭长游徼观望四乡。亭中果然有口新井，位于亭中央，圆形，径三尺。井水清澈，深不见底。井口正圆，井壁平整，毫无斧凿痕迹。盖亭之时不会有人事先在亭中凿井；建亭之后更不会有人在亭中凿井。地震可以在地面形成坑洞，但不可能形成这样井形圆筒。他上知天文，下知地理，旁通方技，若非造化神功他怎么也想不出这井是怎样形成的。

二人回到长安，正赶上元正大朝。百官拜贺之后，刘歆回奏，"岁前臣与崔都尉视察临淄新井，确为神迹；亭长所言断非臆造。摄皇帝当为真皇帝。"

听他一说群臣下拜，齐声高呼："摄皇帝当为真皇帝。"

王莽慌忙把孺子婴放在御座回拜，"予德鲜祚薄，但愿养育孺子，待其成人，归政与他，成就周公之志。"崔发朗声说："天命不可违，人心不可背。"王莽沉声说："予誓在天，勿复多言。"

居摄三年元正过后，许多大臣前往临淄参观。回京之后人人称奇，个个劝进。新井也越说越神：新丰有个老者已死三日，家人把井水灌进他口里，居然复活了。据说是天帝叫他回来告诉摄皇帝"顺应天命"，才延长他的寿限的。这些传说叫王莽十分敬畏，便依照铜符帛图封辛当和新丰老者为关中侯，加封广饶侯刘京采邑一千户。

到了十一月冬至，狂风大作，沙尘漫天。黄昏时分有一黄衣人将一个铜匣子交给高庙的仆射。仆射接过铜匣子，黄衣人倏忽不见。追出庙去唯见黄尘滚滚。仆射不敢拖延，当即奏报朝廷。

铜匣子分成两格，一格名为《天帝行玺金匮图》，一格名为刘季传王莽之《黄帝金策书》。刘季就是汉高祖刘邦，他排行老二，发迹前同乡人称他刘季（也就是人们俗称的刘老二）。

王莽闻报亲赴高庙，跪受《金匮图书》。

《黄帝金策书》、《天帝行玺金匮图》俱言："王莽是真天子"。天帝命旧臣八人：王舜、平晏、刘歆、甄邯、甄丰、王寻、王邑、孙建；新臣三人：哀章、王兴、王盛，共同辅佐"真天子王莽"。哀章王兴王盛三人籍籍无名，《金匮图书》上面标明了他们所在方位以及长相特征，"真天子王莽应依图寻找"。

哀章住在辟雍学舍，王莽命刘歆寻找；王兴在西城，王莽命王邑去寻找；王盛在北城，王莽命王寻去寻找。哀章是梓潼学子，王兴是西城雍门史，刘歆王邑一下就找到了。王寻来到北城横门，据里正介绍叫王盛的有三人。一个卖大饼的饼儿，一个是沿街乞讨的乞儿，一个是妙手空空的偷儿。年龄都在二十以内，长相都是长脸大眼。这可难为了王寻，只得回宫请示王莽。当时刘歆在侧，他在三片竹简上分别写上"饼儿"、"乞儿"、"偷儿"，"摄皇帝任抽一片，听天由命吧。"王莽抽出"饼儿"，王寻就把饼儿王盛找了来。

这十一人乃"天降之良臣"，称为"金匮辅臣"，"真天子王莽应依天命封赏"。《天帝行玺金匮图》详细署明了十一人的官职，是为四辅、三公、四将。

　　当天夜晚，王莽回到家中，令人把王安王临接来。王临按时到了，家人回报："三公子醒醉二日，至今未醒。"王莽斥骂，"荒唐！把他抬到家中，传太医给他醒酒。"

　　王安抬到家中，王静烟扑到他身上摸索，"儿啊，怎么瘦得没人样了！"一年前王安伤愈，他成天抱着于雯灵牌哭泣，哭着哭着，往肚里灌酒，直到不醒人事。醒后又哭，哭着又灌酒，一个俊彦健美的年轻人变得哀毁骨立。

　　太医要往王安嘴里灌醒酒汤。王静烟不让，"让他自个醒吧，用得着灌药吗？灌药伤身子。该不是又犯了事你要审他？急什么呀。"王莽说，"予有要事宣布，刻不容缓。"王静烟说："你的事是你的事，与三儿何干！"王临说："父亲的事攸关天下，攸关全家，怎能不让三哥知道？说不定三哥听了振作起来呢。"

　　太医灌了醒酒汤，过了半个多时辰，王安醒了。还没睁开眼睛，两手四下摸索，泪水夺眶而出，"雯儿！雯儿！为何离我不去？我活在世上又有什么意思！"

　　王莽重重哼了一声，王安悚然惊觉，翻身跪下，"父亲！"

　　"听着，予有话要说。"王莽声音重浊，但无训斥之意。

"予将顺应天意，禅汉自主，立你为太子。像这样成天醉生梦死，如何身膺大任？速去洗嗽更衣，随予进宫面见群臣。"

"父亲真要篡汉！"王安久闻父亲心怀异志，但听他亲口说出着实吃了一惊。

"胡言乱语！"王莽喝斥，"予一生忠义，向无窃位之心，皇天可鉴。汉绝嗣断续，予竭力维持。无奈汉祚已绝，屡降符命，予战战兢兢不肯遵从。但天命不可拒，人心不可违，否则获罪于天。黎庶不祥，社稷不祥。予安敢虑及一已愚忠弃天下不顾，执意不从？"

王安说："父亲若是受禅于天，那就效尧舜天下为公，有德者居之，不立太子。"

"荒唐！"王莽斥骂。

王安说："变刘氏天下为王氏天下，私相传受，焉能称禅让？名不正则言不顺，言不顺则事不成，篡夺骂名必遗臭万年……"

王莽不悦，没等他说完拂袖而去。回到宣室，平晏在那儿等着，"群臣都在前殿等着，请主公更衣。"王莽摆摆手，"罢了！家既不齐，何能治国平天下！诸公美意予心领了。大宝之事恕难从命。"他真没想到，反对者出在家中，出自自己最疼爱的儿子。为谁辛苦为谁忙啊？

但王莽仍心中犹豫不决。分头召来王舜、王寻、王邑、刘歆、平晏、甄丰、甄邯、孙建，探试其意。王氏三人及孙建极力支持废汉另立；刘歆，平晏，甄邯三人未置可否，只说顺天而行；唯独甄丰主张禅让帝位。

王莽遂先把居摄三年年号改为初始元年。独自琢磨着禅让之事，几天之后他忽然冷冷大笑。然后就有孙建报来说抓到期门郎张充等六人谋逆，妄图劫持王莽，他们招供说他们想立宣帝曾孙楚王刘纤为帝。

刘歆王邑王寻甄邯甄丰孙建以及按《金匮图书》找到的三位辅臣：哀章、王兴、王盛十一位"天降之良臣"一齐来到宣室跪在阶下，"摄皇帝当受天命为真皇帝以安天下，请登大宝。"平晏建言，"立储之事可在登基后再定。天命幽隐，也许三公子今时不受命，日后受命。也许三公子不当受命，受命者当为四公子。主公不妨静观深虑，何必急于一时？而今群臣咸集，主公迟疑，天下失望。"王莽仰天叹息，"皇天煎逼，群臣煎逼，予将若何？"

司礼官给他更衣。王莽身体健硕，平帝刘衍、哀帝刘欣、成帝刘骜、元帝刘奭四代皇帝的龙袍他都穿不上。四代皇帝的王冠唯有元帝刘奭的王冠勉强能盖着发髻。

"恭喜皇上！贺喜皇上！"刘歆上前叩拜，"汉朝历代皇帝唯景帝魁梧，但也不及皇上威猛。预示皇上文治高于汉帝，武功大于汉帝。"

于是王莽头戴王冠，前往未央宫前殿会见群臣。这时孺子婴刚满四岁，王莽把他抱在怀里捏着他的小手，流涕嘘唏：

"昔日周公摄政，终于还政于成王。予深慕周公之德，久负周公之志，意欲忠心耿耿，鞠躬尽瘁，辅佐孺子，俟其成人之后还政与他。不意皇天数降符命，授予大命。威命所迫，予安敢不从？周公之志竟不得如愿！天啊，天啊！"

群臣也一片嘘唏。

王莽把孺子婴交给中傅，中傅抱起孺子婴下殿北面称臣。群臣一齐下跪，山呼万岁。就这样，在居摄三年腊月正（公元9 年 1 月），王莽正式即真天下位，改年号为始建国，改国号曰新，改腊月正为元正，与今天的阳历相近。